翻译专业本科生系列教材

U0783625

LITERARY TRANSLATION (2ND EDITION)

文学翻译（第二版）

编 著／张保红

上海外语教育出版社
SHANGHAI FOREIGN LANGUAGE EDUCATION PRESS

图书在版编目（ＣＩＰ）数据

文学翻译 / 张保红编著. -- 2版. -- 上海：上海
外语教育出版社, 2022 (2025重印)
翻译专业本科生系列教材
ISBN 978-7-5446-7119-4

Ⅰ.①文… Ⅱ.①张… Ⅲ.①文学翻译—高等学校
—教材 Ⅳ.①I046

中国版本图书馆CIP数据核字（2022）第018964号

出版发行：上海外语教育出版社
　　　　　　（上海外国语大学内）　邮编：200083
电　　话：021-65425300（总机）
电子邮箱：bookinfo@sflep.com.cn
网　　址：http://www.sflep.com
责任编辑：王文丽

印　　刷：昆山市亭林印刷有限责任公司
开　　本：787×965　1/16　印张 21.75　字数 409千字
版　　次：2022 年 8 月第 1 版　2025 年 1 月第 3 次印刷

书　　号：ISBN 978-7-5446-7119-4
定　　价：59.00 元
本版图书如有印装质量问题，可向本社调换
质量服务热线：4008-213-263

序

　　2006 年初，国家教育部颁布了《关于公布 2005 年度教育部备案或批准设置的高等学校本科专业结果的通知》，"翻译"专业（专业代码：0502555，作为少数高校试点的目录外专业）获得批准：复旦大学、广东外语外贸大学、河北师范大学三所高校自 2006 年开始招收"翻译专业"本科生。这是迄今教育部批准设立本科"翻译专业"的首个文件，是我国翻译学科建设中的一件大事，也是我国翻译界和翻译教育界同仁数十年来，勇于探索、注重积累、不懈努力、积极开拓创新的重大成果。2007 年、2008 年教育部又先后批准了 10 所院校设置翻译专业；2007 年国务院学位办批准了 15 所院校设立翻译专业硕士点（Master of Translation and Interpretation，简称 MTI），从而在办学的体制上、组织形式或行政上为翻译专业的建立、发展和完善提供了保障，形成了培养学士、硕士、博士的完整的教育体系。这必将为我国翻译学科健康、稳定、快速和持续发展，从而形成独立的、完整的专业学科体系奠定坚实的基础，亦必将为我国培养出更多更好的高素质的翻译人才，为我国的改革开放，增强与世界各国的交流和沟通，促进政治、经济、文化、教育、科技和社会各项事业的发展作出更多更大的积极贡献。

　　上海外语教育出版社（简称外教社）作为全国最大最权威的外语出版基地之一，自建社以来，一直将全心致力于中国外语教育事业的发展、反映外语教学科研成果、繁荣外语学术研究、注重文化建设、促进学科发展作为义不容辞的责任。在获悉教育部批准三所院校设置本科翻译专业并从 2006 年起正式招生的信息后，外教社即积极开展调查研究，分析社会和市场对翻译人才目前和未来的需求，思考翻译专业建设问题与对策、学科建设方面的优势与不足、作为外语专业出版社如何更好地服务于翻译学科的建设与发展以及如何在教材建设方面作出积极的努力和贡献。通过问卷调查、召开师生座谈会与专家咨询会等，我们就社会和市场对翻译人才的需求，我国翻译人才培养的目标、培养规格、课程设置、师资队伍建设、教学材料选择、教学方法和手段、教学测试与评估等有了初步的了解，并作了更深入的分析、思考、研究，以期在全面探索翻译专业和学科建设的基础上，承担起翻译专业教材建设的任务，为保证培养目标的实现尽一份力量。

在广泛调研和对社会和市场需求分析的基础上，外教社邀请了全国部分外语院校、综合性大学、师范院校中长期从事翻译教学与研究的近30名教授和专家，组成了"翻译专业本科生系列教材编委会"。编委会先后召开了数次工作会议，就教材的定位、体系、特点和读者对象等进行广泛而深入的讨论；尤其是对翻译作为一门课程与一门专业的异同与特点、翻译专业的定位与任务、人才培养目标与规格、教学原则与大纲、课程结构与特点、教学方法与手段、测试与评估、师资要求与培养等进行了深入的探讨和细致的分析；而后，撰写了本系列教材的编写大纲，确定教材的类别，选定教材目录，讨论和审核样稿。经过两年多的努力和辛勤工作，终于迎来了"翻译专业本科生系列教材"的出版。

本系列教材由翻译理论、翻译实践与技能和特殊翻译等数个板块组成，涉及中外翻译史论、中外翻译理论、英汉—汉英互译、文学翻译、应用文翻译、科技翻译、英汉对比与翻译、计算机辅助翻译、汉语文言翻译、同声传译与交替传译、语言学与翻译、文化与翻译、作品赏析与批评等；尤其值得一提的是，在本系列教材中还针对翻译专业学生的现状和未来发展需要，专门设计和编写了汉语读写教程，以丰富和提高翻译专业学生的汉语知识和应用能力，教材总数近40种，可以说比较全面地覆盖了当前我国高校翻译专业本科所开设的基本课程，可以比较好地满足和适应教学需要。

本系列教材的设计与编写，尽可能针对和贴近本科翻译专业学生的需求与特点，内容深入浅出，反映了各自领域的最新研究成果；编写和编排体例采用国家最新有关标准，力求科学、严谨、规范，满足各门课程的需要；突出以人为本，既帮助学生打下扎实的专业基本功，又着力培养学生分析问题、解决问题的能力，提高学生的人文、科学素养，培养奋发向上、积极健康的人生观，从而全面提高综合素质，真正成为能够满足和适应我国改革开放、建设中国特色社会主义所需要的翻译专业人才。

本系列教材编委会的委员和承担各教程的主编们，大多是在我国高校长期从事翻译教学和研究的专家和学者，具有相当丰富的教学经验和科研成果，都有多年指导翻译硕士和博士研究生的经历和经验，在翻译实践和理论方面有比较深的造诣。从某种意义上说，本套教材的编写队伍和水平代表了我国当前翻译教学和研究的发展方向和水准。

鉴于本科翻译专业在我国内地是首次设立（我国台湾和香港地区早已设立本科翻译专业），教学大纲、教材建设、教学方法和手段、师资队伍建设、教学评估和管理等还有待进一步探索和实践，有待于在办学中不断提高和完善。同样，本系列教材在设计和编写中亦不可避免地存在不足和缺陷，有待广大教师和学生在使用过程中帮助我们不断完善，使其更好地服务于我国翻译专业本科生的教学学科建设及翻译人才的培养。

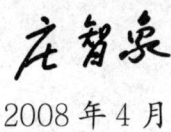

2008 年 4 月

前 言

　　《文学翻译》（第二版）是针对我国高校翻译本科专业高年级开设的文学翻译课程编写的。 其目的是通过文学翻译基本原理与方法的介绍、翻译实例理解、表达与修订过程的分析与讲评以及翻译实践的训练，帮助学习者较为深入地认识文学翻译活动，较为充分地理解和掌握文学翻译的基本原理、方法和技巧，切实提高他们理解过程中的文学鉴赏水平与表达过程中的艺术再现能力，为他们能够独立从事文学翻译工作，并进行文学翻译研究打下坚实的基础。

　　本教材的撰写基于以下三点教学考虑：

　　第一，针对性。 针对翻译专业翻译课教学有别于传统英语专业翻译课教学的特点，本教材重点对文学翻译的基本原理与方法、文学翻译实践的过程与结果进行了较为细致、深入的剖析与阐发。 在全书布局上，遵循从一般性、基础性到具体性、专业性的编写思路。 先总体介绍文学翻译所关涉到的基本环节，后从散文、诗歌、小说与戏剧等文学体裁入手的逐层分解。 前者倾向于一般性、基础性的讲解，后者注重具体性、专业性的延展与深化。 在内容安排上，践行理论与实践相结合的原则，先扼要介绍文学翻译的基本理论，后细致演绎理论指导下原文理解与译文表达、修订过程。 在选材及其使用上，注重各类体裁篇章的艺术整体性，表达内容的思想性以及表现形式的多样性。 以独立的文学篇章或完整的情景片段为翻译教学单位，结合相关翻译理论与文本构成特点，通过整体与局部、文内与文外互相映照的途径来研究与讲授文学翻译的基本方法与技巧及其美学效果，在翻译过程中演绎着以"点"带"面"逐层推进，以"面"看"点"宏观审视的艺术整体性特点。

第二，分析性。 分析性旨在培养学习者批判性思维的意识，增强他们发现问题、分析问题、解决问题的能力，提高他们对文学翻译过程与结果"既知其然，又知其所以然"的认知水平。 教材中的分析性主要体现在四个方面：一是对教材中所提到的相关翻译概念与观点均进行了提纲挈领式的内涵分析与解说；二是对各章中翻译实例原文的主要审美特征或文体特点进行了由文学话语层至文学形象层至文学意蕴层的逐层推进、彼此互照式的审美鉴赏分析；三是对各章中的讲评译文进行了翻译方法与技巧运用的审美分析与总结；四是对各章翻译练习做了翻译中如何再现原文审美艺术特点的简要分析。 细致的分析为翻译实践及其研究提供着依据、指引着方向。

第三，可操作性。 全书以"狭义的文学"内涵为基点，先是有关文学翻译的总述，后是散文、诗歌、小说与戏剧等翻译研究的逐一分解，结构上简明、紧凑，内容编排上先是理论要点归纳，后是实践演绎，易于整体教学安排与具体教学操作。 基于"文学语言的审美特性"与"文学文本的层次结构"的认识，教材一以贯之地对不同文学体裁篇章的翻译理解过程与表达过程进行了较为系统的分析与探讨，便于仿效、借鉴。 具体来说，就每一章中理论部分的学习，教师课堂上可结合具体实例对相关概念与观点进行演绎、阐述，学生课前可根据课程学习进度分别阅读不同文学体裁的英汉经典作品，体会与理解不同文学体裁的基本特征、语言特点、文体分析原则或方法、翻译原则以及翻译评论方法与思路。 就教材中"翻译实践及讲评"与"翻译练习"部分的处理，课堂上教师可一边讲解，一边引导学生参与体会、分析、讨论、对比与总结。 尤其是就"翻译练习"部分的处理，学生可参照"翻译实践及讲评"部分的研析方式进行翻译实践与研究的总结。

本教材是按一学期的教学工作量来编写的。全书共五章，可分两大部分，即第一章为第一大部分，第二章至第五章为第二大部分。第一大部分可在 4 个学时内分两次实施教学；第二大部分中的各章可分别在 8 个学时内分四次实施教学。各章基本理论知识与英汉互译实例讲评占总学时的三分之二，课后练习讲评占三分之一。两大部分总学时数合计 36 学时。

　　每次教学分课前预习、课中讲解与课后练习三部分。

　　就第一大部分而言，课前预习该章各节，了解各节基本内容；课中结合具体实例重点讲解第三至七或八节；课后复习各节内容并掌握各节基本要点。

　　第二大部分中每章有七或八小节，课前预习各章前两个小节，并结合各章第六、七或八节中的相关材料，具体理解与领会不同文学体裁文本的基本特征及语言特点；课中讲解重点围绕各章第三至六或七节展开，内容包括从各章第六节（第三章为第七节）中选择 3—4 篇例文进行讲授与讨论，并借鉴其中所使用的方法与步骤讲评学生课后作业或学生自我讲评；课后练习要求完成各章第七节（第三章为第八节）中 4—5 篇文章的翻译，并借鉴各章第六节（第三章为第七节）写出译者原文审美鉴赏过程和自我译文审美再现过程的分析与总结。建议将课后翻译练习及其研究与总结作为评价学生翻译实践能力的重要标尺。

　　本教材系笔者长期教授《文学翻译》课程不断实践，不断总结、修订与提升的成果。本教材于 2011 年首次出版，2014 年入选广东省教学质量与教学改革工程精品教材建设项目，2016 年获结项优秀等级。本教材自出版以来，一直用于广东外语外贸大学高级翻译学院文学翻译课堂教学，也为国内不少高校选用作为文学翻译课程教学的参考教材，截至目前已重印了 14 次。这次借修订的机会，对本教材做了再审读与完善，增加了近年来教学实践过程中同行与同学比较关切的一些内容，比如，增加了文本结构论的选用，不同文学体裁的文体分析原则与内涵及其翻译评论书写的方法与思路等内容，也增加了若干便于讲授与实践的经典篇章，完善了翻译练习部分的译前提示与译后点评。整体来看，修订版在逻辑上更为自洽，图解了文学翻译从理解到表达到评论的方法与过程。

　　本书编写过程中，参考和引用了若干前人的研究与翻译成果，他们的文献材料在书中均已注明出处，在此一并向相关的前辈学者、译者与同行深表谢意！本书得以再一次修订出版，要特别感谢上海外语教育出版社的大力支持，尤其衷心感谢王冬梅编审对本书修订版提出的建设性指导意见！也衷心感谢责编为本书的出版付出的辛劳与努力！

　　限于个人水平与见识，书中难免有错讹与疏漏，祈望得到广大读者、专家的批评指正。

编者　张保红

目　录

第一章
文学翻译概述

本章学习目标：

1. 理解文学翻译的内涵与本质、文学翻译的过程与
   原则以及文学翻译的价值与意义。

2. 结合具体文学作品，阅读分析文学语言的基本特
   性、文学文本的层次结构特点及其在翻译中的
   应用。

3. 了解文学译者的素质要求，广泛学习，提高文学艺
   术修养与文学分析鉴赏能力。

第一节　文学翻译界说

1. 文学的涵义

在西方，"文学"（literature）一词是在 14 世纪从拉丁文 litteratura 和 litteralis 演化而来的，意思是"著作"或者"书本知识"，是与政治、历史、哲学、伦理学、神学等一样的文化产品，并无特殊的或专有的性质。直到 18 世纪，文学才从一般的文化产品中独立出来，用以特指具有美的形式和能产生情感作用的文学作品。

在我国，"文学"一词的含义也经历了一个演变过程。魏晋以前，"文学"（或"文"）的意思是"学问"或"文化"。魏晋时期，"文学"与"文章"和"文"渐成同义词。到公元 5 世纪时，南朝宋文帝建立"四学"，"文学"才与"儒学""玄学""史学"正式分了家，获得独立发展的地位，并被赋予了特殊的审美性质。[1] 至现代，由于受到西方文学观念的影响，我国学者主要是通过突出文学的审美特性与语言特性来理解与界定文学的。

合而观之，文学有广义的文学与狭义的文学之分。"广义的文学指的是一切用文字所撰写的著述。狭义的文学指的就是用美的语言文字作为媒介而创造的文学作品。"[2] 今天通行的文学作品如诗歌、散文、小说、戏剧等即为狭义的文学。

鉴于此，本书拟论及的文学翻译是指对狭义文学作品的翻译，即对诗歌、散文、小说、戏剧等的翻译。

2. 文学翻译的涵义

文学翻译历史悠久，在中国最早可追溯到公元前 1 世纪刘向《说苑·善说》里记载的《越人歌》，在西方可追溯到公元前大约 250 年罗马人里维乌斯·安德罗尼柯（Livius Andronicus）用拉丁文翻译的荷马史诗《奥德赛》（*Odyssey*）。自有文学翻译以来，人们从未停止过对其进行思考与探索。时至今日，不少学者甚至撰写著作专论"文学翻译"。不同学者由于研究目的不同，从不同角度对文学翻译进行了诸多思考与探讨，也得出了种种结论。毫无疑问，这对我们更为深入而充分地认识文学翻译的内涵与本质是大有裨益的。兹择其要者，分述如下。

（1）文学翻译指的是将一种文学作品文本的语言信息转换成另一种语言文本

---

1 罗根泽.《中国文学批评史》（一）. 上海：上海古籍出版社，1984：121—123.
2 鲁枢元.《文学理论》. 上海：华东师范大学出版社，2006：9.

的过程，它是一种行为过程，也是一种中介或媒介的概念，而不是一个本体概念。（王向远）[1]

（2）文学翻译是文学创作的一种形式，在这里它同原作在创作中要表现生活现实这一功能相似。译者按照自己的世界观反映自己选择的内容和形式浑然一体的原作中的艺术真实。（加切奇拉泽）[2]

（3）文学的翻译是用另一种语言，把原作的艺术意境传达出来，使读者在读译文的时候能够像读原作时一样得到启发、感动和美的享受。（茅盾）[3]

（4）文学翻译的最高标准是"化"。把作品从一国文字转变成另一国文字，既能不因语文习惯的差异而露出生硬牵强的痕迹，又能完全保存原有的风味，那就算得入于"化境"。17世纪有人赞美这种造诣的翻译，比为原作的"投胎转世"（the transmigration of souls），躯壳换了一个，而精神姿致依然故我。（钱钟书）[4]

（5）文学翻译是艺术化的翻译，是译者对原作的思想内容与艺术风格的审美把握，是用另一种文学语言恰如其分地完整地再现原作的艺术形象和艺术风格，使译文读者得到与原文读者相同的启发、感动和美的享受。（郑海凌）[5]

（6）文学翻译是文学领域内两个语言社会之间的交际过程和交际工具，它的目的是要促进本语言社会的政治、经济和（或）文化进步，它的任务是要把原作中包含的一定社会生活映像完好无损地从一种语言移注到另一种语言中去。（张今、张宁）[6]

基于前人的研究，我们可以看到，文学翻译不只是文学语言文字符号之间的转换，还是艺术表现形式与特质以及艺术形象和艺术风格的再现；它不只是语言信息的传递，还是社会文化观念的交流、沟通与融合；它不只是一种翻译行为过程，还是一种再创作过程，甚至是一种艺术创作过程；它不只是追求译文与原文之间的客观真实，还追求两者间的艺术真实、社会真实与同等读者接受效果。

理解与把握文学翻译的种种蕴涵，有助于我们进一步更好地认识文学翻译的本质、过程、原则、价值与意义。

1　王向远.《翻译文学导论》. 北京：北京师范大学出版社，2004：6.
2　郑海凌.《文学翻译学》. 郑州：文心出版社，2000：37.
3　茅盾. 为发展文学翻译事业和提高翻译质量而奋斗. 载罗新璋、陈应年编《翻译论集》（修订本）. 北京：商务印书馆，2009：575.
4　钱钟书. 林纾的翻译. 载《翻译通讯》编辑部编《翻译研究论文集》（1949—1983）. 北京：外语教学与研究出版社，1984：267.
5　郑海凌.《文学翻译学》. 郑州：文心出版社，2000：39.
6　张今等.《文学翻译原理》. 北京：清华大学出版社，2005：11.

第二节　文学翻译的过程

"翻译就是理解和使人理解。"（Traduire，c'est comprendre et faire comprendre.）[1]这里的"理解"包含译者对原文的理解行为与过程，"使人理解"则是译者对译文的表达行为与过程。两者虽各有侧重，互不相同，但彼此又相互影响，相互联系。因此，探讨"理解"与"使人理解"的内涵成为研究文学翻译过程的主要内容。

1. 理解的层次与方法

理解是翻译过程中的第一步，是翻译的前提，也是翻译的基础。没有理解，就没有翻译；没有透彻的理解，就没有趋于理想的翻译。理解是具体化的思维解释，"是从作品的有机整体出发，批文入情，沿波讨源，因形体味，深入到作品内部的深层世界，对文本营构系统的各个层面进行具体化的品味与认知。它是以理性为主导的感性认识和理性认识高度统一的解读心理活动。"[2]通常而言，理解可分为表层理解与深层理解。前者是对文本的字面理解和外观理解，具体包括对作品的词句、典故、比喻、拟人等各种修辞手法的理解，也包括对构成意义的表象、结构、韵律、节奏以及作品中特定的表现手法等的理解。后者是对文本的象征意蕴和营构机制的理解，具体来说，就是破译作者的象征密码，捕捉其象征含义，探寻文本艺术营构的奥秘。文学翻译过程中要实现对原作表层与深层的充分理解，就离不开对原作进行由浅入深，从微观到宏观的细致分析与探究。在这方面，文学翻译家吕同六先生的观点颇具代表性：

翻译一部文学作品。需要对作家，对另一种语言、另一种文明，有较为深入的理解与研究。在这个意义上，研究是翻译的前提，是翻译的指导，并贯穿翻译的全过程。在某种意义上说，翻译的过程，实际上也是研究的过程。在翻译中，你整个身心和全部情感都融合到作家笔下的艺术世界里，融合到人物的内心世界里去了，体验着主人公们最隐秘的、最微妙的思想、情感的脉动，你就能真切地、深层次地领悟到一般阅读难以领悟到的东西，就能充实与深化你对作家、作品的认识与研究。[3]

基于前人的经验认识，翻译实践中对于文本的具体"理解"，可从拆解整体、多层透视、文外参照这三个方面来进行。所谓拆解整体就是将文本分成若干

---

1 许渊冲.《中诗英韵探胜——从〈诗经〉到〈西厢记〉》. 北京：北京大学出版社，1992：22.
2 曹明海.《文学解读学导论》. 北京：人民文学出版社，1997：117—118.
3 许钧等.《文学翻译的理论与实践——翻译对话录》. 南京：译林出版社，2001：17.

部分进行逐一研讨,弄清楚各部分之间的关系,抓住主体和重点部分进行深入研究,找到本质联系之所在。多层透视是指从文学话语层、文学形象层与文学意蕴层对文学文本进行循序渐进、逐层深入的探究,剖析各层中具体要素的文学功能与审美价值以及层层相因、回环映照的整体美。文外参照就是将待译文本放在具体的历史文化语境中来审视,置于作者的文艺思想以及作品集中来考量,再借用现有文学作品中的平行文本来比照,以确立该作品的时代特征、个性风格与表情基调。

2. 表达的目的与原则

理解与表达是翻译过程中两个不同的阶段,但两者又有着紧密的联系。理解是表达的前提,表达是理解的目的。换言之,有什么样的理解,就会或可能会有什么样的表达,但这并不意味着表达可以随意言说,自由发挥。在表达过程中,需遵循如下原则:

首先,表达是基于原文充分理解的表达,表达的信息应与原文谋得一致。离开原文的理解而进行的表达,要么是译者的改写,要么是译者的个人创造,算不得翻译。虽然囿于双语间历史、语言、文化等方面的差异,表达的信息与原文难以绝对一致,但竭力追求与原文的近似或相对一致是切实可行的。借用美国翻译理论家奈达(Eugene A. Nida)的话说,就是"用最接近、最自然的方式表达出原文的对等信息,首先是在意义方面,其次是在风格方面。" [1]

其次,表达是面对译入语读者的表达,这就要求译文的表达要清晰、通顺、流畅,符合译入语读者的阅读习惯,便于他们理解与接受。诚如翻译家翁显良所言:"翻译的目的是向读者介绍原作,是要人家懂而不是要人家不懂,……" [2]

最后,表达是对作者创作个性或艺术个性的表达。译李白就得像李白,译拜伦(George G. Byron)就得是拜伦。文学翻译不是文字翻译,也不只是意义的翻译。表达过程中,既要表达作品的意义,更要表达作品的韵味。文学翻译如何实现这样艺术性的表达,老舍认为:"文学作品的妙处不仅在乎它说了什么,而且在乎它是怎么说的。假若文学译本仅顾到原著说了什么,而不管怎么说的,读起来便索然无味。" [3]由此可见,在表达作品意义过程中,更需关注作品的言说方式,言说方式改变了,意义或韵味便会改变,作品的文学性也会随之消失。

---

1 Nida, E. A. and C. R. Taber. *The Theory and Practice of Translation*. Leiden:E. J. Brill, 1969:12.
2 翁显良.《意态由来画不成?——文学翻译丛谈》. 北京:中国对外翻译出版公司, 1983:7.
3 老舍. 谈翻译. 载《翻译通讯》编辑部编《翻译研究论文集》(1949—1983). 北京:外语教学与研究出版社, 1984:131.

第三节　文学翻译的原则

不同的学者基于自身所处的时代、自身的知识背景与翻译实践经验，从不同的认知视角总结出了形形色色的翻译原则，用以指导翻译实践。在我国有严复的"信、达、雅"、鲁迅的"宁信而不顺"、林语堂的"忠实、通顺、美"、傅雷的"神似"、钱钟书的"化境"，等等。在西方有泰特勒（Alexander F. Tytler）的"翻译三原则"、费道罗夫（Alexander V. Fedorov）的"等值翻译"、奈达（Eugene A. Nida）的"功能对等"、纽马克（Peter Newmark）的"交际翻译与语义翻译"、塞莱斯科维奇（Danica Seleskovitch）的"翻译释意"，等等。这些翻译原则彼此之间有共性，也有差别，它们从多角度、多侧面、多层次共同演绎着人们对翻译——"很可能是整个宇宙进化过程中迄今为止最复杂的一种活动"[1]——不断深入，日臻全面的认识。

以上论及的种种翻译原则，作为理论原则具有一定的稳定性与指导性，但往往偏于概括与抽象，可操作性不够强。鉴于此，或者是提出该原则的学者本人，或者是后来的研究者，便在不同的翻译原则之下提出了种种可供操作的具体方法。严复的"信、达、雅"风行我国翻译界一百多年，直到今天人们还常将"还是'信、达、雅'好"的论说挂在嘴边。尽管如此，一个多世纪以来人们从未停止过对这一原则的构成以及原则之下具体蕴涵的探讨。基于这一原则，20世纪30年代林语堂先生提出了指导翻译实践的"忠实、通顺、美"三重标准。林氏提出的"三重标准"，用他自己的话说，"与严氏的'译事三难'大体上是正相比符的。忠实就是'信'，通顺就是'达'，至于翻译与艺术文（诗文戏曲）的关系，当然不是'雅'字所能包括。"在《论翻译》[2]一文中，他在确立"忠实、通顺、美"三重原则标准时[3]，还从多层次较为详尽地阐述了"忠实""通顺"与"美"的具体蕴涵。不难看出，林氏的"三重标准"继承了严复的"信、达、雅"三原则，丰富与深化了"信、达"原则的蕴涵，发展与创新了"雅"的原则及其具体蕴涵。鉴于文学是人们审美的产物，是语言的艺术，也是表情的艺术，这里拟借鉴林语堂先生的"忠实、通顺、美"作为文学翻译的原则标准。

---

1 英国文艺批评家理查兹（I. A. Richards）指出："Interlingual communication, ... very probably the most complex type of event yet produced in the evolution of the cosmos."
2 林语堂. 论翻译. 载罗新璋、陈应年编《翻译论集》（修订本）. 北京：商务印书馆，2009：491—507.
3 王向远将翻译标准区分为原则标准与具体标准。原则标准是一种理论原则，是具体标准的概括和抽象，是对具体标准的限定和规范；具体标准是实践性的、个性化的，是对原则标准的补充和延伸。参见王向远.《翻译文学导论》. 北京：北京师范大学出版社，2004：196—197.

1. 忠实

忠实就是忠于原作，忠于原文内容、意旨，对原作负责。林语堂从三大层面分析了"忠实"的具体蕴涵，这些蕴涵今天看来依然具有普适性与启示性，它们分别是：

① 忠实非逐字对译。"译者对于原文有字字了解而无字字译出之责任。译者所应忠实的，不是原文的零字，乃零字所组成的语意。"

② 译文需达意传神。"译文需忠实于原文之字神句气与言外之意。'字神'是什么？就是一字之逻辑意义以外所夹带的情感上之色彩，即一字之暗示力。"

③ 相对忠实。"译者所能谋达到之忠实，即比较的忠实之谓，非绝对的忠实之谓。"囿于文字音、意、神、气、形等种种审美因素，翻译要做到"一百分的忠实，只是一种梦想。翻译者能达七八成或八九成之忠实，已为人事上可能之极端。"

2. 通顺

通顺就是译文语言自然、明白、流畅，符合译入语的语言习惯与规范，是对读者负责。林语堂认为："译者一方面对原著负责任，然既为本国人译出，当然亦有对本国读者之责，此则翻译与著述相同点。"这里指出了"通顺"的社会价值以及与"用原文创作"相同的功能特征。要做到通顺，林氏认为需做到两点：① 需以句为本位。"译者必将原文全句意义详细准确地体会出来，吸收心中，然后将此全句意义依中文语法译出。"② 需完全根据中文心理。"译者心中非先将此原文思想译成有意义之中国话，则据字直译，似中国话非中国话，似通而不通，决不能达到通顺的结果。"

3. 美

美就是译文的审美性、艺术性，是对艺术负责。"翻译于用之外，还有美一方面需兼顾的，理想的翻译家应当将其工作做一种艺术。"尤其是翻译文学作品，则"于达用之外，不可不注意于文字之美的翻译。""美"之内涵林氏未曾专论，但其行文中提到"凡文字有声音之美，有意义之美，有传神之美，有文气文体形式之美，……。"概括起来可简称为"五美"：音美、意美、神美、气美、形美。"五美"的具体内涵虽不大清晰，相互间的界限也有不尽分明之处，但将"美"作为原则标准引入翻译研究实有开拓之功，这也引发了其他学者如许渊冲等对这一标准的进一步探讨。许渊冲经过译例分析后认为，"林语堂的'气美'不知何指，'神美'可以归入'意美'之中，所以还是鲁迅提的'三美'就够了。"[1] 即意美、音美、形美。从具

---

1 许渊冲.《文学与翻译》. 北京：北京大学出版社，2003：234. 鲁迅在《汉文学史纲要》第一编《自文字至文章》中曾提出过文章有"三美"："诵习一字，当识形音义三：口诵耳听其音，目察其形，心通其义，三识并用，一字之功乃全。其在文章……遂具三美：意美以感心，一也；音美以感耳，二也；形美以感目，三也。"

体标准的角度来看，许渊冲就"美"的阐述划分了层次，辨明了归宿，增强了可操作性。

"忠实、通顺、美"作为原则标准为文学翻译指明了方向，确立了目标；"忠实、通顺、美"内涵的丰富性与多样性的阐释则为文学翻译的具体操作提供了方法和手段。

第四节　文学语言的基本特性

文学翻译的首要对象是文学语言，因此如何理解与认识文学语言的基本特性，便成为做好文学翻译的起点与基础。

语言是信息的载体，是传达意义的工具，在这个意义上，语言的主要特性体现为指陈意义，即指义性。文学是表情的艺术，是语言的艺术，其艺术性不仅体现在语言所具有的指义性中，更为重要的是还体现在其追求语言表现的美学效果上，即审美性。文学语言的审美性与指义性是相互依存、相互结合的统一体：审美性以指义性为前提，指义性蕴涵着审美性。

联系到语言指义性的特点，文学语言的审美性可体现在三大方面：自指性、曲指性、虚指性。

1. 自指性

自指性，也称自我指涉性，与语言的他指性（即外部指涉性）相对。语言的他指性是指语言用于信息交流后，就完成了自己的所有使命。而语言的自指性则在语言完成信息交流任务后，还会关注语言自身的表达是否具有音乐性、节奏感、语体美等审美效果。法国象征主义诗人瓦莱里（Paul Valery）指出，文学家用语言说出的话语是为了使这些话语突出和显示自身，这就是文学语言的自指性。[1]文学语言突出和显示自身的目的一是运用自我指涉的强化作用来增强语言的审美效果，使其更容易吸引、打动和感染读者，更容易激发起读者的审美感知和审美情感；二是更为有效地传达语言所要再现或表现的内容。

文学语言的自指性往往通过"突显"，亦即"前景化"（foregrounding）的方式表现出来，也就是说，使话语在一般背景中突显出来，占据前景的位置。这种"前景

---

1 瓦莱里. 诗、语言与思想. 载袁可嘉等编《现代主义文学研究》（下册）. 北京：中国社会科学出版社，1989：847.

化"的做法，常常会打破语言常规，创造出新的语言表达方式，这也便是俄国形式主义者一再强调的"反常化"（defamiliarization）。艺术中的"反常化"语言是与日常生活中的"自动化"（automation）语言相对提出的。文学作品中这种"反常化"语言随处可见，可表现在文学语言的语音、语法、语义、语体、书写等各个方面。

语音上，文学语言与日常说话有很大不同，日常语言最关心的是意思的表达，对于发音是否悦耳、动听，节奏是否抑扬顿挫等就顺其自然、比较随便了；而文学语言为了更有效地表情达意，更为有效地吸引读者、感染读者、打动读者，往往对语言的发音谐拗、节奏疾徐、韵律有无等颇为关注。以英国维多利亚时代诗人阿尔弗雷德·丁尼生（Alfred Tennyson）的诗作 "Sweet and Low" 首节为例，以窥一斑。

> Sweet and low, sweet and low,
>> Wind of the western sea,
> Low, low, breathe and blow,
>> Wind of the western sea!
> Over the rolling waters go,
> Come from the dying moon, and blow,
>> Blow him again to me;
> While my little one, while my pretty one, sleeps.

该诗节表达的语义是"希望吹拂的海风与翻滚的波涛能将孩子远行的父亲送还"，从语义上看似乎并无什么特别之处。但从语音上看，清辅音/s/和/f/、半元音/w/、边流音/l/等的反复出现模拟出柔风吹拂的声响；长元音/iː/、双元音/əʊ/和/aɪ/等的不断复现暗示出徐缓、低回的诗情；诗句中抑扬格（iambic）与扬抑格（trochaic）彼此交错复现模拟出波涛上下起伏的情景，诗节韵式 ababaabc 昭示着诗情稳定中的延展，等等。基于该诗节的语义，综而观之，诗节营造出一位母亲用徐缓、温柔、低回的声音轻轻哼唱，用手轻轻拍儿入眠，小儿渐渐睡去的情景。不难看出，语音的调配与组合大大强化了诗情表现的力度，同时也渲染了诗作表达的意境与氛围。

语法上，文学语言也不一味遵循日常语言的语法常规来传情达意。为了不同的、高效的表情需求与目的，文学语言往往会偏离日常语言的语法规范，诸如语序的调整，词性的有意变换等。例如 "As soon as the last boat has gone, down comes the curtain." 这句摘自南希·密特福德（Nancy Mitford）的作品 "Tourists"[1]，其出现的

---

1 李观仪.《新编英语教程》（7）.上海：上海外语教育出版社，2000：26.

语境是：威尼斯潟湖中有个小岛叫托车罗（Torcello），岛上的居民都很市侩，游客一到岛上，他们就像演员演戏一样，粉墨登场，一心想着从游客身上多赚些钱，但来的游客一个个小气吝啬得很，最后这些岛民演练忙乎了半天，所获收益甚少。例句说的是"最后一班船的游客一走，演出的帷幕就拉上了。"但画线的倒装句则使我们"看到"岛民们演出结束后的"谢幕"急不可待，折射出其所获收益甚少后的不满与愠怒，言外之意仿佛是说"赶紧去你的吧！"。短短一个小句，看似写实，再寻常不过了，但其语序一颠倒，便将岛上居民的市侩举止与心理刻画得入木三分，也巧妙地表现出作者辛辣的讽刺笔调。

2. 曲指性

曲指性，也称间接指涉性，与语言的直指性（即直接指涉性）相对。人们日常交流注重所用语言简洁明了，直达其意，也就是语言的直指性，而文学语言的表达，为了追求审美效果和艺术感染力，则更看重曲达其意，也就是语言的曲指性。

所谓文学语言的曲指性是指"文学作者经常采用一些曲折迂回的表达手法表达他的意思，使他所表达的意思不费一番思索和揣测就很难被读者把握到"。[1]文学语言曲指性的形成，从作者角度来看，是作家表意时自觉追求的结果，有时还是迫于外在环境（比如政治原因）而变化的结果；从语言自身角度来看，是由于通过形象所指涉的内容具有不可穷尽性的特点所致；从读者角度来看，则与读者的审美要求有关，读者可从中获得更多的想象与回味的余地。"言有尽而意无穷""言在此而意在彼""句中有余味，篇中有余意""深文隐蔚，余味曲包""不着一字，尽得风流"等均是对文学语言曲指性的生动表述。例如：

Cool was I and logical. Keen, calculating, perspicacious, acute and astute — I was all of these. My brain was as powerful as a dynamo, as precise as a chemist's scales, as penetrating as a scalpel. And — think of it! — I was only eighteen. (*Love Is a Fallacy* — Max Shulman)[2]

这段话中作者对"我"的诸多优秀品质可谓赞不绝口，但从其使用的比喻来看，"我的大脑"都与客观器物——a dynamo、a chemist's scales、a scalpel——紧密相连，给人"机械刻板、单调枯燥，缺乏变化、缺乏情趣"的印象或联想。而事实上，在随后的语篇发展中，"我"的这类特点也的确展现无遗。作者"言在此而意在彼"——表面赞扬，内里贬抑，将此段落置于篇章的开始处，也由此定下了整个语篇反讽的

---

1 王汶成.《文学语言中介论》. 济南：山东大学出版社，2001：177.
2 张汉熙等.《高级英语》（第二册，修订本）. 北京：外语教学与研究出版社，1997：67.

基调。

文学语言曲指性的具体表现形式是多种多样的，既可体现在单个词语与句子的运用上，也可体现在多个词语或句子的共同建构中。例如：

听　筝

李　端

鸣筝金粟柱，素手玉房前。

欲得周郎顾，时时误拂弦。

例诗中的"金粟柱（精美的缠筝弦的轴柱）""素手（白皙的手）""玉房（女子居室的美称）""周郎（英俊潇洒，精通音乐的青年男子）"等"质地美好的"语词意象相互影响、相互作用，共同建构出弹筝女精湛的弹筝技艺、弹奏出的美妙旋律、姣好的容貌、高洁的品行、含蓄的传情方式等意味。简言之，诗人通过写弹奏器具的精致华美、弹奏环境的高雅华贵、弹奏者与听筝者优美的体貌特征等，曲折地表现了以上诸种意味。

3. 虚指性

虚指性，也称虚假指涉性，与语言的真指性（即真实指涉性）相对。人们日常交流讲求说真话、讲实事，也就是真实陈述，追求生活的真实。而文学语言的表达往往指涉的是虚构的、假想的情景，追求的是艺术的真实。

文学语言的虚指性是指"文学语言所指涉的内容不是外部世界中已经存在的实事，而是一些虚构的、假想的情景"。[1]文学语言的这种特性是由文学创作活动的想象和虚构的特点所决定的。因而对文学作品中这种指涉虚构情景的陈述，人们称之为"虚假陈述"或"伪陈述"。"虚假陈述"不是要告诉人们现实中发生的真人真事，但也不意味着"说谎"或有意地"弄虚作假"，而是为了以想象的真实、情感的真实制造出人们颇能接受，又能更有效地感染他们、打动他们的某种美学效果。其目的是通过虚构的情景激起读者喜怒哀乐的情感，使之获得审美的愉悦，并在审美愉悦中给他们以思想上和精神上的教益。诚如贺拉斯（Quintus Horatius Flaccus）所言："虚构的目的在引人喜欢。"[2]例如，李白诗句"白发三千丈，缘愁似个长"中，"三千丈"的"白发"在现实生活中显然不可能存在，但以此来描绘诗人所经

---

1 王汶成.《文学语言中介论》. 济南：山东大学出版社，2001：183.
2 贺拉斯.《诗艺》. 杨周翰译. 北京：人民文学出版社，1962：141.

历的愁苦之深重与悠长却又在情理之中。结合李白所处的历史语境来看，诗人的想象与虚构传神地表现了自己年过半百、日渐衰老、壮志未酬的极度痛苦与悲愤的情感。又如：

The Eagle

Alfred Tennyson

He clasps the crag with crooked hands；
Close to the sun in lonely lands，
Ringed with the azure world，he stands.

The wrinkled sea beneath him crawls；
He watches from his mountain walls，
And like a thunderbolt he falls.

这是诗人为悼念挚友阿瑟·海拉姆（Arthur Hallam）所写的诗篇，诗中"The Eagle"喻指阿瑟·海拉姆。显而易见，诗句 Close to the sun in lonely lands 和 The wrinkled sea beneath him crawls 等是现实生活中不大可能出现的事——鹰不可能飞那么高、那么远，也不可能在太阳附近存活下来；大海也不可能像人的皱纹那样波动（wrinkled）。然而，正是诗人的这种想象与虚构传神地表现出友人高远的品格、宏阔的视野、超尘拔俗的境界、博大的胸怀与伟岸的形象。对于诗人来说，好友的离去犹如巨星陨落，让人感叹唏嘘，扼腕再三，不能自已。

综上所述，文学语言的特性既有指陈意义的特性，又有审美的特性。其审美性虽以其指义性为前提，并蕴涵于指义性中，但其之于作者、作品与读者（译者）的意义是尤为重大的，也因之成为文学语言的主要特性。指义性是相对显在的、直接的，审美性则是相对潜在的、间接的，两者的辩证统一建构着文学语言的基本特性。

理解与掌握文学语言的审美特性，有助于译者较为充分地关注文学文本中选词造句的文体价值与效果以及表情达意的气势与力量，有助于译者更为关注文学文本谋篇布局的艺术性与诗学价值，有助于译者更好地把握原文作者的写作意图与言说口吻。不言而喻，这对做好文学翻译实践与研究有着直接的指导意义。

第五节　文学文本结构论及选用

文学翻译虽然是从词语、句子着手的，但译者须放眼整个文学文本或语篇，方可更好地理解与传译词语、句子表情达意的力量与效果。有道是："篇之彪炳，章无疵也；章之明靡，句无玷也；句之清英，字不妄也"（刘勰《文心雕龙·章句篇》）。因此，如何分析与把握文学文本对做好文学翻译具有十分重要的价值与意义。我们知道，文学文本表面上是由一系列字、词、句组合而成的构成物，那么它是一个怎样的构成物呢？中外文论对此进行了广泛的探讨。

1. 中国古代文本结构论

中国古代有过两种文本结构论：一种是"言象意"论，另一种是"粗精"论。《周易·系辞上》中记载有："书不尽言，言不尽意"和"圣人立象以尽意，设卦以尽情伪，系辞焉以尽其言"的观点，初步涉及文本的言、象、意三要素。庄子在《外物》中提出了"得意忘言"的观点："言者所以在意，得意而忘言。"三国时的王弼在《周易略例》中将前人的"言意"论做了进一步的扩展与阐发："夫象者，出意者也。言者，明象者也。尽意莫若象，尽象莫若言。言生于象，故可寻言以观象。象生于意，故可寻象以观意。意以象尽，象以言著。"在王弼看来，"言""象""意"构成了表情达意逐层深入的层次结构。

清代文论家刘大櫆在《论文偶记》中将文学文本区分为"粗"与"精"两个层面："神气者，文之最精处也；音节者，文之稍粗处也；字句者，文之最粗处也。然论文而至于字句，则文之能事尽矣。盖音节者，神气之迹也；字句者，音节之矩也。神气不可见，于音节见之；音节无可准，以字句准之。"由此可见，文学文本由外在的可见的音节、字句之"粗"和内在的不可见的意义或意蕴（即神气）之"精"构成。刘大櫆的弟子清代古文家姚鼐则在《古文辞类纂》中将先师简略的层次论进行了具体化："所以为文者八，曰神、理、气、味、格、律、声、色。神、理、气、味者，文之精也；格、律、声、色者，文之粗也。然苟舍其粗，则精者胡以寓焉？学者之于古人，必始而遇其粗，中而遇其精，终而衔其精者而遗其粗者。"从这里可以看到，读者先从作品的语言层面（即格、律、声、色）入手，而后进入作品的意义层面（即神、理、气、味），及至"衔其精者而遗其粗者"，则表明领悟了作品的意蕴之后，可以摆脱原来作品中的具体描写，进入更高层次的欣赏、体验与品味了。

这两种颇具代表性的文本结构论，有层次构成上由"实"到"虚"的共同之处，也有层次认知上的巨细之别，这对我们今天进一步认识文本结构是有启示意义的。

2. 国外文本结构论

西方传统文论将文学文本结构分解为若干构成要素，如情节、性格、思想、主题、措辞、韵律等等，其中起决定性作用的要素划归内容方面，其他一些要素则划归形式方面，为表现内容而存在。与"要素构成论"并行的还有由中世纪晚期意大利诗人但丁（Dante Alighieri）提出的"层次构成论"。他将诗的意义划分为四个层次：① 字面意义，是词语本身字面上显示出的意义；② 寓言意义，是在譬喻或寓言方式中隐蔽地传达的意义；③ 道德意义，是需要从文本中细心探求才能获得的道德上的教益；④ 奥秘意义，是从精神上加以阐释的神圣意义。但丁的"四分法"大致相当于将文学文本划分为两个层次：字面意义层和由字面意义表达的深层意义层（包括寓言意义、道德意义和奥秘意义）。[1]从总体倾向来看，"要素构成论"与"层次构成论"均呈现出内容和形式的二元划分与语言的工具性。针对传统文本构成论中的症结，现代文本构成论随之应运而生。其中有代表性的是现象学家英伽登（Roman Ingarden）的文本构成论，他将文学作品的构成要素划分为五个层次：① 字音层，即字音、字形等的语义与审美意义；② 意义单位，即每一句法结构都有它的意义单元；③ 图式化方面，即每一所写客体都是由诸多方面构成的，在文学作品中出现时只能写出其某些方面；④ 被再现客体，即文学作品中所表达的人、物、情、事等；⑤ 形而上性质层，即揭示出的生命和存在更深的意义，如作品中所表现出的悲剧性、戏剧性、神圣性等。这五个层面逐层深入，彼此沟通，互为条件，成为一个有机的统一体。[2]不言而喻，这些论述同样可以启迪我们今天进一步探索文学文本的结构。

3. 今人文本结构论

前人的研究积淀，为进一步理解与探索文本构成丰富而科学的内涵打下了基础，提供了借鉴。今天国内不少学者结合中西相关研究，对文学作品的构成也做出了诸多探索性的划分。其中童庆炳的"三分法"因其简明扼要、层次分明、涵盖面广而颇具代表性，其基本要点可概括为：① 文学话语层，即呈现于读者面前、供其阅读的具体话语系统。这一话语系统除具有形象性、生动性、凝练性、音乐性外，还具有内指性（指向文本中的艺术世界）、心理蕴含性（蕴含了作家丰富的知觉、情感、想象等心理体验）、阻拒性（打破某些语言的常规引起人们的注意和兴趣，从而获得较强的审美效果）。② 文学形象层，即读者经过想象和联想而在头脑中唤起的具体可感的动人的生活图景。③ 文学意蕴层，即文本所蕴含的思想、感情等各种内容。这一层面又分为历史内容层（包含一定的社会历史内容）、哲学意味层（对宇宙人生所作的形

---

1 王一川.《文学理论》. 成都：四川人民出版社，2003：198.
2 童庆炳.《文学理论教程》. 北京：高等教育出版社，2000：178.

而上的思考）以及审美意蕴层。

不同的文本结构论揭示出文学文本这个构成物所包含的不同侧面与层次，它们之间虽不乏共同之处，但却有内涵、功能与用途之别。文学文本层次的结构特点可为译者（读者）如何理解与分析文学文本、如何表达与评析译文文本提供具体而有效的认识手段与操作方法。

4. 文本结构论的选用

不同的文本结构论可帮助译者（读者）从不同视角理解文本，使翻译的理解过程变得有据可循、有法可依，使所理解的内容指向性强、层次分明、系统深入，这无疑对译文语言如何选择与表达具有十分重要的意义。

从前文论及的中外文本结构论中，本教材拟选取童庆炳提出的"三分法"——文学话语层、文学形象层与文学意蕴层，作为理解与分析文学文本的基本方法。"三分法"在实践中的具体应用是：① 文学话语层主要分析文本中可以"听"得到、看得到与想得到的内容，即听得到或感受得到的长短强弱的声音、轻重疾徐的节奏，看得到的疏密分布的外在形式、长短整散的句子结构，以及通过语法、修辞、语义解读可想得到的意义等内容；② 文学形象层主要分析文本中个别话语以及不同话语共同构建出的人物形象，或所描绘的一定生活情景或场景等内容；③ 文学意蕴层主要分析读者阅读过程中与整体文本在历史、文化、审美、哲学等维度上交互交流后所得的内容，这部分内容虽然会随着译者（读者）知识的丰约深浅变化而变化，但其主题蕴含或倾向会趋于明确、统一。

"三分法"应用于文学翻译的理解过程，是从文学话语层的文本文字之"实"，走向文学形象层的人物形象或生活情景或场景的"半实半虚"，再到文学意蕴层的读者与整体文本多维度互动之"虚"的全过程。这一过程中三个层次既逐层推进、不断深入，又相互渗透、彼此关照，最后形成的理解综合体在审美效果上趋于定向统一。整个理解过程中，从实到虚，从虚到实，实实虚虚，虚实互照，回环往复，共同实现对作品语言特征的定量分析与对作品主题倾向以及整体美学效果的定性把握。

第六节　文学译者的素质要求

要做好翻译工作，广义而言，要求译者具有良好的职业道德，扎实的双语语言功底以及广博的文化知识。所谓职业道德"就是责任心，对自己负责，对他人负责，对艺术负责。换言之，也就是要真实，对自己真实，对他人真实，对艺术真实。"[1] 扎实的双语语言功底意味着译者应具有较强的驾驭译出语和译入语的双语能力，具有较为出色的双语写作技能，能正确理解原文，熟练运用双语。广博的文化知识则包括相关国家的文化背景知识（如历史、宗教、政治、地理、军事、外交等方面的知识），中西文化差异的知识以及翻译理论与翻译研究相关学科的知识（如语言学、哲学、文学、美学、心理学等领域的知识）。[2] 具体到文学翻译而言，还要求译者突出具备以下几个方面的素质。

1. 语言的感悟力

　　文学是语言的艺术。文学语言的艺术性体现在语言的个体性、形象性、音乐性、暗示性等不同的审美特征中，这就要求译者对文学语言之美具有很强的认知与感悟能力，能充分吃透语义的细微区别、词语的各种感情含义以及决定信息氛围、情调的各种语体特色，唯有这样才能充分把握文学语言的审美功能、价值与意义之所在，为随后的翻译做好准备。感悟语之美，最为直接的是从语言自身的声音、形状或结构以及与人的精神情感相关联的诗性内涵等基本层面入手，结合具体语境和作者写作意图，充分感知语言所表现出的节奏、韵律、情感、风格、语势与力量等审美蕴涵。比如，从诗句 "O my Luve's like a red, red rose"（Robert Burns）中，可以感知 red, red 并不只是语义的概念重复，还暗含着作者强烈而深沉情感的抒发；诗句中含 /əʊ/、/aɪ/ 等双元音的词语回环复现以及逗号的停顿作用，定下了该句徐缓、悠扬的基调；诗句中含 /r/、/l/ 等柔软辅音的词语占据主导，给人语气轻柔的印象；该诗句的主导步格为抑扬格（iambic），演绎着恒定的整体诗情；诗句中 a red, red rose 既因押头韵（alliteration）而得到了凸显，又暗示出一位光彩照人、亭亭玉立的美人形象；诗句中所用字词简洁明了，启示出平易、质朴、自然的语体风格。不言而喻，如果缺乏语言的感悟力，只是关注语言表意的逻辑语义运算，往往会误读，甚至是误解作者的意图与表情效果，达不到翻译的目的。

2. 丰富的想象

　　想象是通过自觉的表象运动，借助原有的表象和经验以创造新形象的心理活动与过程，是一种高级复杂的认知活动。新颖性、独立性与创造性是想象的基本特点，以此为据可将想象分为再造想象和创造想象。文学创作离不开丰富的想象，没有想象就没有艺术世界。文学翻译作为一种再创造活动，也离不开丰富的想象，没有想象也就

---

1 刘士聪序. 载杨全红《高级翻译十二讲》. 武汉：武汉大学出版社，2009：4.
2 陈宏薇等.《新编汉英翻译教程》. 上海：上海外语教育出版社，2006：15.

没有艺术世界的再现。

在文本解读阶段，译者丰富的想象有助于将文本理解得更深刻、更全面，从而充分发掘与领悟待译文本的审美艺术价值，为翻译的具体操作找到解决问题的途径与方法。比如，对毛泽东诗句"炮火连天"进行翻译时，通过相关联想，可以想象到"炮火冲云霄""炮声震天响""硝烟遮云天"等种种情形。在具体的翻译实践中，译者便可根据各自翻译的诗学目的进行选择性的传译。

在翻译表达阶段，译者丰富的想象可使译文简练新颖、形象生动，取得事半功倍的效果。例如"苍山如海，/残阳如血。"（毛泽东《忆秦娥·娄山关》），许渊冲译为"Green mountains like the tide；/ The sunken sun blood-dyed."，译者发挥想象进行了创造性变通，强化了"苍山如海，/残阳如血。"在人们头脑中的形象，使"苍山"变得更为鲜活可触，使"残阳"变得更加震撼人心。具体来说，在上句的翻译中，由 the tide 可联想到 the sea（海），原作意欲传达的"苍山"之博大、宏阔、雄浑等气势隐约其间；由 the tide 的潮涨潮落（参见 Henry Wadsworth Longfellow 之诗"The Tide Rises, the Tide Falls"），似可看到群山起伏、绵延千里、万里的壮观景象；由 the tide 雷鸣般的浪潮，似可聆听到苍山中阵阵的林涛。如此等等，不一而足。在下句的翻译中，原句表现的是"残阳红如血"，译句通过对比联想再创造出一个"残阳虽红，血更红，残阳之红乃血染成"的诗意胜景，其间的蕴意可谓深刻而震撼人心。

翻译实践中囿于中西语言文化的差异，译者丰富的想象还可演绎为一种创造手段。例如，"五千貂锦丧胡尘"（陈陶《陇西行》）中"貂锦"指代穿锦衣貂裘、作战骁勇的战士，若直译为 sable-clad，恐怕难以让西方读者参破其间的奥妙，而通过相似联想，有的译者处理为"five thousand lances were broken / when the hu horsemen struck them"，[1] 以 lances 代"貂锦"，一方面展现出栩栩如生的社会历史画卷，另一方面将战争之惨烈表现得尤为充分，而且"铁骑突出刀枪鸣"的回响似也隐约可闻。

3. 丰富的情感

"感人深者，莫先乎情"（白居易语）。文学是含情的文字，是通过情来感染人、鼓舞人、教育人、陶冶人的。作为文学译者，必须具有丰富的情感，能充分感受、体悟作品中不同情感的表现形式而后予以恰当传译。文学翻译家茅盾认为："第一，要翻译一部作品，必须明了作者的思想；还不够，更须真能领会到原作艺术上的美妙；还不够，更须自己走入原作中，和书中人物一同哭，一同笑。"[2] 翻译家张谷

---

1 王守义、约翰·诺弗尔译.《唐宋诗词英译》. 哈尔滨：黑龙江人民出版社，1989.
2 陈福康.《中国译学理论史稿》. 上海：上海外语教育出版社，1996：248.

若认为："译者更须知作者之思想感情。罗马诗人贺拉斯说过，欲令读者笑，先须作者自己笑。欲令读者哭，先须作者自己哭。一个译者也应相同。"[1]中外学者均阐明了感悟情感之于作品艺术再现的至关重要性。文学翻译中只是关注文字语义、语法的逻辑转换，文本语义信息的传递，而忽略依情行文、文随情转的烛照，译文的艺术感染力就会大打折扣，甚至全然丧失。借用歌德的话说，"没有情感也就不存在真正的艺术"。[2]例如：

The wind sounded like the roar of a train passing a few yards away. The house shuddered and shifted on its foundations. Water inched its way up the steps as first-floor outside walls collapsed. No one spoke. Everyone knew there was no escape; they would live or die in the house. (*Face to Face with Hurricane Camille* — Joseph P. Blank)[3]

有人将其译为：

风声听起来就像从几码远的地方经过的火车声一样。房子颤动起来，在地基上滑动。当一楼外墙塌陷时水慢慢地沿着台阶漫了上来。没人说话。每个人都明白谁也逃脱不了，他们要死要活都在房子里。[4]

译文传达了原文的信息意义，但其节奏徐缓，语气松弛，未能再现原文中一系列简单句所营造出的快速节奏与紧张气氛。译文中多了一份译者心平气和的解说，少了一份读者身临其境的紧张情感体认。因此，要取得与原文相似的艺术感染力，试将译文调整如下：

此时风声大作，有如几码外列车飞驰的呼啸声。房子颤抖，地基摇晃起来。一楼外墙倒塌，海水漫上楼梯。大家一声不吭，个个心里明白在劫难逃，是死是活就在这房子了。

译者对原作情感的感悟与传译受到主、客观因素的影响多种多样，但主要影响因素还是译者的审美艺术眼光。没有审美艺术眼光的修养，也就失去了感悟情感的基础与方向，一切无从谈起。

4. 审美艺术修养

译者的审美艺术修养至少应包括这两个方面的内容：一方面是译者要有较好的语言修养与文学修养，能对所译作品的语言艺术与文学特色进行充分的鉴赏、解析，也就是说，对所译作品的语言价值与文学价值之所在既能知其然，也能知其所以然。另

1 王寿兰.《当代文学翻译百家谈》. 北京：北京大学出版社，1989：456.
2 鲁枢元.《文学理论》. 上海：华东师范大学出版社，2006：110.
3 张汉熙等.《高级英语》(第二册，修订本). 北京：外语教学与研究出版社，1997：4.
4 王迈迈等.《高级英语学习手册》(第二册，修订本). 北京：原子能出版社，2008：25.

一方面译者需对其他艺术门类（如音乐、绘画、雕塑、摄影、建筑等）广有涉猎，且能融会贯通，学以致用。"文学既以整个社会整个人为对象，自然牵涉到政治、经济、哲学、科学、历史、绘画、雕塑、建筑、音乐，以至天文地理，医卜星相，无所不包。"[1]如果译者缺乏这些方面的知识或修养，往往会难以认识到作品中的艺术之美，也因而很难使译作达到理想境界。20世纪美国诗人威廉·卡洛斯·威廉斯（William Carlos Williams）写有经典诗歌"The Red Wheelbarrow"，因之被誉为"红轮手推车诗人"。该诗全文如下：

> so much depends
>
> upon
>
> a red wheel
>
> barrow
>
> glazed with rain
>
> water
>
> beside the white
>
> chickens.

有人将此诗译为：

七古　红色手推车

> 一辆红色手推车，
> 着雨白色鸡群边。
> 直信此中有真意，
> 只是欲辨已忘言。[2]

不难看出，译者用汉诗传统的诗体与诗学表现方式对原作进行了"改写"，如此一来，译诗汉诗特点鲜明，而原诗的诗学特色与情趣则几乎消失殆尽。在这一意义上，译诗显然未能达到理想传译原作的效果。究其原因，应是译者忽略了原诗独特的外在形式及其审美价值，换句话说，译者未能充分认识到原诗在其历史语境中脱下格

1 怒安.《傅雷谈翻译》. 沈阳：辽宁教育出版社，2005：10.
2 转引自黄杲炘.《英诗汉译学》. 上海：上海外语教育出版社，2007：46.

律诗"紧身衣"的诗学价值与意义，也未能充分把握原诗之"诗质"及其艺术表现形式。从原诗中的跨行、语法切断与空间切断给人的认知感兴来看，诗作从上至下逐渐展示的情景画面折射出摄影艺术中取景镜头"推拉摇移"的影子。具体来说，原诗1—2行为"拉"，镜头取的是远景；第3—4行为"推"，取的是近景，其中第4行为固定镜头的左右摇动；第5—6行为镜头先上下后左右的"摇"，其中第6行为进一步的"推"，是特写；第7—8行为镜头变动下的水平移动，其中第8行也可视为移动中的"推"，是特写。如此看来，原诗的外在形式演绎着鲜明的动态变化感与写景层次感，而且与诗作内容与画面情景浑然一体。不仅如此，原诗既践行了诗人提出的诗学原则"There are no ideas but in things"（凡理皆寓于物），又使语言发挥了"超媒体"的艺术功效，增加了诗作感人的艺术维度，也创新了诗作表情达意的艺术手法。由此可见，诗作的意图是让读者参与其间，去感知，去兴发，去感悟其间蕴涵的义理，并无上例译文中后两行道家式的论述。基于以上分析，试译如下：

红 色 手 推 车

这么多东西依
靠

一个红轮
手推车

晶莹闪亮着雨
水

旁边是白色的
小鸡。

第七节　文学翻译的意义

翻译是语言符号之间的转换，是意义的传达，是文化之间的交流。"不同的国家或民族之间，如果有往来，有交流的需要，就会需要翻译。否则思想就无法沟通，文化就难以交流，人类社会也就难以前进。"[1] 就翻译在中外文化交流中所起到的不可替代的重要作用，季羡林先生以生动形象的语言说得更为深刻、更为警策：

若拿河流来做比较，中华文化这一条长河，有水满的时候，也有水少的时候，但却从未枯竭。原因是有新水注入。注入的次数大大小小是颇多的，最大的有两次，一次是从印度来的水，一次是从西方来的水。而这两次大注入依靠的都是翻译。中华文化之所以能常葆青春，万变灵药就是翻译。翻译之为用大矣哉！[2]

翻译的社会文化功用如此巨大，这其中文学翻译的作用也功不可没。文学翻译对中国社会文化的影响择其要者，主要表现在以下三个方面。[3]

1. 文学语言方面

"中国文学翻译最早可追溯到六朝时期，较为系统地译介外国文学则是近一个世纪的事。"[4] 在大量译介外来文献的过程中，受到最为直观显著影响的是文学语言的词汇与语法。

佛经的翻译丰富了当时中国的文学语言。由佛典中翻译出来的反映佛教概念的词汇，经历代文人士子的收集、整理和解释，大量进入汉语，极大地丰富了汉语的词汇量。有的用原有汉字翻译佛教概念，并赋之以新义，如"因缘""境界"等；有的音译外来词，如"佛陀""菩萨""菩提"等。这些词汇在今天的文学研究与创作中也常为人们所习用。大量佛典词汇的译介也带来了许多外来语法结构的输入，这在很大程度上又影响与改变着中国人的思维方式与表达方法。比如，佛经中大量使用的比喻在丰富与启发人们的想象之时，也使人们的创作方法变得灵活多样，表达效果也卓异非凡。

"五四"前后的文学翻译对白话文运动的兴起与发展起到了推波助澜的重要作用。许多著名作家通过文学翻译为中国现代文学语言输入了养分，也为中国现代语言的演化探索着前进的道路，辨明了发展的方向。瞿秋白在与鲁迅讨论翻译问题时说：

翻译——除出能够介绍原本的内容给中国读者以外——还有一个很重要的作用：就是帮助我们创造出新的中国的现代言语。……翻译，的确可以帮助我们造出许多新的字眼，新的句法，丰富的字汇和细腻的精密的正确的表现。……[5]

这一论断得到了翻译实践家们的普遍证实。文学翻译之于中国现代语言的演化作

1 许钧等.《文学翻译的理论与实践——翻译对话录》. 南京：译林出版社，2001：3.
2 同上.
3 孟昭毅等.《中国翻译文学史》. 北京：北京大学出版社，2005：5. 本书借鉴了书中诸论第三小节，本节中所论及的文学翻译主要指文学翻译的结果，即译作.
4 许钧等.《文学翻译的理论与实践——翻译对话录》. 南京：译林出版社，2001：1.
5 鲁迅.鲁迅与瞿秋白关于翻译的通信——鲁迅的回信. 载罗新璋编《翻译论集》. 北京：商务印书馆，1984：266.

用之重大，诚如有的学者所言："假如没有外语的影响，我们的白话文可能永远就是古代的白话——没有新名词，没有外来语法。而现代汉语就不会是今天的这个样子。"[1]

2. 艺术表现形式方面

佛典中文学表现的突出特点是长于思辨和善于使用形象。随着佛典的大量译介与传播，佛典中的文学表现手法在中国文学中得到了广泛的运用。汉译佛经的通俗易晓给魏晋时期走到骈俪泛滥套路上的中国散文带来了生机与活力，并形成一种文学新体。在诗歌方面，诗风也因之变得通俗、自由，诗意的表述中渐现说理的因子，到宋代诗人借诗说理，作诗如参禅，俨然形成一代风气。偈颂中极尽夸张、极尽铺排的艺术方法丰富了诗歌的表现手法，也增强了诗歌的艺术表现力。在小说方面，主题思想、艺术构思以及表现方法也直接承继了"因果报应""人生如梦""灵验报应"等佛典中的内容。

近现代的文学翻译更是给中国文学的发展带来了深刻的影响。近代著名翻译家林纾于 1899 年翻译出版的小说《巴黎茶花女遗事》，完全摆脱了中国古典小说章回体的束缚，在当时的历史语境下，其译作不仅提高了小说的地位，扩大了小说的影响，而且使传统的中国文学形式向前推进了一大步。许多现代著名诗人，如闻一多、刘半农、徐志摩、戴望舒等都翻译出版了许多外国诗人的优秀诗篇，通过翻译中的模仿、借鉴，大大推动了中国新诗的形成与发展。众多重要作家如鲁迅、茅盾、巴金、冰心等的创作也均从其文学翻译中汲取了养分，为发展中国新文学贡献了自己的力量。

3. 文艺思想方面

文学翻译不仅带来了新的词汇与新的表达法，带来了新的文学体式与新的艺术表现手法，而且还不断催生着新的社会文化思想。佛典的大量译介与传播对建立与发展中国文学理论产生了多方面的重大影响。中国文人借鉴佛典的认识论、方法论、宇宙观，对文学的性质与功能、文学创作的规律等问题提出了许多新的见解与观点。[2]中国文学思想史上的"形神""形象""形似"与"神似"等问题，都曾受到佛教及其典籍的影响。"以禅喻诗"更是显例，成为中国文学的传统，"以禅论诗""以禅悟诗""以禅比诗"也一度被奉为时尚。

鸦片战争之后，中国思想界掀起了激烈的斗争，其中资产阶级新文化与封建阶级旧文化的斗争尤为激烈。这一时期的文学翻译引进了资产阶级民主主义思想，拓展了

---

1 王向远．《翻译文学导论》．北京：北京师范大学出版社，2004：80．
2 孟昭毅等编．《中国翻译文学史》．北京：北京大学出版社，2005：5．

中国知识阶层的视野，对摧毁旧中国的封建思想、封建礼教、封建文化，起到了积极的作用。五四时期的文学翻译，在"德先生（民主）"和"赛先生（科学）"大旗的指引之下，传播了个性解放和自由、平等、博爱的思想，为中国的文化革命提供了武器。十月革命以后，对早期苏联文学的译介，为中国无产阶级的革命文学提供了良好借鉴。进入新时期，我国的文学翻译事业可以说是盛况空前。对欧美文学、拉丁美洲文学的大量译介，不仅为广大中国读者展示了一片神奇新鲜的文学景观，更为新时期中国作家的创作提供了无比丰富、无比新鲜的艺术借鉴资源，对新时期中国文学的创作产生了非常大的影响。

第八节　文学翻译练习及思考

练习 1

Companionship of Books

Samuel Smiles

A man may usually be known by the books he reads, as well as by the company he keeps; for there is a companionship of books as well as of men; and one should always live in the best company, whether it be of books or of men.

A good book may be among the best of friends. It is the same today that it always was, and it will never change. It is the most patient and cheerful of companions. It does not turn its back upon us in times of adversity or distress. It always receives us with the same kindness; amusing and instructing us in youth, and comforting and consoling us in age.

Men often discover their affinity to each other by the mutual love they have for a book — just as two persons sometimes discover a friend by the admiration which both entertain for a third. There is an old proverb, "Love me, love my dog." But there is more wisdom in this: "Love me, love my book." The book is a truer and higher bond of union. Men can think, feel, and sympathize with each other through their favorite author. They live in him together, and he in them.

"Books," said Hazlitt, "wind into the heart; the poet's verse slides in the current of our blood. We read them when young, we remember them when old. We read there of what has happened to others. We feel that it has happened to ourselves. They are to be had everywhere cheap and good. We breathe but the air of books."

A good book is often the best urn of a life, enshrining the best that life could think out; for the world of a man's life is, for the most part, but the world of his thoughts. Thus the best books are treasuries of good words, the golden thoughts, which, remembered and cherished, become our constant companions and comforts. "They are never alone," said Sir Philip Sidney, "that are accompanied by noble thoughts."

The good and true thought may in times of temptation be as an angel of mercy purifying and guarding the soul. It also enshrines the germs of action, for good words almost always inspire to good works.

Books possess an essence of immortality. They are by far the most lasting products of human effort. Temples and statues decay, but books survive. Time is of no account with great thoughts, which are as fresh today as when they first passed through their author's minds ages ago. What was then said and thought still speaks to us as vividly as ever from the printed page. The only effect of time has been to sift out the bad products; for nothing in literature can long survive but what is really good.

Books introduce us into the best society; they bring us into the presence of the greatest minds that have ever lived. We hear what they said and did; we see them as if they were really alive; we sympathize with them, enjoy with them, grieve with them; their experience becomes ours, and we feel as if we were in a measure actors with them in the scenes which they describe.

The great and good do not die, even in this world. Embalmed in books, their spirits walk abroad. The book is a living voice. It is an intellect to which one still listens. Hence we ever remain under the influence of the great men of old. The imperial intellects of the world are as much alive now as they were ages ago.

译前提示:

以书为友,以好书为友,可知晓中外古今,可陶冶性情,增长知识,开发心智,提升精神境界。以书为纽带,生活中可以结交到志趣相投的好友,书本中可以结识历代的伟人巨匠,可以得到他们精神与思想之光的烛照。有书为伴,人生不孤独,有书同行,生活更多彩。时间可以永恒,好书也可以永不朽。

翻译这篇文章，一方面选词用字宜从正面着笔，尽数以书为友的好处，另一方面需将亦书亦人或友两者彼此映照的特点再现出来。文章中多处关于书的隐喻句子，以人或友的视角来观照，翻译的困难可能会迎刃而解。此外，平衡译句长短，建立平稳统一的叙述节奏对增强译文的吸引力与感染力尤为重要。

练习2

You've Changed

John J. Ryan

Don West had seen her wave and he came walking across the station toward her, a quizzical, surprised look on his tanned face.

"Well, well," he said, with the same rugged smile. "What a nice surprise, ah ... Jeanne."

She smiled in return. "Don West, you haven't changed a bit."

It was true, a few pounds heavier, a little older, but the same Don West she had fallen in love with long ago — and never quite got over.

He stood back away and looked down at her, his blue eyes crinkling at the corners. No use kidding herself, she thought, and say it had all been a kid crush. She still got weak just looking at him.

"Jeanne," he said. "Jeanne. You look good enough to eat." He sighed and then frowned handsomely. "You don't know how swell it is to see you. I've wondered so many times whatever became of you."

She hesitated for a moment, about to say something, but then she changed her mind. He took her arm and steered her expertly towards the cocktail lounge. But then he always had done things expertly, particularly where women were concerned.

He settled back and studied her. "You do look different. You really have changed, Jeanne. But you're lovelier, so much lovelier."

"Don," she said softly, "it's really been quite a long time since 'varsity."

He lit a cigarette. "I know, Jeanne. I enlisted right after I got my degree. It's been some time, all right. But say, remember the ball and *The Blue Danube*? Remember that?"

She kept her eyes on her drink. She didn't dare look up.

"I heard it just the other day, Jeanne, and I thought of you — couldn't stop thinking of you, either." He took her hand.

"Look, Jeanne, I've got a business appointment. I've just come in from the south, but I'll be free by dinner time."

She glanced up now and his eyes were saying tender things.

"Jeanne, it will be just like it was, just like that night at the ball. Just the two of us. Let's make it seven o'clock at my hotel for dinner."

He pressed her hand hard, didn't wait for an answer. She watched him walk out the door.

She knew that Don West would never change — would never be quite an honest person. But the way she loved him wouldn't change either. There was no mistaking the way he had looked at her. Don could be hers.

Only she wouldn't be there at seven, mostly because she had never been to the ball at 'varsity. She had never even had a date with Don. He was the rugby hero admired from afar.

And, besides, her name wasn't Jeanne.

✒ **译前提示：**

　　唐·韦斯特（Don West）经过车站时偶遇珍妮（Jeanne），两人寒暄起来，谈现在，说过往，去就近的鸡尾酒吧畅叙，"脸漫笑盈盈，相看无限情"，还约定一起在酒店共进晚餐。但最后共进晚餐的约会只能以"珍妮"的失约而告终，因为唐·韦斯特口口声声称呼的"珍妮"并不叫"珍妮"，他所提起的过往与她并无任何交集。在她眼中，唐·韦斯特只是她在远处默默崇拜的橄榄球明星。整个交谈过程中唐·韦斯特积极主动，能说会道，甜言蜜语，驾轻就熟，俨然是一位情场老手，"珍妮"彬彬有礼，温柔沉稳，善解人意，虽对对方心存一丝幻想，但理智告诉她还是应从这样"花心的"男人身边抽身而去。人生如戏，但逢场作戏不一定可取。

　　全文语言简明质朴，句子多为短句、简单句，口语色彩浓郁，人物形象鲜明。翻译过程中需重点关注如何运用译入语来表现男女双方的语气神态、言谈举止，这对人物形象的生动再现尤显重要。

春

朱自清

盼望着，盼望着，东风来了，春天的脚步近了。

一切都像刚睡醒的样子，欣欣然张开了眼。山朗润起来了，水涨起来了，太阳的脸红起来了。

小草偷偷地从土里钻出来，嫩嫩的，绿绿的。园子里，田野里，瞧去，一大片一大片满是的。坐着，躺着，打两个滚，踢几脚球，赛几趟跑，捉几回迷藏。风轻悄悄的，草软绵绵的。

桃树、杏树、梨树，你不让我，我不让你，都开满了花赶趟儿。红的像火，粉的像霞，白的像雪。花里带着甜味儿；闭了眼，树上仿佛已经满是桃儿、杏儿、梨儿。花下成千成百的蜜蜂嗡嗡地闹着，大小的蝴蝶飞来飞去。野花遍地是：杂样儿，有名字的，没名字的，散在草丛里，像眼睛，像星星，还眨呀眨的。

"吹面不寒杨柳风"，不错的，像母亲的手抚摸着你。风里带来些新翻的泥土的气息，混着青草味儿，还有各种花的香，都在微微润湿的空气里酝酿。鸟儿将窠巢安在繁花嫩叶当中，高兴起来了，呼朋引伴地卖弄清脆的喉咙，唱出宛转的曲子，与轻风流水应和着。牛背上牧童的短笛，这时候也成天嘹亮地响着。

雨是最寻常的，一下就是三两天。可别恼。看，像牛毛，像花针，像细丝，密密地斜织着，人家屋顶上全笼着一层薄烟。树叶儿却绿得发亮，小草儿也青得逼你的眼。傍晚时候，上灯了，一点点黄晕的光，烘托出一片安静而和平的夜。在乡下，小路上，石桥边，有撑起伞慢慢走着的人，地里还有工作的农民，披着蓑戴着笠。他们的房屋，稀稀疏疏的在雨里静默着。

天上风筝渐渐多了，地上孩子也多了。城里乡下，家家户户，老老小小，也赶趟儿似的，一个个都出来了。舒活舒活筋骨，抖擞抖擞精神，各做各的一份事去。"一年之计在于春"，刚起头儿，有的是工夫，有的是希望。

春天像刚落地的娃娃，从头到脚都是新的，它生长着。

春天像小姑娘，花枝招展的，笑着，走着。

春天像健壮的青年，有铁一般的胳膊和腰脚，领着我们上前去。

✒ 译前提示：

　　原作题名为"春"，以"春"贯穿全篇，从盼望春天，到描绘春天，再到赞颂春天，逐层推进，环环相扣，淋漓尽致地描绘出一幅五彩斑斓的早春图，映现着田园牧歌式的清新格调和美好欢乐的意蕴氛围。该作也像一曲赞歌，唱出了春的美妙旋律。

　　翻译这篇文章，可着重考虑这三个方面的情况：一是选词造句的语义蕴涵整体上需体现出积极向上、美好欢乐的基调；二是需再现出原文轻松、欢快的节奏；三是可按绘画的空间层次结构来组织译文的造句谋篇。

练习 4

Upon Julia's Voice

Robert Herrick

So smooth, so sweet, so silv'ry is thy voice,

As, could they hear, the Damned would make no noise,

But listen to thee（walking in thy chamber）

Melting melodious words to Lutes of Amber.

✒ 译前提示：

　　朱莉娅的声音圆润、甜美、如银铃一般，让人摸得着（smooth）、尝得到（sweet）、看得见（silv'ry），多角度的描述使人产生强烈的同向审美感受。这种审美感受接着通过诗中鬼魅凝神静听的反面衬托与华丽的居室（chamber）、贵重精美的弹奏乐器（Lutes of Amber）以及弹奏的悠扬悦耳的乐曲（Melting melodious words）的正面烘染被表现得更为深刻与强烈。听话听音，听音识人。外在的声音美、环境美启示出内在的品质美、心灵美，曲笔传情达意，颇为高妙。

　　翻译中把握原诗正反相承，曲笔传情的内在特点与各诗行五音步抑扬格、韵式 aabb 以及系列意象呈示的外在特点，以汉语五个语义顿对应原诗五个音步，并模拟原诗韵式和系列意象呈示进行翻译，不失为一种可用的方法。

练习5

Love Is Cruel, Love Is Sweet

Thomas MacDonagh

Love is cruel, love is sweet, —
Cruel sweet.
Lovers sigh till lovers meet,
Sigh and meet —
Sigh and meet, and sigh again —
Cruel sweet! O sweetest pain!

Love is blind — but love is sly,
Blind and sly.
Thoughts are bold, but words are shy —
Bold and shy —
Bold and shy, and bold again —
Sweet is boldness, — shyness pain.

译前提示：

原诗上下两节分别讲述的是相恋的甜蜜与"才相见又别离，再到相见是何时"的痛楚；以及想象中见面时要大胆表白的甜蜜与见面后又紧张、羞怯得开不了口的心痛。全诗运用矛盾修辞格（oxymoron）、跨行以及为数不多的几个普通词汇与简单、甚至是单一的句法，将这份"痛并快乐着"的爱情心曲刻画得真切细腻，深刻隽永。

翻译这首诗，可借助情景还原的方法来理解原文，比如相恋的人未见面时常叹息（sigh）何时才能见面？见面后（meet）又叹息怎么这么快就别离，下次见面是何时？再如见面前心中有万语千言（Thoughts are bold）要表白，见面后却又羞于开口（but words are shy），无言以对，心想大胆说出来（bold）很甜蜜，相见时又觉口难开（shy）很痛苦。进行表达时，可依据原诗统一中有变化的诗律与韵式，选用简洁凝练的口语来再现原作回环往复、细腻微妙的情感演化轨迹。

Stopping by Woods on a Snowy Evening

Robert Frost

Whose woods these are I think I know.

His house is in the village, though;

He will not see me stopping here

To watch his woods fill up with snow.

My little horse must think it queer

To stop without a farmhouse near

Between the woods and frozen lake

The darkest evening of the year.

He gives his harness bells a shake

To ask if there is some mistake.

The only other sound's the sweep

Of easy wind and downy flake.

The woods are lovely, dark and deep,

But I have promises to keep,

And miles to go before I sleep,

And miles to go before I sleep.

✒ **译前提示：**

　　诗人日暮时分策马独行，经过一片白雪覆盖的林地，驻马观赏林中雪景，四野荒无人烟，周天一片静寂，唯有微风轻拂与雪花飞舞的声响。雪林深深，景色迷人，面对此情此景，诗人心有所悟：沉溺于眼前美景，有违肩负的社会义务与责任，于是策马前行，去完成自己应履行的使命。比读唐代诗人杜牧诗作《山行》，可得异曲同工之妙趣。

翻译这首诗，一方面需把握原作诗情徐缓、宁静、沉思的特点，另一方面需考虑如何再现原诗别具一格的节奏与韵式，即每行八个音节四音步，韵式是 aaba bbcb ccdc dddd。

练习 7

我 遥 望
曾 卓

当我年轻的时候
在生活的海洋中，偶尔抬头
遥望六十岁，像遥望
一个远在异国的港口

经历了狂风暴雨，惊涛骇浪
而今我到达了，有时回头
遥望我年轻的时候，像遥望
迷失在烟雾中的故乡

1981 年 3 月 12 日

✎ 译前提示：

人生的旅程犹如在大海航行。旅途中经历的坎坎坷坷，有如大海中穿越的风风浪浪，个人的成长轨迹，有如大海航程中从一个港口转入另一个港口的演绎。年轻时满怀憧憬，锐意进取，期盼着经过多年跋涉后到达的神奇境界。年老时回望来时路，虽是已经走了很久很久，走了很远很远，但仍不失自己出发时的初心。举头遥望异国港，回首思念我家乡，成为贯穿于华夏民族思维中一根长长的红线。

翻译这首诗，一方面需把握好原诗中与"（生活的）海洋"相关的意象隐喻链，另一方面需保留原诗的跨行、跨节的外在形式特点。

与莫同年雨中饮湖上

苏　轼

到处相逢是偶然，
梦中相对各华颠。
还来一醉西湖雨，
不见跳珠十五年。

✒ **译前提示：**

莫同年指莫君陈，他与苏东坡同为嘉佑元年进士，所以称同年。时任两浙提刑官。苏轼与其早有交游，此次在杭州相遇，同在雨中观赏西湖，写下了这首诗作。

世事人生，行踪难定，虽为旧友，相逢多出偶然，恍如隔梦，令人感怀，是喜亦忧。久别重逢，重走以前一起走过的路，重温以前一起经历的事，看过的景，其情深其意切，可谓尽在不言中。

翻译这首诗，可先将原诗的主题内容情景化或语境化，让读者循着具体化的时空情景去体验、印认与领悟其间蕴藏的深情厚谊，然后再选择格律诗体或自由诗体形式进行重构表达。

Death of a Salesman

（Act I　Excerpt）

Arthur Miller

LINDA：（*hearing Willy outside the bedroom, calls with some trepidation*）Willy!

WILLY：It's all right. I came back.

LINDA：Why? What happened?（*Slight pause.*）Did something happen, Willy?

WILLY：No, nothing happened.

LINDA: You didn't smash the car, did you?

WILLY: (*with casual irritation*) I said nothing happened. Didn't you hear me?

LINDA: Don't you feel well?

WILLY: I'm tired to the death. (*The flute has faded away. He sits on the bed beside her, a little numb.*) I couldn't make it. I just couldn't make it, Linda.

LINDA: (*Very carefully, delicately*) Where were you all day? You look terrible.

WILLY: I got as far as a little above Yonkers. I stopped for a cup of coffee. Maybe it was the coffee.

LINDA: What?

WILLY: (*after a pause*) I suddenly couldn't drive any more. The car kept going onto the shoulder, y'know?

LINDA: (*helpfully*) Oh. Maybe it was the steering again. I don't think Angelo knows the Studebaker.

WILLY: No, it's me, it's me. Suddenly I realize I'm goin' sixty miles an hour and I don't remember the last five minutes. I'm — I can't seem to — keep my mind to it.

LINDA: Maybe it's your glasses. You never went for your new glasses.

WILLY: No, I see everything. I came back ten miles an hour. It took me nearly four hours from Yonkers.

LINDA: (*resigned*) Well, you'll just have to take a rest, Willy, you can't continue this way.

WILLY: I just got back from Florida.

LINDA: But you didn't rest your mind. Your mind is overactive, and the mind is what counts, dear.

WILLY: I'll start out in the morning. Maybe I'll feel better in the morning. (*She is taking off his shoes.*) These goddam arch supports are killing me.

LINDA: Take an aspirin. Should I get you an aspirin? It'll soothe you.

WILLY: (*with wonder*) I was driving along, you understand? And I was fine. I was even observing the scenery. You can imagine, me looking at scenery, on the road every week of my life. But it's so beautiful up there, Linda, the trees are so thick, and the sun is warm. I opened the windshield and just let the warm air bathe over me. And then all of a sudden I'm goin' off the road! I'm tellin' ya, I absolutely forgot I was driving. If I'd've gone the other way over the white line I might've killed somebody. So I went on again — and five minutes later I'm dreamin' again, and I nearly — (*He presses two fingers against his eyes.*) I have such thoughts, I have such strange thoughts.

LINDA: Willy, dear. Talk to them again. There's no reason why you can't work in New York.

WILLY: They don't need me in New York. I'm the New England man. I'm vital in New England.

LINDA: But you're sixty years old. They can't expect you to keep traveling every week.

WILLY: I'll have to send a wire to Portland. I'm supposed to see Brown and Morrison tomorrow morning at ten o'clock to show the line. Goddammit, I could sell them! (*He starts putting on his jacket.*)

LINDA: (*taking the jacket from him*) Why don't you go down to the place tomorrow and tell Howard you've simply got to work in New York? You're too accommodating, dear.

WILLY: If old man Wagner was alive I'd a been in charge of New York now! That man was a prince, he was a masterful man. But that boy of his, that Howard, he don't appreciate. When I went north the first time, the Wagner Company didn't know where New England was!

LINDA: Why don't you tell those things to Howard, dear?

WILLY: (*encouraged*) I will, I definitely will. Is there any cheese?

LINDA: I'll make you a sandwich.

WILLY: No, go to sleep. I'll take some milk. I'll be up right away. The boys in?

LINDA: They're sleeping. Happy took Biff on a date tonight.

WILLY: (*interested*) That so?

✒ 译前提示：

　　《推销员之死》(*Death of a Salesman*) 是美国剧作家阿瑟·米勒（Arthur Miller, 1915—2005）的代表作。作品讲述了年过六旬的威利·洛曼（Willy Loman）为瓦格纳公司（Wagner）辛苦工作了 34 年，后因年老体弱，推销不力遭公司解雇，生活陷入困顿的故事。威利一直怀有靠个人奋斗而成功的梦想，但最后结果事与愿违，梦想彻底落空，只好以撞车来结束自己的生命。作品刻画了威利这个小人物悲剧性的一生，揭露了美国富有神话的欺骗性。

以上选段说的是威利开车外出回到家后与妻子林达（Linda）谈起自己一路的经历以及明天一大早还要开车外出跑工作的事。翻译这段文字，一是要注意口语化语言的简洁紧凑，易于上口言说；二是要注意双方对话语言前后的相互影响，共同推动戏剧情节的发展，便于搬上舞台表演；三是选词造句需注意再现威利反复无常的性情与林达细心体贴、言听计从的性格特点。

译后思考：

1）什么是文学翻译？你是怎样理解其内涵、意义与价值的？

2）文学语言有哪些审美特点？把握文学语言的审美特点，对文学翻译意味着什么？

3）文学文本结构论的表现形态有哪些？其内涵是什么？对文学翻译有何指导意义？

4）理解的层次与方法有哪些？如何在文学翻译中具体实践与应用？

5）如何认识文学翻译的原则？自己在翻译实践中是否遵循相关翻译原则？

6）如何提高文学译者的文化艺术素质？

第二章
散文翻译

本章学习目标：

1. 阅读英汉散文经典作品，体会与理解散文的基本特征及语言特点。

2. 选择主题或风格相近的散文作品进行审美特征的对比研读。

3. 进行散文翻译练习，写出译前理解鉴赏与译后审美表达的过程与特点。

4. 结合散文翻译的原则，对比研读同一作品不同译文的翻译艺术与技巧。

第一节　散文的基本特征

散文有广义的散文与狭义的散文之分。广义的散文是指韵文之外的一切散体文章；狭义的散文专指那些带有文学性的散体文章，是与诗歌、小说、戏剧文学、影视文学并列的一种文学体裁。散文作为一种独立的文学体裁，有着自身的区别性特征（distinctive features）。这主要表现在以下三大方面。

1. 感受真挚

散文多写真人真事，真景真物，而且是有感而发，有为而作。"说真话，叙事实，写实物、实情，这仿佛是散文的传统。古代散文是这样，现代散文也是这样。"[1] "真挚地表现出自己对整个世界独特的体验与感受，这确实是散文创作的基石。"[2] 散文中抒写最多的是作者的亲身经历，表达的是作者所见所闻，所感所触，富有个性与风采的生命体验与人生情怀。散文是作者发自内心的真情倾诉，是作者与读者之间一种推心置腹的交谈。

2. 选材广泛

散文选择题材有广泛的自由。生活中的某个细节、片段、某个侧面均可拿来抒写作者特定的感受与境遇，而且凡是与某一主题相关的材料，也均可拿来使用。与其他文学体裁相比，散文选择题材几乎不受什么限制。比如，缺乏集中矛盾冲突的题材难以进入戏剧，缺乏比较完整的生活事件与人物形象的题材难以进入小说，而散文则不受这些方面的约束。事无大小巨细，上至天文地理，下至社会人生，小到花鸟虫鱼、身边琐事，大到民族命运、历史巨变，均可作为散文题材。

3. 结构自由

散文创作的结构自由灵活，不拘一格。它不像小说创作那样，要塑造人物形象，设计故事情节，安排叙事结构，也不像戏剧创作那样要突出矛盾冲突，要讲求表演的动作性。散文可描写，可议论，可抒情，灵活、随意是它最为鲜明的长处。

散文的结构没有严格的限制和固定的模式，但其创作上的灵活、随意并不意味着散乱无序，其选择题材与抒情表意需紧紧围绕一根红线展开，这便是人们常说的散文需"形散而神不散"。也就是说，运笔自如，不拘成法，散而有序，散而有凝。

1　吴伯箫. 散文名作欣赏序. 载傅德珉著《散文艺术论》. 重庆：重庆出版社，1988：12.
2　林非.《林非论散文》. 南昌：江西高校出版社，2000：46.

第二节　散文语言的特点

与其他文学样式相比，散文没有较多的技巧可以凭借，因此在艺术表现形式上，主要依靠语言本身的特点。散文语言的特点主要体现在以下几个方面。

1. 简练与畅达

"简练是中文的最大特色。也就是中国文人的最大束缚"（林语堂语）。[1]简练的散文语言一方面充分传达出作者所要表达的内容，另一方面高效地传递着作者对待人情物事的情感与态度。它不是作者雕饰刻求的结果，而是作者平易、质朴、纯真情感的自然流露。散文语言的畅达既指措辞用语运笔如风，不拘成法，随意挥洒，又指作者情感表达的自由自在，酣畅自如。学者林非论及散文语言时指出："如果认为它也需要高度艺术技巧的话，那主要是指必须花费毕生艰巨的精力，做到纯熟地掌握一种清澈流畅而又蕴藏着感情浓度和思想力度的语言。"[2]简练与畅达相辅相成，共同构建着散文语言艺术的生命线。

2. 口语体与文采化

散文多写作者的亲身经历与感受，作者用自己的姿态、声音、风格说话，向读者倾诉，与读者恳谈，从而彰显着娓娓道来的谈话风与个性鲜明的口语体。"口语体"的散文语言因其平易质朴而显得自然，因其便于交流而显得亲切，因其富于个性化而显得真实。"口语体"的散文语言并非意味着没有文采，不讲文采，它往往是"至巧近拙"的文采。散文家徐迟认为："写得华丽并不容易，写得朴素更难。也只有写得朴素了，才能显出真正的文采来。……越是大作家，越到成熟之时，越是写得朴素。而文采闪烁在朴素的篇页之上。"[3]

3. 节奏的顺势与顺口

散文的节奏美，在语音上表现为声调的平仄或抑扬相配，无韵有韵的交融，词义停顿与音节停顿的融合。在句式上表现为整散交错，长短结合，奇偶相谐。整句结构整饬，使语义表达层次分明，通顺畅达；散句结构参差不齐，使语义表达显得松散、自然。长句结构复杂，速度缓慢，可以把思想、概念表达得精密细致；短句结构简

---

1 方道.《散文学综论》. 合肥：安徽教育出版社，2004：121.
2 同上，120.
3 同上，123.

单，速度迅捷，可以把激烈活泼的情感表现得尤为生动。奇偶相谐则使整散句式、长短句式经过调配后在行文结构上显得错落有致，在表达意义上显得跌宕起伏。散文语言的节奏美，无论表现在语音上，还是表现在句式上，均需顺势与顺口。"顺势，就是依据状物抒怀的需要，配以合乎感情起伏变化的自然节奏"；"顺口，则是读起来朗朗上口，不别扭，不拗口，节奏合乎口语呼吸停顿的自然规律"。[1]

第三节　散文文体的分析

不同的文学体裁，有着各自显在的文体特征，不同的文体特征既表征着作品的主题意义与整体审美效果，又密切地联系着不同作者的个人风格。因此，要较为充分地、较为全面地理解作品，从文体分析入手不失为一条有效的途径。

1. 化整为零的个性分析

分析散文文体，可先将散文语篇化整为零，将具有艺术整体性的篇章拆解开来，逐一分析其间不同要素在文本中的功能、作用与价值。通常而言，散文语篇可供分析的基本要素包括：① 写作意图与对象；② 立论方法；③ 篇章的组织与结构；④ 段落的过渡与扩展；⑤ 句型的选择与运用；⑥ 词汇的分析与比较；⑦ 语言的逻辑与表达；⑧ 语气与态度；⑨ 文体与修辞；⑩ 节奏与韵律；⑪ 引语、暗指与典故；等等。[2]基于这些不同要素与拟分析的散文语篇，首先对散文语篇进行反复阅读与观察，然后从违背语言常规的失协（incongruity）与符合语言常规但在量上表现为高频率的失衡（deflection）[3]两大方面，归纳出声音、节奏、语法、修辞等不同构成要素较为突出（foregrounding）的文体特征，进而对其功用与审美效果进行逐一描写并阐释其原因与价值，充分彰显每个要素的个性特色。

2. 合零为整的共性分析

"艺术要通过一种完整体向世界说话"（歌德语）。经过化整为零、各个击破的个性分析后，再进行合零为整的艺术共性分析，找出诸多构成要素共同服务于某一文

1　方道.《散文学综论》. 合肥：安徽教育出版社，2004：124.
2　刘世生、朱瑞青.《文体学概论》. 北京：北京大学出版社，2006：277.
3　失协是指与其他语言或社会接受的常规相违背的突出。失衡是指那些仅仅是在统计频率上出现与人们的预期有出入的现象。刘世生、朱瑞青.《文体学概论》. 北京：北京大学出版社，2006：41—42.

本类型语用目的的共性。进一步说，评估各要素与作品主题意义和整体美学效果的相关性，以求达到审美定向统一，然后基于共性分析的结果，挑选出那些对翻译的理解与表达可能产生直接或显在影响的文体要素，按童庆炳提出的文本层次结构"三分法"分门别类、逐层演绎理解过程，为后续散文翻译的表达奠定坚实的基础。

3. 文体特征的差异性

不同的散文语篇篇幅有长短，风格有异同，文体特征也会随之各有不同。有的语篇突出的文体特征多一些，有的相对少一些。因此，在分析与描写可能应用于翻译实践的文体特征时，主张对具体语篇进行针对性的具体分析与总结，其分析与总结的要素不一定能穷尽一切与翻译相关的文体元素，但力求达到纲举目张的总体效果。

通常而言，不同散文文本的显在文体特征往往会各有特色且在表现数量上多有不同。因此，本书各章节翻译实践及讲评中的"审美鉴赏"和"翻译与讲评"部分所涉分析项数量上会出现多少不一，参差不齐的现象。所需特别指出的是，本书中的"审美鉴赏"区别于一般意义上阅读欣赏文学作品时可以自由无边的想象式鉴赏，是有针对性、选择性的"翻译式审美鉴赏"，也就是说，主要鉴赏的是那些在翻译表达过程中对遣词造句、谋篇布局以及作品主题可能产生直接或显在影响的字、词、句、段、篇等。

第四节　散文翻译的原则

散文又称美文。其文之美，美在语言，美在意境。[1]前者"质实"，便于分析、把握；后者"空灵"，则能建构、想象。由"质实"走向"空灵"是审美层次的提升，由"空灵"返照"质实"是审美蕴涵的丰富与拓展。两者互相浸染，彼此生发，共同营构着散文的艺术神韵。因此，散文翻译实践中再现散文的艺术神韵，可遵循以下原则。[2]

1. 声响与节奏

散文的声响与节奏往往是内在的，不像诗歌中那么突出、那么规则、那么富有音乐性，但其声响与节奏并不是散乱无序、毫无审美目的性的。相反，它们有效地表征着行文中律动的情感，应和着其间特有的情趣，而且显得更为灵活、自然，更为客观、真实。在这方面，前人早有中肯之论。清代桐城派散文家刘大櫆说："凡行文多

---

1 方道.《散文学综论》. 合肥：安徽教育出版社，2004：52.
2 刘士聪.《英汉·汉英美文翻译与鉴赏》（新编版）. 南京：译林出版社，2007：3—6.

寡短长，抑扬高下，无一定之律，而有一定之妙。"朱光潜说："事理可以专从文字的意义上领会，情趣必从文字的声音上体验。"[1] 翻译理论家奈达说："好的散文，同好诗一样，应该有语音和语义的跌宕起伏，以使读者阅读时能感受到节奏上的张弛。"[2] 这些论述说明在散文翻译中，一方面要认识到散文声响与节奏的重要价值与意义；另一方面，若要再现原文的字神句韵，译者可从行文文字抑扬高下、回环映衬的声响中充分体验其间蕴涵的情趣，可从句子的长短整散、语速的快慢疾徐中充分感悟其间律动的情感。

2. 个性化话语方式

散文是"个人文学的尖端"（周作人语）。散文"是主观的，以自我扩张，表现自我为目的，散文家不管他写什么，他都永远是在夫子自道。"[3] "夫子自道"的方式体现出作者个性化的话语方式，与其他文学样式相比，这一点在散文中显得最为突出，也最为真实。不同作者的话语方式各不相同，也随之带来了不同的行文风格。培根（Francis Bacon）的简古，弥尔顿（John Milton）的雄浑，蒲柏（Alexander Pope）的警策，欧文（Washington Irving）的华美，正是各自不同话语方式的归结。个性化的话语方式既体现在作者选词造句、谋篇布局等较为客观的层面，又体现在作者思想情操与审美志趣等较为主观的层面。把握作者的个性化话语方式可以从作者的某一具体篇章着手进行分析，还可从作者的文集中，有时甚至其所处时代的文学趣味中进行审视。在翻译实践中，把握作者个性化话语方式，对再现作者写作艺术个性与情感表现特色尤为重要。

3. 情趣的统一性

"形散而神不散"是人们常常用来衡量散文作品的标尺。所谓"形散"，是就散文的结构和语言来说的。所谓"神不散"，是指"散文内在的凝聚力，即情趣的统一性""内在的统一可以使外在的不统一化为统一"。[4] 散文情趣的统一性，体现在丰富多样的语言表意方式及其结构上，也体现在作者创造的形象或情景中，其实现过程是一个由表及里、由实到虚、逐层推进、不断升华的过程。在翻译实践中，从原文情趣的统一性来返照译文选词用字、谋篇布局等审美重构，有利于保存与再现原文整体审美倾向性题旨，从而使译文取得和原文类似的审美韵味。

---

1 朱光潜.《诗论》. 北京：三联书店，1984：112.
2 Nida, E. A. *Language and Culture: Contexts in Translating*. Shanghai: Shanghai Foreign Language Education Press, 2001: 63.
3 方道.《散文学综论》. 合肥：安徽教育出版社，2004：52.
4 同上，76—77.

第五节　散文翻译的评论

从如何译到为何这么译，是一个从知其然到知其所以然的过程，这一过程中翻译评论的作用不可小觑。通常而言，翻译评论所涉及的文本内外因素较多，对于散文翻译的评论也是如此。要做到面面俱到的翻译评论显然很不容易，但择其大端进行简评不失为可资参考的途径。

1. 语言与思维的转换

一般来说，有什么样的理解，就会或可能会有什么样的表达。因此，将理解所得到的认识应用于表达的研究与书写，或从局部正误，或从整体统一来评论翻译的是非得失，应是一切翻译评论研究的共选项。

翻译实践中在语音、字词、句子、语段、篇章各层级上出现的语法、语义与修辞等难点以及文化方面的"疑难杂症"均是一般翻译评论所关注的重点。除开语言、文化层面的这些因素之外，思维层面的转换更不容忽视。翻译中理解的过程往往是基于原文语言的单语思维过程，表达的过程则关涉到原文语言与目的语语言相互对比转换、相值相取的双语思维过程，因此表达过程中双语思维的异同转换与统一，也是书写翻译评论时所应关注与研究的重要方面。

2. 译评的针对性

针对散文翻译评论的书写，在探讨语言、修辞、文化、思维等方面的对比转换过程中，还可分析散文语言的简练与畅达、口语体与文采化以及节奏的顺势与顺口等基本特点是如何再现的，有意识地显化散文译评的针对性内容。

此外，还可考虑结合声响与节奏、个性化的话语方式与情趣的统一性这些散文翻译的原则及其基本内涵进行定向分析，进一步彰显散文翻译评论区别于其他文学体裁翻译评论的针对性特色。

3. 译者主体性因素

不同的译者往往会因各自的翻译目的、翻译观或创作观的不同，使其译文呈现出彼此不同的艺术个性与风格特色。译者风格与原文风格相互共存、相得益彰，是每一位译者梦寐以求的目标。散文翻译评论在关注如何再现原文的风格之时，也需考虑到译者主体性的影响因素，从而将翻译评论研究引向深入。

第六节　散文翻译实践及讲评

例文一

The First Snow

Henry Wadsworth Longfellow

The first snow came. How beautiful it was, falling so silently all day long, all night long, on the mountains, on the meadows, on the roofs of the living, on the graves of the dead! All white save the river, that marked its course by a winding black line across the landscape; and the leafless trees, that against the leaden sky now revealed more fully the wonderful beauty and intricacies of their branches. What silence, too, came with the snow, and what seclusion! Every sound was muffled, every noise changed to something soft and musical. No more tramping hoofs, no more rattling wheels! Only the chiming of sleigh-bells, beating as swift and merrily as the hearts of children.

1. 作品概述

亨利·瓦兹沃斯·朗费罗（Henry Wadsworth Longfellow，1807—1882）笔下的"初雪"境真情切，别具一格：初雪飘临，渐渐天地皆白，山峦、草地、村落、坟茔、河流、树木点缀其间，错落有致，明净爽朗。雪落无声，喧嚣的尘世渐趋沉静、安宁，世外桃源悄然浮现，沉寂之中，徐徐传来清脆的雪橇铃声……置身其间，世间的烦恼与忧愁会得以排遣，乐观向上的情怀会得以激发，绳缰利锁的心灵会得以净化，超尘脱俗的精神境界会得以提升……凡是一切，作者均未明示，但又都已化入初雪飘临的意态与神采之中，都已融于明净而爽朗的雪景之中，也都已表征在简洁凝练的、诗意的选词用字和造句谋篇里。

2. 审美鉴赏

参照童庆炳对文学文本结构"三分法"的要点与内涵，结合"The First Snow"的主要审美特征，拟从以下九个方面对其进行审美鉴赏分析：声音美、节奏美、意象美、修辞美、错综美、感知美、绘画美、宁静美、意蕴美。

(1) 声音美

例文中长元音、双元音与辅音或流辅音的运用特点鲜明。就长元音、双元音而言，在这个 118 个词的段落里，具有长元音或双元音的词语就超过 50 个，约占全文篇幅的 45%。且看下表：

长元音或双元音	词　　语	解　说
iː	The / trees / revealed / wheels / beating	例文中诸多长元音或双元音一再出现，回环应和，既使例文读来音韵谐和、铿锵有声，更为重要的是这些具有长元音或双元音的词汇大大舒缓了例文诗情表现的节奏。
əː	first	
əʊ	snow（2 次）/ so / meadows / no（2 次）/ only	
eɪ	came（2 次）/ day / graves / save / landscape / against / changed / sleigh	
aʊ	how / mountains / now / sound	
ɔː	falling / all（3 次）/ course / more（3 次）	
aɪ	silently / night / white / by / winding / line / sky / silence / chiming	
uː	roofs / too / seclusion / hoofs	
aː	marked / branched / hearts	
juː	beautiful / beauty / musical	

就辅音或流辅音而言，占到全文篇幅的近一半。且看下表：

辅音或流辅音	词　　语	解　说
ŋ	falling / living / winding / tramping / rattling / chiming / beating	辅音或流辅音的一再出现也取得了音韵谐和、节奏舒缓的美学功效，同时还启示出微风轻拂、雪花飘飞的意境。
s	snow（2 次）/ silently / save / silence / seclusion / sound / sky / something / soft / sleigh / swift	
l	all / long / living / silently / children / merrily / sleigh-bells / only / wheels / rattling / musical / muffled / seclusion / silence / wonderful / fully / revealed / leaden / landscape / line / leafless	
w	was / white / winding / wheels / with / wonderful	
f	first / beautiful / hoofs / swift	

综而观之，例文中词汇的形式与音响共同营构与彰显出作品徐缓、轻柔的情调之美。

（2）节奏美

例文中的节奏若以句子的长短为单位，以"-"代表每句中的一个词，整段行文可标示如下：

①----。②----，------，---，---，---，------，------！③-

----, -----------; ----,------------------. ④ --,-,----,---! ⑤ ----,--------. ⑥ ----,----! ⑦ -----,----------.

从图示可以较为直观地看到，全段可分为七大句，分别以句号、感叹号为标记。依据各句字数的多少，将其简要地标示为：① 短句→② 长句→③ 长句→④ 长句→⑤ 长句→⑥ 短句→⑦ 长句。在这七大句中，后六个句子又可分为若干小句，句子的长短相间、曲折变化，暗示着所写对象"雪花飘落"与作者内心情绪强弱急徐的具体状貌。整体来看，例文中徐缓的节奏成为主导，除开前文所论及字词的声音的渲染因素之外，从图示中也可看到，频频出现的逗号进一步强化了徐缓的文内节奏，从而揭示出作者平和与宁静的心绪。而文中三个惊叹号的使用则又生动地昭示出平静心绪中荡漾出的波澜。

（3）意象美

原文具有散文诗的特征，意象特色鲜明。意象与作者的情感或生活经验紧密相连。这里的 the first snow 在指向外在的、时间上的"第一场雪"之外，还蕴含着作者心目中"美好的""新鲜的""难忘的""甜美的""重要的"等等意味。这些意味可从 the first love、the first kiss、the first lady、the first aid 等类似的表达中见出。

又如 seclusion 既指白雪中幽寂与宁静的世界，也指置身其中远离尘嚣、消泯世间欲念与烦恼的精神境界。

再如 the hearts of children 在传达出孩子的心跳之时，将孩子对世间的每一事物充满着新鲜、好奇、惊喜、激动、兴奋等独特的感受表现无遗，这也许是作者未选用 the hearts of men / women / youth 来做相应类比的原因之一。

这些意象语词分布在文本中，互相浸染，前呼后应，在揭示出作者知觉、情感与想象中积极、褒扬的倾向之时，对定位作品的情感基调无疑是有所裨益的。

（4）修辞美

例文中选词与造句修辞特色明显，在表情达意上具有定向统一的特性。例如：

选 词	解 说
all white <u>save</u> the river — not "except"	例句中画线的词汇，作者未曾选用右边的同义词，而选用了均含有长元音或双元音的词汇，一方面表明所用之词读来有声音徐缓、前呼后应的美文功效，另一方面各词还均含有"质地美好"的特点，如 chiming 中含有 harmonious、musical 的意味，这无疑有助于揭示作者抒写情景人事的情感立场与生活态度。
across the <u>landscape</u> — not "scenery"	
<u>winding</u> black line — not "twisting"	
the <u>chiming</u> of sleigh-bells — not "ringing / jingling"	

例文中平行结构或语义对照的句子有:

句　子	解　说
all day long, all night long, on the mountains, on the meadows, on the roofs of the living, on the graves of the dead!	平行结构或语义对照的句子, 既传递出语义的变化美, 也传递出形式的对称美, 大大增强了语言的艺术性与感染力。以首句为例, 若根据雪落过程从高到低的客观事实, 将其改写为 on the mountains, on the roofs of the living, on the graves of the dead, on the meadows! 显而易见, 其美文功效会大打折扣, 作者的艺术用心也荡然无存。
Every sound was muffled, every noise changed to something soft and musical.	
No more tramping hoofs, no more rattling wheels!	

(5) 错综美

错综美可分为纵向与横向错综美。语句的错综排列, 一方面拓展着表意的时空, 另一方面可增强行文跌宕起伏的艺术节奏。例如:

How beautiful it was, falling so silently all day long, all night long, on the mountains, on the meadows, on the roofs of the living, on the graves of the dead! All white save the river, that marked its course by a winding black line across the landscape; and the leafless trees, that against the leaden sky now revealed more fully the wonderful beauty and intricacies of their branches.

这段文字中表现上与下或高与低的纵向错综美可标示为: 上高/on the mountains→下低/on the meadows→上高/on the roofs of the living→下低/on the graves of the dead。若将此段文字更改为正常的从上到下的顺序则是: on the mountains, on the roofs of the living, on the graves of the dead, on the meadows! 显而易见, 文句的节奏美、对称美与变化美消失殆尽了。

这段文字中表现近大与远小的横向错综美可标示为: 近大/the river→远小/marked its course by a winding black line→近大/the landscape; 近低/the leafless trees→远高/the leaden sky→近低/the wonderful beauty and intricacies of their branches。 同样地, 若对文句重新排列为日常句法, 回环往复、跌宕起伏的美感一定会大大减损。

(6) 感知美

语句的表达直接再现感官经验的现实, 往往给人身临其境之感。例如:

① How beautiful it was, falling so silently all day long, all night long, on the mountains, on the meadows, on the roofs of the living, on the graves of the dead!

读着 "on the mountains, on the meadows, on the roofs of the living, on the graves of the dead", 现实经验中雪花飘临万物同时并发的情形再现无疑。若将此表述改为 "on the mountains, the meadows, the roofs of the living and the graves of the dead!",一来失去了原文的音响与节奏的韵味,二来以偏于逻辑的表述隐匿了经验的感知,行文变为陈述事理,消解了原文的生动与意趣。再看以下两句:

② All white save the river, that marked its course by a winding black line across the landscape; and the leafless trees, that against the leaden sky now revealed more fully the wonderful beauty and intricacies of their branches.

前文有述,这里呈现给我们的是一幅画境,我们只需跟随作者的"画笔"由近及远,由低到高去经历、印认与体悟,便可较为充分地感知与体悟作者的情怀。

③ What silence, too, came with the snow, and what seclusion! Every sound was muffled, every noise changed to something soft and musical. No more tramping hoofs, no more rattling wheels! Only the chiming of sleigh-bells, beating as swift and merrily as the hearts of children.

宁静(silence)的到来并非瞬间产生的,它是在雪花不停地落下这个时间过程中形成的;安宁之境(seclusion)的产生也不是突如其来的,它是在雪中或雪后的宁静中孕育出来的。作者将这个感知的时间过程通过文句中逗号不断间隔的巧妙运用表现出来了。在随后的句子或片断句(fragmented sentences)中,作者更是越来越直接地将自己的感知呈现在读者面前,使读者在经验的感知中领略到诗意般的意境。

(7) 绘画美

文本中的"画意"可以让读者走进"画境"之中去经历、感知、体味与印认作者当下情绪的运演与感触,最终获取别样的诗意感兴与领悟。例如:

All white save the river, that marked its course by a winding black line across the landscape; and the leafless trees, that against the leaden sky now revealed more fully the wonderful beauty and intricacies of their branches.

在这段文字里,作者由近及远、由低到高勾画出白茫茫的一片雪景之中唯有河流宛如一条墨线延伸向远方,银灰色的天幕下映衬着叶儿落净的树枝纵横交错的图景。置身这般画境之中,定会让人产生简洁、清新、疏朗、美好、质朴、自然之感。从文字到画面再到画境,在作者的引领下,我们一步一步走向那艺术的胜景,体悟着生活的真味。同样地,置身于天地一色的洁白而明净的世界中,置身于世俗尘嚣消退的雪景中,人立雪中的绘画美,人行雪中的变化美,折射出的蕴涵可谓尽在画外,引人思绪翩翩。

(8) 宁静美

雪落无声,渐渐地喧嚣的尘世也随之安静下来,整个世界可谓万籁俱寂,但世界的这种沉寂并非死寂,并非了无生机,在这一片沉寂之中,我们能听到一路清脆的雪橇铃声悠悠传来……静寂世界里铃铛的响声，一方面把这个世界反衬得更加宁静，另一方面又给这个世界带来了生机、活力与情趣。雪境的宁静带来心境的宁静，也带来了宁静中的沉思。

（9）意蕴美

文章之美，美在整体。通过对前面文字表层与字里行间的意味及其艺术表现手法的分析，可窥探到作者热爱自然、赞美自然、积极乐观、奋发向上、热爱生活的情怀，同时也可看到雪中的大自然净化了作者的心灵，提升了作者的精神境界。这份意蕴之美的感悟是作者的收获，也是我们共同的收获。

3. 翻译与讲评

鉴于以上多维多层的审美解析，以此为参照，试引一例译文分析说明之。

第 一 场 雪

亨利·瓦兹沃斯·朗费罗

第一场雪飘落，多么美啊！昼夜不停地下着，落在山岗，落在草场，落在世人的房顶，落在死人的墓地。遍地皆白，只有河流像一条黑色的曲线穿过大地；叶子落光的大树映衬在铅灰色的天幕下，越发显得奇伟壮观，还有那错落有序的树枝。下雪是多么寂寥，多么幽静！所有的声音都变得沉浊了，所有的噪音都变得轻柔而富有乐感。没有得得的马蹄声，没有辚辚的车轮声，只能听到雪橇那欢快的铃声如童心在跳动。

（选自周方珠著《翻译多元论》）

整体来看，译文译出了原文的信息意义与基本审美意义，也基本再现了原文舒缓的节奏与诗情，但在艺术地再现原文诗情画意的美好意蕴氛围上还有诸多细节可以斟酌。下面对其翻译特色与不足进行研讨。

（1）基调的确立

从前文的审美鉴赏可知，原文的基调是徐缓而宁静的。然而，译文的头两句节奏却颇为急促，未能较好再现这一特征。试读：

第一场雪丨飘落，多么美丨啊！丨丨昼夜丨不停地丨下着，落在丨山岗，落在丨草场，落在丨世人的丨房顶，落在丨死人的丨墓地。（丨表示语义停顿，丨丨表示句间停顿）

从句子的标示来看，首句中的词语前长后短，参差不齐，未能形成平稳的节奏。

第二句中句子间的词语长度彼此相当，以二字词语为主导，而且各小句相互对称，整齐划一，加快了行文的节奏。试与调整后的译文做一比较：

初雪｜飘然｜而至，真是｜美极了！｜｜它｜整日整夜｜静静地｜飘着，落在｜山岭上，落在｜草地上，落在｜生者的｜屋顶上，落在｜逝者的｜坟茔上。

原文的最后三句表现的不仅仅只是主体的听觉感知，还传递出以声衬静的意境氛围。译文偏于客观听觉的描述与说明，缺少主体由"声响"而至"宁静"过程的感知。试读重组的译文：

一切声响都趋于沉寂，一切喧嚣都化作了轻柔的乐曲。得得的马蹄声听不到了，辚辚的车轮声也消逝了，唯有雪橇的铃声在空中回荡，那明快的节奏犹如童心在欢跳。

(2) 词语的设色

译文中部分词句的传译偏于客观写实，与作者抒发的明净爽朗、开阔旷远的美好深情不甚相符，尤其是偏于中性情感色彩与贬义的词句较多。如偏于中性色彩的有"第一场雪飘落""不停地""下着""世人""墓地""遍地皆白""下雪""只有河流像一条黑色的曲线穿过大地""叶子落光的大树""没有得得的马蹄声""没有辚辚的车轮声""只能听到雪橇那欢快的铃声如童心在跳动"；表现贬义的有"死人""沉浊""噪音"等等。这些词句彼此影响，使译文偏于信息意义的客观陈述，影响了诗情画意美好意蕴氛围的艺术呈现。鉴于此，需在译文中将这些字词句的色彩整体上朝着褒义方向进行修订。

(3) 语境的"同化"

译文中部分词句未能充分考虑到原文整体语境的"同化"功效，也因之未能较好地再现出原文的主题倾向。将原文中的 the dead、muffled、every noise 等字词分别译为"死人""沉浊""噪音"等是未能将这些词语放在文本整体的语境氛围中来考量的结果。从原文全文来看，偏于褒义或积极含义的词句占绝对主导，从而决定全文积极的主体情调，而事实上在这一大的基调下，原文中通常含有贬义或消极意味的词语的内涵也会因文本主体情调的影响而渐渐趋向淡化而向积极的方向转化，这便是"最初信息的决定性效果"(primary effect) 所致。通俗而言，便是词义内涵的变化可谓"近朱者赤，近墨者黑"。因而，鉴于整体语境的"美化"功效，译文选词造句宜偏于积极、美好的特色。因此，我们可在译文中将"第一场雪"改译为"初雪"；"死人"改译为"逝者"；"墓地"改译为"坟茔"；"铅灰色"改译为"银灰色"；"叶子落光"改译为"叶儿落净"；"沉浊"改译为"趋于沉寂"；"噪音"改译为"喧嚣"，等等。

(4) 视点的选择

从语篇的视角来看，译文部分句子视点 (point of view) 运用欠妥当。比如：

原文及译文	解　说	修订的译文
The first snow came. How beautiful it was, … 第一场雪飘落，多么美啊！	画线的译句突出的是客观信息的传达，而少了一份作者主体情感的表达或初雪飘落时徐缓过程与基调的暗示。	初雪飘然而至，真是美极了！
All white save the river, that marked its course by a winding black line across the landscape; and the leafless trees, that against the leaden sky now revealed more fully the wonderful beauty and intricacies of their branches. 遍地皆白，只有河流像一条黑色的曲线穿过大地；叶子落光的大树映衬在铅灰色的天幕下，越发显得奇伟壮观，还有那错落有序的树枝。	画线部分与前文显得语气不是一气呵成，有拖泥带水之嫌。整个译句也未能充分再现出由近大推及远小的错综美。	天地皆白，唯有河流蜿蜒而去，在雪景上画出一道弯弯曲曲的墨线。叶儿落净的大树在银灰色天幕的映衬下，枝丫盘错，更加显得奇伟壮观。
What silence, too, came with the snow, and what seclusion! 下雪是多么寂寥，多么幽静！	原句重在表达时空过程中雪落而后无声，而后安宁的感知与体悟，译句只是强化了主观的一面，遮蔽了作者的经验直感与艺术用心。	雪落、无声、幽寂、安宁！
No more tramping hoofs, no more rattling wheels! Only the chiming of sleigh-bells, beating as swift and merrily as the hearts of children. 没有得得的马蹄声，没有辚辚的车轮声，只能听到雪橇那欢快的铃声如童心在跳动。	原句表现的是雪景中一切声响与喧嚣渐渐消退的情景，译句起笔便说"没有……，没有……，"显得突兀，前后不连贯，难以浑成一体。因此，在译文中可通过变客观写实为主观感知的视点调整来强化译文的基调、贯通译文的语气、彰显作者的文字艺术创构。	得得的马蹄声听不到了，辚辚的车轮声也消逝了，唯有雪橇的铃声在空中回荡，那明快的节奏犹如童心在欢跳。

(5) 译文的重构

　　有鉴于此前对译文的条分缕析，把握原作徐缓、宁静的基调和作者表现出的积极美好情感及其文字艺术创构，试将译文重构如下。

初　雪

亨利·瓦兹沃斯·朗费罗

　　初雪飘然而至，真是美极了！它整日整夜静静地飘着，落在山岭上，落在草地上，落在生者的屋顶上，落在逝者的坟茔上。天地皆白，唯有河流蜿蜒而去，在雪景上画出一道弯弯曲曲的墨线。叶儿落净的大树在银灰色天幕的映衬下，枝丫盘错，更加显得奇伟壮观。雪落、无声、幽寂、安宁！一切声响都趋于沉寂，一切喧嚣都化作了轻柔的乐曲。得得的马蹄声听不到了，辚辚的车轮声也消逝了，唯有雪橇的铃声在空中回荡，那明快的节奏犹如童心在欢跳。

例文二

First Snow

Jonathan Nicholas

He wasn't sure what had awakened him. Perhaps the child had made some small noise in her sleep. But as he peeked from beneath the covers, his gaze was drawn not to the cradle but to the window.

It was then that he realized what had sneaked through the shield of his slumbers. It was the sense of falling snow.

Quietly, so as not to disturb the child's mother, he rose from the bed and inched toward the cradle. Reaching down, he gently lifted the warm bundle to his shoulder. Then, as he tiptoed from the bedroom, she lifted her head, opened her eyes and — daily dose of magic — smiled up at her dad.

He carried her downstairs, counting the creaks on the way. Together, they settled in at the kitchen table, and the adult in him slipped away. Two children now, they pressed their noses against the glass.

The light from the street lamp on the corner filtered down through the birch trees, casting a glow as green as a summer memory upon the winter-brown backyard. From the distance came the endless echo of the stoplight, flashing its ruby message, teasing like a dawn that would not come.

The flakes were falling thick and hard now, pouring past the window, a waterfall of mystery. Occasionally, one would stick to the glass, as if reluctant to tumble to its fate. Then, slowly, slipping and sliding down the glass, it would melt, its beauty fleeting. Gone.

Within an hour, a white tablecloth was spread upon the lawn. And as gray streaks of dawn unraveled along the black seam of the distant hills, father and daughter watched the new day ripple across the neighborhood.

A porch light came on. A car door slammed. A television flickered.

Across the street, a family scurried into gear. But this day was different. Glimpsed through undraped windows as they darted from room to room, the slim figures of the children seemed to grow ever fatter until, finally, the kitchen door flew open and out burst three awesomely bundled objects that set instantly to rolling in the snow.

He wondered where they had learned this behavior. Even the littlest one, for whom this must have been the first real snowfall, seemed to know instinctively what to do.

They rolled in it, they tasted it, they packed it into balls and tossed it at one another. Then, just when he thought they might not know everything, they set about shaping a snowman on the crest of the hill.

By the time the snowman's nose was in place, the neighborhood was fully awake. A car whined in protest, but skidded staunchly out of its driveway. Buses ground forward like Marines, determined to take the hill. And all the while, the baby sat secure and warm in his arms.

He knew, of course, that she wouldn't remember any of this. For her there would be other snowfalls to recall. But for him, it was her first. Their first. And the memory would stay, cold and hard, fresh in his thoughts, long after the snowman melted.

1. 作品概述

相同的初雪经历，不同的初雪体味，也因之带来了不同的主体表现视角与情怀抒发。上一例文中，朗费罗笔下的抒情主体是隐在的，情调是徐缓的，表现的是初雪带来的静谧、安宁之于抒情主体超尘脱俗的价值与意义。比照之下，乔纳森·尼古拉斯（Jonathan Nicholas）笔下的抒情主体是显在的，作者以第三人称的视角表现了父女俩在他们共同经历的第一场雪中的见闻、回忆与感悟——寒冬的黎明、飘舞的雪花、红色的街灯、雪地里打滚的邻家小孩、逐渐苏醒的城市，这些喧嚣的场景是永远的记忆，予人父女情深、亲情美好、家庭温馨和谐的强烈感受。

全文语言明白晓畅，平易质朴，娓娓道来，意趣盎然。

2. 审美鉴赏

结合 "First Snow" 的主要审美特征，拟从以下八个方面对其进行审美鉴赏与分析：声音美、节奏美、修辞美、错综美、感知美、形象美、宁静美、意蕴美。

(1) 声音美

为营造出宁静的氛围，悠缓的情调，惬意的感受，作者在开头四段中多选择具有长元音、双元音的词语，尤其是动词，而且这些词语或"动作幅度"细小，或描绘、启示出宁静、温馨的意味。例如：

具有长元音、双元音的词语	awakened / made / sleep / peeked / beneath / gaze / drawn / cradle / window / sneaked / reaching down / tiptoed / counting the creaks, etc.
动作幅度细小的词语	made small noise / peeked / sneaked / inched / gently lifted / tiptoed / settled in / slipped away, etc.
启示出宁静、温馨意味的短语	peeked from beneath the covers / sneaked through the shield of his slumbers / the sense of falling snow / gently lifted the warm bundle to his shoulder, etc.

相反地，在表现热闹、欢快的过程与情景时，作者多选择具有动作快捷或动作强度较大的词语。且看下例中画线的词语：

动作强度大的词语	The flakes were <u>falling</u> thick and hard now, <u>pouring</u> past the window, a waterfall of mystery. Occasionally, one would stick to the glass, as if reluctant to <u>tumble</u> to its fate. Then, slowly, slipping and <u>sliding</u> down the glass, it would melt, its beauty fleeting. Gone.
动作快捷的词语	A porch light came on. A car door <u>slammed</u>. A television <u>flickered</u>.
	Across the street, a family <u>scurried</u> into gear. But this day was different. Glimpsed through undraped windows as they <u>darted</u> from room to room, the slim figures of the children seemed to grow ever fatter until, finally, the kitchen door <u>flew</u> open and out <u>burst</u> three awesomely bundled objects that <u>set instantly</u> to rolling in the snow.
	They rolled in it, they tasted it, they <u>packed</u> it into balls and <u>tossed</u> it at one another.

（2）节奏美

若从句子结构形态的角度来看头四段中的节奏，作者在表现徐缓的情调时多使用复合句（compound sentence）、复杂句（complex sentence）、强调句（emphatic sentence）、倒装句（inverted sentence）等。例如：

① But as he peeked from beneath the covers, his gaze was drawn not to the cradle but to the window.

② It was then that he realized what had sneaked through the shield of his slumbers. It was the sense of falling snow.

③ Quietly, so as not to disturb the child's mother, he rose from the bed and inched toward the cradle.

相反地，在表现欢快或快捷的情调时，作者多使用简单句（simple sentence）、片断句（fragmented sentence）等。例如：

① A porch light came on. A car door slammed. A television flickered.

② Then, slowly, slipping and sliding down the glass, it would melt, its beauty fleeting. Gone.

③ They rolled in it, they tasted it, they packed it into balls and tossed it at one another.

④ But for him, it was her first. Their first.

(3) 修辞美

修辞手段的使用，一方面体现出作者观察生活、体味生活、表现生活的独到方式，另一方面会使语言文字新鲜活泼、生动形象、蕴涵丰富，大大增强行文的表现力与感染力。例文中使用的修辞手段个性特色鲜明。例如：

原　　文	解　　说
she lifted her head, opened her eyes and — daily dose of magic — smiled up at her dad.	表现的是父女情深的一幕，看到小女儿微微地冲着自己一笑，做父亲的就像服用了一剂灵丹妙药。
From the distance came the endless echo of the stoplight, flashing its ruby message, teasing like a dawn that would not come.	描绘的是生活中的实情实景，但显得别有情调，意趣盎然。
① A car whined in protest, but skidded staunchly out of its driveway. ② Buses ground forward like Marines, determined to take the hill.	描写的是外物的运行形态，但呈现的分明是作者细腻的主观感受。

合而观之，行文处处彰显着作者体味生活、热爱生活、享受生活的情趣。

(4) 错综美

文字的错综编排使表达的内容显得富于变化，摇曳多姿，既增强了行文的艺术性与感染力，又折射出作者艺术思维的运演轨迹。例如：

① The light from the street lamp on the corner filtered down through the birch trees, casting a glow as green as a summer memory upon the winter-brown backyard. From the distance came the endless echo of the stoplight, flashing its ruby message, teasing like a dawn that would not come.

② Within an hour, a white tablecloth was spread upon the lawn. And as gray streaks of dawn unraveled along the black seam of the distant hills, father and daughter watched the new day ripple across the neighborhood.

以上两段文字表现出的横向错综美可分别标示为：① 近处/The light from the street lamp on the corner→远处/From the distance came the endless echo of the stoplight；② 近处/the lawn, a white tablecloth→远处/the black seam of the distant hills, gray streaks of dawn→远处/the new day→近处/the neighborhood。远近往返，既显得层次分明、逻辑贯通，也显得生机灵动、画意天成。

（5）感知美

感知是感官经验的直接印认与体现，并不一定遵循理性的逻辑，体现感知的文字往往使表情达意显得栩栩如生。例如：

原　　文	解　　说
A porch light came on. A car door slammed. A television flickered.	这里描述的三种情形可以是经验感知中同时发生的情形，无需在逻辑上排你先我后，从而给人如临其境的感受。
Then, slowly, slipping and sliding down the glass, it would melt, its beauty fleeting. Gone.	这里的情形让人感知与印认雪花从窗玻璃上滑落、融化、消失的全过程。
They rolled in it, they tasted it, they packed it into balls and tossed it at one another.	这里的情形让我们随之"摸爬滚打"，感知与体味童真与童趣。

（6）形象美

作者在行文中简笔勾勒出邻家小孩的生动形象：生龙活虎，憨态可掬，童趣十足。且看例句中画线处对小孩行为举止的描绘：

① Across the street, a family scurried into gear. But this day was different. Glimpsed through undraped windows as they darted from room to room, the slim figures of the children seemed to grow ever fatter until, finally, the kitchen door flew open and out burst three awesomely bundled objects that set instantly to rolling in the snow.

② They rolled in it, they tasted it, they packed it into balls and tossed it at one another. Then, just when he thought they might not know everything, they set about shaping a snowman on the crest of the hill.

（7）宁静美

这里的黎明静悄悄，宁静中孕育着勃勃生机——飞舞的雪花、闪烁的街灯、欢腾的邻家小孩、渐渐喧闹的街市；宁静中彰显着家庭的温馨与和睦，亲情的真挚与深浓;宁静中让人体味着生活的惬意,感悟着生活的美好。

(8) 意蕴美

静悄悄的黎明,飞舞的雪花,温馨的家庭;活跃的黎明,共同的经历,美好的回忆与憧憬。无论是生活在昨天还是今天,只要有颗体味生活的恬淡之心,生活便会回馈你无尽的美的享受。

3. 翻译与讲评

鉴于以上审美解析,试引一例译文分析说明之。

第 一 场 雪

乔纳森·尼古拉斯

他还不大清楚是什么把他从睡梦中唤醒了,也许是孩子在梦里弄出的小声响吧,可当他悄悄从被里探出头来,吸引他目光的不是小女儿的摇篮,而是窗外。

这会儿他才知道是什么悄然袭入他的梦乡,让他醒来,是他感觉到了窗外簌簌飘舞的雪。

为了不吵醒孩子的母亲,他轻轻起来,一点点挪近女儿的摇篮,俯身轻柔地将暖融融的褓褓抱起,蹑手蹑脚地走出卧室。这时,他怀中的小宝宝睁开眼睛,扬起头,像往常一样,冲爸爸一笑,这笑总让爸爸心中有说不出的甜美。

他抱着小女儿往楼下走,小心翼翼地,唯恐弄出一点儿声响。他们在厨房的餐桌边站定。此时,他觉得心中那种成人的感觉溜得无影无踪了。现在是两个孩子,鼻子贴着玻璃看雪。

街角路灯的光线透过白桦树,洒在地上,一片暗绿,仿佛在冬天枯黄的花园里投下了一抹夏日的记忆。远处红色交通灯的光无休止地渗透过来,红宝石一般闪烁着,如同姗姗来迟的黎明逗人地眨着眼睛。

这会儿雪花越来越大,越下越密了,从窗前纷纷扬扬地飘过,像神秘的飞瀑。偶尔,有一片雪花粘在窗玻璃上,似乎是不甘心于命运,不愿就这么落到地上去,于是,它在窗上慢慢地滑落,然后融化,它的美丽也倏地消失了。

不到一小时,草坪上就像罩上了雪白的台布,一道道灰蒙蒙的曙色沿着远处幽暗的山峰铺散开来。此时,父女俩便看到新的一天向附近蔓延开去。

先是一家门廊里亮了灯,接着传来"砰"的下车关门声,然后谁家电视机又忽闪忽闪地亮了起来。

街对面,有一家人早早准备好开始新的一天了。可今天有点不大一样。透过窗户，只见那家的几个孩子在几间房屋里来回跑动，瘦小的身影似乎变得越来越胖，最后，厨房门蓦地打开了，蹦出来三个包裹得圆圆滚滚的小东西，在雪地里打起滚来。

他暗自诧异他们是从哪儿学来的这一招。即便是那个最小的孩子，按说这应该是他真正经历的第一场雪，可他似乎本能地知道在雪中该做些什么。

那几个孩子在雪地里打滚，把雪放在口中品尝，又攒起雪球打仗。他想，他们知道的玩法也许就这么多，不会什么都知道吧。可就在这时，那几个孩子已开始在山头堆起了雪人。

待他们把雪人的鼻子做好，邻居们也全都醒了。一辆小车在小道上拼命地"呜呜"叫着，可还是滑到了一边。公共汽车则像停在浅滩的海军陆战队一样，随时准备夺取前面的小山。而这段时间，他的小宝宝一直暖暖地、安逸地躺在他的怀中。

他知道，他的宝宝自然不会记住今天看到的一切。对他的宝宝来说，往后会有别的雪景让她去回忆；可对他来说，今天这场雪是他宝宝生命中的第一场雪，是他们共同经历的第一场雪。即使是那个雪人完全融化了，这场雪也会带着它的寒意，真真切切地长留在他的回忆中。

（选自《疯狂英语》编辑部《世界英文散文精粹》）

译文整体上传译出了原文的信息意义与审美意义，成功地再现了作者笔下的诗情画意。译文语言简洁流畅，转存原文叙述口吻与节奏自然得体，再现人物形象与生活场景生动妥帖。这具体体现在以下几个方面：

（1）重构宁静、美好氛围

尼古拉斯笔下的黎明是宁静的、美好的，同时又是活跃的，热闹非凡的，一切都有条不紊地上演着。为在译文中重现黎明时的宁静与美好氛围，译者在句子的长短、词义的快慢与褒贬上进行了艺术的选择与编排。且以原文头四段的译文为例，以窥一斑。

① 句子的长短

原　　文	译　　文	解　　说
He wasn't sure what had awakened him. Perhaps the child had made some small noise in her sleep. But as he peeked from beneath the covers, his gaze was drawn not to the cradle but to the window.	他还不大清楚是什么把他从睡梦中唤醒了，也许是孩子在梦里弄出的小声响吧，可当他悄悄从被里探出头来，吸引他目光的不是小女儿的摇篮，而是窗外。	原文为独立的 2 个句子，译文将之处理为 1 个完整的句子，但小句与小句之间长度均衡适中，建构出不疾不徐的节奏，最后一个小句"而是窗外"，既突出了行文表述的重点，引人关注，又给行文的节奏带来了些许变化。

原　文	译　文	解　说
Quietly, so as not to disturb the child's mother, he rose from the bed and inched toward the cradle. Reaching down, he gently lifted the warm bundle to his shoulder. Then, as he tiptoed from the bedroom, she lifted her head, opened her eyes and — daily dose of magic — smiled up at her dad.	为了不吵醒孩子的母亲，他轻轻起来，一点点挪近女儿的摇篮，俯身轻柔地将暖融融的襁褓抱起，蹑手蹑脚地走出卧室。这时，他怀中的小宝宝睁开眼睛，扬起头，像往常一样，冲爸爸一笑，这笑总让爸爸心中有说不出的甜美。	译文频频使用小句，既生动地表现出当下的情景，又舒缓着行文的节奏，再现了娓娓而谈的语调。

② 词义的快慢

原　文	译　文	解　说
small noise, peeked from, sneaked through, falling snow, quietly ... rose, inched toward, reaching down ... gently, tiptoed, lifted, smiled up at her dad, counting the creaks on the way	小声响、悄悄（探出头来）、悄然袭入、簌簌飘舞、轻轻起来、一点点挪近、俯身轻柔地、蹑手蹑脚地、扬起头、冲爸爸一笑、小心翼翼地、弄出一点儿声响	为营造出宁静的氛围与徐缓的情调，译者选择了一系列"动作幅度"细小的词语。

③ 字词的褒贬

原　文	译　文	解　说
He wasn't sure what had awakened him.	是"睡梦"，而不是"睡眠"。前者有惬意美好的联想。	为了传译出温馨美好的感受，译者选择了若干趋于褒义色彩的词语。
	是"唤醒"，而不是"吵醒"。前者有温馨美好的联想。	
Perhaps the child had made some small noise in her sleep.	是"小声响"，而不是"小声音"。前者暗示出环境的宁静。有诗为证："千山响杜鹃"（王维），"但闻人语响"（王维），"竹露滴清响"（孟浩然）。	

（2）再现情景细节

忠实再现原文的情景细节，既需准确精练，生动形象，又需尽力保持原文的艺术创构，这对提高译文的质量尤为重要。例如：

原　文	译　文	解　说
The light from the street lamp on the corner filtered down through the birch trees, casting a glow as green as a summer memory upon the winter-brown backyard. From the distance came the endless echo of the stoplight, flashing its ruby message, teasing like a dawn that would not come.	街角路灯的光线透过白桦树，洒在地上，一片暗绿，仿佛在冬天枯黄的花园里投下了一抹夏日的记忆。远处红色交通灯的光无休止地渗透过来，红宝石一般闪烁着，如同姗姗来迟的黎明逗人地眨着眼睛。	译句再现了黎明中的声色光影，给人身临其境之感。也较好地再现了原文的错综美，如：近处/街角路灯的光线→远处/远处红色交通灯的光。但将行文中"无休止地渗透过来"修订为"不停地映照过来"，似更准确得体。
The flakes were falling thick and hard now, pouring past the window, a waterfall of mystery. Occasionally, one would stick to the glass, as if reluctant to tumble to its fate. Then, slowly, slipping and sliding down the glass, it would melt, its beauty fleeting. Gone.	这会儿雪花越来越大，越下越密了，从窗前纷纷扬扬地飘过，像神秘的飞瀑。偶尔，有一片雪花粘在窗玻璃上，似乎是不甘心于命运，不愿就这么落到地上去，于是，它在窗上慢慢地滑落，然后融化，它的美丽也倏地消失了。	译句再现雪花飞舞的情态，细腻准确，生动形象，但漏译了独词句"Gone."。译句后半部分可修订为：偶尔，有片雪花粘在窗玻璃上，似乎不甘心就此滑落的命运，但还是慢慢地沿着玻璃下滑，融化了。它的美昙花一现，转瞬便消逝了。
<u>Across the street, a family scurried into gear. But this day was different. Glimpsed through undraped windows</u> as they darted from room to room, the slim figures of the children seemed to grow ever fatter until, finally, the kitchen door flew open and out burst three awesomely bundled objects that set instantly to rolling in the snow.	<u>街对面，有一家人早早准备好开始新的一天了。可今天有点不大一样。透过窗户</u>，只见那家的几个孩子在几间房屋里来回跑动，瘦小的身影似乎变得越来越胖，最后，厨房门幕地打开了，蹦出来三个包裹得圆圆滚滚的小东西，在雪地里打起滚来。	译句选词精练准确，如"瘦小的身影""幕地打开""蹦出来""包裹得圆圆滚滚的小东西"等，译出了邻家小孩生龙活虎、憨态可掬、童趣十足的形象。但画线的句子理解有误，还漏译了"undraped"一词，该句似可修订为：街对面，有家人开始忙碌了。可今天有点大不一样。透过未挂帘子的窗户，……
Within an hour, a white tablecloth was spread upon the lawn. And as gray streaks of dawn unraveled along the black seam of the distant hills, father and daughter watched the new day ripple across the neighborhood.	不到一小时，草坪上就像罩上了雪白的台布，一道道灰蒙蒙的曙色沿着远处幽暗的山峰铺散开来。此时，父女俩便看到新的一天向附近蔓延开去。	译文中第二个小句与第三个小句之间衔接颇感突兀，未能较好地体现出原文的错综美，试改译为：不到一小时，草坪上就像罩上了雪白的台布，远处幽暗的山峦也披上了一道道灰蒙蒙的曙色。父女俩看到新的一天缓缓地向四周蔓延开来。

原　文	译　文	解　说
A porch light came on. A car door slammed. A television flickered.	先是一家门廊里亮了灯，接着传来"砰"的下车关门声，然后谁家电视机又忽闪忽闪地亮了起来。	译文呈现的是逻辑的陈述，少了一份现实生活中的实景体认，试改译为： 门廊的灯开了。车门"砰"地关上了。电视机闪亮起来。

(3) 揭示人物间的情感

原文中写到的人物不多，主要有作者（父亲）与自己的孩子、妻子以及邻居家的孩子，行文中作者多将"他"的孩子用 she 来指代，邻居家的孩子用 they 来指代。翻译中用"她"与"他们"来做相应的对译，本无可厚非，但在具体语境之下这样处理传递出的情感却判然有别。例如：

原　文	译　文	解　说
They rolled in it, they tasted it, they packed it into balls and tossed it at one another. Then, just when he thought they might not know everything, they set about shaping a snowman on the crest of the hill.	① <u>他们</u>在雪地里打滚，把雪放在口中品尝，又攒起雪球打仗。他想，他们知道的玩法也许就这么多，不会什么都知道吧。可就在这时，<u>他们</u>开始在山头堆起了雪人。 ② <u>那几个孩子</u>在雪地里打滚，把雪放在口中品尝，又攒起雪球打仗。他想，他们知道的玩法也许就这么多，不会什么都知道吧。可就在这时，<u>那几个孩子</u>开始在山头堆起了雪人。	比读两例译文对代词的处理，不难感到译文①给人距离感，甚至冷漠感，像是说着一件与自己无甚关系的事情。译文②则拉近了作者与笔下人物的距离，给人温馨与美好的感受，也在谋篇上取得了前呼后应的效果。
He knew, of course, that she wouldn't remember any of this. For her there would be other snowfalls to recall. But for him, it was her first. Their first.	① 他知道，<u>她</u>自然不会记住今天看到的一切。对<u>她</u>来说，往后会有别的雪景让她去回忆；可对他来说，今天这场雪是她生命中的第一场雪，是他们共同经历的第一场雪。 ② 他知道，<u>他的宝宝</u>自然不会记住今天看到的一切。对<u>他的宝宝</u>来说，往后会有别的雪景让她去回忆；可对他来说，今天这场雪是<u>他宝宝</u>生命中的第一场雪，是他们共同经历的第一场雪。	

(4) 转换修辞格

译者对原文修辞格的翻译，有的是保留形象的直译，有的是舍象取义的意译，有的是形象替换的转译，还有的是解释性的形象增译。例如：

原　　文	解　　说
It was then that he realized what <u>had sneaked through the shield of his slumbers</u>.	画线部分表达的是作者睡眠的酣畅，不受任何干扰，仿佛受到盾牌的严密保护一样，译者转换形象将其译为"悄然袭入他的梦乡"，形象的转换符合汉语的习惯，也传达了原文之义与情。
she lifted her head, opened her eyes and — <u>daily dose of magic</u> — smiled up at her dad.	画线部分译者舍象取义，译为"这笑总让爸爸心中有说不出的甜美"，不失为一种处理方法，但若直译形象似更可取："这笑总让爸爸感觉像服了灵丹妙药"。
From the distance came the endless echo of the stoplight, flashing its ruby message, <u>teasing like a dawn</u> that would not come.	tease 一词的翻译，译者联系前文增加了"（逗人地）眨着眼睛"这一形象，切合情景，趣味十足。
The flakes were falling thick and hard now, pouring past the window, <u>a waterfall of mystery</u>.	译文"像神秘的飞瀑"转存了原文形象，准确生动，自然得体。
A car <u>whined in protest</u>, but <u>skidded staunchly</u> out of its driveway. <u>Buses ground forward like Marines</u>, determined to take the hill.	这两句译者译为： 一辆小车在小道上拼命地"呜呜"叫着，可还是滑到了一边。公共汽车则像停在浅滩的海军陆战队一样，随时准备夺取前面的小山。 从译文中可看到译者对原文的形象予以了解释性的增译，但译者未能揭示出在雪地里行车小心翼翼、缓缓向前的情态。鉴于此，译文可修订为： 一辆小车小心地"呜呜"向前开着，可还是直接滑出了车道。公共汽车缓慢地爬行，像准备夺取山头的海军陆战队队员。

(5) 重组译文

鉴于前文从微观到宏观、从局部到整体的鉴赏与翻译研习，试将原译文修订如下。

第 一 场 雪

乔纳森·尼古拉斯

他还不大清楚是什么把他从睡梦中唤醒了，也许是孩子在梦里弄出的小声响吧，可当他悄悄从被子里探出头来，吸引他目光的不是摇篮，而是窗外。

这会儿他才知道是什么悄然袭入他的梦乡，让他醒来，是他感觉到了窗外簌簌飘舞的雪。

为了不吵醒孩子的母亲，他轻轻起来，一点点挪近小女儿的摇篮，俯身轻柔地将暖融融的襁褓抱起，蹑手蹑脚地走出卧室。这时，他怀中的小宝宝睁开眼睛，扬起头，像往常一样，冲爸爸一笑，这笑总让爸爸感觉像服了灵丹妙药。

他抱着小女儿往楼下走，小心翼翼地，唯恐弄出一点儿声响。他们在厨房的餐桌边站定。此时，他觉得心中那种成人的感觉溜得无影无踪了。现在是两个孩子，鼻子贴着玻璃看雪。

街角路灯的光线透过白桦树，洒在地上，一片暗绿，仿佛在冬天枯黄的花园里投下了一抹夏日的记忆。远处红色交通灯的光不停地映照过来，红宝石一般闪烁着，如同姗姗来迟的黎明逗人地眨着眼睛。

这会儿雪花越来越大，越下越密了，从窗前纷纷扬扬地飘过，像神秘的飞瀑。偶尔，有片雪花粘在窗玻璃上，似乎不甘心就此滑落的命运，但还是慢慢地沿着玻璃下滑，融化了。它的美昙花一现，转瞬便消逝了。

不到一小时，草坪上就像罩上了雪白的台布，远处幽暗的山峦也披上了一道道灰蒙蒙的曙色，父女俩看到新的一天缓缓地向四周蔓延开来。

门廊的灯开了。车门"砰"地关上了。电视机闪亮起来。

街对面，有家人开始忙碌了。可今天有点大不一样。透过未挂帘子的窗户，只见那家的几个孩子在几间房屋里来回跑动，瘦小的身影似乎变得越来越胖，最后，厨房门蓦地打开了，蹦出来三个包裹得圆圆滚滚的小东西，在雪地里打起滚来。

他暗自诧异他们是从哪儿学来的这一招。即便是那个最小的孩子，按说这应该是他真正经历的第一场雪，可他似乎天生就知道在雪中该做些什么。

那几个孩子在雪地里打滚，把雪放在口中品尝，又攒起雪球打仗。他想，他们知道的玩法也许就这么多，不会什么都知道吧。可就在这时，那几个孩子已开始在山头堆起了雪人。

待他们把雪人的鼻子做好，邻居们也全都醒了。一辆小车小心地"呜呜"向前开着，可还是直接滑出了车道。公共汽车缓慢地爬行，像准备夺取山头的海军陆战队队员。而这段时间，他的小宝宝一直暖暖地、安逸地躺在他的怀中。

他知道，他的宝宝自然不会记住今天看到的一切。对他的宝宝来说，往后会有别的雪景让她去回忆；可对他来说，今天这场雪是他宝宝生命中的第一场雪，是他们共同经历的第一场雪。即使是那个雪人完全融化了，这场雪也会带着它的寒意，真真切切地长留在他的回忆中。

Gettysburg Address

Abraham Lincoln

Fourscore and seven years ago, our fathers brought forth on this continent a new nation, conceived in liberty, and dedicated to the proposition that all men are created equal.

Now we are engaged in a great civil war, testing whether that nation, or any nation so conceived and so dedicated, can long endure.

We are met on a great battle-field of that war. We have come to dedicate a portion of the field as a final resting-place for those who here gave their lives that that nation might live. It is altogether fitting and proper that we should do this.

But in a larger sense, we can not dedicate — we can not consecrate — we can not hallow — this ground. The brave men, living and dead, who struggled here, have consecrated it far above our poor power to add or detract. The world will little note nor long remember what we say here; but it can never forget what they did here. It is for us, the living, rather, to be dedicated here to the unfinished work which they who fought here have thus far so nobly advanced. It is rather for us to be here dedicated to the great task remaining before us — that from these honored dead we take increased devotion to that cause for which they gave the last full measure of devotion — that we here highly resolve that these dead shall not have died in vain — that this nation, under God, shall have a new birth of freedom — and that government of the people, by the people, for the people, shall not perish from the earth.

1. 作品概述

1863 年 7 月，北方军队与南方军队在宾夕法尼亚州的葛底斯堡（Gettysburg）展开激战，结果北方军队最后取得了重大胜利，但也为此付出了沉重的代价。为了纪念在战斗中光荣牺牲的将士们，美国联邦政府决定在战场的一角建立烈士公墓，并于11 月 19 日举行了烈士公墓落成典礼。时任总统的亚伯拉罕·林肯（Abraham Lincoln，1809—1865）被邀请参加典礼并发表了讲话。林肯的演讲凭吊了牺牲的先烈，激励着人们为争取自由、平等和统一而努力奋斗。演讲词仅有 10 句话，用时 2 分 15 秒，但听众的掌声却持续了 10 分钟。有记者评论道："（这篇演讲）无论从哪方面看都完美无瑕。它是一篇誉满全球的演说词。"[1]

2. 审美鉴赏

结合 "Gettysburg Address" 的主要审美特征，拟从以下六个方面对其进行审美鉴赏与分析：声音美、节奏美、词义美、修辞美、形象美、境界美。

(1) 声音美

在短短的演讲词中，作者选用了大量具有长元音、双元音的词语，这些词语一方面调节着演讲的速度，另一方面使演讲的效果铿锵有力，掷地有声。

以第一段为例，行文中具有长元音、双元音的词语有：fourscore、years、ago、our、fathers、brought、forth、nation、conceived、dedicated、all、are、created、equal。这些词语使演讲开始的语调徐缓而温和，进入主题自然而然，同时词语音调的抑扬顿挫既抓住了听众的注意力，也表现了作者的情感。比如该段中第一个小句可标注为：Fóurscóre ｜ ānd sé ｜ vēn yéars ｜ āgó，｜｜ ōur fá ｜ thērs bróught ｜ fōrth ón ｜ thīs cón ｜ tīnēnt ｜ ā néw ｜ nátiōn，... 其简化形式为 ´ ´ ｜ - ´ ｜ - ´ ｜ - ´ ｜｜ - ´ ｜ - ´ ｜ - ´ ｜ - ´ ｜ - ´ ｜ - - (´) ｜ - - ´ ｜ - ´ ｜ (⁻为抑，´为扬；｜标注音步，｜｜标注句间停顿。) 这里演讲开头的 Fóurscóre 重读，引人注意，令人肃静。此后节奏平稳，抑扬顿挫，朗朗上口。

类似地，演讲词的中间一个小句可标注为：Būt ín ｜ ā lár ｜ gēr sénse，｜ wē cán ｜ nōt dé ｜ dīcáte — wē cán ｜ nōt cón ｜ sēcráte — wē cán ｜ nōt hál ｜ lōw — thís ｜ gróund (⁻)｜。

最后一个小句可标注为：ānd thát ｜ góvērn ｜ mēnt óf ｜ thē péo ｜ plē，bý ｜ thē péo ｜ plē，fór ｜ thē péo ｜ plē，sháll ｜ nōt pé ｜ rīsh fróm ｜ thē éarth.

整齐的抑扬格使原句诵读起来如行云流水，重点突出，情随意转，增强了演讲的节奏与感染力。

(2) 节奏美

除上文中有所探讨的节奏表现形式之外，演讲词外在节奏的形式标记也颇为明显。全文各句均较为"短小"——有的句子本身短小，有的长句则经过语义切分变成了多个小句，形成了便于朗诵的外在节奏。比如：

Fourscore and seven years ago，｜｜ our fathers brought forth on this continent a new nation，｜｜ conceived in liberty，｜｜ and dedicated to the proposition that all men are created equal.｜｜

---

1 李亚丹.《英译汉名篇赏析》. 武汉：湖北教育出版社，2000：318.

Now we are engaged in a great civil war, | | testing whether that nation, | | or any nation so conceived and so dedicated, | | can long endure. | |

这两个长句均以"意群"为单位进行了切分，也均切分为长度基本相当的四个小节。在文章随后的其他句子中，作者也频频使用逗号、破折号等进行了"意群"切分，而且内在节奏与外在节奏整体上还颇为一致。

除了采用标点符号的手段构建节奏之外，作者还采用了"分句"的手段来增强行文的节奏和表情达意的重点。例如：

We are met on a great battle-field of that war. We have come to dedicate a portion of the field as a final resting-place for those who here gave their lives that that nation might live.

But in a larger sense, we can not dedicate — we can not consecrate — we can not hallow — this ground.

以上两例似可分别合并为：

We are met on a great battle-field of that war in order to dedicate a portion of the field as a final resting-place for those who here gave their lives that that nation might live.

But in a larger sense, we can not dedicate, nor consecrate, nor hallow this ground.

不言而喻，如此一来，表达的重点、力量、效果、气势便会大打折扣。

(3) 语义美

词句的语义美体现在三个方面：

● 富含文化联想的语汇

演讲词中的 Fourscore and seven years、our fathers、brought forth、conceived、dedicated、created 等语汇，是《圣经》中常用的语汇或表达方式，它们的出现会激起听众或读者庄严、肃穆、神圣的情感。

● 大量使用书面语

演讲词中的书面语及平行结构（parallelism）俯拾即是，使演讲显得正式、典雅、富于人文气息。

● 频繁出现的中心词

演讲词中 dedicate 一词出现了 6 次，conceive、consecrate、devotion 各出现了 2 次。同义复现的有 liberty / freedom, brought forth / created / nobly advanced, long endure / not perish, dedicate / devote / give their lives / gave the last full measure of devotion，等等。合而观之，"奉献""创造""自由"等成为演讲词中的中心词或主旋律。

(4) 修辞美

演讲词一共有 10 个句子，其显著的修辞特征表现在：一是均为完整的陈述句

（complete declarative sentence），二是结构相似的整句与圆周句（periodic sentence）较多。前者使表达的信息显得肯定、正式、庄重，给人信心十足的感受；后者使表达的信息重点突出，表达的情感推波助澜，从而产生强烈的艺术感染力。且引一例说明之：

But in a larger sense, we can not dedicate — we can not consecrate — we can not hallow — this ground.

句子中的 dedicate、consecrate、hallow 既在语义上逐层推进，也在结构相似的整句中推波助澜，蓄时累势，显示出别样的语势与效果。

（5）形象美

原文并未专门细致描绘任何形象，但读者心目中不难勾画出一群为追求自由、平等与统一而英勇奋战，为国捐躯的将士们，与此同时，也不难想象出一个坚定自信、激情迸发、气势豪迈、要言不烦、极具感召力的林肯形象。

（6）意蕴美

为了民族的自由、平等与统一而英勇奋战、为国捐躯，既是每个公民的责任与义务，也是每个公民的光荣与骄傲，人民不会忘记，世界不会忘记，历史也永远不会忘记。

3. 翻译与讲评

鉴于以上审美解析，试引一例译文分析说明之。

葛底斯堡演说
亚伯拉罕·林肯

八十七年前，我们的先辈在这个大陆上建立了一个以自由为理想、以人人平等为宗旨的新国家。

现在我们正进行一场大内战，考验这个国家，或者任何一个主张自由平等的国家，能否长久存在。

我们在这场战争的一个大战场上集会，来把战场的一角献给为国家生存而牺牲的烈士，作为他们永久安息之地，这是我们义不容辞、理所当然该做的事。

但是，从更深刻的意义来说，我们不能使这一角战场成为圣地，我们不能使它流芳百世，我们不能使它永垂青史。因为在这里战斗过的勇士们，活着的或死去的，已经使这一角战场神圣化了，我们微薄的力量远远不能为它增光，或者使它减色。世人不太会注意、也不会长久记住我们在这里说的话，但是永远不会忘记他们在这里做的事。因此，我们活着的人更应该献身于他们为之战斗并且使之前进的未竟事业。我们更应该献身于我们面前的伟大任务，更应该不断地向这些光荣牺牲的烈士学习他们为事业鞠躬尽瘁、死而后已的献身精神，更应该在这里下定决心，一定不让这些烈士的鲜血白流，这个国家在上帝的保佑下，一定要得到自由的新生，这个民有、民治、民享的政府，一定不能从地球上消失。

（许渊冲译. 选自许渊冲著《文学与翻译》）

译文整体上忠实于原文的内容，表达形式通顺流畅，发挥了译文语言的优势，再现了原文的艺术节奏与效果。下面对其翻译特色进行总结与研讨。

(1) 措辞得当

措辞得当，既在语义上准确洗练，也在风格与情感上得体恰切。例如：

原　文	译　文	解　说
our fathers	先辈	这些语汇既在风格上显得庄重肃穆，也在情感上表达了对死者的崇敬与敬重。尤其是对 these dead 与 die 的翻译，在语境的同化作用下，措辞允当恰切。
resting place	安息之地	
those who here gave their lives that that nation might live	为国家生存而牺牲的烈士	
The brave men	勇士们	
these honored dead	光荣牺牲的烈士	
these dead	烈士	
died in vain	鲜血白流	

当然，译文个别地方的措辞还可作进一步修订。比如，将 brought forth 译为"建立"，倾向于客观事实的陈述，未能充分表现出对先辈的敬仰，似可修订为"创立"；将 conceived in liberty 译为"以自由为理想"，未能在逻辑上与演讲的结尾处 shall have a new birth of freedom 形成事物发展过程上的前后呼应，似可修订为"孕育于自由之中"；将 a great civil war、a great battle-field 分别译为"一场大内战""一个大战场"，只是表达了战争与战场规模的大小与空间的广阔，未能揭示出其历史意义与价值，因此可修订为"一场伟大的内战""一个伟大战场"；将 shall have（a new birth of freedom）译为"一定要得到"，表达的是坚定的信念与决心，未能揭示出主体积极的努力与进取的姿态，似可修订为"一定要争得"，如此这般也使表达的语气更为雄辩有力。

（2）善用四字格

四字格的使用使行文简洁凝练，朗朗上口，拧紧了语气，增强了语势，使表达的内容铿锵有力，掷地有声。例如：

① 八十七年前，我们的先辈在这个大陆上建立了一个以自由为理想、以人人平等为宗旨的新国家。

② 我们不能使它流芳百世，我们不能使它永垂青史。

③ 因此，我们活着的人更应该献身于他们为之战斗并且使之前进的未竟事业。

④ 更应该不断地向这些光荣牺牲的烈士学习他们为事业鞠躬尽瘁、死而后已的献身精神，

（3）再现语气、语势

林肯的演讲坚定自信，激情迸发，气势豪迈，译文在选词造句上，尤其是在语气的贯通与语势的营构上充分再现出了这一显著特征。例如：

原　　文	译　　文	解　　说
Fourscore and seven years ago, our fathers brought forth on this continent a new nation, conceived in liberty, and dedicated to the proposition that all men are created equal. Now we are engaged in a great civil war, testing whether that nation, or any nation so conceived and so dedicated, can long endure.	八十七年前，我们的先辈在这个大陆上建立了一个以自由为理想、以人人平等为宗旨的新国家。 现在我们正进行一场大内战，考验这个国家，或者任何一个主张自由平等的国家，能否长久存在。	译文前后两句均采用了定语从句前置译法，拧紧了语气，以"新国家"结尾，与第二句的两个"国家"相衔接，整个译文显得话题集中、语气连贯、一气呵成、雄辩有力。
It is for us, the living, rather, to be dedicated here to the unfinished work which they who fought here have thus far so nobly advanced.	因此，我们活着的人更应该献身于他们为之战斗并且使之前进的未竟事业。	译文也采用了定语从句前置译法，拧紧了语气，也增强了鼓舞人心的力量。
We are met on a great battle-field of that war. We have come to dedicate a portion of the field as a final resting-place for those who here gave their lives that that nation might live. It is altogether fitting and proper that we should do this.	我们在这场战争的一个大战场上集会，来把战场的一角献给为国家生存而牺牲的烈士，作为他们永久安息之地，这是我们义不容辞、理所当然该做的事。	原文三句，译文并为一句，语气贯通，语势增强。

原　　文	译　　文	解　　说
It is rather for us to be here dedicated to the great task remaining before us — that from these honored dead we take increased devotion to that cause for which they gave the last full measure of devotion — that we here highly resolve that these dead shall not have died in vain — that this nation, under God, shall have a new birth of freedom — and that government of the people, by the people, for the people, shall not perish from the earth.	我们更应该献身于我们面前的伟大任务，更应该不断地向这些光荣牺牲的烈士学习他们为事业鞠躬尽瘁、死而后已的献身精神，更应该在这里下定决心，一定不让这些烈士的鲜血白流，这个国家在上帝的保佑下，一定要得到自由的新生，这个民有、民治、民享的政府，一定不能从地球上消失。	译文中前面三个"更应该"推波助澜，揭示出林肯自谦的一面，后面三个"一定"则揭示出林肯坚定与自信的一面。

　　语气、语势氤氲于作品的字里行间，甚至是文本之外的历史文化语境中，这往往成为翻译中的难点。比如，原文的首句尤其是开头的小句 Fourscore and seven years ago，美国人听来或读来会油然而生庄严、肃穆、神圣的情感，而译文读者只是知道了一个具体的、平淡的时间概念而已，而且是瞬间带过，远无原文的历史文化回想与开启篇章徐缓而来、掷地有声的效果。对此台湾学者高克毅先生译为"八十有七年以前"，显得庄重典雅，朗朗上口。[1]若从转存延宕时间或叙事效果来看，似乎也可译为"早在八十七年以前"之类的话语。

　　又如，在这一句 we can not dedicate — we can not consecrate — we can not hallow — this ground 中，听众或读者不难感到语势蓄时累势，越来越强，而译文"我们不能使这一角战场成为圣地，我们不能使它流芳百世，我们不能使它永垂青史。"因各小句句子偏长，语气有些松弛，语势显得平缓或有渐渐趋弱的倾向。有的译者将该句处理为："我们不能把这一角战场献为圣地、封为圣地、变成圣地。"可做参考。

　　（4）重组译文

　　鉴于前文的鉴赏与分析，试将原译文修订如下。

葛底斯堡演说

亚伯拉罕·林肯

　　早在八十七年以前，我们的先辈在这个大陆上创立了一个孕育于自由之中、信奉

1　金圣华.《齐向译道行》五十八：向高克毅先生致敬.《英语世界》，2009（2）：115—116.

人人生而平等之理念的崭新国家。

现在我们正进行一场伟大的内战，考验这个国家，或者任何一个主张自由平等的国家，能否长久存在。

我们在这场战争的一个伟大战场上集会，为的是把战场的一角献给为国捐躯的将士，作为他们永久的安息之地。理所当然，这是我们应该做的。

但是，从更深刻的意义来说，我们不能把这一角战场献为圣地、封为圣地、变成圣地。因为在这里战斗过的勇士们，活着的或死去的，已经使这一角战场变得无比神圣，我们既无力使之增光添彩，也无力使之黯然褪色。世人不会注意、也不会铭记我们在这里所说的话，但是永远不会忘记他们在这里所做的事。因此，我们活着的人更应该献身于他们为之战斗并且使之前进的未竟事业。我们更应该献身于我们面前的伟大任务，更应该不断学习这些先烈们献身事业的崇高精神，我们一定要在此下定决心，绝不让先烈的鲜血白流，这个国家在上帝的保佑下，一定要争得自由的新生，这个民有、民治、民享的政府，一定会永世长存。

例文四

Farewell Address

Bill Clinton

My fellow citizens, tonight is my last opportunity to speak to you from the Oval Office as your President. I am profoundly grateful to you for twice giving me the honor to serve, to work for you and with you to prepare our nation for the 21st century.

And I'm grateful to Vice President Gore, to my Cabinet Secretaries, and to all those who have served with me for the last 8 years.

This has been a time of dramatic transformation, and you have risen to every new challenge. You have made our social fabric stronger, our families healthier and safer, our people more prosperous. You, the American people, have made our passage into the global information age an era of great American renewal.

In all the work I have done as President — every decision I have made, every executive action I have taken, every bill I have proposed and signed — I've tried to give all Americans the tools and conditions to build the future of our dreams in a good society with a strong economy, a cleaner environment, and a freer, safer, more prosperous world.

I have steered my course by our enduring values: opportunity for all, responsibility from all, a community of all Americans. I have sought to give America a new kind of Government, smaller, more modern, more effective, full of ideas and policies appropriate to this new time, always putting people first, always focusing on the future.

Working together, America has done well. Our economy is breaking records, with more than 22 million new jobs, the lowest unemployment in 30 years, the highest home ownership ever, the longest expansion in history. Our families and communities are stronger. Thirty-five million Americans have used the family leave law; 8 million have moved off welfare. Crime is at a 25-year low. Over 10 million Americans receive more college aid, and more people than ever are going to college. Our schools are better. Higher standards, greater accountability and larger investments have brought higher test scores and higher graduation rates. More than 3 million children have health insurance now, and more than 7 million Americans have been lifted out of poverty. Incomes are rising across the board. Our air and water are cleaner. Our food and drinking water are safer. And more of our precious land has been preserved in the continental United States than at any time in a hundred years.

America has been a force for peace and prosperity in every corner of the globe. I'm very grateful to be able to turn over the reins of leadership to a new President with America in such a strong position to meet the challenges of the future.

Tonight I want to leave you with three thoughts about our future.

First, America must maintain our record of fiscal responsibility.

Through our last four budgets we've turned record deficits to record surpluses, and we've been able to pay down $600 billion of our national debt — on track to be debt-free by the end of the decade for the first time since 1835. Staying on that course will bring lower interest rates, greater prosperity, and the opportunity to meet our big challenges. If we choose wisely, we can pay down the debt, deal with the retirement of the baby boomers, invest more in our future, and provide tax relief.

Second, because the world is more connected every day, in every way, America's security and prosperity require us to continue to lead in the world. At this remarkable moment in history, more people live in freedom than ever before. Our alliances are stronger than ever. People all around the world look to America to be a force for peace and prosperity, freedom and security. The global economy is giving more of our own people and billions around the world the chance to work and live and raise their families with dignity. But the forces of integration that have created these good opportunities also make us more subject to global forces of destruction, to terrorism, organized crime and narcotrafficking, the spread of deadly weapons and disease, the degradation of the global environment.

The expansion of trade hasn't fully closed the gap between those of us who live on the cutting edge of the global economy and the billions around the world who live on the knife's edge of survival. This global gap requires more than compassion; it requires action. Global poverty is a powder keg that could be ignited by our indifference.

In his first Inaugural Address, Thomas Jefferson warned of entangling alliances. But in our times, America cannot, and must not, disentangle itself from the world. If we want the world to embody our shared values, then we must assume a shared responsibility.

If the wars of the 20th century, especially the recent ones in Kosovo and Bosnia, have taught us anything, it is that we achieve our aims by defending our values and leading the forces of freedom and peace. We must embrace boldly and resolutely that duty to lead — to stand with our allies in word and deed and to put a human face on the global economy, so that expanded trade benefits all peoples in all nations, lifting lives and hopes all across the world.

Third, we must remember that America cannot lead in the world unless here at home we weave the threads of our coat of many colors into the fabric of one America. As we become ever more diverse, we must work harder to unite around our common values and our common humanity. We must work harder to overcome our differences, in our hearts and in our laws. We must treat all our people with fairness and dignity, regardless of their race, religion, gender or sexual orientation, and regardless of when they arrived in our country — always moving toward the more perfect Union of our Founders' dreams.

Hillary, Chelsea and I join all Americans in wishing our very best to the next President, George W. Bush, to his family and his administration, in meeting these challenges, and in leading freedom's march in this new century.

As for me, I'll leave the presidency more idealistic, more full of hope than the day I arrived, and more confident than ever that America's best days lie ahead.

My days in this office are nearly through, but my days of service, I hope, are not. In the years ahead, I will never hold a position higher or a covenant more sacred than that of President of the United States. But there is no title I will wear more proudly than that of citizen.

Thank you. God bless you, and God bless America.

1. 作品概述

这是美国前总统比尔·克林顿（Bill Clinton，1946— ）的离任演说词。演讲中克林顿表达了对全体国民以及身边同事长期以来信任与支持的感激之情，回溯了在任期间的种种努力与所取得的社会成效，提出了对美国未来发展的三点构想，祝福新一任总统迎接挑战、领导美国在新世纪取得更大的辉煌，最后抒发了对过往总统岁月的留恋与对未来的憧憬。

克林顿的演讲情感真挚诚恳，语气谦和，语言简明质朴、平易畅达，讲述侃侃而谈，娓娓道来。

2. 审美鉴赏

结合"Farewell Address"的主要审美特征，拟从以下五个方面对其进行审美鉴赏与分析：节奏美、语义美、修辞美、形象美、意蕴美。

(1) 节奏美

演讲词整体节奏徐缓平稳，娓娓道来。但整体之中也富于变化，从而使演讲的效果显得异彩纷呈，增强了艺术感染力的维度。例如：

节奏类型	原　　文	解　　说
徐缓平稳	① And I'm grateful to ∣ Vice President Gore, ∣∣ to my Cabinet Secretaries, ∣∣ and to all those who have served with me ∣ for the last 8 years. ∣∣（单画线 ∣ 表示相对短暂的停顿，双画线 ∣∣ 表示相对较长的停顿。） ② I have steered my course ∣ by our enduring values ∣∣: opportunity for all, ∣∣ responsibility from all, ∣∣ a community of all Americans. ∣∣	两例均以"意群"为单位进行了切分，各切分单位长度基本相当，诵读所占的时值（time duration）也基本相同，给人不疾不徐，娓娓道来之感。
简洁明快	① Our families and communities are stronger. ② Thirty-five million Americans have used the family leave law; 8 million have moved off welfare. ③ Crime is at a 25-year low. ④ Over 10 million Americans receive more college aid, and more people than ever are going to college. ⑤ Our schools are better. ⑥ Higher standards, greater accountability and larger investments have brought higher test scores and higher graduation rates.	从家庭、社会到休假法，从福利制度到犯罪率、升学率等，一句一事，每句均为简单句，语义简练，跳跃推进，简洁明快之感油然而生。
张弛有序	In all the work I have done as President — every decision I have made, every executive action I have taken, every bill I have proposed and signed — I've tried to give all Americans the tools and conditions to build the future of our dreams in a good society with a strong economy, a cleaner environment, and a freer, safer, more prosperous world.	前面三个"平行结构"的短语使表达的情感逐层推进、不断积聚，最后一个较长的小句则使积聚的情感缓缓释放开来。

（2）语义美

演讲中作者选词用字简明质朴，语义积极显豁，便于理解，也便于与广大民众交流并取得良好的效果。例如：

① You have made our social fabric stronger, our families healthier and safer, our people more prosperous.

② I've tried to give all Americans the tools and conditions to build the future of our dreams in a good society with a strong economy, a cleaner environment, and a freer, safer, more prosperous world.

③ Our families and communities are stronger.

④ Our food and drinking water are safer.

⑤ America has been a force for peace and prosperity in every corner of the globe. I'm very grateful to be able to turn over the reins of leadership to a new President with America in such a strong position to meet the challenges of the future.

⑥ Staying on that course will bring lower interest rates, greater prosperity, and the opportunity to meet our big challenges.

⑦ Second, because the world is more connected every day, in every way, America's security and prosperity require us to continue to lead in the world. At this remarkable moment in history, more people live in freedom than ever before. Our alliances are stronger than ever. People all around the world look to America to be a force for peace and prosperity, freedom and security.

⑧ If the wars of the 20th century, especially the recent ones in Kosovo and Bosnia, have taught us anything, it is that we achieve our aims by defending our values and leading the forces of freedom and peace.

⑨ Hillary, Chelsea and I join all Americans in wishing our very best to the next President, George W. Bush, to his family and his administration, in meeting these challenges, and in leading freedom's march in this new century.

以上所列句子中，画线处的短语或词汇语义简明、集中，通过词语的复现或同义表达从不同的侧面与角度向民众不断地讲述着美国的强大、繁荣、自由、和平与安全。具体来说，与强大相关的词语有：strong / stronger 共出现 5 次；lead / leading 共出现 3 次；be a force for 共出现 2 次。与繁荣相关的词语有：prosperous / prosperity 共出现 6 次。与自由相关的词语有：freer / freedom 共出现 5 次。与和平、安全相关的词语有：peace 共出现 3 次，safer / security 共出现 5 次。不难看出，这些短语或词汇的语义不断复现起到了鼓舞人心、催人奋进的重大作用。

(3) 修辞美

修辞格的功用往往是使表达新鲜活泼、生动形象、蕴涵丰富，增强行文的感染力。在克林顿的演讲中，修辞格突出地发挥着政治上的社会文化功用。例如：

原　　文	解　　说
① You have made our social fabric stronger, our families healthier and safer, our people more prosperous. ② Third, we must remember that America cannot lead in the world unless here at home we weave the threads of our coat of many colors into the fabric of one America.	画线处前后呼应，所展现的既是一个由各色线条构成的色彩斑斓的织锦，也是一幅美国各肤色人民大团结、大融合的生动画卷。形象贴切，别出心裁。
① I have steered my course by our enduring values — opportunity for all, responsibility from all, a community of all Americans. ② Staying on that course will bring lower interest rates, greater prosperity, and the opportunity to meet our big challenges.	画线处暗示出（我是）船长与（美国是）航船的形象，蕴涵深邃，激荡着历史与人文的回想，不禁让人想起惠特曼（Walt Whitman）的经典诗篇 "Captain! My Captain!"。
I'm very grateful to be able to turn over the reins of leadership to a new President with America in such a strong position to meet the challenges of the future.	将领导权与"（马的）缰绳"联袂使用，给人以美国的发展有如"骏马奔腾，一日千里"的联想。
The expansion of trade hasn't fully closed the gap between those of us who live on the cutting edge of the global economy and the billions around the world who live on the knife's edge of survival.	将全球经济喻为"刀的切刃"，将人们的生存现状喻为在"刀刃之下幸存"，将目前触目惊心的危急形势刻画得入木三分。

(4) 形象美

演讲词中克林顿通过选词用字向美国民众展示着一个强大、繁荣、自由、和平与安全的美国形象。与此同时，也向民众展示着一个语气谦和、态度真挚、为人质朴的亲民总统形象。

(5) 意蕴美

演讲词激发着民族自豪感，增强了民族凝聚力，提升着整个民族面对未来的信心与勇气。总统的职位可以更替，但作为公民，热爱自己祖国的情怀是任何东西、任何时候也难以更替的。

3. 翻译与讲评

鉴于以上审美解析，试引一例译文分析说明之。

克林顿离任演说

比尔·克林顿

同胞们，今晚是我最后一次作为你们的总统，在白宫椭圆形办公室向你们做最后一次演讲。我由衷感谢你们给了我两次机会和荣誉，为你们服务，为你们工作，和你们一起为我们的国家进入二十一世纪做准备。

在这里，我也要感谢戈尔副总统，我的内阁部长们以及所有伴我度过过去八年的同事们。

现在是一个极具变革的年代，你们为迎接新的挑战已经做好了准备。是你们使我们的社会更加强大，我们的家庭更加健康和安全，我们的人民更加富裕。同胞们，我们已经进入了全球信息化时代，这是美国复兴的伟大时代。

作为总统，我所做的一切——每一个决定，每一个行政命令，提议和签署的每一项法令，都是在努力为美国人民提供工具和创造条件，来实现美国的梦想，建设美国的未来——一个美好的社会，繁荣的经济，清洁的环境，进而实现一个更自由、更安全、更繁荣的世界。

凭借永恒的价值观，我引领着航程——机会属于每一个美国公民；责任来自全体美国人民；所有美国人民组成了一个大家庭。我一直致力于将美国打造成一个更精简、更现代、更高效、富有与时俱进创意思维，并以人为本，着眼未来的新政府。

我们的共同努力使美国取得了长足的发展。社会经济创下一个又一个记录——创造了 2 200 万个新的工作岗位，失业率是三十年来最低的，老百姓的购房率达到了空前的高度，经济繁荣有史以来时间最长。

我们的家庭、我们的社会变得更加强大。3 500 万美国人享受了联邦休假，800 万人获得社会福利，犯罪率二十五年来最低，1 000 多万美国人得到了更多的教育资助，越来越多的人在接受大学教育。学校的条件越来越好。更高的办学水平、更大的责任感和更多的投资使得我们的学生取得更高的考试分数和毕业成绩。

目前，已有 300 多万美国儿童享受着医疗保险，700 多万美国人已经脱贫。全民收入大幅度提高。我们的空气和水资源更加洁净，食品和饮用水更加安全。我们珍贵的土地资源也得到了近百年来前所未有的保护。

美国已经成为地球上每个角落推动和平与繁荣的中坚力量。我非常高兴能于此时将领导权移交给新一任总统，与美国人民一道勇于迎接未来的挑战。

今晚,我要提出三点供大家思考,这三点与我们的未来息息相关:

第一,美国必须保持它的良好财政状况。通过最近四年的财政预算我们已经把破纪录的财政赤字扭转为破纪录的盈余。而且还偿还了 6 000 亿美元的国债,有望在十年内彻底偿还国债,这将是自 1835 年以来的第一次。沿着既定的航程前进,我们就会享有更低的利率,建设更为繁荣的社会,抓住迎接更大挑战的机遇。如果我们做出明智的选择,我们就能偿还债务,妥善解决婴儿潮时代出生的人们的退休问题,对未来进行更多的投资,并减轻税收。

第二,世界各国的联系日益紧密。为了美国的安全与繁荣,我们应继续领导世界。在这个历史性的时刻,越来越多的人享有前所未有的自由。我们的盟国更加强大。全世界人民期待美国成为维护和平、促进繁荣、捍卫自由与保障安全的中坚力量。全球经济使更多的美国民众以及世界人民有机会去工作、生活,而且更体面地养家糊口。

但是,这种世界融合的趋势一方面为我们创造了良好的机会,但同时使得我们在全球范围内更容易遭致破坏性力量、恐怖主义、有组织的犯罪、贩毒活动、致命性武器和疾病传播的威胁。

尽管世界贸易不断扩大,但是处于全球经济最前沿的我们与数十亿处在险恶生存边缘的人们之间的差距并没有因此缩小。要解决世界贫富两极分化,需要的不只是同情和怜悯,而是实际行动。全球性的贫困像个火药桶,可能随时会被我们的漠不关心点燃。

托马斯·杰斐逊在他的就职演说中告诫我们结盟的危害。但是,在我们这个时代,美国不能,也不可能使自己脱离这个世界。如果我们想把我们共有的价值观赋予这个世界,我们必须共同承担起这个责任。

如果二十世纪的历次战争,尤其是新近在科索沃地区和波斯尼亚爆发的战争,能够让我们得到某种教训的话,那应是:我们捍卫了自己的价值观并领导了自由与和平的力量,我们才实现了自己的目标。我们必须坚定而勇敢地担负起领导的责任——与我们的盟友言行一致,在全球经济中以人为本,让不断发展的贸易能够使全人类受益,使全世界提高生活水平,增强生活的希望。

第三,我们必须牢记如果美国不能上下一心,团结一致,就不能领导世界。社会越来越多元化,我们必须加倍努力工作,紧密团结在共同价值观与共同人文精神的旗帜之下。我们也要加倍努力工作以消除生活中与法律上存在的种种分歧。我们必须待人公正,互相尊重,不论他是哪个民族、信仰什么宗教、是什么性别或有什么性倾向,也不论他何时来到这个国家,我们时时刻刻都要朝着先辈们追求的高度团结的美利坚合众国的梦想而奋斗。

希拉里、切尔西和我同全体美国人一起，共同祝福即将就任的乔治·布什总统及其家人以及新一届政府，希望新政府能够勇敢面对挑战，并领导自由论在新世纪里大步迈进。

对我来说，当我离开总统宝座时，我充满更多的理想，比初进白宫时更加充满希望，并且坚信美国的好日子还在后面。

我的总统任期就要结束了，但是我希望自己为美国人民服务的日子永远不会结束。在未来的岁月里，我再也不会担任一个能比美利坚合众国总统更高的职位、签订一个比美利坚合众国总统所能签署的更为神圣的契约。但是，没有任何一个头衔会让我比作为一个美国公民更为自豪。

谢谢你们！愿上帝保佑你们！愿上帝保佑美国！

（选自广东外语外贸大学翻译学院 2006 级翻译专业本科生课堂小组讨论译文）

译文忠实于原文的内容，表达形式通顺流畅，基本再现了原作的审美艺术特色，下面对其翻译特色与不足进行总结与研讨。

（1）代词及其语序变通

代词的翻译通常较好处理，可根据语境要求，或者予以保留或者予以省略。但在克林顿的演讲中，代词 you 的反复出现，若只是以保留或者省略的方法来处理，就难以实现其在演讲中发挥的艺术审美功能——增强对话色彩，强化交流效果与构建亲民总统形象，因此对演讲中代的传译需根据其审美功效进行适当变通与调整。例如：

原　文	译　文	解　说	修订译文
My fellow citizens, tonight is my last opportunity to speak to you from the Oval Office as your President. I am profoundly grateful to you for twice giving me the honor to serve, to work for you and with you to prepare our nation for the 21st century.	同胞们，今晚是我最后一次作为<u>你们</u>的总统，在白宫椭圆形办公室向<u>你们</u>做最后一次演讲。我由衷感谢<u>你们</u>给了我两次机会和荣誉，为<u>你们</u>服务，为<u>你们</u>工作，和<u>你们</u>一起为我们的国家进入二十一世纪做准备。	原文中代词 you / your 一共出现了 5 次，译文予以了全部转译，而且还增译了一次"你们"。如此一来，译文读来让人感到总统与民众的距离较远，而且一言一行有"身不由己"的意味，译文中不断重复的"你们"也使行文不够简练。	同胞们，今晚是我最后一次以总统的身份，在白宫椭圆形办公室向大家发表演说。我由衷感谢大家两次给我这样的殊荣，为民服务，与大家一道为迎接 21 世纪做准备。

原　文	译　文	解　说	修订译文
This has been a time of dramatic transformation, and you have risen to every new challenge. You have made our social fabric stronger, our families healthier and safer, our people more prosperous. You, the American people, have made our passage into the global information age an era of great American renewal.	现在是一个极具变革的年代，你们为迎接新的挑战已经做好了准备。是你们使我们的社会更加强大，我们的家庭更加健康和安全，我们的人民更加富裕。同胞们，我们已经进入了全球信息化时代，这是美国复兴的伟大时代。	原文中代词 you 一共出现了 3 次，译文转存了 2 次，变译了一次。如同上例，前 2 次转译产生了距离感，后一次变译增强了亲和力。	这是一个急剧变革的时代，大家成功地应对了一次次新的挑战。正是大家的努力，我们的社会才更加稳固，家庭更加健康安全，人民更加富裕。同胞们，我们已经进入全球信息化时代，并使之成为了美国复兴的伟大时代。
Thank you. God bless you, and God bless America.	谢谢你们！愿上帝保佑你们！愿上帝保佑美国！	译文仿佛说着"隔壁人家的事情"，显得有些遥远而生疏。	谢谢各位！愿上帝保佑大家！愿上帝保佑美国！
Hillary, Chelsea and I join all Americans in …	希拉里、切尔西和我同全体美国人一起，……	译文在上下文中显得不连贯，变通语序，承上启下，前后贯通。	我、希拉里、切尔西与全体美国人一起……

（2）字句互化与拆分

鉴于中英语言表达方式的种种差异，翻译实践中为了较好地表情达意，译者可在字词、短语、句子等语言层级上进行彼此之间的转化。也就是说，根据表达的需要，单词可以译成词组或句子等，反之亦然。此外，单词、词组或句子也可进行词义、句义的拆分或重复翻译。例如：

类型	原　文	修订译文	说明
字词译为句子	① I've tried to give all Americans the tools and conditions to build the future of our dreams in a good society, … ② America's security and prosperity require us to continue to lead in the world.	① 我所做的一切……都是在努力为美国人民提供便利和创造条件，来实现美国的梦想，建设美国的未来，…… ② 为了美国的安全与繁荣，我们应继续引领世界。	将原文中划线处的短语分别译为小句，显得文从字顺，简洁有力。

类型	原　文	修订译文	说明
字词译为句子	③ The expansion of trade hasn't fully closed the gap … ④ Staying on that course will bring lower interest rates, greater prosperity, and the opportunity to meet our big challenges. ⑤ This global gap requires more than compassion; it requires action.	③ 尽管世界贸易不断扩大，但……的差距并没有因此缩小。 ④ 沿着既定的航程前进，我们就会享有更低的利率，建设更为繁荣的社会，抓住迎接更大挑战的机遇。 ⑤ 要解决世界贫富两极分化，需要的不只是同情和怜悯，而是实际行动。	将原文中划线处的短语分别译为小句，显得文从字顺，简洁有力。
句子译为短语	① Working together, America has done well. ② As we become ever more diverse, we must work harder to unite around our common values and our common humanity.	① 我们的共同努力使美国取得了长足的发展。 ② 社会越来越多元化，我们必须加倍努力工作，紧密团结在共同价值观与共同人文精神的旗帜之下。	将原文状语从句译为词组，简明扼要。
字词语义拆分	① We must embrace boldly and resolutely that duty to lead …, so that expanded trade benefits all peoples in all nations, lifting lives and hopes all across the world. ② People all around the world look to America to be a force for peace and prosperity, freedom and security. ③ Hillary, Chelsea and I join all Americans in wishing our very best to the next President, George W. Bush, to his family and his administration, in meeting these challenges, and in leading freedom's march in this new century.	① 我们必须坚定而勇敢地担负起领导的责任，……让日益发展的贸易造福全人类，提高大家的生活水平，增强大家的生活希望。 ② 世界各国人民期待美国成为维护和平、促进繁荣、捍卫自由与保障安全的中坚力量。 ③ 我、希拉里、切尔西与全体美国人一起，共同祝福即将就任的乔治·布什总统与家人以及新一届政府，希望新政府能够勇敢面对挑战，高扛自由大旗在新世纪阔步前进。	经过词义拆分，译文逻辑贯通，行文自然流畅，增强了语势与感染力。
句子语义拆分	① Through our last four budgets we've turned record deficits to record surpluses … ② Tonight I want to leave you with three thoughts about our future.	① 最近四年的财政预算已经扭转破纪录的赤字，取得了史无前例的盈余…… ② 今晚，我要提出三点供大家思考，这三点与我们的未来息息相关：	将原文单句一分为二，语义明晰，情真意切。

(3) 传译修辞格

从修辞格中所关涉到的形象传译来看，其基本翻译方法可归纳为形象的转存、形象的隐没、形象的显现、形象的转换与形象的创造。且看下例：

形象的翻译	原　　文	译　　文
形象的转存	Global poverty is a powder keg that could be ignited by our indifference.	全球性的贫困像个火药桶，可能随时会被我们的漠不关心点燃。
形象的隐没	① You have made our social fabric stronger, ... ② we must remember that America cannot lead in the world unless here at home we weave the threads of our coat of many colors into the fabric of one America. ③ Incomes are rising across the board.	① 正是大家的努力，我们的社会才更加稳固，…… ② 如果美国不能上下一心，团结一致，就不能…… ③ 全民收入大幅度提高。
形象的显现	① I have steered my course by our enduring values ... ② Staying on that course will bring lower interest rates, greater prosperity, and the opportunity to meet our big challenges.	① 凭借永恒的价值观，我引领着航程…… ② 沿着既定的航程前进，我们就会享有……
形象的转换	The expansion of trade hasn't fully closed the gap between those of us who live on the cutting edge of the global economy and the billions around the world who live on the knife's edge of survival.	尽管世界贸易不断扩大，但是处于全球经济最前沿的我们与数十亿处在险恶生存边缘的人们之间的差距并没有因此缩小。
形象的创造	① As we become ever more diverse, we must work harder to unite around our common values and our common humanity. ② Hillary, Chelsea and I join all Americans in wishing our very best to the next President, George W. Bush, ..., and in leading freedom's march in this new century.	① 社会越来越多元化，我们必须加倍努力工作，紧密团结在共同价值观与共同人文精神的旗帜之下。 ② 我、希拉里、切尔西与全体美国人一起，共同祝福即将就任的乔治·布什总统……，高扛自由大旗在新世纪阔步前进。（修订译文）

(4) 拧紧语气

拧紧语气直接关系到情感的有效传达与表达内容的艺术感染力。例如：

原文：

① In all the work I have done as President — every decision I have made, every executive action I have taken, every bill I have proposed and signed — I've tried to give all Americans the tools and conditions to build the future of our dreams in a good society with a strong economy, a cleaner environment, and a freer, safer, more prosperous world.

② I have steered my course by our enduring values：opportunity for all, responsibility from all, a community of all Americans.

③ Our schools are better. Higher standards, greater accountability, and larger investments have brought higher test scores and higher graduation rates.

译　文	说　明	修订译文
① 作为总统，我所做的一切——每一个决定，每一个行政命令，提议和签署的每一项法令，都是在努力为美国人民提供工具和创造条件，来实现美国的梦想，建设美国的未来——一个美好的社会，繁荣的经济，清洁的环境，进而实现一个更自由、更安全、更繁荣的世界。	比照原文，左侧的三例译文均译出了原文的信息内容，但显得语气松散，不够集中，未能再现出原文中推波助澜的表情效果与信心坚定的口吻。	① 作为总统，我所做的一切——我所作出的每一项决定，所采取的每一个行动，所提议并签署的每一项法令，都是在努力为美国人民提供便利和创造条件，以求实现美国的梦想，建设美国的未来——一个社会和谐，经济发达，环境清洁，更自由、更安全、更繁荣的国家。
② 凭借永恒的价值观，我引领着航程——机会属于每一个美国公民；责任来自全体美国人民；所有美国人民组成了一个大家庭。		② 我们历久不衰的价值观——机会均等，责任同担，社会和谐——引领着我的航程。
③ 学校的条件越来越好。更高的办学水平、更大的责任感和更多的投资使得我们的学生取得更高的考试分数和毕业成绩。		③ 学校的条件越来越好。办学水平的提高、责任心的增强和经费投入的加大，大大提升了学生的考试成绩与毕业率。

（5）构建形象

从前文的鉴赏中，可以看到有两个形象——美国的形象与克林顿的形象——在翻译中存在着构建的问题。对于美国形象的构建，尤其体现在以下词句的语义选择上。

原　　文	译文（及修订）	解　说
America's security and prosperity require us to continue to lead in the world.	为了美国的安全与繁荣，我们应继续领导（引领/融入）世界。	
we must remember that America cannot lead in the world unless here at home we weave the threads of our coat of many colors into the fabric of one America.	我们必须牢记，如果美国不上下一心，团结一致，就不能领导（引领/领先）世界。	
If the wars of the 20th century, especially the recent ones in Kosovo and Bosnia, have taught us anything, it is that we achieve our aims by defending our values and leading the forces of freedom and peace.	如果二十世纪的历次战争，尤其是新近在科索沃地区和波斯尼亚爆发的战争，能够让我们得到教训（启示）的话，那应是：我们捍卫了价值观并领导（引领）了自由与和平的力量，我们才实现了自己的目标。	是将美国构建为一个主宰世界的霸主形象，还是一个引领世界进步潮流的中坚形象，还是将美国构建为一个发展中国家的形象，看看以上例文的画线部分，不难认识到这与译者的意识形态休戚相关。
Hillary, Chelsea and I join all Americans in wishing our very best to the next President, George W. Bush, to his family and his administration, in meeting these challenges, and in leading freedom's march in this new century.	切尔西、希拉里和我与全体美国人一起……希望新政府能够勇敢面对挑战，并领导（引领）自由论在新世纪里大步迈进（高扛自由大旗在新世纪阔步前进）。	
America has been a force for peace and prosperity in every corner of the globe.	美国已经成为地球上每个角落推动（维护）和平与繁荣的中坚（积极）力量。	
People all around the world look to America to be a force for peace and prosperity, freedom and security.	全世界人民期待美国成为维护和平、促进繁荣、捍卫自由与保障安全的中坚（积极）力量。	

　　对克林顿形象的构建，从以下词句的语义选择上可见一斑。

原　　文	译文（及修订）	解　说
My fellow citizens, tonight is my last opportunity to speak to you from the Oval Office as your President. I am profoundly grateful to you for twice giving me the honor to serve — to work for you and with you to prepare our nation for the 21st century.	同胞们，今晚是我最后一次作为你们的总统（以总统的身份），在白宫椭圆形办公室向你们做最后一次演讲（大家发表演说）。我由衷感谢你们给了我两次机会和荣誉，为你们服务，为你们工作，和你们一起为我们的国家进入 21 世纪做准备（我由衷感谢大家两次给我这样的殊荣，为民服务，与大家一道为迎接 21 世纪做准备）。	是建构一个爱国爱民、爱岗敬业的"亲民"总统形象，还是一个"君臣"有别，居高临下的"疏民"总统形象，这也是译者翻译时不可回避的问题。
As for me, I'll leave the presidency more idealistic, more full of hope than the day I arrived, and more confident than ever that America's best days lie ahead.	对我来说，当我离开总统宝座时（离任时），我充满更多的理想，比初进白宫时更加充满希望，并且坚信美国的好日子还在后面。	
In the years ahead, I will never hold a position higher or a covenant more sacred than that of President of the United States.	在未来的岁月里（日子里），我再也不会担任一个能比美利坚合众国总统更高的职位，也不会签订一个比美利坚合众国总统所能签署的更为神圣的契约。	

（6）重组译文

鉴于前文的鉴赏与分析，试将原译文修订如下。

克林顿离任演说

比尔·克林顿

同胞们，今晚是我最后一次以总统身份，在白宫椭圆形办公室向大家发表演说。我由衷感谢大家两次给我这样的殊荣，为民服务，与大家一道为迎接二十一世纪做准备。

在这里，我还要感谢副总统戈尔，我的内阁部长们以及过去八年来与我共进退的同事们。

这是一个急剧变革的时代，大家成功地应对了一次次新的挑战。正是大家的努力，我们的社会才更加稳固，家庭更加健康安全，人民更加富裕。同胞们，我们已经进入全球信息化时代，并使之成为了美国复兴的伟大时代。

作为总统，我所做的一切——我所作出的每一项决定，所采取的每一个行动，所提议并签署的每一项法令，都是在努力为美国人民提供便利和创造条件，以求实现美国的梦想，建设美国的未来——一个社会和谐，经济发达，环境清洁，更自由、更安全、更繁荣的国家。

我们历久不衰的价值观——机会均等，责任同担，社会和谐——引领着我的航程。我一直致力于将美国打造成一个更精简、更现代、更高效、富有与时俱进创意思维，并以人为本，着眼未来的新政府。

我们的共同努力使美国取得了长足的发展。社会经济创下一个又一个记录——创造了 2 200 万个新的工作岗位，失业率三十年来最低，老百姓的购房率达到了空前的高度，经济繁荣有史以来时间最长。

我们的家庭、我们的社会变得更加稳固。3 500 万人享受了联邦休假，800 万人获得过社会福利，犯罪率二十五年来最低，1 000 多万人得到了更多的教育资助，越来越多的人走进了大学课堂。学校的条件越来越好。办学水平的提高、责任心的增强和经费投入的加大，大大提升了学生的考试成绩与毕业率。

目前，已有 300 多万儿童享受着医疗保险，700 多万人已经脱贫。全民收入大幅度提高。我们的空气和水资源更加洁净，食品和饮用水更加安全。我们珍贵的土地资源也得到了近百年来前所未有的保护。

美国已经成为地球上每个角落维护和平与繁荣的积极力量。我非常高兴能于此时将领导权移交给新一任总统，与美国人民一道勇敢地迎接未来的挑战。

今晚，我要提出三点供大家思考，这三点与我们的未来息息相关：

第一，美国必须保持良好的财政状况。最近四年的财政预算已经扭转破纪录的赤字，取得了史无前例的盈余。而且还偿还了 6 000 亿美元的国债，有望在十年内彻底还清国债，这将是自 1835 年以来的第一次。沿着既定的航程前进，我们就会享有更低的利率，建设更为繁荣的社会，抓住迎接更大挑战的机遇。如果我们选择明智，就能偿清债务，妥善解决婴儿潮时期所出生人们的退休问题，在未来我们的投资会更多，还会减轻赋税。

第二，世界各国联系日益紧密。为了美国的安全与繁荣，我们应继续引领世界。在这非凡的历史时刻，越来越多的人享有前所未有的自由。我们的盟国更加强大。世界各国人民期待美国成为维护和平、促进繁荣、捍卫自由与保障安全的中坚力量。全球经济使越来越多的美国人与世界人民有机会去工作、生活、并且更体面地养家糊口。

但是，这种世界性的融合趋势给我们带来良好机遇的同时，也使我们更容易遭致全球破坏势力的伤害，例如恐怖主义、有组织的犯罪、贩卖毒品，致命性武器和疾病的传播以及全球环境的恶化。

尽管世界贸易不断扩大，但是处于全球经济最前沿的我们与处在险恶生存边缘的数十亿人之间的差距并没有因此缩小。要解决世界贫富两极分化，需要的不只是同情和怜悯，而是实际行动。世界性的贫困像个火药桶，可能随时会被我们的漠不关心点燃。

托马斯·杰斐逊在就职演说中告诫我们结盟的危害。但是，在我们这个时代，美国不能，也不可能脱离这个世界。如果我们想赋予这个世界彼此共享的价值观，我们必须共同承担责任。

如果二十世纪的历次战争，尤其是新近在科索沃地区和波斯尼亚爆发的战争，能够让我们从中得到某种启示的话，那应是：通过捍卫我们的价值观，并引领自由与和平的力量，我们才实现了自己的目标。我们必须坚定而勇敢地担负起领导的责任——与我们的盟友言行一致，在全球经济中以人为本，让日益发展的贸易造福全人类，提高大家的生活水平，增强大家的生活希望。

第三，我们必须牢记，如果美国不能上下一心，团结一致，就不能引领世界。社会越来越多元化，我们必须加倍努力工作，紧密团结在共同价值观与共同人文精神的旗帜之下。我们还要加倍努力工作，消除生活中与法律上存在的种种分歧。我们必须待人公正，互相尊重，不论他是哪个民族、信仰什么宗教、是什么性别或有什么性倾向，也不论他何时来到这个国家，我们时时刻刻都要朝着先辈们追求的梦想而奋斗——建设一个高度团结的美利坚合众国。

我、希拉里、切尔西与全体美国人一起，共同祝福即将就任的乔治·布什总统与家人以及新一届政府，希望新政府能够勇敢面对挑战，高扛自由大旗在新世纪阔步前进。

对我来说，当我离任时，我充满更多的理想，比初进白宫时更加充满希望，并且坚信美国的好日子还在后面。

我的总统任期就要结束了，但是我希望自己为美国人民服务的日子永远不会结束。在未来的日子里，我再也不会担任一个比美利坚合众国总统更高的职位、签订一个比美利坚合众国总统所能签署的更为神圣的契约。但是，没有任何一个头衔会让我比作为一个美国公民更为自豪。

谢谢各位！愿上帝保佑大家！愿上帝保佑美国！

例文五

陋 室 铭

刘禹锡

山不在高，有仙则名。水不在深，有龙则灵。斯是陋室，惟吾德馨。苔痕上阶绿，草色入帘青。谈笑有鸿儒，往来无白丁。可以调素琴，阅金经。无丝竹之乱耳，无案牍之劳形。南阳诸葛庐，西蜀子云亭。孔子云：何陋之有？

1. 作品概述

《陋室铭》通过描写"陋室"恬静、雅致的环境和主人高雅的风度，表现了作者不与世俗同流合污，不慕名利的生活态度，抒发了作者洁身自好，与世无争，高洁傲岸，安贫乐道的怀抱与意趣。

文章运用了对比、隐喻、用典、借代等修辞手法，而且押韵，韵律感极强，读来音韵和谐，自然流畅，一曲既终，犹余音绕梁，让人回味无穷。

2. 审美鉴赏

结合《陋室铭》的主要审美特征，拟从以下五个方面对其进行审美鉴赏与分析：节奏美、词义美、修辞美、形象美、境界美。

(1) 节奏美

原文共九句。开头三句中六个小句均为四字格，不断重复，定下全篇统一或主导的节奏；第四至五句中四个小句均为五个字，在统一的节奏上略有变化；第六至七句中各小句多为六个字，又在前文的基础上略有变化；第八句中两个小句均为五个字，回到前文既定的节奏；最后第九句中又用到四字格小句，呼应开篇的前文，绾结全篇。

整体来看，节奏统一中有变化，前呼后应，顿挫有致，朗朗成诵，浑然一体。回旋往复的节奏中透露出轻松闲适，通达乐观的情调。

(2) 意象美

原文句式整齐，对仗工稳，结构跳跃，音韵和谐，不乏诗性特质。从诗歌意象视角审视，文中"山""仙""水""龙"折射出开阔的胸襟，高洁的志气；"苔痕""阶""草色""帘"构建的是环境的清幽、雅静；"素琴""金经""丝竹""案牍""诸葛庐""子云亭"共同彰显出高雅脱俗的情趣，恬然自适的生活。不同语词意象构成的意象系统从多角度、多侧面、多层次强化与突显了"陋室不陋"的特色与内涵。

(3) 修辞美

原文最突出的修辞手法是比兴，以山水比陋室，以仙龙比德，以名灵比馨。同时也大量使用了排比、对偶修辞手法，前者使文章显得文气贯通，语势强劲有力；后者使文意形成对照，跌宕起伏。除此之外，还有若干用典，比如以诸葛庐和子云亭与自己的陋室相比，含蓄地表达了作者以君子自况的高雅情趣，引用孔子的言论表达了作者对高尚道德品质的追求。

(4) 形象美

原文作者虽未直接描绘自我形象，但通过类比、比喻、用典等修辞手法和选用积极美好品质的词语，向读者呈现出一个洁身自好、与世无争、高洁傲岸、安贫乐道的士人形象。

(5) 意蕴美

陋室不陋，不陋不在于外在的显山露水，而在于内在的品格修为；不在于外在的功名富贵，而在于内心的淡泊宁静；不在于外在的荣辱得失，而在于内心的恬然自适。

3. 翻译与讲评

鉴于以上审美解析，试引一例译文分析说明之。

My Humble Home

Liu Yu-hsi

Hills are not famous for height alone：'tis the Genius Loci that invests them with their charm. Lakes are not famous for mere depth：'tis the residing Dragon that imparts to them a spell not their own. And so, too, my hut may be mean; but the fragrance of Virtue is diffused around.

The green lichen creeps up the steps：emerald leaflets peep beneath the bamboo blind. Within, the laugh of cultured wit, where no gross soul intrudes; the notes of the light lute, the words of the *Diamond Book*, marred by no scraping fiddle, no scrannel pipe, no hateful archives of official life.

K'ung-ming had his cottage in the south; Yang Hsiung his cabin in the west. And the Master said, "What foulness can there be where virtue is?"

（tr. H. A. Giles. taken from *Gems of Chinese Literature*）

译文忠实于原文的内容，表达形式通顺流畅，再现了原作的审美艺术特色，下面对其翻译特色进行总结与研讨。

(1) 对仗的转存

汉语古诗文中，对仗的句子颇为常见。对仗一般有三个特点：一是形式结构相同，比如主语对主语，谓语对谓语等；二是词性、词义相对，比如名词对名词，形容词对形容词等；三是在律诗对仗中还有平仄声相对的要求。比如平声对仄声，仄声对平声。译文虽然对原文进行了重构，但重构的形式结构、词性与词义再现了汉语对仗的特点，不仅如此，也成功地传达了原文的语义与情感。比如：

原　文	译　文	解　说
山不在高，有仙则名。水不在深，有龙则灵。	Hills are not famous for height alone: 'tis the Genius Loci that invests them with their charm. Lakes are not famous for mere depth: 'tis the residing Dragon that imparts to them a spell not their own.	译文前后使用的句法结构 are not famous for 和 'tis … that … 是相同的。相应的词汇词性也基本相似，比如 invest … with, impart to 等。译文中 alone、mere 以及 'tis … that … 的选用将原文的语气口吻和语义重点表现得恰切、生动。
苔痕上阶绿，草色入帘青。	The green lichen creeps up the steps: emerald leaflets peep beneath the bamboo blind.	译文中形容词对形容词，名词对名词，动词对动词，介词短语对介词短语。creeps、peep 分别表达出的徐缓之情与宁静之意，彼此呼应，形象妥帖。略有差异的是"草色"译为了"树叶/leaflets"，但功能上并不影响宁静氛围的营构。

　　当然，译文中也有未能转存对仗形式的地方。比如"谈笑有鸿儒，往来无白丁""无丝竹之乱耳，无案牍之劳形"，这两句译者根据英文重形合的特性进行了重构。

(2) 词义的选择

　　辨义为翻译之本。翻译过程中双语词义一一对应，既能文通理顺，又可辞气相符，自然最为可取。但由于文化、语境与译入语读者等因素的影响，有时候进行适当调整也有必要。而调整的思路需践行从局部到整体，从整体到局部的原则。例如：

原文（及释义）	译　文	解　说
水	lakes	与"山"相对，将"水"的地点具体化，同时与随文 the residing Dragon 相搭配，比较稳妥。
仙	the Genius Loci	英语词义为"一地方的守护神"，较为恰切。
鸿儒（博学的人）/白丁（平民，没有什么学问的人）	cultured wit / gross soul	前者表达有修养、有才气之人，用词恰切；后者以举止粗俗（gross）之人来转换，偏贬义，与原词语可有的情感色彩略有差异。
素琴（不加装饰的琴）	the light lute	选择译入语文化中较早未经演化装饰的乐器进行替换，形象略有不同，功能趋于一致。

原文（及释义）	译　文	解　说
金经（佛经《金刚经》或装饰精美的经典《四书五经》）	the *Diamond Book*	译者选取第一个释义，并做出如下注释：A famous Buddhist *sutra*, of which there is a handy if not perfect English translation by William Gemmell.
无丝竹（琴瑟、箫管等乐器的总称，指奏乐的声音）之乱耳	scraping fiddle, scrannel pipe	原词语采用借代修辞手法，丝指弦乐器，竹指管乐器。译文分别对应译出，而且在两类乐器前增添了"乱耳"的形容词 scraping、scrannel，且押头韵，形成呼应。
劳形（使身体劳累）	hateful archives of official life	原文从身体感受角度描述，译文从情感角度表现，殊途同归。
南阳诸葛庐，西蜀子云亭。（南阳有诸葛亮的草庐，西蜀有扬子云的亭子。诸葛庐和子云亭都很简陋，因为居住的人很有名，所以受到人们的景仰。诸葛亮，字孔明，扬雄，字子云。）	K'ung-ming had his cottage in the south; Yang Hsiung his cabin in the west.	译文将原文的"（诸葛）庐""（子云）亭"分别译为 cottage 和 cabin，不失村居简朴或简陋的意味。同时显化了所指历史人物孔明（K'ung-ming）与杨雄（Yang Hsiung），只传译了"南阳""西蜀"字面上的方位信息，整体来看，虽然外在语言形式变化了，但依然较好转存了原文的基本语义信息及功用。
何陋之有？	what foulness can there be where virtue is?	这里的"陋"未译为题名中的 humble 或第三句中的 mean，而是选择了 foulness，既可以与前文的 fragrance 相对，又可以与同一句中的 virtue 并举。

(3) 意合形合的转换

汉语是偏重意合的语言，造句时少用甚至不用形式连接手段，注重隐性连贯。英语是偏重形合的语言，造句时常用各种形式连接手段，注重显性衔接。译者对意合特征鲜明的句子结构有保留，也有转换。比如，对原文开头两句通过分段方式进行空间并置，较好地转存了原文的意合特征，将原文第二句与第三句的意合特征通过使用连接词"And so, too"等转换成了形合结构。

类似地，"谈笑有鸿儒，往来无白丁。可以调素琴，阅金经。无丝竹之乱耳，无案牍之劳形"，按英语重形合的特点重构为主次分明与语法逻辑显在的完整句子。尤其可圈可点的是将后两句合并为了一个整句：the notes of the light lute, the words of the *Diamond Book*, marred by no scraping fiddle, no scrannel pipe, no hateful archives of official life.

　　译文依据原文又不拘泥于原文，简洁凝练，自然流畅，表情达意明晰中带有含蓄，含蓄中蕴含着明晰，恰到好处。比如 mar（to damage or spoil something good）这个词的选用将短语 the notes of the light lute, the words of the *Diamond Book* 中含蕴的美好之意味暗示出来了。

　　（4）篇章形式的重塑

　　形式可以表现意义或辅助表现意义。形式的不同组构既彰显着作者或译者的运思特点，也会赋予文本不同的涵义与启示。翻译实践中，将一种篇章形式转换为另一种篇章形式，往往会带来不同的形式感兴与意味的传达。

　　原文在汉语诸多选集或读本里通常呈现出来的是一个没有分段的完整语篇，译文依据原文语篇中文意的流动变化进行了段落划分，一共划分了三个小段，形式上化隐为显，突显了空间并置的特点，具有一定诗性色彩，结构上颇有起承转合的篇章组构意味。

　　（5）译文比读

An Eulogium on a Humble Cell

Liu Yuxi

A mount needs not be high; it becomes noted when on it fairies dwell.

A body of water needs not be deep; it would be ensouled, if a dragon makes it its resting whereabouts.

This hut of mine is a humble one, but I make it virtuously fragrant in repute.

The green moss creeping on the stepping stones and the verdure in the courtyard peeping through the screen do tell the presence of spring.

Here could be heard the table-talks and laughters of renowned scholars, but the rough and gross come not hither their wares to sell.

Here plain table-heptachord could be plucked and golden classics read the worldly cares to quell.

But there are without riotous strings and pipes to confuse the ears, and tedious official documents to ring quietude's knell.

Zhuge's recluse cottage at Nanyang and Yang Xiong's hermit arbour in West Shu, — according to Confucius, wherefore could either one of them be branded as a humble cell?

（孙大雨译. 选自孙大雨译《古诗文英译集》）

落 花 生

许地山

我们屋后有半亩隙地。母亲说："让它荒芜着怪可惜，既然你们那么爱吃花生，就辟来做花生园罢。"我们几姊弟和几个小丫头都很喜欢——买种的买种，动土的动土，灌园的灌园；过不了几个月，居然收获了！

妈妈说："今晚我们可以做一个收获节，也请你们爹爹来尝尝我们的新花生，如何？"我们都答应了。母亲把花生做成好几样的食品，还吩咐这节期要在园里的茅亭举行。

那晚上的天色不太好，可是爹爹也到来，实在很难得！爹爹说："你们爱吃花生么？"

我们都争着答应："爱！"

"谁能把花生的好处说出来？"

姐姐说："花生的气味很美。"

哥哥说："花生可以制油。"

我说："无论何等人都可以用贱价买它来吃；都喜欢吃它。这就是它的好处。"

爹爹说："花生的用处固然很多；但有一样是很可贵的。这小小的豆不像那好看的苹果、桃子、石榴，把它们的果实悬在枝上，鲜红嫩绿的颜色，令人一望而发生羡慕的心。它只把果子埋在地底，等到成熟，才容人把它挖出来。你们偶然看见一棵花生瑟缩地长在地上，不能立刻辨出它有没有果实，非得等到你接触它才能知道。"

我们都说："是的。"母亲也点点头。爹爹接下去说："所以你们要像花生，因为它是有用的，不是伟大、好看的东西。"我说："那么，人要做有用的人，不要做伟大、体面的人了。"爹爹说："这是我对于你们的希望。"

我们谈到夜阑才散，所有花生食品虽然没有了，然而父亲的话现在还印在我心版上。

1. 作品概述

《落花生》是现代作家许地山（1893—1941）的代表作之一，全文讲述的是一家人种花生、收花生、尝花生、议花生的日常生活细节，通过对花生的好处的谈论揭示了花生不图虚名、默默奉献的品格，说明人要做有用的人，不要做只讲体面而对别人没有好处的人，表达了作者不为名利，只求有益于社会的人生理想。

小小的落花生见证着儿时的美好经历、父母的言传身教、兄弟姐妹间的亲情、家庭的温馨、人生的理想……，令人永生怀想、回味！全文语言浅白凝练，文笔自然流畅，具有诗的含蓄美。

2. 审美鉴赏

结合《落花生》的主要审美特征，拟从以下五个方面对其进行审美鉴赏与分析：节奏美、语义美、修辞美、形象美、意蕴美。

(1) 节奏美

原作是作者怀着对父亲循循善诱、谆谆教导的感念，对母亲慈祥、勤劳的追忆，对敦厚和睦家庭氛围的回味写成的。全文叙述慢条斯理，娓娓道来，宛如涓涓溪流，缓缓地流进读者的心田。

《落花生》的整体情感基调是徐缓而平稳的，但在整体的平稳中也蕴藏着起伏的波澜（比如，大家分头行动辟花生园与回答父亲提问时欢快、急切的情景），这一波澜与作品中"我们"兴奋而热烈的情感表现紧密相连。

(2) 语义美

全文选词用字质朴、简明、凝练，句子短小，明白如话，篇章结构自然、清晰，这既与原文中描绘的生活情景相符，也与不慕名利，但求有益于社会的"落花生"之形象与主题相称。

(3) 修辞美

将埋在泥土里的花生与高悬树枝上的苹果、桃子、石榴进行对比：一个地下，一个天上；一个颜色枯槁，不为人知，一个色彩鲜艳，惹人眼目，给人不尽的联想与感悟。将父亲结合花生的特点所说的一番话"印在我心版上"，可谓记忆牢固，影响深远。家庭影响的重要性，由此可略窥一二。

(4) 形象美

《落花生》中，作者不曾对父亲、母亲以及我们几姊弟和几个小丫头的外貌、性格等进行具体细致的描绘，但通过行文中父母与子女对话及其举止的"粗笔"点染，读者依然能对父母以及"我们"的个性与品格了然于心。细心品读文中父母与子女的对话以及他们的言谈举止，读者不难构建出爱劳动、爱思考、有教养、有礼貌的"我们"形象，同样地，也会营构出质朴善良、勤劳敦厚、和蔼可亲的双亲形象。

从行文中我们也不难构建出一个不求名利、但求有益于社会、默默无闻、甘守寂寞的落花生形象。

(5) 意蕴美

花生虽小，可花生的意义却不小。它不仅给人以教益与启示，还承载着人生美好的经历与回忆——父母的善良敦厚、勤劳质朴、言传身教；兄妹间的相亲相爱、彬彬有礼；家庭的温馨、和睦与幸福。

3. 翻译与讲评

鉴于以上审美解析，试引一例译文分析说明之。

The Peanut

Xu Dishan

At the back of our house there was half a *mu* of unused land. "It's a pity to let it lie idle like that," Mother said. "Since you all enjoy eating peanuts, let us open it up and make it a peanut garden." At that my brother, sister and I were all delighted and so were the young housemaids. And then some went to buy seeds, some began to dig the ground and others watered it and, in a couple of months, we had a harvest!

"Let us have a party tonight to celebrate," Mother suggested, "and ask Dad to join us for a taste of our fresh peanuts. What do you say?" We all agreed, of course. Mother cooked the peanuts in a variety of styles and told us to go to the thatched pavilion in the garden for the celebration. The weather was not very good that night but, to our great delight, Father came all the same. "Do you like peanuts?" Father asked.

"Yes!" We all answered eagerly.

"But who can tell me what the peanut is good for?"

"It is very delicious to eat," my sister took the lead.

"It is good for making oil," my brother followed.

"It is inexpensive," I said. "Almost everyone can afford it and everyone enjoys eating it. I think this is what it is good for."

"Peanut is good for many things," Father said, "but there is one thing that is particularly good about it. Unlike apples, peaches and pomegranates that display their fruits up in the air, attracting you with their beautiful colors, peanut buries its fruit in the earth. It does not show itself until you dig it out when it is ripe and, unless you dig it out, you can't tell whether it bears fruit or not just by its frail stems quivering above ground."

"That's true," we all said and Mother nodded her assent, too. "So you should try to be like the peanut," Father went on, "because it is useful, though not great or attractive."

"Do you mean," I asked, "we should learn to be useful but not seek to be great or attractive?"

"Yes," Father said. "This is what I expect of you."

We stayed up late that night, eating all the peanuts Mother had cooked for us. But Father's words remained vivid in my memory till this day.

（刘士聪译. 选自刘士聪编著《英汉·汉英美文翻译与鉴赏》（新编版））

译文忠实于原文的内容，表达形式通顺流畅，再现了原作的审美艺术特色，下面对其翻译特色进行总结与研讨。

（1）徐缓的基调

原作叙述慢条斯理，娓娓道来，英译文再现这一基调主要体现在叙事角度与叙事速度的运用、句式重构以及选词用字三大方面。

在叙事角度方面，原文是作者向读者叙述自己童年时的一个小小的生活片段，直接将生活场景与事件过程展现给读者，整个行文呈现出纯客观叙事的特色。为传译这一叙事特色，译者在译文中未做主观评价与分析，而是转存了生活场景与事件过程的戏剧式演出。

比如将"我们几姊弟和几个小丫头都很喜欢——买种的买种，动土的动土，灌园的灌园；过不了几个月，居然收获了！"译为："At that my brother, sister and I were all delighted and so were the young housemaids. And then some went to buy seeds, some began to dig the ground and others watered it and, in a couple of months, we had a harvest!" 既译出了"戏剧式演出"的特色，又点出了隐身于生活情景画面之外的叙述人"我"。

又如，原文中多处提到"爹爹（说）"，译文均以颇为正式的 Father 译之（仅有一处将"也请你们爹爹来……"中的"爹爹"译为体现父亲与子女亲昵关系的 Dad）；同样地，对几处提到的"母亲/妈妈"，译文也均以颇为正式的 Mother 译之，译者这般处理，既启示出原作回忆的特色，在译文整体上实现了行文叙事的一致性，又折射出作者对"爹爹""母亲"的几多敬意与感念之情。

在叙事速度上，译文的开篇之句就几近定下了全文的整体基调。译句"At the back of our house there was half a *mu* of unused land"中相对重读的词语有 back、house、there、half、unused，全句念来，词语轻、重读彼此交错，语流均衡适中，语势徐缓，语气柔和，进入作品主题自然而然，尤为符合原作的精神。相比之下，有人译成"Behind our house there lay half a *mu* of vacant land"念起来调门就扯得高些，语气略滞重，置于文章的开头就显得与原作颇为轻松的语调不符。

译文的结尾之句也显得余音袅袅，舒缓悠长，别有韵味。"We stayed up late that

night, eating all the peanuts Mother had cooked for us. But Father's words remained vivid in my memory till this day." 这一译句中诸多带有长元音或双元音的字词（如句子中的画线处）一方面舒缓了话语的速度，另一方面相互间回环映照共同启示出追忆与沉思的特点。整体来看，译文在叙事速度上前呼后应，深得原文娓娓而谈的神韵。此外，为了彰显这种叙事口吻，译者还在英文句式的形式构建上（比如句子的长短、整散等）进行了艺术的处理。例如：

原　　文	译　　文	解　　说
母亲说："让它荒芜着怪可惜，既然你们那么爱吃花生，就辟来做花生园罢。"	"It's a pity to let it lie idle like that," Mother said. "Since you all enjoy eating peanuts, let us open it up and make it a peanut garden."	译者将 Mother said, Mother suggested, Father went on 作为插入语，将原文中的一个句子在形式上一分为二，既使英文句子结构前后趋于均衡，口语节奏浓厚，应和着全文慢条斯理，娓娓道来的风格特色，又使文意的传递显得富于变化，予人"峰回路转"的诗意感兴。
妈妈说："今晚我们可以做一个收获节，也请你们爹爹来尝尝我们的新花生，如何？"	"Let us have a party tonight to celebrate," Mother suggested, "and ask Dad to join us for a taste of our fresh peanuts. What do you say?"	
爹爹接下去说："所以你们要像花生，因为它是有用的，不是伟大、好看的东西。"	"So you should try to be like the peanut," Father went on, "because it is useful, though not great or attractive."	

在叙事语言风格上，整篇译文的措辞均为日常生活用语，其英文句子结构也以简单句与复合句为主导，全文读来质朴自然，简明凝练，这既与原文中描绘的生活情景相符，也与不慕名利，但求有益于社会的"落花生"之形象和主题相称。

（2）波动的情感

《落花生》的整体情感基调是徐缓而平稳的，但平稳中蕴藏着起伏的波澜。英译文整体上传译出原作徐缓、平稳的情感律动之时，在局部也成功地绘制出原作情感流播的波澜，艺术地传译出原文情随意转、丰富多样的韵味。例如：

原文：我们几姊弟和几个小丫头都很喜欢——买种的买种，动土的动土，灌园的灌园；过了不几个月，居然收获了！

译文：At that my brother, sister and I were all delighted and so were the young housemaids. And then some went to buy seeds, some began to dig the ground and others watered it and, in a couple of months, we had a harvest!

上述译文中，译者未曾将"我们几姊弟"概括地译为 the children 之类，而是将其传译为一个个的人物个体 my brother, sister and I，描绘出高兴之情席卷每一个人身心的情景，这既为紧接着的分头劳动（买种、动土、灌园），个个干劲十足打下了伏笔，也为下文"我们"与父亲谈话时的"姐姐说""哥哥说""我说"作了交代，显得文意前后贯通，自然顺畅。由此看来，有人提出 my brother, sister and I 显得拖泥带水，远不如 the children 概括简练，就有"盲人摸象"的片面。此外，此情此景的传译方式，不禁让人联想起北朝民歌《木兰辞》中木兰从军征战结束返家，家人闻讯，"爷娘""阿姊""小弟"个个喜不自胜的情景。在译文的后半部分里，我们也找不到在逻辑与语义上与表示出乎意料之意"居然"颇为对等的 unexpectedly 或 surprisingly。译者以近似平行结构（parallelism）的句式 some went to …, some began to … and others watered … 传译出紧张而轻快的劳动节奏之后，紧接着略一顿挫，逗引出时间短语 in a couple of months，最后托出我们劳有所获的意外惊喜之情。"居然"未译，却意在言外。整体来看，译者感悟并抓住了原文这一情感变化线索：先是在译文的前半部分艺术地转存、强化了欣喜的诗情，继而在随后的行文中进一步扩展着这一诗情，让文字跟着情感走，情到文到，一气呵成。译者向读者传递的是直感的人生经验与意绪，而不是逻辑的理性陈述，因而译文显得语势连贯，行云流水，感染力很强。又如：

原文：　　爹爹说："你们爱吃花生么？"

我们都争着答应："爱！"

"谁能把花生的好处说出来？"

姐姐说："花生的气味很美。"

哥哥说："花生可以制油。"

我说："无论何等人都可以用贱价买它来吃；都喜欢吃它。这就是它的好处。"

译文：　　"Do you like peanuts？" Father asked.

"Yes！" We all answered eagerly.

"But who can tell me what the peanut is good for？"

"It is very delicious to eat," my sister took the lead.

"It is good for making oil," my brother followed.

"It is inexpensive," I said. "Almost everyone can afford it and everyone enjoys eating it. I think this is what it is good for."

原文是"爹爹"问，"我们"争着答。为再现争答的情状，译者均将我们的答话置于句首，巧妙地向读者暗示出争答的意味，予人身临其境之感。在表现艺术上，可谓"不着一字，尽得风流"。从认知的角度来看，译文的语言及其形式构建，艺术地复制了我们生活中经验世界的情形（又如，将"爱！"译为"Yes！"比译为"Yes, we do！"更生动传神，也更合乎客观实际"争答"的情态），因而显得景真情切、意味深长。此外，译文将"姐姐说""哥哥说""我说"中的"说"，分别译为"my sister took the lead""my brother followed""I said"，一方面使译文显得变化多姿，句子长短均衡，节奏感好，但更为重要的是译文向读者描绘出这样的生活画面与经验世界：我们的答话虽有争先恐后之势，但并无你抢我夺之感，场景上依然井然有序、有条不紊——"姐姐"先说，"弟弟"接着说，"我"再说。译文给人"我们"彬彬有礼、家教良好的联想，这就是译文文字的韵味。

（3）文意的"网络"

为了实现文意的贯通与畅达，译文在运用语篇的衔接与连贯两大方面特色鲜明。语篇的衔接是有形网络，是通过语法手段（如照应、替代等）与词汇手段（如复现、同现等）来实现结构上的粘着性。连贯是语篇的无形网络，它存在于语篇的底层，通过逻辑推理来实现语义的连续。[1]两者虽彼此有别，但又互为表里、共同服务于文本意义与蕴涵的传达。但语言形式上"理性的"衔接与连贯需与作者的审美情感与情趣相贯通，这样方可在译文中取得更强的艺术效果。例如：

● 译文的有形网络构建

译文：

① Since you all enjoy eating peanuts, let us open it up and make it a peanut garden.

② At that my brother, sister and I were all delighted and so were the young housemaids.

③ Let us have a party tonight to celebrate, ...

④ Mother cooked the peanuts in a variety of styles ...

⑤ Unlike apples, peaches and pomegranates that display their fruits up in the air, attracting you with their beautiful colors, peanut buries its fruit in the earth.

以译文①为基点，与下文构成词语间隔重复关系的有："Since you all enjoy eating peanuts""It is very delicious to eat""everyone enjoys eating it""eating all the peanuts Mother had cooked for us"，其中 eat 的不断重复，既贯通了文意，也给人品尝花生甘味的冲动。值得一提的是，参照西谚"要知布丁味，先得尝一尝"（The proof of the pudding is in the eating），译者将"花生的气味很美。"传译为"It is very delicious to eat"可谓别有诗味了。构成同义重复关系的有："let us open it up""some began to dig the ground and others watered it"，划线部分先总起后分述，意义相近，层次有别，可

---

1 黄国文.《语篇分析概要》. 长沙：湖南教育出版社，1988：10—17.

谓前呼后应。间隔重复的还有："make it a peanut garden" "the thatched pavilion in the garden"，其中 garden 一词一方面使译文在文脉上前引后衬，自然而然，另一方面给人整饬、美好、温馨的想象，暗合原作意欲传递出的温馨、美好的主题。

译文②中 At that 的前指照应，使该词组的前后句之间衔接紧密，文意通畅，符合叙事情景下的审美心理。若将该译句改为 "We children and the little maidservants were all delighted（with this idea）"，比照之下，译文②中的 "我们……" 就显得反应快捷，情绪激动，而改写后的 "我们……" 就显得心平气和，反应姗姗来迟了。两种译文同样是实现了衔接或连贯，其艺术高下可谓不言自明。该译句中其他的衔接特征，前文有述，兹不赘言。

译文③与④中的 celebrate 和 cooked the peanuts 分别与下文的 in the garden for the celebration 和 Mother had cooked for us 构成间隔重复关系，意义上也是前有铺垫，后有回应，妥帖自然。

译文⑤中的 attracting 与下文的（though not great or）attractive、（not seek to be great or）attractive 相呼应，使文意在不知不觉间得以顺利过渡与转换，尤为巧妙！多形式、多途径的衔接大大加固了行文的结构，强化了文意的贯通。

● 译文的无形网络构建

译者将题目《落花生》译为 The Peanut，在与全文多处构成显性衔接之时，还与人的精神世界相贯通。也就是说，The Peanut 既可指花生植株，也指可吃的花生或者是那个晚上我吃到的母亲所做的风味最为独特的花生，还可象喻一种精神品格。此外，The Peanut 还与文中的（to buy）seeds、（peanut buries its）fruit（in the earth）相呼应，在读者想象中启示出花生、花生种子生长、开花结果的过程与意味，从而在文章的整体上进一步强化了文本的连贯。这里将花生的 "果子/果实" 译为 fruit / fruits，而不是 nuts，虽似有违生活真实之嫌，但其取得的艺术真实之美令人回味无穷。其次，将 "让它荒芜着怪可惜" 译为 "It's a pity to let it lie idle like that"，其中 like that 一方面浓厚了口语的色彩，使惋惜之情溢于言表，另一方面在构成与前文显性衔接之时，还在 "母亲" 与 "我们" 早已共有的认识（大家都知道那块地就那样荒芜着）之间形成隐性连贯，可谓一举多用。再次，将 "我们都答应了" 译为 "We all agreed, of course." 其中 of course 的增译，不仅表现出 "我们同意" 的积极情态，而且体现出一种父母与子女间亲情有加，家庭温馨和睦的氛围，这是情感线上的连贯。

（4）译文美的创造

探讨美的传译，既可从原文出发来审视原作之美在译文里的传译与创造，也可从译文文本整体出发来进一步审视译作艺术之美的再现与创造。在这一方面，英译文的作者在其翻译实践中有着更为鲜明的审美艺术追求，他主张要 "将译文作为独立文本来审视"，并具体指出"从词句入手，努力使译文词句与原文相符，这是非常重要的一个方面。同时还应注意译文的整体效果，包括内容和风格的。这也就是说，始自词句的翻译最终要考虑译文作为一个独立文本的效果，当两者有了矛盾，要变通前者，以适应后者。总之，将译文作为一个独立文本加以审视，审视其整体效果——看其内容是否与原文相符，看其叙事语气与行文风格是否与原文一致——是很重要的。"[1] 例如：

原　文	译　文	解　说
我们都说："是的。"母亲也点点头。	"That's true," we all said and Mother nodded her assent, too.	原文中的"是的"，是对前文"爹爹"述说花生的用处及品质的回应，并非答问，因而译者从英文的视角出发将其传译为"That's true,"而不是对等的 yes，显得文通理顺。类似地，译者未将"母亲也点点头"处理为"Mother also nodded"而是将其译为"and Mother nodded her assent, too."，译句徐缓的节奏应和着全文的叙事风格，而且映射出"郑重其事"的蕴涵。
爹爹说："这是我对于你们的希望。"	"Yes," Father said. "This is what I expect of you."	译文中"Yes,"的增加，是从英文问答模式出发，对前文问话的回应——先有父亲认真听取后的回应，后有自然带出的"期望"，译文因之前后贯通，十分自然。
我说："那么，人要做有用的人，不要做伟大、体面的人了。"	"Do you mean," I asked, "we should learn to be useful but not seek to be great or attractive?"	将"体面的"译为 attractive，显然是紧承前面英文表达（attracting you with their beautiful colors）而来的转换与传译，前后贯通，形式上相互类比，意味上彼此渗透，别有情韵，是为巧妙!
我们谈到夜阑才散，所有花生食品虽然没有了，然而父亲的话现在还印在我心版上。	We stayed up late that night, eating all the peanuts Mother had cooked for us. But Father's words remained vivid in my memory till this day.	译文中增加了 Mother had cooked for us，是从英文出发对前文内容的回应，也在文章的绾结处再次凸现作者对"父母"感念的情深意长，而且将原文的一句话，分译为单独的两句话，既彰显出两句话之重要以及在作者心目中的同等份量与影响，也取得了行文至此，一锤定音的尾重功效。

1 刘士聪.《英汉·汉英美文翻译与鉴赏》（新编版）. 南京：译林出版社，2007：98.

(5) 形象的塑造

从前文鉴赏可知，"我们""双亲""落花生"的形象作者虽未曾刻意地描绘，但均已通过行文中的"粗笔"点染，得到了生动形象的勾勒。英译文在传译原文中的形象也特点鲜明。例如：

原文①：母亲说："既然你们那么爱吃花生，就辟来做花生园罢。"

译文①：Mother said. "Since you all enjoy eating peanuts, let us open it up and make it a peanut garden."

原文②：妈妈说："今晚我们可以做一个收获节，也请你们爹爹来尝尝我们的新花生，如何？"

译文②："Let us have a party tonight to celebrate," Mother suggested, "and ask Dad to join us for a taste of our fresh peanuts. What do you say？"

原文③：母亲把花生做成好几样的食品，还吩咐这节期要在园里的茅亭举行。

译文③：Mother cooked the peanuts in a variety of styles and told us to go to the thatched pavilion in the garden for the celebration.

原文中首先写到的是"母亲"，写"母亲"的内容主要集中在以上三句话上。从译文来看，译文①与②中的 let us do sth（而不是 Let's do sth）一方面映现出母亲让"我们"劳动唱主角的想法，另一方面也折射出母亲教子有方的家教。当然，母亲的教子口吻是商量式的，是相互平等的，并无说教或颐指气使之感，这从译文②中的 Mother suggested, What do you say 以及译文③中的 told us to do sth 可以看得较为清楚。再者，母亲也不是只说不做的"空谈家"，译文③中 "Mother cooked the peanuts in a variety of styles"（母亲把花生做成多种花样）向读者揭示出母亲勤劳、耐心、用心待人做事的品格，字里行间无不昭示着母亲的真诚之意、高兴之情。宋代范晞文在谈诗文的创作时说："不以虚为虚，而以实为虚，化景物为情思。"比照读来，这里对"母亲"品格的揭示，可谓是化"行动"（cooked the peanuts in a variety of styles）为"情思"了。最后，母亲的敦厚质朴也通过 have a party、and ask Dad to join us、told us to go to the thatched pavilion 等简明质朴的语汇表达自然而然地映现出来了。从"母亲"的话语中，不难进而推演出融洽和睦、其乐融融的家庭氛围。

原文中写到"父亲"的地方要多于"母亲"，从"父亲"与"我们"议论花生的情景中，不难感知"父亲"与"我们"之间的关系是平等的交流、启发式的互动，从"父亲"阐明"花生的用处"中，也不难感知"父亲"谆谆教导、循循善诱的家教品格。限于篇幅，且看以下两处有关"父亲"的译例。

原文④：那晚上的天色不太好，可是爹爹也到来，实在很难得！

译文④: The weather was not very good that night but, to our great delight, Father came all the same.

原文⑤: 爹爹接下去说: "所以你们要像花生, 因为它是有用的, 不是伟大、好看的东西。"

译文⑤: "So you should try to be like the peanut," Father went on, "because it is useful, though not great or attractive."

从原文④的行文中, 可推知"爹爹"可能事务很多, 怕万一脱不开身, 难以参加花生会。但爹爹似已答应只要可能, 他定会前来参加。所以在原文④中, "爹爹"的到来给"我们"带来几多的感慨与欣喜。从该例译文中 all the same (to introduce a statement which indicates that a situation or your opinion has not changed, in spite of what has happened or what has just been said) 的遣用, 读者可看到"爹爹"的诚信以及对"我们"的关爱之情; 而从该译句修辞效果来看, 译者采用圆周句 (periodic sentence) 将"我们"满怀期待、期待实现及喜出望外的心情表现得尤为充分。从译文⑤中 try to be like the peanut 里, 读者又可看到"父亲"既是要求"我们"行动上要尽力而为, 也是鼓励"我们"思想上要不言放弃, 语势柔和, 意思婉转, 一位亲和温厚的"父亲"的形象跃然纸上。

(6) 译文比读

The Peanut

Xu Dishan

Behind our house there was a patch of land. "It would be a pity to let it go wild," said Mother. "I suggest that since you are all so fond of peanuts you should grow some there."

We children and the little maidservants were all delighted. Some of us bought seeds, some dug up the plot and others watered it. In just a few months we had a harvest.

Mother said, "Let's have a harvest festival tonight and invite your father to taste our fresh peanuts."

We all agreed. Mother made a variety of dishes using our peanuts and instructed that the festival should be held in the thatched pavilion in the garden.

The weather was not very good that evening, but even Father put in an appearance, which was a rare event.

"Do you all like peanuts?" asked Father.

"Yes!" we all clamoured to reply.

"Who can tell me what's good about peanuts?"

"They taste good," said older sister.

"They can be made into oil," said older brother.

"Everybody can afford to buy them, whoever they might be, and everyone likes them. That's what's good about peanuts," said I.

Father said, "In fact the peanut has many uses, but the most valuable thing about this little nut is this: it is not like the apple, peach or pomegranate, flaunting their bright, beautiful fruits on their branches for all to see and admire. The peanut lies buried in the soil, waiting until it is ripe before letting people dig it up. If ever you come across a shy peanut plant you cannot immediately tell whether or not it has any nuts. You have to find them to be certain."

We all agreed with this and Mother nodded her head too. Father continued, "So you should all try to be like the peanut, because it is neither grand nor beautiful, but useful."

"Does that mean that people should try to be useful rather than famous or great?" I asked.

"That is what I hope of you all." Father replied.

We talked late into the night before dispersing. Although we ate all the peanuts that evening, Father's words still remain embedded in my heart.

（选自《中国文学·现代散文卷》）

第七节　散文翻译练习及提示

练习 1

Golden Fruit

Alan Alexander Milne

Of the fruits of the year I give my vote to the orange.

In the first place it is a perennial — if not in actual fact, at least in the greengrocer's shop. On the days when dessert is a name given to a handful of chocolates and a little preserved ginger, when macedoine de fruits is the title bestowed on two prunes and a piece of rhubarb, then the orange, however sour, comes nobly to the rescue; and on those other days of plenty when cherries and strawberries and raspberries and gooseberries riot together upon the table, the orange, sweeter than ever, is still there to hold its own. Bread and butter, beef and mutton, eggs and bacon, are not more necessary to an ordered existence than the orange.

It is well that the commonest fruit should be also the best. Of the virtues of the orange I have not room fully to speak. It has properties of health giving, as that it cures influenza and establishes the complexion. It is clean, for whoever handles it on its way to your table, but handles its outer covering, its top coat, which is left in the hall. It is round, and forms an excellent substitute with the young for a cricket ball. The pip can be flicked at your enemies, and quite a small piece of peel makes a slide for an old gentleman.

But all this would count nothing had not the orange such delightful qualities of taste. I dare not let myself go upon this subject. I am a slave to its sweetness. I grudge every marriage in that it means a fresh supply of orange blossom, the promise of so much golden fruit cut short. However, the world must go on.

…

Yet with the orange we do live year in and year out. That speaks well for the orange. The fact is that there is an honesty about the orange which appeals to all of us. If it is going to be bad — for the best of us are bad sometimes — it begins to be bad from the outside, not from the inside. How many a pear which presents a blooming face to the world is rotten at the core. How many an innocent-looking apple is harbouring a worm in the bud. But the orange has no secret faults. Its outside is a mirror of its inside, and if you are quick you can tell the shopman so before he slips it into the bag.

✒ 译前提示：

　　柑橘日常生活中很常见，但在艾伦·亚历山大·米尔恩（Alan Alexander Milne）的笔下却显得别样新鲜，意趣盎然。翻译这篇小文，既要译出柑橘的物理美——柑橘自身的特征与功用，还要译出柑橘的品格美——以人的品格来写柑橘的品格，二者彼此互照互渗，方显作者笔下柑橘本色。当然，把握原文诙谐幽默的语调对原文情趣的传达也尤为重要。

The Clipper

John Masefield

When I saw her first there was a smoke of mist about her as high as her foreyard. Her topsails and flying kites had a faint glow upon them where the dawn caught them. Then the mist rolled away from her, so that we could see her hull and the glimmer of the red sidelight as it was hoisted inboard. She was rolling slightly, tracing an arc against the heaven, and as I watched her the glow upon her deepened, till every sail she wore burned rosily like an opal turned to the sun, like a fiery jewel. She was radiant; she was of an immortal beauty, that swaying, delicate clipper. Coming as she came, out of the mist into the dawn, she was like a spirit, like an intellectual presence. Her hull glowed, her rails glowed; there was color upon the boats and tackling. She was a lofty ship (with skysails and royal stayails), and it was wonderful to watch her, blushing in the sun, swaying and curveting. She was alive with a more than mortal life. One thought that she would speak in some strange language or break out into a music which would express the sea and that great flower in the sky. She came trembling down to us, rising up high and plunging; showing the red lead below her waterline; then diving down till the smother bubbled over her hawseholes. She bowed and curveted; the light caught the skylights on the poop; she gleamed and sparkled; she shook the sea from her as she rose. There was no man aboard of us but was filled with the beauty of that ship. I think they would have cheered her had she been a little nearer to us; but, as it was, we ran up our flags in answer to her, adding our position and comparing our chronometers, then dipping our ensigns and standing away. For some minutes I watched her, as I made up the flags before putting them back in their cupboard. The old mate limped up to me, and spat, and swore. "That's one of the beautiful sights of the world," he said. "That, and a cornfield, and a women with her child. It's beauty and strength. How would you like to have one of them skysails round your neck?" I gave him some answer, and continued to watch her, till the beautiful, precise hull, with all its lovely detail, had become blurred to leeward, where the sun was now marching in triumph, the helm of a golden warrior plumed in cirrus.

📖 **译前提示:**

　　生活中并不缺少美，只是缺少发现美的眼睛。海上行进的快帆船小巧、轻快、机动性好，但在约翰·梅斯菲尔德（John Masefield）的眼中快帆船简直就是一个出浴的美人。作者实处写的是一只快帆船，虚处呈现的是一位美女的形象；实处描绘的是晨曦中快帆船海上行进的如画胜景，虚处表现的是对这位美人一见倾心的无比深情。翻译中从选词用字等方面构建出快帆船的女性美对再现原作的情趣至关重要。

练习 3

Shooting an Elephant

（Excerpt）

Geogre Orwell

When I pulled the trigger I did not hear the bang or feel the kick — one never does when a shot goes home — but I heard the devilish roar of glee that went up from the crowd. In that instant, in too short a time, one would have thought, even for the bullet to get there, a mysterious, terrible change had come over the elephant. He neither stirred nor fell, but every line of his body had altered. He looked suddenly stricken, shrunken, immensely old, as though the frightful impact of the bullet had paralysed him without knocking him down. At last, after what seemed a long time — it might have been five seconds, I dare say — he sagged flabbily to his knees. His mouth slobbered. An enormous senility seemed to have settled upon him. One could have imagined him thousands of years old. I fired again into the same spot. At the second shot he did not collapse but climbed with desperate slowness to his feet and stood weakly upright, with legs sagging and head drooping. I fired a third time. That was the shot that did for him. You could see the agony of it jolt his whole body and knock the last remnant of strength from his legs. But in falling he seemed for a moment to rise, for as his hind legs collapsed beneath him he seemed to tower upward like a huge rock toppling, his trunk reaching skyward like a tree. He trumpeted, for the first and only time. And then down he came, his belly towards me, with a crash that seemed to shake the ground even where I lay.

译前提示：

　　大象遭一再枪击后，其体态、动作与神情的逐渐变化扣人心弦，摄人魂魄。大象由痛苦难当到摇摇欲坠到倒地而亡的全过程与读者心绪的跌宕起伏可谓形成"异质同构"。译文需传达出情随"象"转，复制出起伏不定的变化节奏。

练习4

How to Grow Old

（Excerpt）

Bertrand Russell

　　Some old people are oppressed by the fear of death. In the young there is a justification for this feeling. Young men who have reason to fear that they will be killed in battle may justifiably feel bitter in the thought that they have been cheated of the best things that life has to offer. But in an old man who has known human joys and sorrows, and has achieved whatever work it was in him to do, the fear of death is somewhat abject and ignoble. The best way to overcome it — so at least it seems to me — is to make your interests gradually wider and more impersonal, until bit by bit the walls of the ego recede, and your life becomes increasingly merged in the universal life. An individual human existence should be like a river — small at first, narrowly contained within its banks, and rushing passionately past rocks and over waterfalls. Gradually the river grows wider, the banks recede, the waters flow more quietly, and in the end, without any visible break, they become merged in the sea, and painlessly lose their individual being. The man who, in old age, can see his life in this way, will not suffer from the fear of death, since the things he cares for will continue. And if, with the decay of vitality, weariness increases, the thought of rest will not be unwelcome. I should wish to die while still at work, knowing that others will carry on what I can no longer do and content in the thought that what was possible has been done.

译前提示：

　　该段文字的翻译需重点关注人生好比河流这部分内容。作者在文中将河流的变化对应着人生不同阶段的变化。童年时蹒跚学步，脚步细碎，犹如涓涓细流；青年时活力四射，热情迸发，犹如穿山越岭、波涛汹涌的激流；年老时精力衰退，心绪归于平静，宛如波澜不兴、缓缓向前的水流。把握这一彼此对应的特点，译出行文的节奏对比变化。

練習 5

The Delights of Books

Sir John Lubbock

Books are to mankind what memory is to the individual. They contain the history of our race, the discoveries we have made, the accumulated knowledge and experience of ages; they picture for us the marvels and beauties of nature; help us in our difficulties, comfort us in sorrow and in suffering, change hours of weariness into moments of delight, store our minds with ideas, fill them with good and happy thoughts, and lift us out of and above ourselves.

There is an Oriental story of two men: one was a king, who every night dreamt he was a beggar; the other was a beggar, who every night dreamt he was a prince and lived in a palace. I am not sure that the king had very much the best of it. Imagination is sometimes more vivid than reality. But, however this may be, when we read we may not only (if we wish it) be kings and live in palaces, but, what is far better, we may transport ourselves to the mountains or the seashore, and visit the most beautiful parts of the earth, without fatigue, inconvenience, or expense.

Many of those who have had, as we say, all that this world can give, have yet told us they owed much of their purest happiness to books. Ascham, in "The Schoolmaster", tells a touching story of his last visit to Lady Jane Grey. He found her sitting in an oriel window reading Plato's beautiful account of the death of Socrates. Her father and mother were hunting in the park, the hounds were in full cry and their voices came in through the open window. He expressed his surprise that she had not joined them. But, said she, "I wist that all their pleasure in the park is but a shadow to the pleasure I find in Plato."

Macaulay had wealth and fame, rank and power, and yet he tells us in his biography that he owed the happiest hours of his life to books. In a charming letter to a little girl, he says: "Thank you for your very pretty letter. I am always glad to make my little girl happy, and nothing pleases me so much as to see that she likes books, for when she is as old as I am, she will find that they are better than all the tarts and cakes, toys and plays, and sights in the world. If any one would make me the greatest king that ever lived, with palaces and gardens and fine dinners, and wines and coaches, and beautiful clothes, and hundreds of servants, on condition that I should not read books. I would not be a king. I would rather be a poor man in a garret with plenty of books than a king who did not love reading."

Books, indeed, endow us with a whole enchanted palace of thoughts. There is a wider prospect, says Jean Paul Richter, from Parnassus than from the throne. In one way they give us an even more vivid idea than the actual reality, just as reflections are often more beautiful than real nature. "All mirrors," says George Macdonald, "are magic mirrors. The commonest room is a room in a poem when I look in the glass."

...

Precious and priceless are the blessings which the books scatter around our daily paths. We walk, in imagination, with the noblest spirits, through the most sublime and enchanting regions, ...

Without stirring from our firesides we may roam to the most remote regions of the earth, or soar into realms where Spenser's shapes of unearthly beauty flock to meet us, where Milton's angels peal in our ears the choral hymns of Paradise. Science, art, literature, philosophy, — all that man has thought, all that man has done, — the experience that has been bought with the sufferings of a hundred generations, — all are garnered up for us in the world of books.

✒ **译前提示：**

　　读书可以增长知识，拓展阅历，可以怡情养性，提升精神境界。读书可以足不出户，浏览世间的美景。读书可以思接千载，领略古今中外的神奇。作者引经据典，娓娓道来，从现实到想象到文学，一步步揭示着读书的实用价值与生活意义。

　　全文语言简明质朴，简单句与复合句占绝对主导，译出全文娓娓道来的叙述节奏应成为关注的重点之一。

野　草
夏　衍

有这样一个故事。

有人问：世界上什么东西的气力最大？回答纷纭的很，有的说"象"，有的说"狮"，有人开玩笑似的说：是"金刚"，金刚有多少气力，当然大家全不知道。

结果，这一切答案完全不对，世界上气力最大的，是植物的种子。一粒种子所可以显现出来的力，简直是超越一切。这儿又是一个故事。

人的头盖骨，结合得非常致密与坚固，生理学家和解剖学者用尽了一切的方法，要把它完整地分出来，都没有这种力气，后来忽然有人发明了一个方法，就是把一些植物的种子放在要解剖的头盖骨里，给它以温度与湿度，使它发芽，一发芽，这些种子便以可怕的力量，将一切机械力所不能分开的骨骼，完整地分开了。植物种子力量之大，如此如此。

这，也许特殊了一点，常人不容易理解，那么，你看见笋的成长吗？你看见过被压在瓦砾和石块下面的一颗小草的生成吗？它为着向往阳光，为着达成它的生之意志，不管上面的石块如何重，石块与石块之间如何狭，它必定要曲曲折折地，但是顽强不屈地透到地面上来，它的根往土壤钻，它的芽往地面挺，这是一种不可抗拒的力，阻止它的石块，结果也被它掀翻，一粒种子的力量的大，如此如此。

没有一个人将小草叫做"大力士"，但是它的力量之大，的确是世界无比。这种力，是一般人看不见的生命力，只要生命存在，这种力就要显现，上面的石块，丝毫不足以阻挡，因为它是一种"长期抗战"的力，有弹性，能屈能伸的力，有韧性，不达目的不止的力。

种子不落在肥土而落在瓦砾中，有生命力的种子决不会悲观和叹气，因为有了阻力才有磨炼。生命开始的一瞬间就带了斗争来的草，才是坚韧的草，也只有这种草，才可为傲然地对那些玻璃棚中养育着的盆花哄笑。

1940 年

✒ 译前提示：

　　自然界的野草体格渺小，无处不在，微不足道，但其生命力顽强，韧性十足，意志坚定，行动不屈不挠，不达自由生长之目的，誓不罢休。作者明处描写的是小草的自然属性，暗处表现的是小草的社会属性——小草是普通民众、发展中的力量、抗战中的革命力量的化身。翻译这篇文章需在选词造句上再现小草的双重属性。

第三章

诗歌翻译

本章学习目标：

1. 阅读英汉诗歌经典作品，体会与理解诗歌的基本特征及语言特点。

2. 研读不同诗体的诗歌作品，分析其具体的审美特征。

3. 进行诗歌翻译练习，写出译前理解鉴赏与译后审美表达的过程与特点。

4. 结合诗歌翻译的原则，对比研读同一作品不同译文的翻译艺术与技巧。

第一节　诗歌的基本特征

诗歌是最古老的一种文学形式，它以其自身鲜明的特征与其他文学形式区分开来，这主要体现在四个方面：形式的独特性、结构的跳跃性、表述的凝练性与语言的音乐性。

1. 形式的独特性

诗歌区别于其他文学形式最为显著的外部特征是分行及其构成的诗节、诗篇。诗歌的分行并非随意而为，而是颇富理据性的。分行具有突显意象、创造节奏、表达情感、彰显形象、营构张力、构筑"图像"、创造诗体等多种功能。[1]诗歌的诗行包括煞尾句诗行（end-stopped lines）和待续句诗行（run-on lines）。前者指一行诗就是一个语义完整的"句子"；后者又叫跨行（enjambment），是指前一行诗因节奏、韵律、情感等原因语义还未完结而转入下一行表述的"句子"。诗歌最为直观而独特的外在造型美与建筑美是由这两类诗行构建而成的。

2. 结构的跳跃性

与其他的文学式样相比，诗歌篇幅相对短小，往往有字数、行数等的规定，要想在有限的篇幅内表现无限丰富而深广的生活内容，诗歌往往摒弃日常的理性逻辑，而遵循想象的逻辑与情感的逻辑。在想象与情感线索的引导下，诗歌常常由过去一跃而到未来，由此地一跃而到彼地，自由超越时间的樊篱，跨越空间的鸿沟。这并不会破坏诗歌意义的传达，相反会大大拓展诗歌的审美空间。

诗歌跳跃性的结构形态多种多样，有过去、现在与未来之间的时间上的跳跃，有天南地北、海内海外空间上的跳跃，有两幅或多幅呈平行关系的图景构成的平行式跳跃，有由几种形成强烈反差的形象组成的对比式跳跃，等等。诗歌跳跃性结构的呈现形态，随诗人所要反应的生活和表达的思想感情变化而变化。

3. 表述的凝练性

诗歌反映生活不是以广泛性和丰富性见长，而是以集中性和深刻性为特色。它要求精选生活材料，抓住感受最深、表现力最强的自然景物和生活现象，用极概括的艺术形象达到对现实的审美反映。诗歌反映生活的高度集中性，要求诗歌选词造句、谋篇布局必须极为凝练、精粹，用极少的语言或篇幅去表现最丰富而深刻的内容。

---

1 张保红. 论英诗中分行的功能及其在诗歌翻译中的应用.《天津外国语学院学报》，2005（3）：6—12.

4. 语言的音乐性

在丰富多样的文学形式中，诗歌的音乐性最为突出。其音乐性体现在节奏和韵律两个方面。节奏是指语音以有规则的间隔相互交替而造成的一种抑扬顿挫的听觉感受。英诗的节奏主要是由轻重音相间构成；汉诗的节奏则主要由高低音相间构成。韵律有广义和狭义之分。广义的韵律是对诗歌声音形式和拼写形式的总称，它包括节奏、押韵、韵步、诗行的划分、诗节的构成等；狭义的韵律是指诗歌某一方面的韵律，如押韵、韵步等，它们可以单独被称作韵律。狭义的韵律有助于增强诗的节奏感，它和节奏一起共同服务于诗作情感的抒发与诗意的创造。

第二节　诗歌语言的特点

诗歌是语言的艺术。诗歌语言来自日常语言，遵循着日常语言的规范，但诗歌语言又有别于日常语言，常常偏离、突破日常语言规范，形成独特的"诗家语"。"诗家语"的特点主要体现在以下几个方面：

1. 节奏与格律

诗是音乐性的语言，其音乐性首先体现在节奏上。音乐性有内外之分。"内在音乐性是内化的节奏，是诗情呈现出的音乐状态，即情感的图谱，心灵的音乐。外在音乐性是外化的节奏，表现为韵律（韵式、节奏的听觉化）和格式（段式，节奏的视觉化）。"[1]在英诗中，节奏的基本单位是音步，音步的构成有抑扬格（iambus）、扬抑格（trochee）、扬抑抑格（dactyl）、抑抑扬格（anapaest）等。英诗的格律不仅规定了音步的抑扬变化，同时也规定了每行的音步数。比如莎士比亚十四行诗体由十四行抑扬格五音步的诗行组成，共有三个四行诗节和一个两行警句式诗节，其基本韵式为abab cdcd efef gg。在汉诗里，节奏主要表现为平仄和顿。比如七律，每首八句，每句七字，共五十六字。一般逢偶句押平声韵（第一句可押可不押），一韵到底。以毛泽东律诗《长征》中诗句"金沙水拍云崖暖，大渡桥横铁索寒"为例，其节奏用平仄表示则是：平平仄仄平平仄，仄仄平平仄仄平；其节奏用顿表示则是：二二二一，二二二一或二二三，二二三。节奏具有表情寄意的作用，但其作用往往是启示性和联想性的。

---

[1] 吕进主编.《中国现代诗体论》. 重庆：重庆出版社，2007：9—10.

2. 音韵

诗歌的音乐性除体现在节奏、格律等方面外，还表现在音韵上。音韵是通过重复使用相同或相近的音素而产生的。音韵包括头韵（alliteration）、谐元韵（assonance）、谐辅韵（consonance）、行内韵（internal rhyme）、尾韵（end rhyme）等。汉诗一般押尾韵，又叫韵脚；早期的英诗押头韵较多，近现代英诗押尾韵的较常见。韵脚是诗人情感发展变化的联络员，有人甚至指出"没有韵脚（广义的韵），诗就会散架子的。"[1]英汉诗歌中押韵的形式多种多样。英诗中依据相互押韵词语具有不同的音、形特点，将押韵分为完全韵（perfect rhyme，如 fate—late 等）和不完全韵（imperfect rhyme，如 like—right 等），也分为阳韵（masculine rhyme，如 blow—flow等）和阴韵（feminine rhyme，如 dying—flying 等）。汉诗中按韵母开口度的大小，将尾韵分为洪亮、柔和和细微三级。诗歌中不同的音韵往往对应着不同诗情的表达与彰显。比如，洪亮级的尾韵（如中东韵、江阳韵等）适合于表现豪迈奔放、热情欢快、激昂慷慨的情感；柔和级的尾韵（如怀来韵、波梭韵等）适宜表现轻柔舒缓、平静悠扬的情感；细微级的尾韵（如姑苏韵、乜斜韵等）可用来表达哀怨缠绵、沉郁细腻、忧伤愁苦的情感。

3. 意象

毫无凭借的、抽象的情感表达往往是苍白的、难以动人的，而诉诸具象的、经验的情感表述则往往能让人感同身受，体会强烈而深刻。这是诗人表情达意诉诸意象最基本的原因。所谓意象"是寄意于象，把情感化为可以感知的形象符号，为情感找到一个客观对应物，使情成体，便于观照玩味。"[2]比如，诗句 "O my Luve's like a red, red rose"（Robert Burns）中，诗人对恋人热情的赞颂与深情的爱恋浓缩于意象 "rose" 之中，rose 的红艳表征着恋人红润靓丽的脸庞，rose 的鲜艳表征着恋人青春健康、活力四射，rose 的芬芳表征着恋人高贵的品格、典雅的仪态，等等。

诗歌意象的种类很多，不同的意象种类，会引导读者从不同的视角与层面去感知与体味意象在诗作中特有的蕴义与丰富的审美内涵。比如，从心理学角度来看，意象可分为视觉的、听觉的、触觉的、嗅觉的、味觉的、动觉的、错觉的、以及联觉的或称通感的意象。从具体性层次来看，可分为总称意象与特称意象。总称意象更具概括性、含糊性，也因而更具语义与空间上的张力；特称意象指向具体事物，更显清晰、明确。从存在形态来看，可分为静态与动态意象。静态意象往往具有描写性；而动态意象则常常具有叙述性。从生成角度来看，可分为原型意象、现成意象与即兴意象。

---

1 《马雅科夫斯基选集》（第5卷）. 戈宝权等译. 北京：人民文学出版社，1961：89.
2 吴战垒.《中国诗学》. 北京：人民出版社，1991：21.

诗歌表达丰富而深刻的蕴涵，除诉诸于单个的意象之外，还需诉诸于意象组合与系列呈示。意象组合与系列呈示构成的有机整体，既是诗歌创作的过程，也是诗作意境的呈现过程。意象组合与系列呈示的方式也多种多样，主要有并置（如"鸡声茅店月，人迹板桥霜。"——温庭筠《商山早行》）、跳跃（如"朝辞黄河去，暮至黑山头。"——《木兰辞》）、叠加（如"枯藤老树昏鸦"——马致远《天净沙·秋思》）、相交（如"万壑树参天，千山响杜鹃。山中一夜雨，树梢百重泉。"——王维《送梓州李使君》）等类别。因此，了解意象的种类及其组合与系列呈示的类别可以看作打开诗歌这把"心锁"的钥匙。

4. 反常化

"反常化"这一概念最早是由俄国形式主义者提出来的，这里借用来说明诗歌语言有别于日常语言规范的一面。所谓诗歌语言的反常化主要是指对语言常规的偏离和冲犯。语言常规指标准语言与诗歌语言本身的既成规范。因此，诗歌语言的反常化是对现有标准语言与现有诗歌语言本身的变异。对前者的变异主要体现在语音、词汇、句法等方面，比如，语音上讲求韵律；词汇上打破常规，自由变化所用词语的词性或词义，甚至创造新词；句子上颠倒正常语序，也省略某些必要的句子成分。对后者的变异主要体现在对诗歌既有成规和惯例的改革和创新，比如创造新的韵律、新的意象、新的隐喻以及新的诗体，等等。

诗歌语言反常化的目的是要取得新颖、独特、贴切的表情达意效果。诚如新批评派的休姆（T. E. Hulme）所言，诗歌"选择新鲜的形容词和新颖的隐喻，并非因为它们是新的，而对旧的我们已厌烦，而因为旧的已不再传达一种有形的东西，而已变成抽象的号码了。"[1]诗歌语言的反常化所造就的种种变异，是以种种正常规范为背景参照的，它们服务于诗歌内容与情感的表达。

第三节　诗歌文体的分析

与其他文学体裁的文体特点相比，诗歌的文体特点尤为显在、突出。对诗歌文体的分析可以包括"对诗歌的各个层面语言特征的分析，以及结合社会历史文化语境、读者的认知语境和其他非语言语境的分析。"[2]为简明起见，下面选取几个主要方面进行申说。

1　休姆. 浪漫主义与古典主义. 载赵毅衡选编《"新批评"文集》. 北京：中国社会科学出版社，1988：19.
2　张德禄等.《英语文体学重点问题研究》. 北京：外语教学与研究出版社，2015：167.

1. 文本内外因素的分析

分析诗歌文体，可从其内在构成要素与外在影响因素两大方面着手解析。诗歌文本的内在构成要素主要包括音韵节奏、选词造句、意象修辞、分行分节、诗形诗体、标点停顿（caesura）、印刷字体、语调口吻、意味意蕴意境等等。外在影响因素主要包括审美情趣、时代诗学、历史语境、文学传统、文化特色等等。两大方面相互连接，彼此浸染，共同建构着诗作文本丰沛而深刻的诗意蕴涵。这两大方面所关涉的内容也可从失谐与失衡视角进行文体特征及价值的分析，进而按文本层次结构"三分法"分别归纳后逐层呈现，揭示出一个从文本内到文本外，从实到虚、虚实互照的文本解读统一体。

分析诗歌文体是为了更好地解读诗歌，而解读诗歌的目的不仅仅是求索诗作的文本大意或道德蕴义，更为重要的是要在诗歌的内在构成要素与外在影响因素中追寻诗作中生活经验的传递方式与人生情感的流动轨迹，进一步说，要在生活经验的感知与体味中情感得以激发流动，要在情感的流动与想象中生活经验得以进一步扩展、深化乃至升华。这是理解与翻译诗歌需要把握的方向性问题。

2. 局部与整体的关系分析

"一首诗是一个完整的艺术世界。"[1] 构成这个完整艺术世界的诗歌文本包括了内在构成要素与外在影响因素，它们虽在一定程度上会在文本中显现出各自独特的功能、个性与特色，但其最终需共同服务于诗歌文本这个"完整的艺术世界"，即诗歌文本整体系统。因此，分析诗歌文本中任何一个构成要素或影响因素的作用、功能与价值，均需从诗作整体角度来审视、观照与取舍。简言之，应遵循局部中的整体，整体中的局部的原则进行解析与研究。

与前文散文文体要素分析类似的是，不同体裁或主题的诗作，其文本构成中往往有着各自突出而独到的主要特征，研习过程中有针对性地抓住其突出特点来分析，便可做到有的放矢，纲举目张的审读功效。

3. 个人与时代风格的分析

"风格即人"（布封语）。不同的诗人，有着各自独特的气质、个性，因而其作品呈现出各自不同的风格。李白的作品豪放飘逸，李清照的作品婉约柔美，均与其个性、气质、生活境遇与情趣联系密切，体现在个人语言表达上，前者呈现出壮美的表

---

1 李怡.《中国现代诗歌欣赏》. 北京：高等教育出版社，2004：185.

现形态，选用的语词意象具有"高大上广急强"的特点，后者呈现出优美的表现形态，选用的语词意象具有"细小弱轻缓弛"的特点。

文以代变。"文变染乎世情"（刘勰语）说的是文学作品的演变联系着社会情况或时代风尚。不同时代的诗人往往受到不同时代文风时尚的影响，其作品往往会带上所处时代的烙印。生活在英国新古典主义时期的诗人，其作品推崇理性，追求艺术形式的完美与和谐，语言谨严端雅。生活在英国浪漫主义时期的诗人，其作品往往具有强烈的主观表现色彩，喜欢描写与歌颂大自然，语言朴素自然。

"风格是作家成熟的标志，也是作品成熟的标志。"[1]广义来看，还是不同时代文风的有效表征。因此，从个人风格与时代风格入手进行诗歌文体分析，可以分析得更为充分、深入与全面。

第四节　诗歌翻译的原则

诗歌外在形式独特，音韵节奏突出，意境生成方式多样，蕴涵丰赡。诗歌的这些区别性特征均带有鲜明的审美性，因此在诗歌翻译实践中，再现诗歌的审美艺术性需遵循如下原则。[2]

1. 意美

意美是指译诗要和原诗一样能打动读者的心。意美的形成是一个作者、文本、读者共同参与的过程，也就是说，是一个作者赋意，文本传意，读者释意的共生体。作者之意或在文本语义之中，或在文本艺术结构之上，读者释义或基于文本语义，或基于文本艺术结构的意蕴生发。因此，意美的传达包括以下几个方面的内容：① 忠实地再现原诗的物境，即诗作中出现的人、物、景、事；② 保持与原诗相同的情境，即诗人所传达的情感；③ 深刻反映原诗的意境，即诗作中所蕴含的诗人的思想、意志、气质、情趣；④ 使译文读者得到与原文读者相同的象境，即读者基于诗作的"实境"在头脑中产生的想象、联想之"虚境"。[3]因诗歌创作的艺术不尽相同，有

---

1 王明居.《唐诗风格论》. 合肥：安徽大学出版社，2001：3.
2 本节借鉴了许渊冲先生的"三美说"：意美、音美、形美——如何译毛主席诗词.《翻译的艺术》（论文集）. 北京：中国对外翻译出版公司，1984：52—61.
3 吕俊. 谈诗词翻译中的意美原则.《外国语》，1995（5）：43.

的诗作具有这四个方面的意美特色，有的只是某些方面的特色更显突出，翻译实践中需具体情况具体对待，有的放矢。

2. 音美

诗歌最讲求音乐性。中外诗歌，无论是传统的格律体，还是现代的自由体，均对诗歌语言音韵、节奏有着自觉的追求。格律体诗外在的音乐性更显突出，自由体诗内在的音乐性更趋自然。诗歌外在与内在的音乐性并不是刻意而为的，它们均有效地表征着诗歌的情感律动与意义传达，简言之，便是"音义合一"与"音情合一"。因此，翻译中讲求"音美"就是要忠实传达原作的音韵、节奏、格律等方面所表现的美感，使译文"有节调、押韵、顺口、好听。"

中西诗歌的音韵表意系统彼此不同，但以汉诗的"平仄"或"顿"以及韵式来对应并传译英诗的"音步"与韵式，反之亦然，也是使译文取得与原作相似音美效果的有效途径。

3. 形美

诗歌的外在形式最为醒目。诗歌翻译中，形美一方面是指要保存原诗的诗体形式。诗体形式有定型形式（closed form）与非定型形式（open form）之分，前者对字数或音节数、平仄或音步、行数、韵式等均有较为严格的要求，体现出鲜明的民族文化特性。后者虽不受制于一定的诗体形式，但其呈现的外在形状（shape）却表征着诗情的流动与凝定。在这一意义上，传达形美也意味着传达原作所具有的文化特性与诗学表现功能。形美另一方面是指要保持诗歌分行的艺术形式。诗作中诗句是采用一行之内句子语义完整的煞尾句诗行，还是采用数行之内句子语义才可完结的待续句诗行，虽无一定之规，但不同的诗行形式演绎着不同的诗情流动路径，昭示着作者不同的表情意图。因此，诗歌分行所带来的形式美学意味也是翻译中应予以充分考虑的。

以上"三美"中，最重要的是意美，是第一位的；其次是音美，是第二位的；再其次是形美，是第三位的。翻译实践中若能将具有意美、音美、形美的原文转换成三美齐备的译文，这样的译文自然是最为理想的译文。然而，不同的诗歌作品，有着不同的审美特色。相比之下，有的作品意美最为突出，有的作品音美最为突出，有的作品则形美最为突出，还有的作品两者或者三者兼而有之，因此翻译过程中对"三美"的实践与运用，既可遵循其通常的原则性，也可采取具体的灵活性。

第五节　诗歌翻译的方法

与翻译其他文学体裁的作品有所不同的是，诗歌作品的翻译在追求忠实、准确之时，还尤其注重诗体形式的再现或表现。翻译实践中选取什么样的诗体形式进行传译，不同的学者基于不同的学术背景、视角、目的以及翻译实践经验，提出过不同的翻译方法。[1]下面从英汉诗歌互译两大方面，选取黄杲炘、许渊冲、汪榕培等提出的翻译方法进行简说。

1. 英诗汉译的方法

诗歌翻译家黄杲炘观察了百年以来英诗汉译与汉诗创作的实践后，总结出英诗汉译的五种翻译方法，这五种翻译方法具体包括：① "民族化"译法。这种译诗方式是最早出现的传统诗译法，主要指传统汉诗的四言、五言、七言之类的等言形式，还有词曲之类的长短句或骚体等。② "自由化"译法。这种译诗方式与"五四"前夕，随着"诗体大解放"所出现的白话文和白话诗密切相关，采取的是白话自由诗形式。③ "字数相应"译法。这种译诗方式出现在上世纪 30 年代初，讲求字数的格律化，即译诗行字数与原作诗行音节数一致。④ "以顿代步"译法。这种译诗方式出现在上世纪 30 年代中，讲求顿数的格律化，是用白话诗的节奏单位二字、三字等构成的"顿"来对应英诗的节奏单位抑扬格、扬抑格等音步，即译诗诗行的顿数与原作诗行的音步数相等。⑤ "兼顾顿数与字数"译法。这种译诗方式出现在上世纪 80 年代初，是讲求诗行顿数与字数的译法。狭义来说，是讲求译诗行的顿数、字数与原诗行的音步数、音节数一致。广义来说，可讲求译诗行顿数与原诗行音步数相等，译诗行字数与原诗行音节数相应，相反地，译诗行顿数与原诗行音步数相应，译诗行字数与原诗行音节数相等。[2]

以上五种翻译方法在翻译实践中各自均有成功的一面，各自也均有因语言、文化、诗学等因素的影响存在进一步演化发展的另一面。这五种翻译方法之间的关系并不是彼此孤立、非此即彼、优胜劣汰的关系，而是相互共存、各擅其胜、相得益彰的

---

1 勒弗维尔（A. Lefevere）列举了音位翻译、直译、韵律翻译（metrical translation）、散文翻译、韵体翻译（rhymed translation）、无韵诗翻译、解释性翻译等七种诗歌翻译策略及其各自的利弊。拉夫尔（B. Raffel）从译入语读者类型及其要求出发，将诗歌翻译分为形式翻译、解释性翻译、扩展性翻译或意译、模仿性翻译或拟作等四种类型。（郭建中.《当代美国翻译理论》. 武汉：湖北教育出版社，2000：201—220.）
霍尔姆斯（J. Holmes）提出了模仿形式、类同形式、内容衍生、异常形式等四种用于诗歌形式翻译的策略。（Bassnett, S. and A. Lefevere（eds）. *Constructing Cultures*. Shanghai：Shanghai Foreign Language Education Press，2001：62—63.）
2 黄杲炘.《译诗的演进》. 上海：上海译文出版社，2012：35.

关系。在翻译实践中，学习者均可有选择性地拿来参照，针对性地进行模仿、实验与探索。

2. 汉诗英译的方法

　　与英诗汉译一样，汉诗英译的方法也多种多样。从翻译方法的角度，许渊冲将汉诗英译分为三大流派：① 直译派（后来演变成散体派与逐字翻译派）；② 意译派（后来演变成诗体派与现代派）；③ 仿译派（后来演变成改译派）。[1] 从诗体形式的角度，汪榕培将汉诗英译分为五大流派：① 以散体译文为代表的学者型翻译；② 体现为韵体译文的半形似型翻译；③ 以 Ezra Pound 译文为代表的自由体神似型翻译；④ 以 Arthur Waley 译文为代表的无韵体半形似型翻译；⑤ 以许渊冲译文为代表的神形皆似型翻译。[2] 这样的分类总结，毫无疑问有利于我们从较为宏观的层面认识汉诗英译可采取的基本策略。若进一步具体化到实践操作层面，针对译诗中选择的不同诗体形式，可做出如下翻译方法的建议。

　　翻译中若选择格律诗诗体，通常有以下三种翻译方法可供参考：① 以步代顿，即译作音步数与原作的顿数相等或者相应。比如，将四言、五言、七言汉诗的各行分别译为 3—4 个音步、4—5 个音步与 5—6 个音步。② 以英诗格律诗的诗体形式置换或改写汉诗的诗体形式。比如，使用英诗的两行节、三行节、四行节、五行节、六行节等作为表意单位重构原文的诗体形式。③ 汉英诗歌诗体形式的相互借鉴与融合。比如，将传统汉诗的顿歇节奏模式与传统英诗的诗行音步数和诗节形式进行对接融合。

　　翻译中若选择自由诗诗体，通常可参考的翻译方法有：① 庞德（E. Pound）实践的短语节奏，即音乐性的短语；② 韦利（A. Waley）实践的弹跳节奏（sprung rhythm），即用英语的一个重音来代替汉诗中的一个汉字；③ 威廉斯（W. C. Williams）实践的"可变音步"（the variable foot），即以美国口语节奏为基础，适应内在情绪的发展变化；④ 雷克思罗斯（K. Rexroth）实践的音节节奏，即每行构建出含有七至九个音节的节奏。这些翻译方法有偏于主观经验的一面，也含有量化理性的另一面。翻译实践中，初学者可以参照这些诗人译者的诗歌创作或翻译实践进行练习。

---

1 在西方，直译派的早期代表译者是韦利（A. Waley），其后演变成散体派和逐字翻译派，代表译者分别为华逊（B. Watson）和巴恩斯通（W. Barnstone）；意译派的早期代表译者是翟理士（H. A. Giles），其后演变为诗体派和现代派，代表译者分别为登纳（J. Turner）和艾黎（R. Alley）；仿译派以庞德（E. Pound）为代表，其后发展为改译派，代表译者是雷洛斯（K. Rexroth）。在我国，早期直译的有初大告，后期散体译者有杨宪益和逐字译者黄雯；早期意译的有蔡廷干，后期诗体译者有许渊冲和现代派译者林同济；仿译派有林语堂，改译者有翁显良。（Xu Yuanzhong. Development of Verse Translation. *Journal of Foreign Languages*, 1991（1）：35.）

2 汪榕培.《比较与翻译》. 上海：上海外语教育出版社，1997：78—81.

第六节 诗歌翻译的评论

同一首诗作，不同的人翻译，往往会见仁见智，各具特色。如何对其进行翻译评论书写，可从以下几个方面予以考虑。

1. 译文与原文的同一性

诗歌因诉诸于情感与想象的成分较多，主观色彩偏浓，往往容易使初学者误认为诗歌翻译及其评论是主观的、自由的、天马行空的，无拘无束的。而实际的情况是，诗歌翻译及其评论也需有据可凭，有章可循，依然需秉持严谨的态度进行客观中肯的分析，依然需竭力追求译文与原文的同一性。诗歌翻译家黄杲炘指出："追求准确是译诗进步的动力，提高要求是译诗发展的标志。"[1] 诗歌翻译家许渊冲提出诗歌翻译需遵循意美、音美、形美的"三美论"之时，还提出需忠实于原文的"三确论"——明确、准确、精确。[2] 因此，对诗歌翻译进行评论也应将译文是否准确纳入分析范围。译文的准确可体现在音韵节奏、意象修辞、选词造句、声调口吻、诗形诗体等诗歌构成要素的再现或表现上，但这些诗歌要素的功能与作用应对诗歌诗艺的表现与诗意的形成具有较为重要的审美价值。基于这样的认识，我们可以先对诗歌文本构成要素进行整体价值评估，然后选取那些可能"牵一发而动全身"的要素进行翻译评论研究，再结合意美、音美、形美的诗歌翻译原则进行层次分明的系统评说。

2. 译文诗体的多样性

翻译实践中，同一诗歌原文可能会有诗体形式多种多样的译文。这是诗歌翻译区别于其他文学体裁翻译最为直接醒目的地方之一。以英诗 A Red Red Rose（Robert Burns）汉译为例，自苏曼殊 1909 年首次汉译该诗以来的一百多年间，五言、七言、长短句、现代格律体、自由体等诗体形式的译文层出不穷，于今尤甚。针对这样同一诗作不同诗体形式译文的评论，一方面需联系历史、文化语境和时代诗学规范来进行动因分析，另一方面需联系具体的诗体形式构成特点来进行针对性评析。

评论格律诗诗体或自由诗诗体的译文，需分别以各自诗体自身的构成特点进行相对应的评析，实践中应避免以一种诗体的规范来评析另一种诗体规范的利弊得失。

---

1 黄杲炘.《英诗汉译学》. 上海：上海外语教育出版社，2007：1.
2 如果译文的内容和形式都忠实于原文的内容和形式，这可以说是"正确"的或"准确"的翻译。如果译文只忠于原文的内容而不忠于原文的形式，这时大致又有两种情况：一种是译文比原文更一般化，我想把这叫做"明确"的翻译；一种是译文比原文更特殊化，我想把这叫做"精确"的翻译。（许渊冲.《翻译的艺术》（论文集）. 北京：中国对外翻译出版公司，1984：23.）

3. 译者的创造个性

　　不同诗歌翻译流派的译者往往会有不同的诗歌翻译观或创作观，这一点在作家型译者的身上表现得尤为突出。诗歌翻译评论的书写，需紧密联系译者的翻译观或创作观进行有针对性的研究。

　　翻译评论过程中，用这一流派译者的翻译观或创作观去套取分析那一流派译者的翻译实践，往往会容易因不得要领而抹杀了彼此翻译的个性特色与价值。

第七节　诗歌翻译实践及讲评

例文一

Song：To Celia

Ben Johnson

Drink to me only with thine eyes,

　　And I will pledge with mine；

Or leave a kiss but in the cup

　　And I'll not look for wine.

The thirst that from the soul doth rise

　　Doth ask a drink divine；

But might I of Jove's nectar sup,

　　I would not change for thine.

I sent thee late a rosy wreath,

　　Not so much honouring thee

As giving it a hope, that there

　　It could not withered be；

But thou thereon did'st only breathe

　　And sent'st it back to me；

Since when it grows, and smells, I swear,

　　Not of itself but thee！

1. drink to: 向……祝酒

2. but in the cup: only in the cup

3. doth rise: rises. 原词语形式有强调之意，又补足了诗行音节，表现了韵律。下文中 Doth ask（asks）、did'st only breathe（only breathed）功能与作用相同。

4. a drink divine: a divine drink. 因押韵和韵律而倒装。下文中 of Jove's nectar sup（sup of Jove's nectar）、could not withered be（could not be withered）形式类似。

5. might I of Jove's nectar sup: 为虚拟语气句式之变体，可理解为 if I might sup of Jove's nectar. sup of: 啜饮。Jove: 罗马神话中主神 Jupiter 的别称。nectar: 神饮的酒，可永葆青春。

6. late: 最近

7. not so much ... as: 与其……倒不如

8. honouring ..., giving ...: 两个分词短语的逻辑主语均为 "I"

9. that there / It could not withered be: that 从句为 a hope 的同位语从句

10. thereon: on it

11. smell of: 有……的气味

1. 作品概述

本·琼森（Ben Johnson，1572—1637）的诗作 "Song：To Celia" 据说是受到公元 2、3 世纪希腊诡辩家菲洛斯特拉托斯（Philostratus）书信中的某些词句启发而写成的（参见下文 "修辞美"）。全诗写的是 "我" 追求心中恋人 Celia 的炽热之情，诗情的表达分别围绕着 "敬酒" 与 "献花" 展开。

全诗分上下两节，每节在表情方式上均以退为进，层层深入，由此传达出的诗情一波三折，跌宕起伏，摇曳多姿，极富戏剧性与感染力。

2. 审美鉴赏

结合 "Song：To Celia" 主要审美特征，拟从以下六个方面对其进行审美鉴赏与分析：节奏美、意象美、语义美、修辞美、形象美、意蕴美。

（1）节奏美

节奏美包括外在节奏与内在节奏两个方面。外在节奏通过音步、格律、韵式等外在形式体现出来；内在节奏表现为诗情的统一与变化。

从外在节奏来看，原诗是歌谣体，首行八个音节四音步，第二行六个音节三音步，以下诸行依次交错构成诗作整体，其主导步格为抑扬格，例如，诗句 "And I will pledge with mine；/Or leave a kiss but in the cup." 可标注为 ˇ ´ | ˇ ´ | ˇ ´ | ˇ ´ | ˇ ´ |

˘ | ˉ ˘ | ˉ ˘ | ˉ ˘ | （ˉ 为抑，˘ 为扬；| 标注音步， || 标注行与行之间的停顿）。韵式为 abcbabcb defedefe。诗分上下两节，各节均一韵到底，上下诗节韵式互不相同，一方面体现出两个诗节各自自成一体，另一方面显示出两者相互并置，构成诗作整体。诗作外在节奏的整体形态演绎着全诗平稳、徐缓的语调与口吻。

从内在节奏来看，各诗节句法逻辑环环相扣，各节中不断出现的转折连词及语义转折使诗情一波三折。一波三折的诗情在上节形成，下节中得到了重复与强化。从诗情流动轨迹来看，诗作像是诗人从生活中撷取的两个难忘而又颇富戏剧性的情景片段对接而成。

（2）意象美

意象是通过语言表达的感官经验。为表达对西莉亚（Celia）的深情，诗人创用了两个意象系列：一个是 eyes（眼神）、a kiss but in the cup（酒杯上的吻）、breathe（嗅）；另一个是 wine（酒）、a drink divine（仙酿）、Jove's nectar（天帝的琼浆）、a rosy wreath（玫瑰花环）。前者通过写意的方式勾画出西莉亚的美与魅；后者通过反衬的方式暗示了西莉亚天仙般的美与胜过玫瑰的艳。两个意象系列彼此互照：一方面昭示着美酒、仙酿、天帝的琼浆再甘醇、再美妙也比不上心中恋人的眼神与吻，玫瑰花环再鲜艳、再芬芳也比不上心中恋人的艳丽和如兰的气息；另一方面使营造的境界愈来愈开阔，愈来愈神奇，爱恋情意也因之愈趋浓烈。

（3）语义美

诗作的语义特色可体现在选词与造句两个方面。就前者而言，诗作中使用了若干具有多种外延意义（multiple denotations）的词语，从而使表达的语义尤为丰富，传递的情感也更加强烈。例如：

词　　语	外延意义	联想意义
pledge	向……祝酒、使发誓、用作典当	热情互动、郑重其事、信心坚定
（a drink）divine	神性的、天赐的、极好的	非凡的功效、美妙的甘味
（Jove's）nectar	众神饮的酒、甘美的饮料	琼浆之中的琼浆
honouring（thee）	尊敬、使增光	虔诚、仰慕
swear	宣誓、强调	态度更明晰，信念更执着，决心更坚定

从造句来看，诗作中句子形式上可见到诸多表达转折意味的连词，如 or、but、and 等。句义内容上亦多选择或转折，从行文中可以看到"要么这样，或者那样"

"倘若这样，也不那样"的语义逻辑贯穿诗文始终。句子的形式与内容共同高效地叙说着诗中"我"所体现出的谦恭、真诚、热烈而执着的情态。

(4) 修辞美

引用（allusion）与象征（symbol）演绎着"求爱"一波三折的诗情轨迹。它们既使诗作显得蕴藉层深，增添了诗意的"历史"维度，又使诗情的表达显得含蓄、生动。

● 引用

据说该诗是受到公元二、三世纪希腊诡辩家菲洛斯特拉托斯书信中的某些词句启发而写成的。其书信第 XXIV 节中写道："Drink to me with thine eyes only. Or, if thou wilt, putting the cup to thy lips, fill it with kisses, and so bestow it upon me"；第 XXX 节中写道："I sent thee a rosy wreath, not so much honouring thee (though this also is in my thoughts) as bestowing favour upon the roses, that so they might not be withered."；第 XXXI 节中写道："If thou wouldst do a kindness to thy lover, send back the reliques of the roses I gave thee, no longer smelling of themselves only, but of thee.[1]"。散文式的句子经过诗人的借用与加工，显得节奏鲜明，韵味十足；散落书信中的只言片语经过诗人艺术组接，显得真实生动，意趣盎然。

● 象征

在诗句 "I sent thee late a rosy wreath" 中，a rosy wreath 象征"爱情"，"赠送玫瑰"象征"求爱"，这是文化传统使然。同样地，在诗句 "But thou thereon did'st only breathe / And sent'st it back to me" 中，"送还玫瑰"象征着"拒绝了求爱"。

(5) 形象美

诗中"西莉亚"的美貌通过其传情的"眼神（eyes）"诱人的"吻（a kiss）"与迷人的"嗅（breathe）"以及芬芳的玫瑰花环被较为巧妙地衬托出来了，显得简练含蓄，颇具汉诗"人面桃花相映红"的艺术神韵。而"我"的外在形象可借助敬酒时"我"回敬的眼神来勾画，还可通过"我"言说时谦恭、真诚、热烈而执着的语气来想象。相比之下，"我"的形象显得更为迷离。

(6) 意蕴美

谦恭热忱的态度，执着坚定的追求，浪漫机智的表达，虽历经波折，但绝不言放弃。这应是一种追求爱情的态度，也更应是一种追求生活的态度。

3. 翻译与讲评

参照前文鉴赏中该诗生动形象且富戏剧性等特点，试引一例译文分析说明之。

---

1 参见 https://tspace.library.utoronto.ca/html/1807/4350/poem1115.html

致 西 莉 亚

本·琼森

你若用眼神向我祝酒，
　　我也用眼神与你相酬；
要不在酒杯上留个吻
　　我就不会向杯中寻酒。
心灵深处升起的渴慕
　　确需饮仙酿才能祛除；
但即使天帝给我琼浆，
　　我也不把你这杯换走。

最近我送你一环玫瑰，
　　说不上给你增光添魅
只是企盼它在你身边
　　能生机勃勃，永不枯萎；
但你只是嗅了嗅花环
　　就把这玫瑰给我送回；
从此玫瑰生长吐芬芳，
　　我断言，全靠你的香味！

（张保红译）

　　原诗为歌谣体，译诗悉依原作之形进行了传译。原诗奇数行与偶数行分别为四音步与三音步，译诗各行均以四顿来对应原诗各行（如，你若用｜眼神｜向我｜祝酒，｜｜我也用｜眼神｜与你｜相酬；｜｜），每顿以双音节词为主要音节单位，而且整体上实现了音顿长度的彼此均匀与前后呼应，这有利于在汉语语境中形成歌谣节奏的特点，译诗的韵式（即，酬——酒——除——走　魅——美——回——味）基本再现了原诗韵式的特点，也传译了原作诗情演绎的特点。翻译此诗，考虑了以下几个方面的问题。

　　(1) 谦恭的语气

　　译文在首节选用了"你若用……""要不……""但即使……"等句式，以表现"我"语气轻柔，谦恭而又诚挚的情态；在第二节通过"说不上……""只是企盼……""但你只是……""我断言……"等句式，在承继首节的谦恭而诚挚的语气之时，再现了"我"谦卑的要求被拒绝后，"我"仍然热烈而坚定执著的意态。

（2）曲折的情感

原诗两节，节节诗情一波三折，将"我"的痴情表现得尤为深入。译文把握这一情感节律进行了传译。尤其对"But thou thereon didst only breathe, / And sent'st it back to me; / Since when it grows, and smells, I swear, / Not of itself, but thee!"的翻译，表现了"我"被婉拒后仍颇为执着的情形，而未解读为"我"幸运地与"你"取得了两情相悦的结果，比照之下，译文显得更富戏剧性，也更能突出"我"不变的痴情。

（3）形象的词语

译文将 eyes 处理为"眼神"，而不是"眼睛"，选择的是"眼睛"这个"被再现客体"（represented object）的一个侧面，旨在突出"你"的情意与眉目传情的神采。"眼睛"这个被再现客体是作为图式化方面（schematized aspects）出现的，作者未曾具体描绘眼睛的大小、呈现的状态、性质、特点等，所以译者也可译为"眼波"或"明眸"之类的语汇。

将 the thirst 译为"渴慕"，未译为"干渴"或"焦渴"之类，意在将身体与精神之"渴"合二而一。第六行增译了"祛除"，除了起到押韵及平衡句子结构的作用，还意在暗示言外之"我"正害着热烈的相思病（lovesickness）。此外，还使下文"我"的情感运演更富感染力与戏剧性。

将 honouring 译为"增光添魅"，而未译为"向你表示敬意或献媚"之类的意思，一方面旨在平衡该译句句子节奏并取得与下文押韵的效果，另一方面更为重要的是对表现"你"的美推波助澜——玫瑰虽美，但"你"比玫瑰更美，这样也符合全诗内在诗情的层层叠进——"你"的"眼神"或"吻"胜过美酒，胜过仙酿，甚至是天帝的琼浆；"你"的美胜过玫瑰，超凡脱俗，具有神奇的魅力与魔力。

将 breathe 译为"嗅了嗅"，而未译为"呼吸"或"亲吻呼吸"，旨在勾画出"你"羞涩（coy）、闲逸（leisurely）与雅致（graceful）的情态，增强些许诗意效果，汉诗里不是有"无奈美人闲把嗅，直疑檀口印中心"（张祜《黄蜀葵花》）、"和羞走，倚门回首，却把青梅嗅"（李清照《点绛唇》）、"归来笑拈梅花嗅，春在枝头已十分"（南宋某尼姑悟道诗）等女性闲逸、羞涩、优雅姿态的描绘吗？当然，译诗中所选字词"品质"之所以均较为积极而美好，目的是要构建出"你"是一个美人的形象，这是符合原作精神的。

（4）译文比读

致 西 丽 娅

本·琼森

请用你的眼神为我祝酒，

我也用我的眼睛为你干杯！
愿你把一个热吻留在杯中，
　　天下的醇醪算它最美；
我灵魂渴望着这一杯啊，
　　啜饮一口心也醉。
即使众神仙献出他们的美酒，
　　我也不愿交换这神圣的一杯！

我曾经赠你一环玫瑰，
　　不是为荣耀和献媚；
只为花环祈福，
　　愿它永不枯萎。
蒙你对它亲吻呼吸，
　　又把花环给我送回；
从此它永久鲜艳、芳香，
　　只因你赐给它无比光辉！
（袁广达、梁葆成译. 选自胡家峦编著《英美诗歌名篇详注》）

例文二

My Heart Leaps Up

William Wordsworth

My heart leaps up when I behold
　　A rainbow in the sky:
So was it when my life began;
So is it now I am a man;
So be it when I shall grow old,
　　Or let me die!
The Child is father of the Man;
I could wish my days to be
Bound each to each by natural piety.

1. leaps up: 跳跃
2. behold: 看见
3. The Child is father of the Man: 孩童乃成人之父。成人性格中美好的一面来自纯洁的童心。
4. Bound: 为 bind 的分词形式
5. natural piety: 对自然的虔诚

1. 作品概述

　　威廉·华兹华斯（William Wordsworth，1770—1850）赞美大自然，赞颂大自然光影声色对人类心灵的影响。诗人认为要革新社会，重要的是要恢复人单纯与善良的本性，而要做到这样，返回自然，乞灵于大自然应是解决问题的办法。上例诗文可看作是诗人这一信念的有效注解。

　　该诗讲述的是天上的彩虹对诗人心境或整个人生心境的影响，彩虹的神奇力量既撼动着诗人的躯体，使其欢跳雀跃，也开启着诗人的心智，增强了诗人积极向上的生活信念，提升着诗人的精神境界。全诗向读者传递的是人生中与生俱来的赤子之心之可贵，进一步说，传递的是人之初其真纯、良善本性之可贵，其对世界充满着新奇、美好的向往之可贵。

2. 审美鉴赏

　　结合 "My Heart Leaps Up" 的主要审美特征，拟从以下五个方面对其进行审美鉴赏与分析：节奏美、语义美、修辞美、形象美、意蕴美。

(1) 节奏美

　　从外在节奏看，原诗各行音节数不等，有二、三、四、五等音步样式，各行音步数依序可标示为 434442445，其主导音步为四音步。基本步格为抑扬格，比如 "My heart leaps up when I behold / A rainbow in the sky;" 可标注为 ˉ ´ | ´ ˉ | ˉ ´ | ´ ˉ | | ˉ ´ | ˉ ´ | ˉ ´ |。原诗的韵式为 abccabcdd。

　　从内在节奏来看，"我"（I）看到天上的彩虹，先是顿生惊喜之情（第1—2行）。后是情感不断积聚，愈趋愈强，蓄势待发（第3—6行），及至诗文第六行时，诗人在情感的制高点上又递进一层，迸发出心灵的最强音 "Or let me die！"（第7行），越过情感的制高点后，诗情在最后三行呈沉思状的流泻式铺排。

(2) 语义美

　　全诗选词用字简明质朴，明白如话，这与诗人所倡导的要用清新、质朴、自然、素净的语言来写诗的诗学原则相一致[1]。词义虽质朴简明，但蕴意并不简单。例如：

词　　语	外　延　意　义	内　涵　意　义
leaps up	跳跃起来	启示出喜形于色、手舞足蹈的意味。
behold	看见、注视（文学用语）	启示出郑重、严肃的意味。
Bound（原形bind）	捆绑、黏合、约束	启示出责任、义务的意味。
natural piety	天生的虔敬、对自然的虔敬	启示出与生俱来、天人合一的意味。

从语义表达形式来看，诗中第1—2行、第8—9行为待续句诗行，既突出了语义表达的重点，又给人阅读时寻求"语义完形"的期待。

（3）修辞美

诗中的提喻（synecdoche）、排比（parallelism）与引用（allusion）兼似非而是的隽语（paradox）等修辞格，增强了表达的艺术性与感染力。且看下表：

修　辞　格	原　　文	修　辞　效　果
提喻	My heart leaps up	准确、生动、形象。
排比	So was it when my life began; So is it now I am a man; So be it when I shall grow old,	情感逐层推进，蓄时累势，愈趋愈强烈。
引用兼隽语	The Child is father of the Man;	该句效法英国诗人弥尔顿《复乐园》第4卷第220行 The Childhood shows the man, / As Morning shows the day。虽语义矛盾，但合乎经验逻辑，意味隽永。

（4）形象美

该诗应是诗人"而今成年"时所作——以"成年"为视点，回味年少时的激情冲动，展望年老时的情如原初，这一方面实践着诗人的诗歌创作原则：诗是强烈感情的自然流露，它来自宁静中的回忆。[2]另一方面呈现出一个奋发昂扬、积极进取的"我"的形象。

（5）意蕴美

"我"（I）赞美大自然，赞颂大自然的光影声色对"我"心灵的影响，对"我"

1　杨德豫译.《华兹华斯抒情诗选》. 长沙: 湖南文艺出版社, 1996: 2.
2　刘炳善.《英国文学简史》. 上海: 上海外语教育出版社, 1989: 214—215.

单纯与良善本性的孕育与塑造。这是"我"从自然中获取的灵感，也是整个人类应从自然中汲取的养分。

3. 翻译与讲评

鉴于前文鉴赏与分析中英诗语言简明质朴，诗情激越而坚定等特点，试引一例译文分析说明之。

我 心 欢 跳

威廉·华兹华斯

我心欢跳，每当看见
　　彩虹飞挂天边：
人生之初心如此；
而今成年情不变；
此情弥笃到老年，
　　否则，不如死去！
三岁孩童百岁心；
但愿有生之光阴
天天充满着对自然的虔敬。

（张保红译. 选自《英语世界》2008 年第 10 期）

译诗承原诗之形而译。原诗基本步格为抑扬格，其各行音步数分别为434442445，译诗各行顿数与原诗音步数基本相同，如译诗句首行划分为四顿：我心｜欢跳，｜每当｜看见｜｜等。原诗的韵式为 abccabcdd，译诗改创的韵式为aabaacddd。翻译此诗，考虑了以下几个方面的问题。

（1）字词的斟酌

为了再现诗人初见彩虹时激动、兴奋的美好心情，未将 leap up 译为"跳跃"，而是选择了"欢跳"。而为了表现"彩虹"激起诗人独有的惊奇（wonder）之感，未将A rainbow in the sky 译为"天上的彩虹"，而选用了具有神奇童话效果的"彩虹飞挂天边"。为了强化全诗语篇前后浑然一体的效果，未将 natural piety 译为"天生的虔敬"，而是选取了"对自然的虔敬"这一释义。

（2）诗句的跨行

首行译为"我心欢跳，每当看见"复制出原作句式，再现了原诗句因跨行而潜藏的"悬念"(suspense)效果,给人以读诗的感兴。同样地,第八、九行译为"但愿有生之光阴/天天充满着对自然的虔敬"。在传递出原诗句跨行带来的读诗感兴之时,也转存了原作"卒章显志"的艺术特色。

(3)内在节奏的再现

原诗第三、四、五行未曾译为"年少如此,成年如此,老年也如此"之类的句式,而是译为"人生之初心如此;/而今成年情不变;/此情弥笃到老年",意在表现出诗情推波助澜,愈趋愈强,激情迸飞的效果。"不如死去"乃效法汉乐府民歌《孤儿行》中"居生不乐,不如早去,下从地下黄泉!"而来,为的是有斩钉截铁的口吻与力量,从而再现出激情迸发的最强音。原诗第七句若模拟时谚"失败乃成功之母"译为"孩童乃成人之父",应是颇为贴近原诗句,且有警句之效的,但置于此处篇章诗情已开始转入徐缓的演进之中,颇感快捷、急促——原诗句四音步,模拟译句为三顿,遂做了重新考虑。

(4)意象的并置

译句"孩童乃成人之父",除了对诗作内在节奏的生动再现有影响之外,在语义上也显得张力过强,不大容易让人在想象中找到其间的联结点,译文将其处理为"三岁孩童百岁心",意在使两个"意象"——"三岁孩童"和"百岁心"——并置,让读者发挥自由的想象填补上其中的联结点,而且读者也易于将"百岁心"与前文"我心欢跳""人生之初心如此"前后贯通起来,这是符合原作深层蕴涵的。

(5)译文比读

我的心无比激动

威廉·华兹华斯

每当我看到天上的彩虹,
　　心情就无比激动。
过去我生活开始时是这样,
现在我成了大人也是这样,
愿我老了的时候也是这样,
　　不然,就让我死亡!
小孩是大人的父亲:
　　所以自然的虔诚,我希望,
能维系我一生的岁月时光。

(何功杰译.选自何功杰编著《英美诗歌》)

Home Thoughts, from Abroad

Robert Browning

Oh, to be in England

Now that April's there,

And whoever wakes in England

Sees, some morning, unaware,

That the lowest boughs and the brushwood sheaf

Round the elm-tree bole are in tiny leaf,

While the chaffinch sings on the orchard bough

In England — now!

And after April, when May follows,

And the whitethroat builds, and all the swallows!

Hark, where my blossomed pear-tree in the hedge

Leans to the field and scatters on the clover

Blossoms and dewdrops — at the bent spray's edge —

That's the wise thrush; he sings each song twice over,

Lest you should think he never could recapture

The first fine careless rapture!

And though the fields look rough with hoary dew,

All will be gay when noontide wakes anew

The buttercups, the little children's dower —

Far brighter than this gaudy melon-flower!

✒ **注释:**

1. unaware: 不知不觉地，出其不意地。与诗文第二行 there 押韵。

2. the brushwood sheaf: 灌木丛。与下一行 leaf 押韵。

3. bole: 树干

4. chaffinch: 苍头燕雀

5. whitethroat: 白喉鸟

6. Hark：听。诗歌用语。

7. clover：三叶草。隔行与 over 押韵。

8. the little children's dower：小孩的宝物。dower 一词与末行 flower 押韵。

1. 作品概述

该诗是诗人罗伯特·布朗宁（Robert Browning，1812—1889）久客意大利后的思乡之作。全诗分上下两节，上节写四月英格兰的"静景"，下节写五月英格兰的"动景"。四月里复苏的万物在静谧中初露绿色的端倪，在静谧中孕育着勃勃生机；五月里众鸟翔集，花开草长，五光十色，万物欢畅，尽情绽放着无限生机。这便是久久定格在诗人心底的故乡英格兰，也正是在这定格的图景中寄寓着诗人深沉的乡思。

2. 审美鉴赏

结合"Home Thoughts, from Abroad"主要审美特征，拟从以下五个方面对其进行审美鉴赏与分析：节奏美、语义美、意象美、修辞美、意蕴美。

(1) 节奏美

从外在节奏看，原诗的诗行长短不一，韵律较为自由，比如首节八行中音步二、三、四、五步不等，但其主导步格为扬抑格，比如"Oh, to be in England / Now that April's there,"可标注为 ′ ˉ | ′ ˉ | ′ ˉ | ′ ˉ | ′ (ˉ) |。原诗韵式为 ababccdd ‖ eefgfghhiijj。上下两节韵式的不断变化表征着不断演化发展的春天景象。

从内在节奏来看，上节写四月英格兰的"静景"，下节写五月英格兰的"动景"，宛如在读者眼前徐徐展开两幅前后相继，各有特色又自成一体的秀美画卷。上节诗情徐缓，下节诗情奔放。

(2) 语义美

诗作中选词用字精练准确，形象感、画面感鲜明，耐人寻味。例如：

词 语	外 延 意 义	联 想 意 义
in tiny leaf	细小的树叶	透露着春天来临的信息
my blossomed pear-tree	缀满白花的梨树	昭示着盎然的春意
at the bent spray's edge	弯弯的枝条尖	充满着韧劲与活力
The first fine careless rapture!	细腻的、美好的；狂喜	尽情歌声、尽情享受
All will be gay	欢快的	容光焕发、色彩缤纷
this gaudy melon-flower	华丽而俗气的、炫丽的	刺眼的、不适之感

全诗语句采用历史现在时（historical present），通过一行之内语义完整的煞尾句与数行之内语义才待完整的待续句的交互使用，形成鲜明的语义节奏，将故乡的一草一木，风土人情，有条不紊、细腻逼真地娓娓道来。

（3）意象美

从表现思乡的意象选择来看，诗作选择的意象均呈现出狭小的特点，这无疑有利于表现诗人内心细腻而缠绵的思乡之情。诗作中的意象主要有 the lowest boughs、the brushwood sheaf、the elm-tree bole、tiny leaf、the chaffinch、the whitethroat builds、the swallows，等等，这些意象均具有清丽的特点，它们组接起来构成的画面显得清新、明媚、欢欣，折射出思乡之人惬意的生活体验与现时爽朗的心情。

从意象表情形态来看，诗作呈现出寓动于静的特色。诗作中的寓动于静，既表现在首节静中蓄伏着的生机上，也表现在作者选词用字的匠心上，如 Leans to the field、at the bent spray's edge、look rough with、noontide 等词语本身均蕴含着一种弯曲、起伏变化或流动的力量，因为从视知觉的角度来看，这些词语营构的画面中均含有"由倾斜造成的动感"[1]效果。毫无疑问，寓动于静大大丰富了诗作的艺术内涵，也突显了诗作不同的艺术特质。

从意象系列呈示来看，诗作是以时间为纵轴，空间为横轴来布列春日的意象的。诗作上下两节分别以四月、五月为"主标记"，以从"早晨"写起为"辅标记"，以空间中相继演出的物象来标识时间的流逝与丰富内涵。四月的到来浑然不觉，是静悄悄的，植物嫩芽初上，苍头燕初展歌喉，万物的生机蓄伏着；而紧接着的五月，白喉鸟筑巢，群燕飞舞，落英缤纷，画眉高唱，万物欢畅，尽情绽放着生机。尽管最后一句中断了想象中的时空，从"想象中的过去"回到了当前，当前虽好，但过去更好！

从意象呈示的艺术营构来看，诗作中异地（意大利）的景物被推到了"背景"的位置上，而想象中的故乡英格兰的景物则被推到了"前景"，占据画面的主导，诗中唯一提到异地的景物是最后一行中的"晃眼的甜瓜花"（this gaudy melon-flower）。表现思乡的艺术手法是在诗作的结尾笔锋一转，进行了时空的跨越，营造出"先扬后抑"的厚重艺术氛围。

（4）修辞美

诗中使用了多种修辞格，特点最为鲜明与突出的是拟人。通过拟人诗人仿佛听到了家乡一草一木的真情倾诉，看到了家乡风物的"戏剧式"演出。例如：

---

1 鲁道夫·阿恩海姆.《艺术与视知觉》. 腾守尧等译. 成都：四川人民出版社，2001：578.

原　　文	解　　说
And after April, when May <u>follows</u>,	"你"方唱罢，"我"登场。
And the whitethroat <u>builds</u>, and all the swallows!	一派繁忙的劳动景象。
Hark, where my blossomed pear-tree in the hedge / <u>Leans</u> to the field and <u>scatters</u> on the clover	有如天女散花，情趣盎然。
All will be gay when noontide <u>wakes</u> anew	万物欢畅、欣欣向荣、色彩缤纷。
he <u>sings</u> each song twice over, / Lest you should think he never could <u>recapture</u> / The first fine careless rapture!	尽情歌唱、尽情展示。

（5）意蕴美

家乡的山水草木，记忆中永远历历在目；家乡的风土人情，记忆中永远最美。"东好西好，还是家最好"（East or west, home is the best），实乃普天之下人类共同的情怀。

3. 翻译与讲评

结合前文鉴赏中语言质朴，诗情清丽，娓娓道来等特点，试引一例译文分析说明之。

海 外 乡 思

罗伯特·布朗宁

啊，要是在英格兰，
此时正四月，
早晨一觉醒来
会蓦然看见，
榆树周围，低垂的枝条，
丛丛的灌木，嫩叶青青，
果园树枝上苍头燕啼鸣。
在英格兰，此时就这样！

四月过后的五月，
白喉鸟筑巢，群燕飞舞！
围篱旁梨树白花满枝
倾向田边，花瓣带着露珠

洒落在三叶草茎；

——弯弯的枝条尖上

站着一只机灵的画眉，

听，每首歌它唱两遍，

以免你认为它再也不能重享

初展歌喉时的欢畅！

田野凄清白露茫茫，

时至正午万物喜洋洋，

苏醒的金凤花，孩子的宝藏——

远比这晃眼的甜瓜花明亮辉煌！

（张保红译. 选自《英语世界》2009 年第 6 期）

译诗承原诗之形，整体上未能完全做到各行顿数与原诗各行音步数相应，但占主导的顿数为四顿，再现了原诗娓娓道来，语气均衡的内在诗情，译诗也未能一一对应再现原诗的韵式。翻译此诗，考虑了以下几个方面的问题。

（1）口吻的选择

原诗写的是乡思，有着较为显在的讲故事意味，仿佛作者向隐在的听者娓娓道来家乡的一草一木，鉴于此，译诗在整体结构上力图再现这一"故事"的讲述方式。比如，"啊，要是在英格兰，/此时正四月，""在英格兰，此时就这样！""四月过后的五月，"这些诗句散文化意味较浓，彰显了讲故事的语言特点与口吻。

（2）情景的呈现

原诗首节表现的是四月来临时的轻灵与静谧，这些体现在人的感知与外在物象的"结构性"呈示上。译文以原文为依据，语言表现上尽量少用动词，在视点与空间上予以了重组——由大到小，由静到动，先聚焦"榆树周围"，后聚焦到"低垂的枝条，丛丛的灌木，嫩叶青青"，最后到"果园树枝上苍头燕啼鸣"。译文的编排符合由"静态背景"而至"动态目标"的认知程序与诗情流动路径。第二节表现了五月的欢腾与生机绽放，译文在语言表现上使用动词偏多，如筑巢、飞舞、倾向、带着、洒落，等等。

（3）句式的模拟与重组

就诗句结构而言，跨行是原诗的显在特点。比如，原诗首节的不断跨行，赋予读者阅读的感兴，宛如在读者面前徐徐展开一幅春景的画卷。遵循这一特点，译文转存了原文跨行的特点与美学意味。但在句式的重组上，译文对首节进行了调整，对第二节中的"Hark, ... That's the wise thrush"也调整为"听，每首歌它唱两遍，……"，调整时遵循了"先静后动，先大后小"的组构原则。

(4) 译文比读

海 外 乡 思

罗伯特·勃朗宁

啊，在英格兰该有多好，
在这阳春四月间，
当你在清晨醒来，
无意中你会发现
在低矮的枝头和灌木丛中，
榆树四周到处嫩叶青青，
而苍头燕正在果园中歌唱，
在英格兰——在这个时光！

过了四月，五月接踵而至，
白喉鸟忙着筑巢，飞翔着成群的燕子！
我那长在篱笆旁的梨树
伸向田野，把花瓣和露珠
撒在苜蓿上——在弯曲的枝端
画眉在歌唱；每支歌都唱两遍，
像生怕你以为它不能再捕捉
它初次随意唱出的美妙的欢乐！
带露的田野虽一片苍茫，
到了正午却喜气洋洋，
苏醒的金凤花是孩子们的财宝
——远比这俗艳的花朵更加美好！

(顾子欣译. 选自顾子欣编译《英诗300首》)

例文四

On the Grasshopper and the Cricket

John Keats

The poetry of earth is never dead:

When all the birds are faint with the hot sun,

And hide in cooling trees, a voice will run

From hedge to hedge about the new-mown mead;

That is the Grasshopper's — he takes the lead

In summer luxury, — he has never done

With his delights; for when tired out with fun

He rests at ease beneath some pleasant weed.

The poetry of earth is ceasing never:

On a lone winter evening, when the frost

Has wrought a silence, from the stove there shrills

The Cricket's song, in warmth increasing ever,

And seems to one in drowsiness half lost,

The Grasshopper's among some grassy hills.

注释:

1. faint with the hot sun: 因烈日而昏昏沉沉。

2. cooling trees: 凉爽的树荫。

3. new-mown mead: 刚刚修剪过的草坪。mown 是 mow 的分词形式，mead 即为 meadow。

4. summer luxury: 夏日的奢华。luxury 常与舒适、享受、欢娱相联系。

5. has never done with: 从来做不完。

6. tired out with: 因……筋疲力尽。

7. ceasing never: 即为 never ceasing 的倒置，以便与下文 ever 押韵。

8. wrought: 为 work 的分词形式，比之 worked，在音响上显得刚健而有力。

9. in warmth increasing ever: 为 in ever increasing warmth 的倒置，以便与上文 never 押韵。

10. one in drowsiness half lost: 可改写为 one who is half lost in drowsiness; be lost in 意为沉浸在……之中。

1. 作品概述

　　"蝈蝈"（grasshopper）与"蟋蟀"（cricket）本是自然界中很常见的两个小昆虫，并无什么特别之处，但诗人约翰·济慈（John Keats, 1795—1821）将其放在宇宙人生的大背景中来抒写，给人小中见大，气势不凡，境界阔大、幽远之感。而将蝈蝈与蟋蟀的鸣叫声提升至大地诗歌的高度，提升至敢于冲破大自然的炎威与束缚，给大地带来生命、活力与欢欣的高度，更显得意义不同凡响，别有意蕴与洞天。

诗分上下两节，上节写"蝈蝈"在炎炎夏日中的高唱，下节写"蟋蟀"在凛凛冬霜下的欢鸣，两节并置，时空腾挪，境界开阔，浑然一体。

2. 审美鉴赏

结合"On the Grasshopper and the Cricket"的主要审美特征，拟从以下五个方面对其进行审美鉴赏与分析：节奏美、语义美、意象美、修辞美、意蕴美。

(1) 节奏美

从外在节奏来看，诗作是意大利十四行诗体（Italian sonnet），全诗十四行，每行十个音节，构成五个音步，基本步格为抑扬格，韵式为 abbaabba cdecde。诗作分为两个诗节，前八行为一个诗节（octave），写的是"蝈蝈"；后六行为一个诗节（sestet），写的是"蟋蟀"。两个诗节呈现为并列关系，这与一般的意大利体十四行诗前八行与后六行往往是先陈述，后反陈述或先观察，后结论的结构关系有所不同。

从内在节奏来看，两个诗节演绎着大体相同的情感律动轨迹：先是徐缓（第1—3行；第9—11行），渐转激越（第3—7行；第11—12行），再转徐缓（第7—9行；第12—14行）。

(2) 语义美

诗中所用词语均为普通词语（common words），但在具体语境下发挥着"平字见奇，常字见险，陈字见新，朴字见色"（沈德潜语）的艺术功效，蕴意深邃，耐人寻味。且看下表中画线的词语：

词　　　语	外延意义	联　想　意　义
The poetry of earth is never <u>dead</u>	死的	声音的沉寂，死寂的氛围
When all the birds are faint with the <u>hot</u> sun	热的	烈日炎炎、骄阳似火
a voice will <u>run</u>	奔跑	活力四射、快速迅捷
In summer <u>luxury</u>	奢侈	草木的繁茂，美好、华贵
from the stove there <u>shrills</u> / The Cricket's song,	尖声地叫	声音高亢、嘹亮、奋发昂扬

两个诗节中诗句语义的表达，均是通过首尾部分的煞尾句与中间部分的待续句来完成的。诗节首尾出现的煞尾句使诗句语义的表达显得完整而统一，中间相继出现的待续句使诗句语义的表达富于变化而显得摇曳多姿。这与诗中所描述的蝈蝈与蟋蟀的活动特征相一致。

(3) 意象美

从意象的功能来看，"蝈蝈"与"蟋蟀"在诗中充当的是"主角"，是诗人着力表现与突显的对象，它们处在诗作的中心位置，统领着诗情的流动与发展，其活动构成了诗作的要旨和全部。

从意象的蕴涵来看，中心意象"蝈蝈"与"蟋蟀"均氤氲着一个充满活力、欢快自适、不畏严威、冲破束缚、乐观向上的福音传播者形象。

从意象创造的角度来看，诗人仿佛受到神启，从"蝈蝈"与"蟋蟀"的身上见出一种神秘的巨大的力量，诗作体现出一种超越现世之情的深沉哲思——"一蝈蝈一天堂，一蟋蟀一世界。"

(4) 修辞美

诗中运用了多种修辞格，其中拟人与象征特点尤为突出。"The poetry of earth is never dead"既指"大地"（earth）富于创造的行为（poetry 的本义为 to make）永远不会停止，又指"大地"所创造的一切永远不会消逝，从而将大地拟人化为能孕育天地万物，具有鲜活生命的躯体。

"蝈蝈"与"蟋蟀"已不再完全是自然界中的蝈蝈与蟋蟀，它们分明已成了"生命""欢乐""力量"等的象征，这一象征秉承了英美文学文化传统。生于济慈前后的诗人或作家均有将"蝈蝈"与"蟋蟀"视为快乐天使的描绘，但此诗在传统的基础上又有发展与创新——赋予"蝈蝈"与"蟋蟀"全新的雄伟气象与更为丰富的文化艺术内涵。

(5) 意蕴美

"蝈蝈"与"蟋蟀"是渺小的，但它们给死寂的大地带来了生命、活力、欢乐与希望。个人的力量是微小的，但每个人发出的光和热会给这个世界带来明亮、温馨、真情与感动。

3. 翻译与讲评

参照前文鉴赏中"蝈蝈"与"蟋蟀"激情高歌，生命力强盛等特点，试引一例译文分析说明之。

蝈 蝈 与 蟋 蟀

约翰·济慈

大地的诗歌永远不会消亡：

　　烈日炎炎百鸟倦飞齐喑，

　　躲进凉爽林荫，一个声音飞鸣

道道树篱，回荡在新刈的草场；

　　那是蝈蝈的叫声——，他率先高唱

　　　　夏日的华贵繁盛，不懈地歌吟

　　　　无边的欢欣。倦意袭来兴致尽

　　静静地卧躺在芳草丛休养。

大地的诗歌永远不会中断：

　　寂寥的冬夜，满天飞霜凝成

　　　　一片沉寂，炉边嘹亮地响起

　　蟋蟀的歌声，一声声唱暖心田，

　　　　醺醺欲睡者恍惚又听闻

　　　　蝈蝈引吭高歌在青草丛里。

（张保红译）

　　原诗是意大利十四行诗，译诗依原作之形，译为十四行，再现了原诗的韵式（如，亡——暗——鸣——场——唱——吟——尽——养 ‖ 断——成——起——田——闻——里），整体上译诗以每句五"顿"对应原诗各句五音步（如，大地的│诗歌│永远│不会│消亡：‖），再现了原诗中"蝈蝈"与"蟋蟀"的生动形象，也营构出在徐缓的节奏中进行静思的意蕴氛围。翻译此诗，考虑了以下几个方面的问题。

　　(1) 选词用字

　　将 the hot sun 与 the frost 依据语境分别译为"炎炎烈日""满天飞霜"，以再现自然界的严酷，为构建"蝈蝈"与"蟋蟀"敢于冲破自然枷锁的"英雄形象"创设背景。将鸟儿"因烈日而昏昏沉沉"（are faint with the hot sun）具象化为"倦飞齐暗"，将 in warmth 具象化为主客互动的"暖心田"，将（The Grasshopper's）among some grassy hills 化隐为显，译为"蝈蝈引吭高歌在青草丛里"，为的是使译文更具直感意味与官能冲击效果。

　　(2) 句式的复制

　　跨行是该诗的显在特点，既突出了意象或表情的重点，也增强了诗情流动的波澜。译文悉依原诗跨行句式分别处理为"一个声音飞鸣│道道树篱，回荡在新刈的草场；""他率先高唱‖夏日的华贵繁盛，‖不懈地歌吟‖无边的欢欣。""满天飞霜凝成‖一片沉寂，‖炉边嘹亮地响起‖蟋蟀的歌声，"。

　　(3) 形象的构建

　　原诗中（a voice will）run 与（from the stove there）shrills，前者用来描绘"蝈

蝈”的叫声，显得速度迅捷，刚健有力，活力十足；后者用来描绘"蟋蟀"的叫声，显得声音高亢嘹亮，激扬清越。两字置于全诗语境之中堪称"诗眼"，将"蝈蝈"与"蟋蟀"在当时语境中独特的神情意态表现得尤为充分，予人诸多感兴联想，可谓"着一字而境界出也"。翻译中译出前者的快速，后者的高亢尤为重要，译文将此分别处理为"飞鸣""嘹亮地响起"，从而构建出两个充满旺盛生命力的强者形象。

（4）意蕴的呈示

译文将 in warmth increasing ever 处理为"一声声唱暖心田"，意在再现"蟋蟀"唱得真切，诗人听得投入，两者声情互动，形成从听到叫声而顿觉心里暖和起来的通感诗意效果。此处翻译若将温暖与炉火联系起来，处理为"火焰暖人心"或"室内暖意融融"之类写实的句子，显然就消解了原诗句的艺术价值与诗人的用心。将 The Grasshopper's among some grassy hills 处理为"蝈蝈引吭高歌在青草丛里"，译文化静为动既传译出跨越时空的美好意蕴，又昭示出"蝈蝈"替诗人代言的心声。

（5）译文比读

蝈蝈与蟋蟀

约翰·济慈

大地富诗意，绵绵无尽期；
日炎鸟倦鸣，林荫且歇息。
竹篱绕绿茵，芳草新刈齐；
其中忽有声，绕篱悠悠起——
原是蝈蝈歌，欢乐渠为首；
仲夏多繁茂，泛若不系舟，
享之不能尽，歌来不知愁；
偶然有倦意，野草丛中休。

大地富诗意，绵绵永不息：
冬夜沟凄清，霜天多岑寂，
此时有灶炉，火焰暖人心。
蟋蟀乘雅兴，引吭吐妙音；
主人嗒然坐，似眠又似醒，
莫非蝈蝈歌，来自远山青。

（孟光裕译. 选自孙梁编《英美名诗一百首》）

听蜀僧濬弹琴

李 白

蜀僧抱绿绮，西下峨眉峰。

为我一挥手，如听万壑松。

客心洗流水，馀响入霜钟。

不觉碧山暮，秋云暗几重？

1. 作品概述

表达朋友间深厚友谊的方式多种多样，或饮宴，或送别，或追忆怀想，如此等等，不一而足。而李白（701—762）的这首诗作则通过写听琴的感受，赞颂了蜀僧濬高超的琴艺与高尚的德操，抒发了自己对人生知音的深厚情谊。诗作语言明晰晓畅，但蕴藉深厚，耐人寻味。

2. 审美鉴赏

结合《听蜀僧濬弹琴》的主要审美特征，拟从以下五个方面对其进行审美鉴赏与分析：节奏美、意象美、修辞美、形象美、意蕴美。

(1) 节奏美

诗作的外在节奏体现在音节组合与押韵等方面。其音节组合形成的节奏可做如下标示：

蜀僧｜抱绿｜绮，西下｜峨眉｜峰。

为我｜一挥｜手，如听｜万壑｜松。

客心｜洗｜流水，馀响｜入｜霜钟。

不觉｜碧山｜暮，秋云｜暗几｜重？

从上可见，除第一行"抱绿"与第八行"暗几"的音节组合为了适应韵律节奏外，诗作的韵律节奏与其语义节奏是一致的。其节奏可用数字标示为：

二二一，二二一。

二二一，二二一。

二一二，二一二，

二二一，二二一。

不难看出，二二一是原诗的主导节奏，二一二是在主导节奏中的变奏，这样使诗作整体节奏显得整齐中有变化，不致流于机械呆板，同时也使变奏的部分得到了凸显。从其押韵来看，诗作隔行押平声韵，一韵到底，韵脚为洪亮级的"中东韵"，使表达的诗情显得徐缓、悠远、豪迈。

从内在节奏来看，全诗演绎着起承转合的诗情流动轨迹。具体说来，第1—2行为起，第3—4行为承，第5—6行为转，第7—8行为合。

(2) 意象美

从意象的审美风格来看，诗中所用意象偏于宏大、高远，宜于抒发昂扬、豪迈之情。例如"峨眉峰""万壑松""流水""霜钟""碧山""秋云"。

从意象的功能来看，诗中的意象系列众星拱月式地暗示着蜀僧濬的高超琴艺与高尚品格。例如"绿绮"（优质、名贵）、"峨眉峰"（高耸、宏伟）、"一挥手"（大气、豪迈）、"万壑松"（雄伟、恢宏）、"流水"（质朴、悠远）、"霜钟"（雄浑、旷远）、"碧山"（宏伟、辽阔）、"秋云"（高远、飘逸）。

从意象的存在形态来看，动态意象"抱""西下""挥手"均通过具体造型暗示了蜀僧濬高超的弹奏技艺、非凡的品格；动态意象"洗""入""暮""暗"则将蜀僧濬琴声的酣畅、高妙的艺术效果从多角度、多侧面、多层次描绘得淋漓尽致。

(3) 修辞美

诗作中除了使用诸多象征之外，第五、六两行中的典故使用特点突出。第五行源出于《列子·汤问》："伯牙善鼓琴，钟子期善听。伯牙鼓琴，志在高山。钟子期曰：'善哉，峨峨兮若泰山！'志在流水，钟子期曰：'善哉，洋洋兮若江河！'伯牙所念，钟子期必得之。"这一典故一方面表明如行云流水的琴声，将诗人客行他乡的烦劳忧愁冲刷得一干二净，另一方面揭示出诗人与蜀僧濬之间灵犀相通、深厚无比的友情。第六行中的"霜钟"出自《山海经·中山经》："丰山……有九钟焉，是知霜鸣。"这个典故既描绘了琴声的自然、美妙、悠扬、不绝如缕的艺术魅力，又暗示了诗人对友人德艺的欣赏与景仰。

(4) 形象美

从以上分析中，不难建构出一位超尘拔俗、胸怀宽广、品格高洁、自由飘逸、琴艺精湛的蜀僧濬的形象。

(5) 意蕴美

听琴听音，听音会情，明写的是生活中的邂逅之事，暗示的是诗人精神境界的熏染与提升。

3. 翻译与讲评

参照前文鉴赏中诗作富于暗示、自然、清新、明快等特点，试引一例译文分析说明之。

Listening to a Monk from Shu Playing the Lute

Li Bai

The monk from Shu with his green lute-case walked

Westward down Emei Shan, and at the sound

Of the first notes he strummed for me I heard

A thousand valleys' rustling pines resound.

My heart was cleansed, as if in flowing water.

In bells of frost I heard the resonance die.

Dusk came unnoticed over the emerald hills

And autumn clouds layered the darkening sky.

（tr. Vikram Seth. taken from *Three Chinese Poets*）

译诗承原诗之形译出，基本做到了句句对应。译诗各句均以 10 个音节构成的五音步传译原诗五个音节构成的三顿句式，其主导步格为抑扬格。译诗未能再现原诗的韵式，但再现了原诗内在的节奏与诗情。此诗的翻译，有如下几个特点。

(1) 炼字炼意

将诗题"听……弹琴"译为"Listening to ..."，既含听见之意，又表欣赏之情，简洁准确，恰到好处。试比读：So smooth, so sweet, so silv'ry is thy voice, / As, could they hear, the Damned would make no noise, / But listen to thee（walking in thy chamber）/ Melting melodious words to Lutes of Amber.（Robert Herrick：*Upon Julia's Voice*）。

选用 resound 来描绘千山万壑琴声回荡，暗示出琴声的神奇与山谷的空旷，也为下文做好了铺垫。选用 cleanse、emerald 来分别描绘心情为之焕然一新以及对峨眉山的美好情感亦尤为恰切。但将"西下"译为"walked / Westward"，显得偏于质朴、平实，少了一份"从天而降"飘逸与非凡意味的暗示。将"抱绿绮"译为 with his green lute-case 只是译出了它的物理属性，未能暗示出它的"贵重"之意，这样便失去了其在原文中反衬蜀僧濬琴艺高超的作用。用 die 描绘琴声的逐渐消逝，其字面义给人消极的联想，这与原诗整体的美好情调不协调，有因韵害义之嫌。

（2）跨行的运用

译文开头四行中跨行的运用，既适应了译诗采用无韵体（每行 10 个音节五音步）的需要，又使诗情"藕断丝连"，趣味迭出，加强了诗意的演出式感兴，也渲染了扣人心弦的诗情。从译文整体效果来看，头四行的待续句在表情达意上紧锣密鼓，后四行的煞尾句则一唱三叹，前后彼此映衬，显得张弛有节，自然而然。

（3）细节真实

译文处理原作细节方式多种多样。如将"抱绿绮"译为"The monk from Shu with his green lute-case"显得模糊笼统，将"为我一挥手"译为"at the sound / Of the first notes he strummed for me"显得情景语义确切，但两者都偏于生活真实的描写，少却了"抱"与"挥手"等"造型"可产生的艺术暗示与联想。

将"流水""霜钟""碧山""秋云"等在译文中如实传译，保存了意象的作用与功能，也有效地传译出原作的诗情。尤其是"秋云暗几重"的传译，既见译者的机巧，又给人历历在目之感。

（4）错综美的再现

基于作者的创造性想象，原诗的错综美可依诗行句序标示为：①近→②远高→③近→④远→⑤（空间上的）近→⑥（时间上的）远→⑦近低→⑧远高。细看英译文，译者通过跨行等谋篇布局手段成功地转存了原诗错综之轨迹。

（5）译文比读

Listening to Monk Jun from Shu
Plucking His Lute

Li Bai

The monk from Shu carrying in arm his lute Lu Qi,

Down the western Ermei Peak he's going.

With his hand plucking the lute for me,

Thousands of pines roar as the wind is blowing.

The flowing tune laves my heart to be calm and lucid;

Its sound with the bell's tolling lingers far and nigh.

The green mountain has turned to dusk before I notice it,

Seeing the dark clouds overlapping cover the autumnal sky.

（屠笛、屠岸译. 选自吴钧陶主编《唐诗三百首》（汉英对照））

蛇

冯　至

我的寂寞是一条长蛇，
静静地没有言语。
你万一梦到它时，
千万啊，不要悚惧！

它是我忠诚的侣伴，
心里害着热烈的相思：
它想那茂密的草原——
你头上的、浓郁的乌丝。

它月影一般轻轻地
从你那儿轻轻走过；
它把你的梦境衔了来，
像一只绯红的花朵。

1. 作品概述

　　"寂寞"看不见，摸不着，抓不到，但它总又伴人左右，形影不离，自古如斯。比如，"寂寞掩柴扉，苍茫对落晖"（王维）；"古来圣贤皆寂寞，惟有饮者留其名"（李白）；"寥落古行宫，寂寞宫花红"（元稹）；"玉颜寂寞泪阑干，梨花一枝春带雨"（白居易），等等。"寂寞"究竟是什么？诗人冯至（1905—1993）于是说："我的寂寞是一条长蛇。"出人意表，响落天外。忽然间，"寂寞"栩栩如生地展现在我们面前，摸得着，抓得到，……

　　诗人写的是蛇，意指的却是寂寞、相思、爱情，写的是蛇的一举一动，演绎的却是"我"相思恋情的曲折变化与发展。全诗读来，没有一个"爱"的字眼，但作者将"我"对姑娘的深深爱恋之情表现得入木三分。

2. 审美鉴赏

　　结合《蛇》的主要审美特征，拟从以下五个方面对其进行审美鉴赏与分析：节奏美、语义美、修辞美、意象美、意蕴美。

（1）节奏美

诗的外在节奏体现在音节组合与韵式两大方面。从音节组合来看，诗作中三顿诗行占绝对主导，形成平稳恒定的节奏，比照衬托之下四顿诗行则成为"变奏"，配合演绎着统一中变化的诗情。例如：

我的｜寂寞｜是一条｜长蛇，
静静地｜没有｜言语。
你万一｜梦到｜它时，
千万啊｜，不要｜悚惧！

它是我｜忠诚的｜侣伴，
心里｜害着｜热烈的｜相思：
它想那｜茂密的｜草原——
你头上的，｜浓郁的｜乌丝。

它｜月影｜一般｜轻轻地
从你｜那儿｜轻轻｜走过；
它把｜你的｜梦境｜衔了来，
像一只｜绯红的｜花朵。

就每一顿中的音节组合而言，有一字顿、二字顿、三字顿、四字顿的表现形态。因为每顿所占的诵读时值大致相同，因此念一、二字顿时语速需相对徐缓，念三、四字顿时则要相对快捷。从以上对各行顿的标示可见，首节二字顿占主导，演绎出较为均衡、徐缓的内在诗情，第二节中三字、四字顿显著增多，内在诗情变得快速起来，最后一节中二字顿又占主导，内在诗情又徐缓起来。

从韵式来看，原诗可标注为 abcb dcdc cece。从不断更换的韵脚中，可以想象到诗情的变化起伏，而从不变的韵脚 c 中，似又可窥见同一情感在不断向前延展与强化。

（2）语义美

作者描绘"蛇"的行动时，选词用字语义上偏于动作细小、轻微。例如"静静地""没有言语""月影一般""轻轻地""轻轻走过"等。在描绘"蛇"的情感变化时，选词造句演绎着先平静，继而热烈，最后炽热的语义逻辑。

（3）修辞美

诗作中比喻与拟人的表情效果突出。就比喻而言，首先，诗人将"寂寞"比喻为

"蛇"，一方面使"寂寞"变得具体可感，另一方面使"寂寞"由静态微弱到动感强烈的演化过程活灵活现。进一步说，使"寂寞"的相关特征（如孤独、无语、思念、怀远等）与"蛇"的相关特征（如冷冰冰、令人害怕、常在草地穿行、悄然行进等）两者互相映照，合二而一，从而给人丰富的想象与深刻的体味。其次，将"那茂密的草原"与"你头上的、浓郁的乌丝"相比譬，转换巧妙，恰切生动，形象鲜明。最后，将"寂寞"的发展变化比喻为"月影"，将"梦境"比喻为"一只绯红的花朵"，前者描绘了"寂寞"变化的形态，后者表达了美好、浪漫的愿望。

就拟人而言，"蛇"的举止意态均被赋予了人的情感与思想，因之成为诗人心声的代言者。

(4) 意象美

诗中的主导意象是"蛇"，与"蛇"相关的其他意象多呈现出清冷的色调，但在这清冷的背后却充满着作者强烈的渴望，及至诗作最后一行"像一只绯红的花朵"，则一扫此前意象清冷的基调，骤然间意象的色调变得红火、热烈起来。意象色调上的对比，一方面显示出作者对未来满怀憧憬与希望，另一方面演绎着作者心境的转折与变化。

(5) 意蕴美

寂寞时的孤独与凄清，宛如蛇一样令人可怕；寂寞中怀念远方恋人的炽热之情，又像蛇一定要去到那生存的福地一样强烈而执着；寂寞中承受着思念的煎熬，收获着追忆或向往的温馨，则恰似月影之下蛇悄悄然来，又悄悄然去。去来之间，深味着寂寞，追求着理想，迎接着希望。

3. 翻译与讲评

参照前文鉴赏中"寂寞"与"蛇"相值相取，相得益彰等特点，试引一例译文分析说明之。

Snake

Feng Zhi

My loneliness is a snake,
Reticent, without a word.
If by chance you dream of it,
Pray, do not be alarmed.

It is my faithful companion,

Stricken with homesickness

It misses that lush prairie —

The black silk on your head.

Like a moon shadow, it

Passes by you softly;

It takes your dream away in the mouth

Like a scarlet flower.

（tr. Michelle Yeh. taken from *Anthology of Modern Chinese Poetry*）

原诗三节，译诗以三节对应译出。原诗的句式、跨行及标点等特征也在译诗中得到了转存。译诗各行以"步"代"顿"实现了内在节奏的基本对应，但未能传译出原诗的韵式。此诗的翻译，有如下几个特点。

（1）起伏的节奏

从上文鉴赏分析可知，原诗的内在节奏是首节徐缓，第二节快速，最后一节又趋于徐缓。为再现这一内在节奏，译文首节中含长元音的字词占据绝对主导以及行文中标点的使用使节奏变得徐缓起来。而第二节中含短元音的字词开始占据主导，内在节奏变得快速起来，待到最后一个诗节时，句子中含长元音的字词又占据了绝对主导，诗情又随之徐缓下来。

（2）贴切的措辞

将"寂寞"译为 loneliness，而未译为 solitude，前者打下了"寂寞"可能演变的伏笔，而后者则倾向于说独处带来的好处，定下了基调，少了些许读诗的感兴。英国诗人蒲柏（Alexander Pope）的诗作 "Ode on Solitude" 可以佐证。

将"千万啊"译为 Pray，语言简练生动，切合情景，给人语气柔和、态度诚恳的联想。

将"静静地""忠诚的""茂密的"分别译为 reticent、faithful、lush，简练妥帖之外，还分别构建着各自诗行的内在节奏。

但将"把……衔了来"译为 "takes ... away in the mouth"（带走）则与原诗句所表现的细节有出入，因之呈现的情感也有差别。

（3）辞格的传译

使用明喻与暗喻是原诗的显在特点，译诗均进行了如实传译。比如：

原　文	译　文	解　说
我的寂寞是一条长蛇，	My loneliness is a snake,	转存了原文直感的特色。
你头上的、浓郁的乌丝。	The black silk on your head。	直译隐喻，再现了"头发"的乌黑、秀美，意象新颖。
它月影一般轻轻地/从你那儿轻轻走过；	Like a moon shadow, it / Passes by you softly;	保存了原文中"月影一般"作为时间意象与空间意象的双重功能，诗意盎然。
它把你的梦境衔了来，/像一只绯红的花朵。	It takes your dream away in the mouth / Like a scarlet flower.	突显了本体"梦境"，也以"Like a scarlet flower"增加了"梦境"的维度。

（4）形象的构建

译文中通过选择 reticent、without a word、faithful、stricken with homesickness、misses、passes by you softly、takes your dream away in the mouth 等词句构建出一个少言寡语、忠诚无比、相思热烈、悄然往来的"蛇"的形象。但这些词句凸显出"蛇"的社会属性，而隐没了"蛇"的自然特征（可参见下面译文），从而少却了"蛇"与"寂寞"两者互相映照、和谐浸染、彼此生发的意趣。

（5）译文比读

Snake

Feng Zhi

My solitude is like a snake,

Still and mute.

Should you see him in a dream,

Be calm, be not afraid!

He is my loyal companion,

Stricken with a homesick fever,

Longing for that thick grassland,

The raven locks above your brow.

Softly, softly, like moonlight,

He steals by your side,

Carrying your dream in his fangs,

A red, red flower.

（选自庞秉钧等编译《中国现代诗一百首》）

第八节　诗歌翻译练习及提示

练习 1

My Heart's in the Highlands

Robert Burns

My heart's in the Highlands, my heart is not here;

My heart's in the Highlands, a-chasing the deer;

Chasing the wild deer, and following the roe —

My heart's in the Highlands wherever I go.

Farewell to the Highlands, farewell to the North!

The birthplace of Valour, the country of Worth;

Wherever I wander, wherever I rove,

The hills of the Highlands for ever I love.

Farewell to the mountains, high cover'd with snow;

Farewell to the straths and green valleys below;

Farewell to the forests and wild-hanging woods;

Farewell to the torrents and loud-pouring floods.

My heart's in the Highlands, my heart is not here;

My heart's in the Highlands, a-chasing the deer;

Chasing the wild deer, and following the roe —

My heart's in the Highlands wherever I go.

译前提示：

高原是"我"的出生地，也是"我"的成长地，高原哺育了"我"，也成就了"我"。年幼时在高原追赶动物的淘气，成年时沐浴高原人民与英雄质朴、刚强的光辉，[1] 流连高原名山大川，森林飞瀑的雄奇与壮美，这一切均化为血液流淌在"我"的骨子里。

诗文语言平易质朴，脉络清晰，诗节蕴义逐层推进，诗情在第三节达到最高峰。首节与末节重唱（refrain）呼应，又预示着新一轮的乡思之情再次酝酿后的迸发。翻译中把握情感流动轨迹特点，可以选用以顿代步、控制字数与兼顾韵式的方法来再现原诗的意象与诗情。

练习 2

Jenny Kiss'd Me

James Henry Hunt

Jenny kiss'd me when we met,

    Jumping from the chair she sat in;

Time, you thief, who loves to get

    Sweets into your list, put that in!

Say I'm weary, say I'm sad,

    Say that health and wealth have miss'd me,

Say I'm growing old, but add,

    Jenny kiss'd me.

译前提示：

"Jenny kiss'd me" 开启全篇，有感而发，引领诗情先波澜后洪涛，最后绾结全篇，卒章显志。前有低声吟咏，后有激情高唱，回环映照，意味深长。翻译中应从句式上构建出作者面对如今人生苦境，仍自信满满、乐观通达、豪情胜慨的言说方式。

---

1 彭斯在其《札记》最后部分曾写道："不论在古代或现代，我的故乡都以拥有英勇善战的人民著称；……；我的故乡是许多著名的哲学家、战士、政治家的诞生地；苏格兰历史上的许多重大事件在我故乡发生；……"袁可嘉.《现代派论·英美诗论》. 北京：中国社会科学出版社，1985：229.

Break, Break, Break

Alfred Tennyson

Break, Break, Break,

On thy cold gray stones, O Sea!

And I would that my tongue could utter

The thoughts that arise in me.

O, well for the fisherman's boy,

That he shouts with his sister at play!

O, well for the sailor lad,

That he sings in his boat on the bay!

And the stately ships go on

To their haven under the hill;

But O for the touch of a vanished hand,

And the sound of a voice that is still!

Break, Break, Break,

At the foot of thy crags, O Sea!

But the tender grace of a day that is dead

Will never come back to me.

🖋 **译前提示：**

　　这首诗是诗人 1851 年为悼念亡友阿瑟·海拉姆（Arthur Hallam）而作。失去友人的痛楚不断郁积心间，天长日久，终于火山般喷涌而出。"Break"一词，既可指波浪冲击岩石的哗啦声，也可指心痛迸裂的破碎声，一语双关，形象生动，暗中类比也妥帖自然。在这一"景/情"的导引之下，诗人内心汹涌着难以言表的悲情也就冲口而出了。悲情之至难以复加，诗笔遂一转，在第二、三节写起对方从前经历过的赏心乐事——海边嬉戏、海边荡舟、安然返回港湾，借此收到了"以乐景写哀情，倍增其哀"的诗意效果。然而，从前对方的音容笑貌而今已消逝、沉寂了，从前共有的美好岁月也随风而逝了。唯有抑郁的心海悲情逐浪高，汹涌澎湃，无尽无休。

On First Looking into Chapman's Homer

John Keats

Much have I travell'd in the realms of gold,
    And many goodly states and kingdoms seen；
    Round many western islands have I been
Which bards in fealty to Apollo hold.
Oft of one wide expanse had I been told
    That deep-brow'd Homer ruled as his demesne；
    Yet did I never breathe its pure serene
Till I heard Chapman speak out loud and bold：
Then felt I like some watcher of the skies
    When a new planet swims into his ken；
Or like stout Cortez when with eagle eyes
    He star'd at the Pacific — and all his men
Look'd at each other with a wild surmise —
    Silent, upon a peak in Darien.

译前提示：

    诗人济慈初读乔治·贾蒲曼（George Chapman）所译荷马史诗，便为之深深吸引，爱不释手，通宵研读之后，写下了这篇经典的"读后感"。该诗是意大利体十四行诗，前八行说阅读或旅行活动的过程及见闻，后六行说这一活动的感受与效果。前后两节彼此各有侧重，却又浑然一体。

据考证，发现太平洋的是西班牙探险家 Vaso Nunez de Balboa（巴尔博），而不是发现墨西哥的西班牙探险家 Hermando Cortez（柯尔泰），此乃诗人记忆之误，但并不影响原作诗意的传达。翻译中可考虑选用以顿代步、控制字数与兼顾韵式的方法来再现原诗的主题与意蕴。

练习 5

Hawk Roosting

Ted Hughes

I sit in the top of the wood, my eyes closed.

Inaction, no falsifying dream

Between my hooked head and hooked feet：

Or in sleep rehearse perfect kills and eat.

The convenience of the high trees!

The air's buoyancy and the sun's ray

Are of advantage to me；

And the earth's face upward for my inspection.

My feet are locked upon the rough bark.

It took the whole of Creation

To produce my foot, my each feather：

Now I hold Creation in my foot

Or fly up, and revolve it all slowly —

I kill where I please because it is all mine.

There is no sophistry in my body：

My manners are tearing off heads —

The allotment of death.

For the one path of my flight is direct

Through the bones of the living.

No arguments assert my right:

The sun is behind me.

Nothing has changed since I began.

My eye has permitted no change.

I am going to keep things like this.

✒ **译前提示：**

　　为勾画出这只残暴的老鹰，诗人从老鹰所处的外部环境、身体与行为特征以及心理运思三大方面进行了描绘。

　　从外部环境来看，老鹰一直身处高空，兼有天助的多种条件，从高空俯冲大地，占有绝对的制空权与生杀大权。

　　从其身体与行为特征来看，"hooked head" "hooked feet" "My feet are locked upon the rough bark" "My manners are tearing off heads" "Through the bones of the living" "My eye has permitted no change" 等语汇刻画出老鹰力量超群，极具进攻性与摧毁力的特点。

　　就其心理运思而言，"no falsifying dream" "Or in sleep rehearse perfect kills and eat" "And the earth's face upward for my inspection" "I kill where I please because it is all mine. / There is no sophistry in my body" "No arguments assert my right" 等语汇则刻画了老鹰老谋深算、傲慢专横、残暴无比的特点。

　　翻译中可选用自由诗体的形式来再现原作的情境与意蕴，选词造句上注意构建出老鹰傲慢专横、暴戾残忍的形象。

练习 6

London

William Blake

I wander through each chartered street,

Near where the chartered Thames does flow,

And mark in every face I meet,

Marks of weakness, marks of woe.

In every cry of every Man,

In every Infant's cry of fear,

In every voice, in every ban,

The mind-forged manacles I hear.

How the Chimney-sweeper's cry

Every blackening Church appalls,

And the hapless Soldier's sigh

Runs in blood down Palace walls.

But most through midnight streets I hear

How the youthful Harlot's curse

Blasts the new-born Infant's tear,

And blights with plagues the Marriage hearse.

译前提示：

　　该诗聚焦于伦敦社会中的底层人群——芸芸众生，愁苦困顿，饥寒交迫，有哀号的扫烟囱的孩子，有无助的伤残的士兵，有走投无路、沦落街头的年轻妓女，有疾病蛰伏嚎哭的婴儿——展现出一幅触目惊心的人间悲惨画卷，有力地控诉了其时社会的黑暗、罪恶与不平。

　　诗共四节，诗文首节节奏舒缓，第二节逐步过渡到激越昂扬，至该节末行达到最高点，随后两个诗节在波澜风起中呈流泄式铺排。把握原作音韵节奏、意象诗情的特点，可以考虑选用以顿代步、控制字数与兼顾韵式的方法进行翻译。

My Papa's Waltz

Theodore Roethke

The whiskey on your breath
Could make a small boy dizzy;
But I hung on like death：
Such waltzing was not easy.

We romped until the pans
Slid from the kitchen shelf;
My mother's countenance
Could not unfrown itself.

The hand that held my wrist
Was battered on one knuckle；
At every step you missed
My right ear scraped a buckle.

You beat time on my head
With a palm caked hard by dirt，
Then waltzed me off to bed
Still clinging to your shirt.

✒ **译前提示：**

　　身为花农的父亲，酒后满身泥土，衣衫不整，居然拉着年幼的我跳起了高雅华贵、飘逸洒脱的华尔兹舞，予人"野百合也有春天"的遐思。父亲与我同跳这一曲华尔兹，带给我太多的不适与难受，但这一切都在作者选用的过去时形式与节奏快捷的表达中涤荡殆尽，留下的只是对父母的深切的思念与对家庭美好的温馨回忆。

全诗四个诗节，主导步格为抑扬格三音步，韵式为交韵，诗情回环往复，推演流转，诵读起来颇有华尔兹舞步轻快的节奏。翻译中选词造句构建出这样的节奏特点是要关注的重点之一。

练习8

送 友 人

李 白

青山横北郭，白水绕东城。
此地一为别，孤蓬万里征。
浮云游子意，落日故人情。
挥手自兹去，萧萧班马鸣。

译前提示：

这是一首送别诗，诗人与友人策马辞行，情深意长。

首联点出青山绿水、寥廓秀丽的离别地点。中间两联写离别之际诗人对朋友漂泊生涯的深切关注之情。尾联写离别时刻，班马互相长鸣，诉说着诗人与友人间无限的深情厚谊。

离别之情虽贯穿诗文始终，但全诗写得清新明快，境界开阔，毫无缠绵悱恻的哀伤情调。

原诗具有齐言恒奏的特点，译诗可以采用以步代顿，兼顾韵式的方法进行翻译，也可采用自由诗体形式进行翻译。

乡 愁

余光中

小时候
乡愁是一枚小小的邮票
我在这头
母亲在那头

长大后
乡愁是一张窄窄的船票
我在这头
新娘在那头

后来啊
乡愁是一方矮矮的坟墓
我在外头
母亲在里头

而现在
乡愁是一湾浅浅的海峡
我在这头
大陆在那头

✐ **译前提示：**

　　"乡愁"以诗人与大陆之间历久的思念与牵挂为线索，写了年少时的一枚邮票，年青时的一张船票，后来的一方坟墓以及现在的一湾海峡，抒发了海外游子绵长的思乡之情。诗情的表达逐层推进，愈趋愈强，宛如百川归向东海，最后归结为诗人个人的悲欢与巨大的祖国之爱、民族之恋的有机交融。

　　全诗四个诗节，诗节与诗节之间体现出均衡与对称的形式美，诗节之中长句与短句彼此调配，体现出行文的参差美。整首诗作回旋往复，一唱三叹，体现出较强的音乐美。翻译中再现原文独特的意象、鲜明的形式、简明质朴的文风与渐进的诗情，尤显重要。

第四章
小说翻译

本章学习目标：

1. 阅读英汉小说经典作品，体会与理解小说的基本特征及语言特点。

2. 研读不同叙事方式的小说作品，分析其具体审美特征。

3. 进行小说翻译练习，写出译前理解鉴赏与译后审美表达的过程与特点。

4. 结合小说翻译的原则，对比研读同一作品不同译文的翻译艺术与技巧。

第一节 小说的基本特征

　　小说讲究相对完整的故事情节,注重刻画人物形象,常用背景交代和环境描写来反映社会现实,表达作者的思想感情。由此可见,小说的基本特征与人物刻画、情节叙述、环境描写紧密相连。

1. 细致的人物刻画

　　描写人物是小说的显著特点,也是小说的灵魂。诗歌、散文可以写人物也可以不写人物,但小说必须写人物。着重刻画人物形象是小说走向成熟的标志。小说的容量较大,描写人物不像剧本那样受舞台时空的限制,不像诗歌那样受篇幅的局限,也不像报告文学那样受真人真事的约束,它可以运用各种艺术手段,立体地、无限地、自由地对人物进行多角度、多侧面与多层次的刻画。小说可以具体地描写人物的音容笑貌,也可以展示人物的心理状态,还可以通过对话、行动以及环境气氛的烘托等多种手段来刻画人物。

2. 完整的情节叙述

　　情节"是一种把事件设计成一个真正的故事的方法"[1]情节是按照因果关系组织起来的一系列事件。情节是小说生动性的集中体现,与人物性格刻画密切相关,是人物性格发展的历史。与戏剧情节、叙事诗与叙事散文的情节相比,小说因其篇幅长、容量大,不受相对固定的时空限制,可以全方位地描绘社会人生、矛盾冲突、人物性格,其情节表现出连贯性、完整性、复杂性与丰富性的鲜明特点。

3. 充分的环境描写

　　小说中的环境是指人物活动的历史背景、社会背景、自然环境和具体生活场所。小说中的环境描写具有多方面的功能:它可以烘托人物性格,塑造人物形象,通过环境描写,可以交代人物身份,暗示人物性格,洞察人物心理;它有助于展示故事情节,通过环境描写,可以随时变换场景,为故事情节的展开提供自由灵活的时空范围;它可以奠定作品的情感基调,具有象征等功能,比如,灰暗或明亮的环境描写可营构出作品沉闷压抑或欢快舒畅的情感基调。小说享有的篇幅与时空自由,使其可以充分发挥环境描写的艺术功能。

---

1 乔纳森·卡勒.《当代学术入门·文学理论》. 李平译. 沈阳:辽宁教育出版社,1998:89.

第二节 小说语言的特点

小说语言最为接近大众语言，但又有区别于大众语言的方面，它是在大众语言基础上的审美艺术升华。其特点主要体现在以下几个方面：

1. 形象与象征

小说语言通常不是通过抽象议论或直述其事来表达内容，而是通过创用意象、象征等方法来形象地说明事理，表达思想观点和情感。小说语言利用形象的表达方式对关键场景、事件以及人物等进行具体、细致、深入的描绘，给读者以身临其境的感受，让读者从中去感知、体会与领悟。小说描绘具体的人物与有形的事物，在语言的运用上往往以具象表现抽象，以有形表现无形，使读者在潜移默化中受到感染。

小说经常使用象征这一文学手段。象征可以说是小说的灵魂所在，它并不明确或绝对地代表某一观念或思想，而是以启发、暗示的方式激发读者的想象来表情达意，其语言上的特点是以有限的语言表达丰富的言外之意与弦外之音。

运用形象和象征来启迪暗示，来表情达意，大大增强了小说语言的文学性与艺术感染力，这也因之成为小说语言的一大特点。

2. 讽刺与幽默

"形象和象征启发读者沿着字面意义所指的方向去寻找更丰富、更深入的涵义，讽刺则诱使读者从字面意义的反面去领会作者的意图。"[1] 讽刺是指字面意义与含蓄意义的对立，善意的讽刺，通常会产生幽默的效果。讽刺可以强化语篇的道德、伦理等教育意义，而幽默则有助于增强语篇的趣味性，两者在功能上虽有差异，但又可糅为一体，合二而一。讽刺与幽默可以通过语气、音调、语义、句法等各种手段加以实现，其产生的审美效应主要由作者所创造的情景语境来决定。小说语言中讽刺与幽默的表现形式多种多样，它们是表现作品思想内容的重要技巧，也是构成小说语言风格的重要因素。

3. 词汇与句式

小说语言中的词汇择用与句式安排是作家揭示主题和追求某种艺术效果的主要手段。小说语言中的词汇在叙述和引语中有不同的特点。叙述中所用的词汇通常趋于正

---

1 侯维瑞.《英语语体》. 上海：上海外语教育出版社，1996：197—198.

式、文雅，有着较强的书卷味。引语来自一般对话，但又有别于一般对话，它承载着一定的文学审美价值。小说中的引语"首先要剔除一般对话中开头错（false start）、说漏嘴（slip of tongue）、由思考和搜索要讲的话所引起的重复等所用词汇和语法特征。"[1]

小说语言中的句式一方面具有模式化的特点，如排比、对称、反衬等，另一方面有些句式与常用句式"失协"。不同的句式会产生不同的审美艺术效果，作家正是通过创造性地运用不同的句式，来实现其创作意图的。比如，运用圆周句（periodic sentence）可以创造出悬念的氛围；运用松散句（loose sentence）可以取得幽默、讽刺或戏剧性等各种效果；运用一连串并列的短句（short sentence）可以显示一个连续而急速的过程；运用长句（long sentence）可以表现一个徐缓而沉思的过程，等等。与其他文学样式相比，小说因受到的篇幅限制较小，因而享有更为充分的自由来选择与调配各种句式，为艺术地表情达意服务。

4. 叙述视角

小说，通俗地说就是讲故事。因而小说语言就是一种叙述故事的语言。传统的小说理论注重小说的内容，最关心"讲述的是什么故事"，主要研究小说中故事的构成要素，即情节、人物、环境。现代的小说理论则关心"怎样讲述故事"，研究的重心转向小说的叙事规则和方法及叙事话语的结构和特点。[2]一般说来，小说中的"叙述者"（the narrator）可以采用第一人称，也可以采用第三人称。十九世纪及十九世纪以前的传统小说基本上采取两种叙述视角：一种为作者无所不知式的叙述或全知叙述，另一种为自传体第一人称式的叙述，即用第一人称按"我"的观察进行叙述。现代小说创造了从作品中某一人物的视角叙述故事的技巧，即让作品的一切叙述描写都从这个角色的观察和认识出发。[3]不同的叙述视角会产生不同的审美艺术效果。

第三节　小说文体的分析

小说与散文、诗歌同属于文学体裁，一方面它与散文、诗歌一样，在语音层、语相层、句法层和语义层等方面共同具有失协与失衡的语言特征；另一方面它又与散

1 张德禄.《语言的功能与文体》. 北京：高等教育出版社，2006：282.
2 王汶成.《文学语言中介论》. 济南：山东大学出版社，2001：226.
3 侯维瑞.《英语语体》. 上海：上海外语教育出版社，1996：202.

文、诗歌颇不一样，具有自身语言的个性特征。小说语言主要由叙述者的语言和小说人物的语言组成，前者往往是规范语言，后者常常偏离语音、词汇、句法、语义等规范。因此，小说文体可供分析项与其他文学体裁相比，有相似性特征的一面，也有区别性特征的另一面。

1. 小说构成要素的分析

通常而言，分析小说文体可从以下诸方面着手：① 词汇模式（字词用法）；② 语法组织模式；③ 语篇组织模式（语篇组织的单位，从句子到段落以及段落以上的单位是如何安排的）；④ 前景化特征，包括修辞手法；⑤ 是否能辨别出风格变异的模式；⑥ 多种类型的话语模式，如话轮替换或推论模式；⑦ 叙述视角模式；⑧ 话语表达模式，如直接引语、间接引语、自由间接引语等；⑨ 思想表达模式，如叙述者表述思想、叙述者表述思想行为、自由间接思想等；⑩ 作家的风格；⑪ 作品的风格，等等。[1]

从上可知，最能突出体现小说文体特色的分析项是与话语表达模式相关的视角以及人物的思想与话语表达方式。因此，分析过程中基于某一小说文本自身的特色，抓住其重点分析项，兼顾其余分析项，对做好小说文体分析意义尤为重大。一般来说，以上所列举的这些分析项对人物形象的刻画、环境氛围的描绘、故事情节的呈现、叙事视角的把握、主题基调的揭示等具有直接的构建与表现作用。将这些不同的分析项有效地整合到文本结构"三分法"框架的相应层次中去，便可成就小说文体分析的系统特色，从而为小说翻译的成功实践创设物质前提。

2. 小说文体分析法

对小说文体进行具体分析，有这样四种方法可供参考。① 逐句推进法。可选择作品中较为经典的或有代表性的语段，逐句对其进行分析。分析过程中，可在语义内容基本不变的情况对原文的选词造句进行改写，然后对两者进行比较分析，探讨作者所选择的特定表达法的独特审美意义。② 段落比较法。选择作品中不同的段落从多角度、多侧面、多层次进行对比分析，探讨不同文体特征在不同段落中的特定主题意义及其相互关系。③ 逐层推进法。选择作品中的颇为经典的段落，从语音层、词汇层、语法层、修辞层、句间照应和语境等不同层次进行分析。④ 全文追踪法。在整篇小说范围内集中研究某一或某些反复出现的文体模式或文体特征，探讨其与作品主题和整体审美效果的关系。[2]

---

1 刘世生、朱瑞青.《文体学概论》. 北京：北京大学出版社，2006：274—275.
2 申丹.《叙述学与小说文体学研究》. 北京：北京大学出版社，1998：88—90.

第四节 小说翻译的原则

小说长于叙事，注重人物形象的塑造与环境描写，小说的这些区别性特征要求翻译实践中遵循如下原则。

1. 再现人物语言个性

小说中的人物语言是塑造人物个性化性格的主要手段，也是参与展开故事情节、塑造人物形象和表现艺术主题的重要因素。作家笔下的人物语言往往具有"神肖之美"的特点，通俗地说，就是不同的人物以各自不同的方式说着各自的话，而且还"能使读者由说话看出人来。"[1]翻译实践中，再现人物语言的"神肖之美"，需考虑到以下几个方面的因素：一是人物语言要切合人物自己的社会地位、职业、修养、性别、年龄等身份特征，符合其性格特点与思想观点。二是在特定环境下人物语言要表现人物特定的心理状态与个性特点。也就是说，既要关注人物语言个性的"常态"，也要注意到不同于"常态"的"变异"表现。三是人物对话要彰显人物各自独特的表达方式和语气、语调，避免"千人一腔"。翻译实践中人物说话简洁的，译文需还以简洁，啰嗦的还以啰嗦，语无伦次的需译出语无伦次，井井有条的要译得井井有条，真正做到"一样人，便还他一样说话"（金圣叹语）。

2. 再现人物形象

人物形象塑造是小说创作的主要任务，其塑造过程往往呈现出多角度同向审美感受的特点。具体来说，人物形象塑造不仅体现在人物语言的言说个性中，也体现在叙述者对人物肖像、行动、心理等的多维描写中，还体现在叙述者的讲述中，不同角度的不同表现方式共同塑造出一个个形貌各异、多姿多彩、生动鲜活的人物形象。翻译实践中，再现人物形象主要表现在两大方面：一是再现人物描写中生动逼真的细节，使"译文中的生活映像的细节和原作中的生活映像的细节，是同一的东西"。[2]二是再现不同社会文化语境下人物不同的时代烙印，使译文保持着原文所具有的历史性。前者是从微观着眼，后者则从宏观审视，两者相互作用、相互影响，共同构建着译文中人物形象的艺术再现。

---

1 鲁迅. 看书琐记. 载瞿秋白《论文学》. 北京：人民文学出版社，1959：172.
2 张今等.《文学翻译原理》. 北京：清华大学出版社，2005：55.

3. 转存叙事策略

叙事是叙述者讲述事件或故事，进一步说，是叙述者艺术地讲述事件或故事。不同的叙述者站在不同的视角讲述故事，最终产生的审美艺术效果会大不一样。选用第一人称叙述故事，往往会给读者感同身受的亲切感并激发其情感上的共鸣；选用第二人称叙述故事，常常会给读者邀请对话、进行规劝、提出建议的印象；选用第三人称，就会给人客观纪实、拉开心理距离之感；而选用这三种人称交错叙述故事，则会使表现的生活显得富有立体感、真实感，同时还具有变化之美、多样之美。

除开叙述视角，叙事策略还包括叙述时间（与故事发生的物理时间可以相同，也可以不同）、叙述节奏（调控故事发展节奏，使故事情节灵活多变）、叙述速度（依据故事叙述的要求，采取快叙、慢叙、平叙等不同方式）等方面的内容。叙述策略与小说的诗意美学表现紧密相连。因此，进行小说翻译，在注重小说叙述内容的翻译之时，更需注重小说叙述视角、节奏、速度等及其变化的翻译。

第五节　小说翻译的评论

小说的语言来自日常语言，又不同于日常语言。它一方面承担着传递小说基本语义信息的功能，另一方面发挥着表现小说主题思想、人物形象、叙述视角以及情节设置等的审美作用。因此，小说翻译评论的书写可围绕其语言特征及功用的传译来进行。

1. 语言双重特性的传译

文学语言具有指义性与审美性双重特性，两者是相互依存的统一体。没有指义性，审美性无可依附；缺乏审美性，指义性便流于事实信息陈述，难以蕴藉生动变化、多姿多彩、意在言外的特质与韵味。指义性可通过作品的语法、语义等运算获得，而审美性则需通过读者的联想与想象建构来实现。

与散文、诗歌的翻译一样，小说翻译既需忠实传达其语言的指义性，又需结合具体语境充分考虑再现其语言的审美性，这是进行小说翻译评论时所需关注的最为基本的内容，也是讨论各类文学作品翻译过程中需要处理的共性问题。在这一意义上，探讨其他文学作品的语言翻译时所使用的方法，也适用于小说语言的翻译。比如，直译、意译、转换、省译等方法可根据语境情况有选择性地应用于小说中隐喻、象征、典故等各类修辞的翻译。

2. 小说个性特色的再现

小说之所以是小说，是因其区别于散文、诗歌等文学体裁的个性特色使然。因此，小说翻译评论的书写需紧密联系小说的语言特点和翻译原则来进行，突出小说翻译重视人物语言个性再现、人物形象构建与叙事策略转存等方面的特点，以便更好地彰显小说翻译评论的针对性或个性特色。

以人物形象的再现为例，一般来说，小说人物形象的塑造既可由作者或叙述者（narrator）来完成，也可由人物自身的言行来展示，还可由两者共同合作来演绎。因此，作者或叙述者的态度、口吻或语调，人物言说的话语语体特色以及人物形象的构建方式等，均可成为翻译评论研究的对象。

3. 作者风格的再现

通常而言，小说作者有作者自己的风格，译者有译者的风格。两种风格相遇，可以从词汇、语法、修辞、语境等方面分析译者如何再现作者的风格，也可从作者的世界观、社会观和审美观等方面来审视译者再现作者风格的深层契合度，还可基于这两大方面综合考量译者表现自我的风格。译者风格与作者风格合二而一，自然是最为理想的结合；两者风格和而不同，和谐统一，也难能可贵。因此，从原文/译文文本内部构成要素与外部影响因素两大方面来分析作者/译者的风格构成特色，也是书写小说翻译评论所需重点关注的方面。

第六节　小说翻译实践及讲评

例文一

Tourists

（Excerpt）

Nancy Mitford

Torcello, which used to be lonely as a cloud, has recently become an outing from Venice. Many more visitors than it can comfortably hold pour into it off the regular steamers, off chartered motor-boats, and off yachts; all day they amble up the tow-path, looking for what? The cathedral is decorated with early mosaics — scenes from hell, much restored, and a great sad, austere Madonna; Byzantine art is an acquired taste and probably not one in ten of the visitors has acquired it. They wander into the church and look round aimlessly. They come out on to the village green and photograph each other in a stone armchair, said to be the throne of Attila. They relentlessly tear at the wild roses which one has seen in bud and longed to see in bloom and which, for a day have scented the whole island. As soon as they are picked the roses fade and are thrown into the canal. The Americans visit the inn to eat or drink something. The English declare that they can't afford to do this. They take food which they have brought with them into the vineyard and I am sorry to say leave the devil of a mess behind them. Every Thursday Germans come up the tow-path, marching as to war, with a Leader. There is a standing order for fifty luncheons at the inn; while they eat the Leader lectures them through a megaphone. After luncheon they march into the cathedral and undergo another lecture. They, at least, know what they are seeing. Then they march back to their boat. They are tidy; they leave no litter.

1. 作品概述

　　意大利水城威尼斯潟湖中的小岛托车罗（Torcello），历史悠久，风景如画，远离尘嚣，犹如世外桃源。然而，近来却成为人们争相前来观光的旅游景点。原文作者也在一年的夏天来到这个小岛，一边写书，一边观察并记录下了西方游客与岛上居民的举止意态。全文讽刺了西方一般游客缺乏修养，不懂得欣赏自然美和艺术美，在游览地只知破坏，不知爱护的低下素质，也讽刺了岛上居民接待游客唯利是图的市侩习气。自然是美的，但在美景之中却演绎着游客与岛上居民种种不光彩的行径，其情其景发人深省。以上描写西方游客的段落选自作者南希·密特福德（Nancy Mitford，1904—1973）所著的《水龟虫》（*The Water Beetle*）。

2. 审美鉴赏

　　结合"Tourists"一文选段的主要审美特征，拟从以下五个方面对其进行审美鉴赏分析：节奏美、语义美、修辞美、感知美、形象美。下面进行逐一分析。

(1) 节奏美

　　从句子的长短与结构来看，以上所选段落中各句长短适中，相互间也较均衡，形成自然流走的节奏；结构上以简单句与复合句为绝对主导，从而形成简洁、明快的语言节奏特征。句子的长短与结构特征还与日常语义思维结构相对应，这则使简洁、明快的节奏中映现出几分轻松与闲适，这是符合原作题旨情境与作者的表现意图的。

（2）语义美

作者在描写游客时多选用偏于贬义的词语或表达法。例如：

原　　文	解　说
looking for what?	含讽刺意味
probably not one in ten of the visitors has acquired it.	文化素质差
They wander into the church and look round aimlessly.	无所事事，漫无目的
They relentlessly tear at the wild roses	心狠手辣
The Americans visit the inn to eat or drink something.	就知道吃吃喝喝
I am sorry to say leave the devil of a mess behind them.	素质极差
Germans come up the tow-path, marching as to war, with a Leader.	有刻板、好战意味
while they eat the Leader lectures them through a megaphone.	训导
undergo another lecture	忍受

以上划线词语或表达法彼此映照共同形成的语义场，大大拓展与强化了作者讽刺游客的维度与力量。在这一语境的"同化"影响下，选段中其他偏于褒义的词语或表达法（如 amble up the tow-path；declare that they can't afford to do this；They are tidy；they leave no litter，等等）也就表现出做作或装腔作势的意味。

（3）修辞美

生动形象的选词用字是原文表情达意的一大修辞特色。例如：

原　　文	解　说
pour into it off the regular steamers, off chartered motor-boats, and off yachts;	pour 生动描绘出游客如潮水般涌来的情景。
As soon as they are picked the roses fade and are thrown into the canal.	picked 给人游客存心有意破坏之感。
The Americans visit the inn to eat or drink something. The English declare that they can't afford to do this.	visit、declare 传递出游客行为做作、虚张声势的意味。

（续表）

原　　文	解　　说
Every Thursday Germans come up the tow-path, marching as to war, with a Leader.	march 在以上段落中多次使用，暗示出德国人受昔日军事化影响之深重。结合语境来看，可谓好战与做作意味兼而有之。
There is a standing order for fifty luncheons at the inn;	standing 与前文 march 的使用暗示出德国游客性格刻板、机械的一面。

（4）感知美

语言是经验的现实。经验世界中所发生的事可在语言中一如原状地复现出来，给读者以经验印认与体味的美感。例如：

原　　文	解　　说
pour into it off the regular steamers, off chartered motor-boats, and off yachts;	该句中连用 3 个 off，既使句子节奏鲜明，更为重要的是又复现了当时车水马龙的繁忙景象。3 个 off 连用暗示出各类船只纷至沓来，没有逻辑上的时间先后差别。
As soon as they are picked the roses fade and are thrown into the canal.	该句若改写为 "As soon as they are picked, the roses fade, and are thrown into the canal." 则会失去原句中花儿鲜嫩，惨遭故意采摘，随即枯萎并被很快丢弃的情景暗示，进一步说，就难以衬托出游客粗俗的举止。
They take food which they have brought with them into the vineyard	划线的定语从句将英国游客走到哪儿，食品就随身带到哪儿的情景表现得尤为充分，进一步说，将英国人的那种吝啬劲儿暗示出来了。

（5）形象美

从前文的逐层分析中可以看到作者笔下的游客形象：无所事事、漫无目的、素质较低、举止粗俗。具体来说，美国游客只知道吃吃喝喝，英国游客吝啬、举止粗俗，德国游客机械、刻板。

3. 翻译与讲评

鉴于以上审美解析，以此为参照，试引一例译文分析说明之。

游　客

（选段）

南希·密特福德

托车罗往日寂寞如孤云，近来却成了威尼斯外围的游览区。来客多了，这个小地

第四章　小说翻译 *173*

方就拥挤不堪。搭班船的，坐包船的，驾游艇的，一批批涌到，从早到晚，通过那条纤路，前来观光。想看什么呢？大教堂内装饰有早期镶嵌画；表现地狱诸景的大致已经修复，此外还有容色黯然凛然的圣母巨像。拜占庭艺术是要有特殊修养才能欣赏的，而有特殊修养的游客恐怕十中无一。这些人逛到教堂，东张西望，茫茫然不知看什么好。走到村中草地，看到一张石椅，听说是匈奴王阿提拉的宝座，就要照相：一个个登上大位，你给我照，我给你照。这些人惯于辣手摧花，见了野玫瑰绝不放过。可怜含苞未放的野玫瑰，在岛上才飘香一天，爱花者正盼其盛开，就任这些人摘下来，转瞬凋萎，被扔进运河。美国人走进小酒店，吃吃喝喝。英国人自称花不起钱，自带食物进葡萄园野餐；真对不起，我不能不说他们把人家的地方搞得乱七八糟。德国人呢，每逢星期四，就像出征一样，由队长率领，循纤路而来，到小酒店吃其照例预订的五十份午餐，边吃边听队长用喇叭筒给他们上大课。午餐后列队到大教堂，在里头还是恭听一课。他们至少知道看的是什么。完了，列队回船。他们倒是整洁得很，从来不留半点垃圾。

（翁显良译文，略有改动。引自张今、张宁著《文学翻译原理》）

译文忠实于原文的内容，表达通顺流畅，基本再现了原作的审美艺术特色，下面对其翻译特色进行总结与研讨。

（1）节奏的再现

原文句子长短适中，句子之间的长短也较为均衡，句子结构简单，语义明晰，形成简洁、明快、轻松、闲适的节奏特点。译文悉依原文之形对应译出，译文各句、句与句之间亦长短适中，语言简洁凝练，表达形式生动灵活，节奏感强，成功地再现了原文的节奏特点。且看下例：

① 搭班船的，坐包船的，驾游艇的，一批批涌到，从早到晚，通过那条纤路，前来观光。想看什么呢？

② 走到村中草地，看到一张石椅，听说是匈奴王阿提拉的宝座，就要照相：一个个登上大位，你给我照，我给你照。

以上译句节奏轻快，自然流走，语言活泼简练，形象生动。

（2）口吻的传译

译文再现原作讽刺的口吻，一是体现在字句语义信息的传达上，二是表现在语气的巧妙暗示上。对于前者，译句的讽刺意味显而易见。例如：

① 拜占庭艺术是要有特殊修养才能欣赏的，而有特殊修养的游客恐怕十中无一。这些人逛到教堂，东张西望，茫茫然不知看什么好。

② 这些人惯于辣手摧花，见了野玫瑰绝不放过。

③ 真对不起，我不能不说他们把人家的地方搞得<u>乱七八糟</u>。

显而易见，以上划线词语昭示着作者鲜明的讥讽之意与指责之情。

对于后者，且看下列译句：

④ 走到村中草地，<u>看到</u>一张石椅，听说是匈奴王阿提拉的宝座，<u>就要照相</u>：……

⑤ 美国人走进小酒店，<u>吃吃喝喝</u>。英国人<u>自称花不起钱</u>，自带食物进葡萄园野餐；

⑥ 德国人呢，每逢星期四，就<u>像出征</u>一样，<u>由队长率领</u>，<u>循纤路而来</u>，到小酒店<u>吃其照例预订的五十份午餐</u>，

⑦ 他们<u>倒</u>是整洁得很，<u>从来不留半点垃圾</u>。

以上划线词语虽未明示作者的讽刺口吻，但其字里行间却将作者对游客言行举止的讽刺巧妙地暗示出来了。

(3) 炼字炼意

译文用字灵活，译笔下的人情物事切情切景，栩栩如生。例如：

原　　文	译　　文	解　　说
<u>pour</u> into it <u>off</u> the regular steamers, <u>off</u> chartered motor-boats, and <u>off</u> yachts;	<u>搭班船的</u>，<u>坐包船的</u>，<u>驾游艇的</u>，<u>一批批涌到</u>……	描绘出车水马龙，人潮如涌的生动场景。
They relentlessly <u>tear at</u> the wild roses …	这些人惯于<u>辣手摧花</u>，……	语义简练，形象鲜明，人物性格、品行跃然纸上。
<u>undergo</u> another lecture	<u>恭听</u>一课	语义简练，人物敢怒不敢言的心态昭然可见。

(4) 化隐为显

译者将原文形式所无，内容可有的信息，化隐为显，提升至译语表层，从而使译文生动形象，更富戏剧色彩。例如：

若将 photograph each other in a stone armchair 译为"坐到石椅上互相拍照"则只是陈述了事实信息而已，显得平淡。而译者将潜在的蕴涵显化为："看到一张石椅，听说是匈奴王阿提拉的宝座，就要照相：一个个登上大位，你给我照，我给你照。"可谓切情切景，生动形象，大大彰显人物的性格之时，也将作者讥讽的口吻表现得尤为充分。又如：

译者将 the wild roses which one has seen in bud 译为"可怜含苞未放的野玫瑰"，译文化隐为显增加了"可怜的"，显化了矛盾冲突，强化了戏剧色彩，也突显了随之

出现的人物之性格。

(5) 形象的构建

结合前文审美鉴赏中对西方游客，尤其是对美国、英国与德国游客的描绘来看，译文较好地传译了作者笔下既有共性又各有特性的游客形象。但从上文编者所引译文来看，引者的几处改动却减损了人物形象的饱满呈现。例如：

原 译 文	改 译 文	解 说
① 漫步进村观光 ② 踏上村中草地 ③ 美国人光顾小酒店，吃吃喝喝。英国人声称花不起，……	① 前来观光 ② 走到村中草地 ③ 美国人走进小酒店，吃吃喝喝。英国人自称花不起钱，……	原译表现出游客看似有素质、有修养，也有派头，但在其不良品行的衬托下，就显得有些做作或装腔作势，艺术讽刺效果鲜明而强烈。相比之下，引者的改译抹掉了游客貌似文雅的一面，也因之削弱了反讽的意味与力量。
可怜含苞未放的野玫瑰，岛上飘香才一昼，爱花者正盼其盛开，却给这些人摘下来，……	可怜含苞未放的野玫瑰，在岛上才飘香一天，爱花者正盼其盛开，就任这些人摘下来，……	原译表现出鲜明的惋惜之情，游客的行为令人诧异，戏剧性冲突较强。引者的改译表现的似乎是"小岛上无人管理的状态"。
德国人呢，每逢星期四就像出征一样，由队长率领，列队循纤路走来，……午餐后列队到大教堂，在里头还得恭听一课。	德国人呢，每逢星期四，就像出征一样，由队长率领，循纤路而来，……午餐后列队到大教堂，在里头还是恭听一课。	原译再现了德国游客无时不在的机械、刻板，但他们有时又实出于无奈。引者的改译弱化了游客刻板的形象，而且只是暗示了听课枯燥的一面。

综而观之，引者的改译改掉了人物形象的部分蕴涵，也从整体上减却了原文盎然的意趣。

(6) 译文比读

游　客
（选段）
南希·密特福德

托车罗往日寂寞如孤云，近来却成了威尼斯外围的游览点。来客多了，这个小地方就拥挤不堪。搭班船的，坐包船的，驾游艇的，一批批涌到，从早到晚，通过那条纤路，漫步进村观光。想看什么呢？大教堂内装饰有早期镶嵌画；表现地狱诸景的多经修复，此外还有容色黯然凛然的圣母巨像。拜占庭艺术是要有特殊修养才能欣赏的，而有特殊修养的游客恐怕十中无一。这些人逛到教堂，东张西望，茫茫然不知看什么好。踏上村中草地，看到一张石椅，听说是匈奴王阿提拉的宝座，就要照相：一个个登上大位，你给我照，我给你照。这些人惯于辣手摧花，见了野玫瑰绝不放过。可怜含苞未放的野玫瑰，岛上飘香才一昼，爱花者正盼其盛开，却给这些人摘下来，转瞬凋萎，给扔进运河。美国人光顾小酒店，吃吃喝喝。英国人声称花不起，自带食物进葡萄园野餐；真对不起，我不能不说他们把人家的地方搞得乱七八糟。德国人呢，每逢星期四就像出征一样，由队长率领，列队循纤路走来，到小酒店吃其照例预订的五十份午餐，边吃边听队长用喇叭筒给他们上大课。午餐后列队到大教堂，在里头还得恭听一课。他们至少知道看的是什么。完了列队回船。他们倒是整洁得很，从来不留半点垃圾。

（翁显良译. 选自翁显良著《意态由来画不成？——文学翻译丛谈》）

例文二

Pride and Prejudice

（Chapter I）

Jane Austen

It is a truth universally acknowledged, that a single man in possession of a good fortune, must be in want of a wife.

However little known the feelings or views of such a man may be on his first entering a neighbourhood, this truth is so well fixed in the minds of the surrounding families, that he is considered as the rightful property of some one or other of their daughters.

"My dear Mr. Bennet," said his lady to him one day, "have you heard that Netherfield Park is let at last?"

Mr. Bennet replied that he had not.

"But it is," returned she, "for Mrs. Long has just been here, and she told me all about it."

Mr. Bennet made no answer.

"Do not you want to know who has taken it?" cried his wife impatiently.

"*You* want to tell me, and I have no objection to hearing it."

This was invitation enough.

"Why, my dear, you must know, Mrs. Long says that Netherfield is taken by a young man of large fortune from the north of England; that he came down on Monday in a chaise and four to see the place, and was so much delighted with it, that he agreed with Mr. Morris immediately; that he is to take possession before Michaelmas, and some of his servants are to be in the house by the end of next week."

"What is his name?"

"Bingley."

"Is he married or single?"

"Oh! single, my dear, to be sure! A single man of large fortune; four or five thousand a year. What a fine thing for our girls!"

"How so? How can it affect them?"

"My dear Mr. Bennet," replied his wife, "how can you be so tiresome! You must know that I am thinking of his marrying one of them."

"Is that his design in settling here?"

"Design! nonsense, how can you talk so! But it is very likely that he *may* fall in love with one of them, and therefore you must visit him as soon as he comes."

"I see no occasion for that. You and the girls may go, or you may send them by themselves, which perhaps will be still better; for, as you are as handsome as any of them, Mr. Bingley might like you the best of the party."

"My dear, you flatter me. I certainly *have* had my share of beauty, but I do not pretend to be anything extraordinary now. When a woman has five grown-up daughters, she ought to give over thinking of her own beauty."

"In such cases, a woman has not often much beauty to think of."

"But, my dear, you must indeed go and see Mr. Bingley when he comes into the neighbourhood."

"It is more than I engage for, I assure you."

"But consider your daughters. Only think what an establishment it would be for one of them. Sir William and Lady Lucas are determined to go, merely on that account, for in general, you know they visit no new comers. Indeed you must go, for it will be impossible for *us* to visit him, if you do not."

"You are over-scrupulous, surely. I dare say Mr. Bingley will be very glad to see you; and I will send a few lines by you to assure him of my hearty consent to his marrying whichever he chooses of the girls; though I must throw in a good word for my little Lizzy."

"I desire you will do no such thing. Lizzy is not a bit better than the others; and I am sure she is not half so handsome as Jane, nor half so good-humoured as Lydia. But you are always giving *her* the preference."

"They have none of them much to recommend them," replied he, "they are all silly and ignorant like other girls; but Lizzy has something more of quickness than her sisters."

"Mr. Bennet, how can you abuse your own children in such a way? You take delight in vexing me. You have no compassion on my poor nerves."

"You mistake me, my dear. I have a high respect for your nerves. They are my old friends. I have heard you mention them with consideration these twenty years at least."

"Ah! You do not know what I suffer."

"But I hope you will get over it, and live to see many young men of four thousand a year come into the neighbourhood."

"It will be no use to us if twenty such should come, since you will not visit them."

"Depend upon it, my dear, that when there are twenty I will visit them all."

Mr. Bennet was so odd a mixture of quick parts, sarcastic humour, reserve, and caprice, that the experience of three and twenty years had been insufficient to make his wife understand his character. *Her* mind was less difficult to develop. She was a woman of mean understanding, little information, and uncertain temper. When she was discontented, she fancied herself nervous. The business of her life was to get her daughters married; its solace was visiting and news.

1. 作品概述

《傲慢与偏见》(*Pride and Prejudice*)并不是简·奥斯汀(Jane Austen, 1775—1817)最成熟的作品,但却是她的著作中拥有最多中国读者的作品。小说的故事情节并不复杂,主要围绕着班纳特(Bennet)一家五个女儿的婚嫁展开叙述。班纳特夫人一心想将自己的女儿嫁给有钱人,这成为她终日操心的大事。班纳特一家住在浪波恩村(Longbourn),村里来了两个年轻阔绰的未婚男子租住与其家相邻的大户宅第,这可让终日为女儿婚嫁操心的班纳特夫妇忙得不可开交。以上所选小说第一章即是围绕这一点展开的。

2. 审美鉴赏

结合《傲慢与偏见》第一章的主要审美特征,拟从以下五个方面对其进行审美鉴赏分析:节奏美、语义美、修辞美、感知美、形象美。

（1）节奏美

节奏美，除了表现在声调的轻重缓急，句子的长短整散等语言构成的外在形式节奏上，还表现在情绪自然消涨的内在节奏上。在这段文字中，班纳特夫妇的情绪变化节奏鲜明。班纳特先生的情绪开始是平静的，他要么少说话，要么仅说一句话，甚至不说话，渐渐地他的情绪被激发起来，话也变得越来越多，还带着冷嘲热讽，但话锋一直不温不火。相比之下，班纳特太太的情绪则由开始的故作平静，而很快变得急切，甚至风风火火，直至最后无可奈何。其情绪变化的整个过程既体现在词语、句子的语义表达上，也体现在她说话的话语数量较多与语气词的频繁使用上。

作者的叙事节奏也与人物的情绪消涨节奏暗合。这主要表现在起初作者在对话中使用了 said his lady to him one day 等等引导修饰语，后来随着人物情绪的快速变化则干脆去掉了引导修饰语。如此一来，既使行文简洁凝练，又生动地表现了"唇枪舌剑"的热烈场面。

（2）语义美

词句的语义美主要体现在两个方面：

1）词语所表现出的社会意义

文章一开场用了可表示从属关系的短语 said his lady to him one day，暗示出班纳特夫妇在家庭中的尊卑地位，也折射出其时社会中男女的尊卑状况。此外，文中每次提到丈夫时均为 Mr. Bennet，而提到太太时均未使用 Mrs. Bennet，要么以 his lady 或 his wife 或 she 来指代，要么根本就不提及，进一步深化了男女地位不平等的社会语境。再者，太太对丈夫讲话时，一再使用 My dear Mr. Bennet 或 my dear，显得颇为正式、郑重，而丈夫对太太讲话时很少使用类似称呼。合而观之，夫尊妻卑的家庭或社会关系跃然纸上。

2）词语所表现出的情感意义

在围绕女儿婚嫁问题的谈话中，班纳特先生的言辞表现出情感内敛，不动声色的一面。相比之下，班纳特太太则表现出情感急切，咋咋呼呼的一面。具体来说，班纳特太太的话语中不断使用表达较强情感的语气词（如 Why、Oh、Ah 等），选段中多达 6 次，而班纳特先生 一个也没有用。班纳特太太的话语中还使用了大量的形容词、副词和其他修饰成分（如 a young man of large fortune; so much delighted; agreed … immediately; very likely; certainly *have*; extraordinary; merely on that account 等；情态助动词 must 用了 5 次），而班纳特先生很少使用这类夸张性的修饰成分。

（3）修辞美

原文开篇之句 "It is a truth universally acknowledged, that a single man in possession of a good fortune, must be in want of a wife." 前半部分无论是选词用字，还是表达形式

均显得正式庄重，然而后半部分（that 从句）表达的却是日常生活中茶余饭后的说辞。这种先扬后抑的突降修辞（anticlimax）定下了全文反讽的基调。承续这一反讽意味的词句在小说随后的行文中颇多，又如 "This was invitation enough" 这句中 enough 的位置暗示着对话中的一方实乃不情不愿的态度。

再如 "Why, my dear, you must know, Mrs. Long says <u>that</u> Netherfield is taken by a young man of large fortune from the north of England; <u>that</u> he came down on Monday in a chaise and four to see the place, and was so much delighted with it, that he agreed with Mr. Morris immediately; <u>that</u> he is to take possession before Michaelmas, and some of his servants are to be in the house by the end of next week." 行文中 that 从句或平行结构（parallelism）的一再使用，将班纳特夫人爱打听、爱传话、咋咋呼呼的特点彰显无遗。除此之外，该小说中斜体字的使用也是一大修辞特色。例如：

原　　　文	解　　　说
You want to tell me, and I have no objection to hearing it.	*you* 暗示出班纳特先生无可奈何的态度。
But it is very likely that he *may* fall in love with one of them, and therefore you must visit him as soon as he comes.	*may* 意思是说可能性大着呢。
My dear, you flatter me. I certainly *have* had my share of beauty, but I do not pretend to be anything extraordinary now.	*have* 暗示出 "我" 洋洋自得的心态。
Indeed you must go, for it will be impossible for *us* to visit him, if you do not.	*us* 暗示出 "我们" 不去的坚决态度。

（4）感知美

① It is a truth universally acknowledged, that a single man in possession of a good fortune, must be in want of a wife.

② However little known the feelings or views of such a man may be on his first entering a neighbourhood, this truth is so well fixed in the minds of the surrounding families, that he is considered as the rightful property of some one or other of their daughters.

③ Mr. Bennet was so odd a mixture of quick parts, sarcastic humour, reserve, and caprice, that the experience of three and twenty years had been insufficient to make his wife understand his character.

以上三句的共同之处是：在 that 从句之前均使用了逗号。①中的逗号一方面表明前半部分是郑重其事、引人悬想的，另一方面表明后半部分是深思熟虑的结果，再现了当下现实世界的经验，大大强化了行文的戏剧效果。②③中 that 从句之前的逗号一来可以使句子结构显得前后均衡，二来也可起到强调句子后半部分的作用，而且揭示出作者当下表情达意的细腻感受，从而深化戏剧效果。

(5) 形象美

从上可见，作者笔下的班纳特夫妇形象饱满，个性鲜明。班纳特先生不苟言笑，性情不温不火，好冷嘲热讽，古里怪气而又变幻莫测；班纳特太太性子急，脾气大，好打听，爱唠叨，见识浅薄又咋咋呼呼。

3. 翻译与讲评

鉴于以上审美解析，以此为参照，试引一例译文分析说明之。

傲 慢 与 偏 见
（第一章）
简·奥斯汀

凡有产业的单身汉，总要娶位太太，这已经成了一条举世公认的真理。

这样的单身汉，每逢新搬到一个地方，四邻八舍虽然完全不了解他的性情如何，见解如何，可是，既然这样的一条真理早已在人们心目中根深蒂固，因此人们总是把他看作自己某一个女儿理所应得的一笔财产。

有一天，班纳特太太对她的丈夫说："我的好老爷，尼日斐花园终于租出去了，你听说过没有？"

班纳特先生回答道，他没有听说过。

"的确租出去了，"她说，"郎格太太刚刚上这儿来过，她把这件事的底细，一五一十地都告诉了我。"

班纳特先生没有理睬她。

"你难道不想知道是谁租去的吗？"太太不耐烦地嚷起来了。

"既是你要说给我听，我听听也无妨。"

这句话足够鼓励她讲下去了。

"哦，亲爱的，你得知道，郎格太太说，租尼日斐花园的是个阔少爷，他是英格兰北部的人；听说他星期一那天，乘着一辆驷马大轿车来看房子，看得非常中意，当场就和莫理斯先生谈妥了；他要在'米迦勒节'①以前搬进来，打算下个周末先叫几个佣人来住。"

"这人叫什么名字？"

"彬格莱。"

"有太太的呢，还是个单身汉？"

"噢！是个单身汉，亲爱的，确确实实是个单身汉！一个有钱的单身汉；每年有四五千镑的收入。真是女儿们的福气！"

"这怎么说？关女儿们什么事？"

"我的好老爷，"太太回答道，"你怎么这样叫人讨厌！告诉你吧，我正在盘算，他要是挑中我们的一个女儿做老婆，可多好！"

"他住到这儿来，就是为了这个打算吗？"

"打算！胡扯，这是哪儿的话！不过，他倒兴许看中我们的某一个女儿呢。他一搬来，你就得去拜访拜访他。"

"我不用去。你带着女儿们去就得啦，要不你干脆打发她们自己去，那或许倒更好些，因为你跟女儿们比起来，她们哪一个都不能胜过你的美貌，你去了，彬格莱先生倒可能挑中你呢。"

"我的好老爷，你太捧我啦。从前也的确有人赞赏过我的美貌，现在我可不敢说有什么出众的地方了。一个女人家有了五个成年的女儿，就不该想到自己的美貌啦。"

"这样看来，一个女人家并没有多少时候好想到自己的美貌喽。"

"不过，我的好老爷，彬格莱一搬到我们的邻近来，你的确应该去看看他。"

"老实跟你说吧，这不是我份内的事。"

"看女儿们份上吧。只请你想一想，她们不论哪一个，要是攀上了这样一个人家，够多么好。威廉爵士夫妇已经决定去拜望他，他们也无非是这个用意。你知道，他们通常是不会拜望新搬来的邻居的。你的确应该去一次，要是你不去，叫我们怎么去。"

"你实在过分细心啦。彬格莱先生一定很高兴看到你的；我可以写封信给你带去，就说随便他挑中了我哪一个女儿，我都心甘情愿地答应他把她娶过去；不过，我在信上得特别替小丽萃②吹嘘几句。"

"我希望你别这么做。丽萃没有一点儿地方胜过别的几个女儿；我敢说，论漂亮，她抵不上吉英一半；论性子，她抵不上丽迪雅一半。你可老是偏爱她。"

"她们没有哪一个值得夸奖的，"他回答道；"她们跟人家的姑娘一样，又傻，又无知；倒是丽萃要比她的几个姐妹伶俐些。"

"我的好老爷，你怎么舍得这样糟蹋自己的亲生女儿？你是在故意叫我气恼，好让你自己得意吧。你半点儿也不体谅我的神经衰弱。"

"你真错怪了我，我的好太太。我非常尊重你的神经。它们是我的老朋友。至少在最近二十年以来，我一直听到你郑重其事地提到它们。"

"啊！你不知道我怎样受苦呢！"

"不过我希望你这毛病会好起来，那么，像这种每年有四千镑收入的阔少爷，你就可以眼看着他们一个个搬来做你的邻居了。"

"你既然不愿意去拜望他们，即使有二十个搬了来，对我们又有什么好处！"

"放心吧，我的好太太，等到有了二十个，我一定去一个个拜望到。"

班纳特先生真是个古怪人，他一方面喜欢插科打诨，爱挖苦人，同时又不苟言笑，变幻莫测，真使他那位太太积二十三年之经验，还摸不透他的性格。太太的脑子是很容易加以分析的。她是个智力贫乏、不学无术、喜怒无常的女人，只要碰到不称心的事，她就自以为神经衰弱。她生平的大事就是嫁女儿；她生平的安慰就是访友拜客和打听新闻。

注释：

① 米迦勒节（Michaelmas）为九月二十九日，系英国四结账日之一，雇用佣人多在此日，租约亦多于此日履行。② 丽萃系伊丽莎白的爱称。

（王科一译．选自李亚丹主编《英汉名篇赏析》）

译文忠实于原文的内容，人物形象生动传神，语言表达晓畅自如，再现了原作的审美艺术特色，下面对其翻译特色进行研讨。

(1) 炼字炼意

炼词精到，意蕴豁然，这是王译的显著特点之一。例如：

① "郎格太太刚刚上这儿来过，她把这件事的底细，一五一十地都告诉了我。"

② 班纳特先生没有理睬她。

③ 太太不耐烦地嚷起来了。

④ 真是女儿们的福气！

⑤ 只请你想一想，她们不论哪一个，要是攀上了这样一个人家，够多么好。

以上句子中的划线处将作者笔下的人物性格表现得尤为贴切传神。译文①暗示出两位太太爱叽叽喳喳、说长道短的性格特点。从上下文语境来看，译文②译出了班纳特先生爱理不理、不露声色的特点。译文③揭示出班纳特太太性子急、涵养差的一面。译文④⑤将班纳特太太一心想攀高枝的心态刻画得入木三分。

以上译句再现或揭示人物形象可谓一语中的。但译文"我都心甘情愿地答应他把她娶过去；不过，我在信上得特别替小丽萃吹嘘几句。"中的划线词语与班纳特先生爱理不理、不露声色的个性特点颇为不符。有人改译为"我都会欣然同意。不过，我要为小莉齐美言两句。"则与营构的人物性格特点整体上谋得了一致。

（2）语体选择

原文主要由对话组成，人物的情感变化、性格特点均通过口语语体表现出来，译文深得原文旨趣，以通俗地道的汉语口语语体对应译之，而且特色鲜明，做到了"辞气相符"。这主要体现在以下三个方面。

① 对话用语口语意味浓厚，切合人物身份与对话语境：这是哪儿的话、不过、倒兴许看中、我不用去、（你带着女儿们去）就得啦、老实跟你说吧、看女儿们份上吧、放心吧。等等。

② 频繁使用的"流水句"，再现了对话的自然节奏与意趣氛围。且看以下这段对话：

"看女儿们份上吧。只请你想一想，她们不论哪一个，要是攀上了这样一个人家，够多么好。威廉爵士夫妇已经决定去拜望他，他们也无非是这个用意。你知道，他们通常是不会拜望新搬来的邻居的。你的确应该去一次，要是你不去，叫我们怎么去。"

"你实在过分细心啦。彬格莱先生一定很高兴看到你的；我可以写封信给你带去，就说随便他挑中了我哪一个女儿，我都心甘情愿地答应他把她娶过去；不过，我在信上得特别替小丽萃吹嘘几句。"

③ 对话内容因"人物"性格特点而变化，或长或短，或多或少，简洁凝练，如行云流水。比如：

"这人叫什么名字？"

"彬格莱。"

"有太太的呢，还是个单身汉？"

"噢！是个单身汉，亲爱的，确确实实是个单身汉！一个有钱的单身汉；每年有四五千镑的收入。真是女儿们的福气！"

"这怎么说？关女儿们什么事？"

"我的好老爷，"太太回答道，"你怎么这样叫人讨厌！告诉你吧，我正在盘算，他要是挑中我们的一个女儿做老婆，可多好！"

"他住到这儿来，就是为了这个打算吗？"

"打算！胡扯，这是哪儿的话！不过，他倒兴许看中我们的某一个女儿呢。他一搬来，你就得去拜访拜访他。"

班纳特太太咋呼、唠叨，她的话语内容较多。班纳特先生性情不温不火、爱理不理，他的话语内容较少。从再现人物形象的角度来看，译文简洁凝练，干脆利落。结合班纳特先生的性格及其对话中情感变化的特点，对其话语似还可进一步修订：

① 班纳特先生回答道，他没有听说过。→班纳特先生回答说没有。

② "这人叫什么名字？"→"他姓什么？"

③ "有太太的呢，还是个单身汉？"→"结过婚，还是单身？"

④ "他住到这儿来，就是为了这个打算吗？"→"这就是他住这儿的用意？"

(3) 反讽的传译

反讽既体现在语义上，也表现在形式中。

原文开篇之句定下了全文反讽的基调。相应的译文转存了这一句的反讽意义，也通过"真理"一词的复现谋得了与下文的衔接与贯通，行文自然晓畅。所不同的是，形式上原文先扬后抑，给人以悬念，而译文先抑后扬，失去了悬念，也少了一份阅读的戏剧性感受。这一句似可修订为：有一条举世公认的真理：有钱的单身汉总要娶位太太。/这样的单身汉每逢搬到一个新地方，左邻右舍对其性情、想法虽知之甚少，但这条早已深入人心的真理却让大家总是把他看作自己某一个女儿的合法财产。

联系上下文情景语境，"*You* want to tell me, and I have no objection to hearing it"一句反讽意味浓郁。你讲我听，并非我自愿，而是实出于无奈。今译文"既是你要说给我听，我听听也无妨。"暗示出班纳特先生愿意搭话，且别有"用心"。因此，可修订为：你非要讲，我也只得听听。

同样地，"This was invitation enough."也是颇具反讽意味的句子，这一点可从invitation enough（而不是 enough invitation）的词序形式中感知到。今译文"这句话足够鼓励她讲下去了。"似只译出了原句的语义信息，未能暗示出其反讽意味，似可修订为：这话居然也能逗引班纳特太太讲下去。

原文中斜体字词所在的句子亦均可作为反讽句来研习其译文，在此不再逐一解说。

(4) 形象的构建

生动再现各具特色的人物形象，是小说翻译成败的关键因素之一。从上面的翻译研讨中，我们看到例译文在再现人物形象方面的成功之处。除此之外，译文还在语气、口吻等的转存上尤见功力。班纳特太太咋咋呼呼，虚张声势的特点在语气词"哦""噢""啊""啦""吧""呢"的转存或创造中得到了再现。比照之下，班纳特先生所用的语气词要少得多，译文中用到的"啦""呢""喽"，要么透出不情不愿的口吻，要么露出讥讽自得的锋芒。

所需指出的是，为使人物形象更为鲜明，在具体细节的再现上还可更为准确些。例如：

"哦，亲爱的，你得知道，郎格太太说，租尼日斐花园的是个阔少爷，他是英格兰北部的人；听说他星期一那天，乘着一辆驷马大轿车来看房子，看得非常中意，当场就和莫理斯先生谈妥了；他要在'米迦勒节'以前搬进来，打算下个周末先叫几个佣人来住。"

这段译文几近无可挑剔。但若要将一个爱打听、爱传话的班纳特太太更为准确地勾画出来，译文似可做如下修订：

"哦，亲爱的，你得知道，郎格太太<u>说</u>，租尼日斐花园的是个阔少爷，他是英格兰北部的人；<u>说</u>他星期一那天，乘着一辆驷马大轿车来看房子，看得非常中意，当场就和莫理斯先生谈妥了；<u>说</u>他要在'米迦勒节'以前搬进来，打算下个周末先叫几个佣人来住。"

三个"说"字暗示出班纳特太太打听得细致，记忆得清晰，言说得流利。这与本章结尾处作者的叙述 "The business of her life was to get her daughters married; its solace was visiting and news" 是颇为一致的。

(5) 译文比读

傲 慢 与 偏 见

（第一章）

简·奥斯汀

有钱的单身汉总要娶位太太，这是一条举世公认的真理。

这条真理还真够深入人心的，每逢这样的单身汉新搬到一个地方，四邻八舍的人家尽管对他的心思想法一无所知，却把他视为自己某一个女儿的应得财产。

"亲爱的班纳特先生"，一天，班纳特太太对丈夫说道，"你有没有听说内瑟菲尔德庄园终于租出去啦？"

班纳特先生回答道，没有听说。

"的确租出去啦，"太太说道。"朗太太刚刚来过，她把这事一五一十地全告诉我了。"

班纳特先生没有答话。

"难道你不想知道是谁租去的吗？"太太不耐烦地嚷道。

"既然你想告诉我，我听听也无妨。"

这句话足于逗引太太讲下去了。

"哦，亲爱的，你应该知道，朗太太说，内瑟菲尔德让英格兰北部的一个阔少爷租去了；他星期一那天乘坐一辆驷马马车来看房子，看得非常中意，当下就和莫里斯先生讲妥了；他打算赶在米迦勒节以前搬进新居，下周末以前打发几个佣人先住进来。"

"他姓什么?"

"宾利。"

"成亲了还是单身?"

"哦!单身,亲爱的,千真万确!一个有钱的单身汉,每年有四五千镑的收入。真是女儿们的好福气!"

"这是怎么说?跟女儿们有什么关系?"

"亲爱的班纳特先生,"太太答道,"你怎么这么令人讨厌!告诉你吧,我在琢磨他娶她们中的一个做太太呢。"

"他搬到这里就是为了这个打算?"

"打算!胡扯,你怎么能这么说话!他兴许会看中她们中的哪一个,因此,他一来你就得去拜访他。"

"我看没有那个必要。你带着女儿们去就行啦,要不你索性打发她们自己去,这样或许更好些,因为你的姿色并不亚于她们中的任何一个,你一去,宾利先生倒作兴看中你呢。"

"亲爱的,你太抬举我啦。我以前确实有过美貌的时候,不过现在却不敢硬充有什么出众的地方了。一个女人家有了五个成年的女儿,就不该对自己的美貌再转什么念头了。"

"这么说来,女人家对自己的美貌也转不了多久的念头啦。"

"不过,亲爱的,宾利先生一搬到这里,你可真得去见见他。"

"告诉你吧,这事我可不能答应。"

"可你要为女儿们着想呀。请你想一想,她们谁要是嫁给他,那会是多么好的一门亲事啊。威廉爵夫妇打定主意要去,还不就是为了这个缘故,因为你知道,他们通常是不去拜访新搬来的邻居的。你真应该去一次,要不然,我们母女就没法去见他了。"

"你实在过于多虑了。宾利先生一定很高兴见到你的。我可以写封信叫你带去,就说他随便想娶我哪位女儿,我都会欣然同意。不过,我要为小莉齐美言两句。"

"我希望你别做这种事。莉齐丝毫不比别的女儿强。我敢说,论漂亮,她远远及不上简;论性子,她远远及不上莉迪亚。可你总是偏爱她。"

"她们哪一个也没有多少好称道的,"班纳特先生答道。"她们像别人家的姑娘一样,一个个又傻又蠢,倒是莉齐比几个姐妹伶俐些。"

"班纳特先生,你怎么能这样糟蹋自己的孩子?你就喜欢气我,压根儿不体谅我那脆弱的神经。"

"你错怪我了,亲爱的,我非常尊重你的神经。它们是我的老朋友啦。至少在这二十年里，我总是听见你郑重其事地说起它们。"

"唉！你不知道我受多大的罪。"

"我希望你会好起来，亲眼看见好多每年有四千镑收入的阔少爷搬到这一带。"

"既然你不肯去拜访，即使搬来二十个，那对我们又有什么用。"

"放心吧，亲爱的，等到搬来二十个，我一定去挨个拜访。"

班纳特先生是个古怪人，一方面乖觉诙谐，好挖苦人，另一方面又不苟言笑，变化莫测，他太太积二十三年之经验，还摸不透他的性格。这位太太的脑子就不那么难以捉摸了。她是个智力贫乏、孤陋寡闻、喜怒无常的女人。一碰到不称心的时候，就自以为神经架不住。她平生的大事，是把女儿们嫁出去；她平生的快慰，是访亲拜友和打听消息。

（孙致礼译. 选自孙致礼著《翻译理论与实践探索》）

例文三

Blackmail

（Excerpt）

Arthur Hailey

The Duchess had seated herself in a straight-backed chair. Ogilvie remained standing.

"Now then," he said. "You two was in the hit-'n-run."

She met his eyes directly. "What are you talking about?"

"Don't play games, lady. This is for real." He took out a fresh cigar and bit off the end, "You saw the papers. There's been plenty on radio, too."

Two high points of color appeared in the paleness of the Duchess of Croydon's cheeks. "What you are suggesting is the most disgusting, ridiculous ..."

"I told you — Cut it out!" The words spat forth with sudden savagery, all pretense of blandness gone. Ignoring the Duke, Ogilvie waved the unlighted cigar under his adversary's nose. "You listen to me, your high-an'-mightiness. This city's burnin' mad — cops, mayor, everybody else. When they find who done that last night, who killed that kid an' its mother, then high-tailed it, they'll throw the book, and never mind who it hits, or whether they got fancy titles neither. Now I know what I know, and if I do what by rights I should, there'll be a squad of cops in here so fast you'll hardly see'em. But I come to you first, in fairness, so's you could tell your side of it to me." The piggy eyes blinked, then hardened. "'f you want it the other way, just say so."

The Duchess of Croydon — three centuries and a half of inbred arrogance behind her — did not yield easily. Springing to her feet, her face wrathful, gray-green eyes blazing, she faced the grossness of the house detective squarely. Her tone would have withered anyone who knew her well. "You unspeakable blackguard! How dare you!"

Even the self-assurance of Ogilvie flickered for an instant. But it was the Duke of Croydon who interjected, "It's no go, old girl. I'm afraid. It was a good try." Facing Ogilvie, he said, "What you accuse us of is true. I am to blame. I was driving the car and killed the little girl."

"That's more like it," Ogilvie said. He lit the fresh cigar. "Now we're getting somewhere."

Wearily, in a gesture of surrender, the Duchess of Croydon sank back into her chair. Clasping her hands to conceal their trembling, she asked. "What is it you know?"

"Well now, I'll spell it out." The house detective took his time, leisurely puffing a cloud of blue cigar smoke, his eyes sardonically on the Duchess as if challenging her objection. But beyond wrinkling her nose in distaste, she made no comment.

Ogilvie pointed to the Duke. "Last night, early on, you went to Lindy's Place in Irish Bayou. You drove there in your fancy Jaguar, and you took a lady friend. Leastways, I guess you'd call her that if you're not too fussy."

As Ogilvie glanced, grinning, at the Duchess, the Duke said sharply, "Get on with it!"

"Well" — the smug fat face swung back — "the way I hear it, you won a hundred at the tables, then lost it at the bar. You were into a second hundred — with a real swinging party — when your wife here got there in a taxi."

"How do you know all this?"

"I'll tell you, Duke — I've been in this town and this hotel a long time. I got friends all over. I oblige them; they do the same for me, like letting me know what gives, an' where. There ain't much, out of the way, which people who stay in this hotel do, I don't get to hear about. Most of'em never know I know, or know me. They think they got their little secret tucked away, and so they have — except like now."

190

1. 作品概述

阿瑟·黑利（Arthur Hailey, 1920—　）英国人，后移居加拿大，曾在美国生活过。他的作品均是通过讲述发生在某一行业内部的故事，来揭示当时美国社会生活某一侧面的现实状貌。其代表作《大饭店》（*Hotel*）描述了一家饭店四天内发生的一系列故事。以上段落选自该小说，讲述的是住在一家饭店总统套房的一对英国公爵夫妇开车撞人后逃逸，企图销毁罪证，但这事让贪婪的饭店侦探长发现了，他意欲从中敲诈一笔钱财。于是，公爵夫妇与侦探长之间展开了斗智斗勇的较量，最后他们私下达成协议：公爵夫妇买通了侦探长，侦探长乐意为公爵夫妇消除罪证。以上选段写的是他们之间就开车撞人逃逸这件事进行的第一个回合的较量。

2. 审美鉴赏

结合"Blackmail"一文选段的主要审美特征，拟从以下四个方面对其进行审美鉴赏分析：节奏美、语义美、修辞美、形象美。

（1）节奏美

选段中节奏的变化鲜明地表现在人物情绪的此消彼涨上。随着故事情节的展开，公爵夫人的情绪经历了从镇定→愠怒→愤怒→怒不可遏后的无奈的变化过程，这显在地体现在作者的叙述与公爵夫人的话语中。对话中公爵夫人起初是威严质问：She met his eyes directly. "What are you talking about?"继而是猛烈回击："What you are suggesting is the most disgusting, ridiculous …"进而是严厉责骂："You unspeakable blackguard! How dare you!"最后是无奈屈服：Clasping her hands to conceal their trembling, she asked. "What is it you know?"这种情绪的曲折变化，清晰地反映在选词造句的内容与形式上。

比照之下，欧吉维（Ogilvie）的情绪则经历了从自信、沉稳→声色俱厉→迟疑不定→气焰又渐渐嚣张起来的变化过程。同样地，从上文选段中可以看到这样的情绪变化"图谱"。对话中欧吉维起初是镇定自若地陈述："Now then," he said. "You two was in the hit-'n-run." "Don't play games, lady. This is for real." He took out a fresh cigar and bit off the end, … 继而是声色俱厉地反击："I told you — Cut it out!" The words spat forth with sudden savagery, all pretense of blandness gone. 进而迟疑不定起来：Even the self-assurance of Ogilvie flickered for an instant. 最后气焰又嚣张起来：The house detective took his time, leisurely puffing a cloud of blue cigar smoke, his eyes sardonically on the Duchess as if challenging her objection. 这种情绪的变化也同样鲜明地反映在词句的语义内容与形式变化上。

合而观之，人物之间的情绪此消彼涨的曲线图演绎出生动的当下现实情境。

（2）语义美

选段中词句的语义美主要体现在两个方面：

1）词义褒贬的选择

选段中描写欧吉维形貌与举止时，作者用了一系列贬义词或表达法。例如，piggy eyes、the grossness of the house detective、the smug fat face、bit off the end、spat forth with sudden savagery、waved the unlighted cigar under his adversary's nose、leisurely puffing a cloud of blue cigar smoke、challenging her objection。而描写公爵夫人的举止与容貌时，作者用了一系列褒义词或表达法。例如，seated herself in a straight-backed chair、"Two high points of color appeared in the paleness of the Duchess of Croydon's cheeks"、three centuries and a half of inbred arrogance behind her、"Her tone would have withered anyone who knew her well"，等等。

2）词语语体的选择

欧吉维的话语中俚俗词汇较多，词语的发音多有省音现象，语句口语体色彩浓重，且有不合文法之处。例如，in the hit-'n-run、high-an'-mightiness、This city's burnin' mad、cops、that kid an' its mother、high-tailed it、'f you want it the other way, just say so、When they find who done that last night、a squad of cops in here、you'll hardly see'em、what gives、tucked away 等等。这种非正式的语体特征彰显出欧吉维文化素质较低，个人修养也较差。而公爵夫人的话语中所用词语均较为正式，语句也较规范。例如，suggesting、disgusting、ridiculous、unspeakable、blackguard 等等。这种正式的语体特征表现出公爵夫人较好的文化素质。

（3）修辞美

选段中使用的修辞手段多种多样，从多角度、多侧面描绘了生动鲜活的人情物态。其特点较为突出的有以下几种修辞格。

修辞格	原　文	解　说
提喻	① <u>The piggy eyes</u> blinked, then hardened. ② <u>the smug fat face</u> swung back	划线处以部分代表全体，既生动传神，又使人物形貌与性格鲜明突出。
拟人	① The words <u>spat forth</u> with sudden savagery, ... ② Even the self-assurance of Ogilvie <u>flickered</u> for an instant. ③ Her tone would have <u>withered</u> anyone who knew her well.	划线词语表达生动，蕴涵丰富。① 说的是那些脏话、粗话脱口而出，暗示出欧吉维生活中一贯说粗口的情态。② 说的是自信心不足，暗示出个人受到外力冲击后摇摆难定的神态。③ 字面传递的是说话语气的"破坏力"，暗示出公爵夫人的威严与震慑力。

修辞格	原　文	解　说
象征	① He took out a fresh cigar and bit off the end, ... ② Ogilvie waved the unlighted cigar under his adversary's nose. ③ He lit the fresh cigar. ④ leisurely puffing a cloud of blue cigar smoke ⑤ The Duchess had seated herself in a straight-backed chair.	①—④中雪茄的变化状况象征着欧吉维心态的变化状况。⑤中的straight-backed chair 象征着公爵夫人举止端庄的一面。

(4) 形象美

以上选段中通过作者叙述与人物对话的方式重点勾画了两个个性鲜明的人物形象：一个是饭店侦探长欧吉维，一个是公爵夫人。前者文化素质不高，这从上文的语言分析中可以见出，其行为举止也很粗俗，缺乏教养，俨然像个无赖。例如 bit off the end，waved the unlighted cigar under his adversary's nose，leisurely puffing a cloud of blue cigar smoke，等等。比照之下，后者颇有文化修养，高贵威仪，举止端庄，干练且有胆识。

3. 翻译与讲评

鉴于以上审美解析，以此为参照，试引一例译文分析说明之。

讹　诈

（选段）

阿瑟·黑利

公爵夫人已端坐在一张直背靠椅上，欧吉维还是站立着。

"我说，"他开口了，"你俩怎么撞了人就开车逃跑呢？！"

她直视着他的眼睛。"你在胡扯些什么呀？"

"别做戏了，夫人。这可不是闹着玩儿的。"他又掏出一支新雪茄，把烟头咬掉。"你们该看过报纸吧，电台里也广播得不少哩。"

克罗伊敦公爵夫人那本来很苍白的双颊上泛起了两团红晕。"你那些含含糊糊的话真是太令人恶心，太荒唐可笑了……"

"我要你——闭嘴！"这些话从探长口中像炸雷似地吐了出来，他此时凶相毕露，先前装出的那副温和劲儿荡然无存。欧吉维全然没把公爵放在眼里，竟把那支没点燃的雪茄在他的对手鼻子底下晃了一晃。"你给我听着，尊敬的殿下。这会儿全城上下都闹翻了——警察，市长，所有的人。一旦他们查出昨夜的事是谁干的，是谁撞死了那小孩和她的母亲，然后却逃之夭夭，他们一定会对肇事者严加惩处，不管那肇事者是谁，也不管他们有着多么显赫的爵衔。现在我知道了真相，假如我照章办事的话，没等你眨眼，便会有一队警察开到这儿来。但是我要讲讲公道，所以先到你们这儿来，想听听你们自己的说法。"他那猪一般的小眼睛眨巴了几下，随即变得凶狠起来。"要是你们想另寻出路，不妨就直说了吧。"

克罗伊敦公爵夫人——依仗着三个半世纪祖传下来的狂傲天性——并没有轻易就范。她猛地一下跳了起来，怒容满面，灰绿色的眼睛里喷射出火光，直直地逼视着肥肉成堆的探长。她说话的声调简直可以把熟悉她的任何人都吓得矮掉半截。"你这下流的恶棍，竟敢撒野，真是狗胆包天！"

欧吉维虽有那股自信劲儿，也不禁为之一震。但在这时克罗伊敦公爵插话了："这恐怕也不是个办法，老婆子。不过这样试试也好。"他面向欧吉维说道："你对我们的指控属实，肇事者是我，是我开车撞死那小姑娘的。"

"这还有点像话，"欧吉维说着点燃了那支新掏出的雪茄。"现在我们总算是谈到点子上了。"

克罗伊敦公爵夫人疲乏地做了一个认输的手势后，颓然坐回到椅子上。她双手对握着，以掩饰自己的手在颤抖，嘴里发话问道："你都知道些什么？"

"好吧，我就全说出来。"探长要紧不慢，悠然自得地喷吐出一团青色的雪茄烟雾，同时还把那一双眼睛带着嘲弄意味地瞟向公爵夫人，仿佛有意要逗她表示反感似的。但公爵夫人一言未发，只是厌恶地皱了皱鼻子。

欧吉维手指着公爵说："昨晚，入夜不久；你去了爱尔兰牛轭湖的林迪娱乐城。你是开着你们那辆豪华的美洲虎去的，并且还带着一个女朋友。至少，你若不过份挑字眼的话，我想你是会这么称呼她的。"

说到这儿，欧吉维目光瞥向公爵夫人，一边还咧着嘴笑。见此情形，公爵厉声吼道："接着说下去！"

"好哇"——那张得意洋洋的胖脸又转了回来——"据我所知，你先在赌桌上赢了一百，跟着又在酒吧里全花掉了。正当你准备——同一些有头有脸的人物——赌上第二个一百时，你的夫人乘坐出租车赶到了那儿。"

"你是怎么得知这一切的？"

"告诉你吧，公爵——我在这个城市和这个旅馆呆的时间都很久了。到处都有我的朋友。我时常为他们帮忙，他们也同样帮我的忙，比如说告诉我哪儿发生了些什么事儿，住在这个旅馆的人们做了些什么事情，凡是有点儿出格的，那就很少能瞒得过我。他们多半都不知道我会知道，而且也不认识我。他们以为自己的那些小秘密被隐瞒住了——也的确有瞒住的时候——可是这一回却瞒不住了。"

（选自张鑫友等编《高级英语学习指南》（第一册，修订本））

译文总体上忠实于原文的内容，语言表达流畅，基本再现了原作的审美艺术特色，下面对其翻译特点进行研讨。

(1) 情绪节奏与选词

从上文"节奏美"的分析中，我们对选段中欧吉维与公爵夫人情感节奏的运演有了较为充分的把握。以此为鉴，试看译文对这一情感节奏的传译情况。

公爵夫人的情感变化：

① 她直视着他的眼睛。"你在胡扯些什么呀？"

② "你那些含含糊糊的话真是太令人恶心，太荒唐可笑了……"

③ "你这下流的恶棍，竟敢撒野，真是狗胆包天！"

④ 克罗伊敦公爵夫人疲乏地做了一个认输的手势后，颓然坐回到椅子上。她双手对握着，以掩饰自己的手在颤抖，嘴里发话问道："你都知道些什么？"

以上四句的顺序排列串起了公爵夫人的情感节奏演化过程。然而，译文①中的"胡扯"少了一份沉着与威严，多了一份急切与毛糙，在情感演绎上提前了，显得"过"了些；译文②中的"太令人恶心"，译出的是 disgusting 的字面意义，但无论从内容上说，还是从情景来看，这里都与上下文不大连贯，予人衔接不到位之感。从情感上来说，译语也难以表现公爵夫人愠怒的情形。译文③中的"撒野""狗胆包天"，前者与上下文内容难以构成连贯，后者只是彰显了公爵夫人的"霸气"，甚至是"粗野气"，而未能暗示出其怒不可遏的神情与威严。译文④较好地转存了公爵夫人出离愤怒后无可奈何的情感。以此为据，试修订如下：

① 她逼视着他的眼睛。"你说什么呀？"

② "你说我们开车撞人后开溜了，简直胡扯八道，太荒唐可笑了……"

③ "你这流氓，你这无赖，你好大胆！"

④ 克罗伊敦公爵夫人甚感疲惫，做了一个无可奈何的手势，颓然坐回到椅子上。她双手紧握，以掩饰它们不停的颤抖，问道："你都知道些什么？"

侦探长欧吉维的情感变化：

① "我说，"他开口了，"你俩怎么撞了人就开车逃跑呢？！"

② "别做戏了，夫人。这可不是闹着玩儿的。"他又掏出一支新雪茄，把烟头咬掉。"你们该看过报纸吧，电台里也广播得不少哩。"

③ "我要你——闭嘴!"这些话从探长口中像炸雷似地吐了出来,他此时凶相毕露,先前装出的那副温和劲儿荡然无存。

④ 欧吉维虽有那股自信劲儿,也不禁为之一震。

⑤ 探长要紧不慢,悠然自得地喷吐出一团青色的雪茄烟雾,同时还把那一双眼睛带着嘲弄意味地瞟向公爵夫人,仿佛有意要逗她表示反感似的。

这五句顺序排列串起了欧吉维的情感变化过程。译文整体上较好地转存了欧吉维的情感变化过程。只是译文①未能揭示出探长的自信与圆滑,似可修订为:"我看,"他说道,"你俩撞人后就开车溜了吧。"译文②若从欧吉维与公爵夫人"情感互动"以及上下文连贯的角度来看,似可修订为:"听着,你给我闭嘴!"这话从探长口中咆哮而出,他凶相毕露,先前装出的那副温和劲儿此刻荡然无存。

(2) 连贯与造句

提到连贯,自然会想到衔接。衔接与连贯在语篇中相辅相成,缺一不可。衔接常被看作是语篇中的句际关系,是通过词汇和语法手段实现的,属于语篇表层结构关系,而连贯是通过句际的语义关系和功能关系实现的,是语篇的深层结构。流畅的译文离不开句际关系的衔接与连贯。前一节已对句际间的语义连贯略有涉及,下面就译文中存在的相关问题再做探讨。

① "这还有点像话,"欧吉维边说边点燃了那支新掏出的雪茄。"现在我们总算是谈到点子上了。"

② 克罗伊敦公爵夫人——依仗着三个半世纪祖传下来的狂傲天性——并没有轻易就范。

③ 探长要紧不慢,悠然自得地喷吐出一团青色的雪茄烟雾,同时还把那一双眼睛带着嘲弄意味地瞟向公爵夫人,仿佛有意要逗她反感似的。但公爵夫人一言未发,只是厌恶地皱了皱鼻子。

以上各句译文句义本无不妥,但从语义连贯的视角来看,就显得有些不大顺畅。译文①中"这还有点像话,"更多地强调的是说话的态度,与前文语义信息关联并不紧密;"现在我们总算是谈到点子上了"与行文中才开始对话的情境不大相符。译文②中"狂傲天性""并没有轻易就范"处在同一句本已不大连贯,前者从强势着笔,后者从弱势描述。再者,这也与前文中对公爵夫人有所描绘的个性形象不符。译文③若是将划线处的两个小句颠倒一下前后顺序就显得文通理顺了。鉴于此,以上各句似可修订为:

① "这还差不多,"欧吉维说着点燃了那支新掏出的雪茄。"现在我们总算有点进展了。"

② 克罗伊敦公爵夫人天性傲慢——这是她家三个半世纪以来的祖传——并没有轻易让步。

③ 探长要紧不慢，悠然自得地喷吐出一团青色的雪茄烟雾，同时还把那一双眼睛带着嘲弄意味地瞟向公爵夫人，仿佛有意要逗她反感似的。但公爵夫人只是厌恶地皱了皱鼻子，一言未发。

(3) 修辞格的传译

译文对多种修辞格的处理手法灵活，颇为成功。例如：

原　文	译　文	解　说
The Duchess had seated herself in a straight-backed chair	公爵夫人已端坐在一张直背靠椅上	"端坐"点出了原文的象征意味，也使一个高贵威仪的公爵夫人形象呼之欲出。
① The piggy eyes blinked, then hardened. ② the smug fat face swung back	① 他那猪一般的小眼睛眨巴了几下，随即变得凶狠起来。 ② 那张得意洋洋的胖脸又转了回来	译文转存了原文提喻修辞格，恰到好处。但若参照人物形象的特点来看，这两句似可进一步修订为： ① 他那猪一般的小眼睛眨巴了几下，随即变得阴沉起来。 ② 那张得意洋洋的肥脸又转了过来。
Her tone would have withered anyone who knew her well.	她说话的声调简直可以把熟悉她的任何人都吓得矮掉半截。	巧用事物间的因果关联将 wither（使枯萎）处理为"矮掉半截"，通过转换形象，意味跃然纸上。
Even the self-assurance of Ogilvie flickered for an instant.	欧吉维虽有那股自信劲儿，也不禁为之一震。	化原文"物称"为"人称"，自然得体，行文畅达。
"I told you — Cut it out!" The words spat forth with sudden savagery	"我要你——闭嘴!"这些话从探长口中像炸雷似地吐了出来	以增添形象的方式来翻译原文，描绘出探长的凶狠劲，本无不可。但"像炸雷似地"与探长的形象描绘并不协调，因为前后文很少再见到探长暴跳如雷，不可一世的描绘。

(4) 形象的构建

上文有述，侦探长欧吉维文化素质不高，举止粗俗，缺乏教养，俨然像个无赖。公爵夫人颇有修养，高贵威仪，举止端庄，干练且有胆识。以此为参照，且看如下

译文:

● 欧吉维的形象:

"你给我听着,尊敬的殿下。这会儿全城上下都闹翻了——警察,市长,所有的人。一旦他们查出昨夜的事是谁干的,是谁撞死了那小孩和她的母亲,然后却逃之天天,他们一定会对肇事者严加惩处,不管那肇事者是谁,也不管他们有着多么显赫的爵衔。现在我知道了真相,假如我照章办事的话,没等你眨眼,便会有一队警察开到这儿来。但是我要讲讲公道,所以先到你们这儿来,想听听你们自己的说法。"他那猪一般的小眼睛眨巴了几下,随即变得凶狠起来。"要是你们想另寻出路,不妨就直说了吧。"

这段话已传译出原文的信息内容,但若从侦探长欧吉维的形象视角来看,"逃之天天""肇事者""显赫的爵衔""照章办事""另寻出路"等等表达法显得有些文绉绉,与侦探长的形象有些不符。试对该段重译如下:

"你给我听着,我的阁下大人。这事把整个城里的人都惹火了,警察、市长、还有百姓。他们要是知道昨晚是谁干的这事,又是谁撞死了那娘儿俩就溜了,他们绝不会轻饶,不管犯事的是谁,也不管他有多大来头。现在这事俺都知道了,俺要是按条条办,眨巴眼就有一大帮警察开过来。但俺还是够意思的,先到你们这儿来,听听你们有什么招哦。"他那猪一般的小眼睛眨巴了几下,随即变得阴沉起来。"要是你们还有别的法,就直说。"

● 公爵夫人的形象:

① 她直视着他的眼睛。"你在<u>胡扯</u>些什么呀?"

② 克罗伊敦公爵夫人——依仗着三个半世纪祖传下来的<u>狂傲天性</u>——并没有<u>轻易就范</u>。

③ 克罗伊敦公爵夫人<u>那本来很苍白</u>的双颊上泛起了两团红晕。

结合上下文语境来看,从这三例译句中可以略窥公爵夫人的形象:无理、霸道、外强中干、有病快快之嫌。综合来看,这不大符合行文情节发展中的人物表现。译文①②在 3.2 节已有分析。就译文③而言,这似与 "Springing to her feet, her face wrathful, gray-green eyes blazing, she faced the grossness of the house detective squarely." 句中表现的麻利、威严的神态不符。因此,将译文"苍白的"改为"白皙的"让公爵夫人的形象朝着高贵威仪,举止端庄方面建构。如此这般,从小说表现的美学效果上讲,一个如此高贵、典雅之人竟不择手段掩盖自身卑劣的行径,外在的美与内在的丑之间形成的反差,其戏剧效果更加强烈。

(5) 译文重构

鉴于前文的鉴赏与翻译研习,试将原译文修订如下。

讹　诈

（选段）

阿瑟·黑利

公爵夫人端坐在一张直背靠椅上，欧吉维依然站着。

"我看，"他说道，"你俩撞人后就开车溜了吧。"

她逼视着他的眼睛。"你说什么呀？"

"别装了，夫人。这可不是闹着玩儿的。"他又掏出一支雪茄，咬掉烟头。"你们看过报纸吧，电台也还在广播呢。"

克罗伊敦公爵夫人白皙的双颊泛起了两朵红晕。"你说我们撞人后开溜了，简直胡扯八道，太荒唐可笑了……"

"听着，你给我闭嘴！"这话从探长口中咆哮而出，他凶相毕露，先前装出的那副温和劲儿此刻荡然无存。欧吉维根本没把公爵放在眼里，他用还未点燃的那支雪茄在公爵鼻子底下晃了晃。"你给我听着，我的阁下大人。这事把整个城里的人都惹火了，警察、市长、还有百姓。他们要是知道昨晚是谁干的这事，又是谁撞死了那娘儿俩就溜了，他们绝不会轻饶，不管犯事的是谁，也不管他有多大来头。现在这事俺都知道了，俺要是按条条办，眨巴眼就有一大帮警察开过来。但俺还是够意思的，先到你们这儿来，想听听你们有什么招哦。"他那猪一般的小眼睛眨巴了几下，随即变得阴沉起来。"要是你们还有别的法，就直说。"

克罗伊敦公爵夫人天性傲慢——这是她家三个半世纪以来的祖传——并没有轻易让步。她一跃而起，满面怒容，灰绿色的眼睛直冒火光，紧紧地逼视着一身横肉的探长。她说话的音调简直可以把熟悉她的任何人都吓得矮掉半截。"你这流氓，你这无赖，你好大胆！"

欧吉维虽有一股自信劲儿，也不禁为之一震。这时克罗伊敦公爵插话道："这恐怕也不是个办法，老婆子。不过这样试一试也好。"他冲着欧吉维说："你指控的是事实，我是肇事者，我是开车撞死了那小姑娘。"

"这还差不多，"欧吉维一边说着，一边点燃那支刚才掏出的雪茄。"现在我们总算有点进展了。"

克罗伊敦公爵夫人甚感疲惫，做了一个无奈的手势，颓然坐回到椅子上。她双手紧握，以掩饰它们不停的颤抖，问道："你都知道些什么？"

"好吧，那我就全说了。"探长要紧不慢，悠然自得地喷吐出一团青色的雪茄烟雾，并用那一双眼睛嘲弄地瞟向公爵夫人，仿佛有意要逗她反感似的。但公爵夫人只是厌恶地皱了皱鼻子，一言未发。

欧吉维手指着公爵说："昨晚早些时候，你去了爱尔兰牛轭湖的林迪娱乐城。你开着那辆豪华的美洲豹去的，还带着个女友。至少，你若不过于挑剌儿的话，我想你是会这么称呼她的。"

说到这儿，欧吉维目光瞥向公爵夫人，一边还咧着嘴角讪讪地笑。见此情形，公爵厉声吼道："往下说！"

"好哇"——那张得意洋洋的肥脸又转了过来——"据我所知，你先在赌桌上赢了一百，接着又在酒吧里全花了。你正要再花一百与同伙乐呵乐呵时，你夫人打车来了。"

"你是怎么知道这些的？"

"告诉你吧，公爵——我在这镇上、这旅馆呆了好久啦。到处都有我的朋友。我给他们帮忙，他们也帮我的忙，比如说告诉我哪儿发生了什么事儿，住这旅馆的人又干了些啥，啥事做出格了，很少有瞒过我的。他们大多不晓得我会清楚，也不认识我。他们以为自己的那些小秘密瞒得住人——也的确有瞒住的时候——可是这回瞒不了啦。"

例文四

《红楼梦》
（黛玉进贾府 选段）
曹雪芹

一语未了，只听后院中有人笑声，说："我来迟了，不曾迎接远客！"黛玉纳罕道："这些人个个皆敛声屏气，恭肃严整如此，这来者系谁，这样放诞无礼？"心下想时，只见一群媳妇丫鬟围拥着一个人从后房门进来。这个人打扮与众姑娘不同，彩绣辉煌，恍若神妃仙子。头上戴着金丝八宝攒珠髻，绾着朝阳五凤挂珠钗；项上带着赤金盘螭璎珞圈；裙边系着豆绿宫绦，双衡比目玫瑰佩；身上穿着缕金百蝶穿花大红洋缎窄裉袄，外罩五彩刻丝石青银鼠褂；下着翡翠撒花洋绉裙。一双丹凤三角眼，两弯柳叶吊梢眉，身量苗条，体格风骚，粉面含春威不露，丹唇未启笑先闻。黛玉连忙起身接见。贾母笑道："你不认得他。他是我们这里有名的一个泼皮破落户儿，南省俗谓作'辣子'，你只叫他'凤辣子'就是了。"

黛玉正不知以何称呼，只见众姊妹都忙告诉他道："这是琏嫂子。"黛玉虽不识，也曾听见母亲说过，大舅贾赦之子贾琏，娶的就是二舅母王氏之内侄女，自幼假充男儿教养的，学名王熙凤。黛玉忙陪笑见礼，以"嫂"呼之。

这熙凤携着黛玉的手，上下细细打谅了一回，仍送至贾母身边坐下，因笑道："天下真有这样标致的人物，我今儿才算见了！况且这通身的气派，竟不像老祖宗的外孙女儿，竟是个嫡亲的孙女，怨不得老祖宗天天口头心头一时不忘。只可怜我这妹妹这样命苦，怎么姑妈偏就去世了！"说着，便用帕拭泪。贾母笑道："我才好了，你倒来招我。你妹妹远路才来，身子又弱，也才劝住了，快再休提前话。"这熙凤听了，忙转悲为喜道："正是呢！我一见了妹妹，一心都在他身上了，又是喜欢，又是伤心，竟忘记了老祖宗。该打，该打！"又忙携黛玉之手，问；"妹妹几岁了？可也上过学？现吃什么药？在这里不要想家，想要什么吃的、什么玩的，只管告诉我；丫头老婆们不好了，也只管告诉我。"一面又问婆子们："林姑娘的行李东西可搬进来了？带了几个人来？你们赶早打扫两间下房，让他们去歇歇。"

1. 作品概述

以上段落选自《红楼梦》第三回，描述的是林黛玉初进贾府第一次见到王熙凤时的情景。选段以林黛玉耳闻目睹与亲身感受为引线，通过虚写林黛玉与实写王熙凤的方式，生动地刻画了他们各自鲜明的个性形象，给人以艺术的享受与回味。

2. 审美鉴赏

结合以上选段的主要审美特征，拟从以下四个方面对该选段进行审美鉴赏分析：节奏美、语义美、修辞美、形象美。下面进行逐一简要分析。

(1) 节奏美

以上选段中的节奏美，典型地体现在王熙凤内在情绪的流动轨迹上：先是风风火火，快人快语，接着夸赞黛玉，"怜香惜玉，一唱三叹"，取悦贾母，随之见机行事，转"悲悯"为"欢喜"，问这说那——对黛玉嘘寒问暖，对老婆子发号施令。内在情绪的快速演进有效地昭示着一个性格泼辣、善于奉承、察言观色、随机应变、八面玲珑的王熙凤形象。

(2) 语义美

词句的语义美主要体现在以下两个方面：

1）词句语义的美好品质

在描写王熙凤的服饰与容貌时，均选用了富含"吉祥或美好品质"的词语或句子，从而将一个打扮得花枝招展、光彩照人、高贵典雅的美人形象展现在读者眼前。例如：

头上戴着<u>金丝八宝攒珠髻</u>，绾着<u>朝阳五凤挂珠钗</u>；项上带着<u>赤金盘螭璎珞圈</u>；裙边系着豆绿宫绦，双衡比目玫瑰佩；身上穿着缕金百蝶穿花大红洋缎窄褙袄，外罩五彩刻丝石青银鼠褂；下着翡翠撒花洋绉裙。一双丹凤三角眼，两弯柳叶吊梢眉，身量苗条，体格风骚，粉面含春威不露，丹唇未启笑先闻。

2）词句的言外之意

清代刘熙载在《艺概》中论及诗文的创作时说："取径贵深曲，盖意不可尽，以不尽尽之。正面不写写反面，本面不写写对面、旁面，须知睹影知竿乃妙。"[1]该选段中词句的言外之意正是通过这种艺术表现方式而取得的。例如：

① 黛玉纳罕道："这些人个个皆敛声屏气，恭肃严整如此，这来者系谁，这样放诞无礼？"心下想时，只见一群媳妇丫鬟围拥着一个人从后房门进来。

② 贾母笑道："你不认得他。他是我们这里有名的一个泼皮破落户儿，南省俗谓作'辣子'，你只叫他'凤辣子'就是了。"

为了表现王熙凤的傲慢威风，泼辣性格，作者并未直写其人如何如何，而是采用了旁敲侧击，曲达其意的描写方法：一是写周围人"听到"她到来时的反应——毕恭毕敬，大气都不敢出一声；二是写其前呼后拥的是媳妇丫鬟——傲慢威风；三是借贾母"溺爱"的口吻说出——性格泼辣。

此外，选段中王熙凤的言谈举止也可谓"言在此而意在彼"。例如：

③ 这熙凤携着黛玉的手，上下细细打谅了一回，仍送至贾母身边坐下，因笑道："天下真有这样标致的人物，我今儿才算见了！况且这通身的气派，竟不像老祖宗的外孙女儿，竟是个嫡亲的孙女，怨不得老祖宗天天口头心头一时不忘。只可怜我这妹妹这样命苦，怎么姑妈偏就去世了！"

④ 又忙携黛玉之手，问："妹妹几岁了？可也上过学？现吃什么药？在这里不要想家，想要什么吃的、什么玩的，只管告诉我；丫头老婆们不好了，也只管告诉我。"一面又问婆子们："林姑娘的行李东西可搬进来了？带了几个人来？你们赶早打扫两间下房，让他们去歇歇。"

上例中王熙凤对黛玉热情有加，关心备至。但表面写的是对黛玉的夸赞，暗地里表达的是要讨好贾母，取悦贾母。不仅如此，行文中作者只写王熙凤的问话，而将黛玉和下人的答话一概略去，有效地暗示出王熙凤能说会道、八面玲珑的特点和身为贾府管家婆专横傲慢的威风。

(3) 修辞美

为表现王熙凤年轻貌美、性格泼辣等性格特点，作者使用了明喻、隐喻、象征等多种修辞手法，从而使刻画的人物形象鲜明、栩栩如生。例如：

---

1 刘熙载.《艺概》. 上海：上海古籍出版社，1978：74.

原　　文	解　　说
这个人打扮与众姑娘不同，彩绣辉煌，恍若神妃仙子。……，身上穿着缕金百蝶穿花大红洋缎窄裉袄，外罩五彩刻丝石青银鼠褂；下着翡翠撒花洋绉裙。	原句运用明喻与象征修辞手法，构建出一个珠光宝气、熠熠闪光、下凡仙女的形象。服饰的华贵映衬着"这姑娘"的美丽，也象征着她的惊艳之美。
一双丹凤三角眼，两弯柳叶吊梢眉，身量苗条，体格风骚，粉面含春威不露，丹唇未启笑先闻。	原句运用了一系列的暗喻，将"这姑娘"的容貌描绘得生动形象，前四个小句的静态描绘具体而质实，后两个小句的动态描绘抽象而空灵，合而观之，取得了"化美为媚"的艺术效果。

(4) 形象美

选段中鲜明地构建出两个生动的人物形象：林黛玉美丽多情、体弱多病、谨言慎行、彬彬有礼。王熙凤年轻貌美、性格泼辣、傲慢专横、察言观色、随机应变、八面玲珑。

3. 翻译与讲评

鉴于以上审美解析，以此为参照，试引一例译文分析说明之。

The Story of the Stone
(Excerpt)

Cao Xueqin

She had scarcely finished speaking when someone could be heard talking and laughing in a very loud voice in the inner courtyard behind them.

'Oh dear! I'm late,' said the voice. 'I've missed the arrival of our guest.'

'Everyone else around here seems to go about with bated breath,' thought Dai-yu. 'Who can this new arrival be who is so brash and unmannerly?'

Even as she wondered, a beautiful young woman entered from the room behind the one they were sitting in, surrounded by a bevy of serving women and maids. She was dressed quite differently from the others present, gleaming like some fairy princess with sparkling jewels and gay embroideries.

Her chignon was enclosed in a circlet of gold filigree and clustered pearls. It was fastened with a pin embellished with flying phoenixes, from whose beaks pearls were suspended on tiny chains.

Her necklet was of red gold in the form of a coiling dragon.

Her dress had a fitted bodice and was made of dark red silk damask with a pattern of flowers and butterflies in raised gold thread.

Her jacket was lined with ermine. It was of a slate-blue stuff with woven insets in coloured silks.

Her under-skirt was of a turquoise-coloured imported silk crêpe embroidered with flowers.

She had, moreover,

> eyes like a painted phoenix,
> eyebrows like willow-leaves,
> a slender form,
> seductive grace;
> the ever-smiling summer face
> of hidden thunders showed no trace;
> the ever-bubbling laughter started
> almost before the lips were parted.

'You don't know her,' said Grandmother Jia merrily. 'She's a holy terror this one. What we used to call in Nanking a "peppercorn". You just call her "Peppercorn Feng". She'll know who you mean!'

Dai-yu was at a loss to know how she was to address this Peppercorn Feng until one of the cousins whispered that it was 'Cousin Lian's wife', and she remembered having heard her mother say that her elder uncle, Uncle She, had a son called Jia Lian who was married to the niece of her Uncle Zheng's wife, Lady Wang. She had been brought up from earliest childhood just like a boy, and had acquired in the schoolroom the somewhat boyish-sounding name of Wang Xi-feng. Dai-yu accordingly smiled and curtseyed, greeting her by her correct name as she did so.

Xi-feng took Dai-yu by the hand and for a few moments scrutinized her carefully from top to toe before conducting her back to her seat beside Grandmother Jia.

'She's a beauty, Grannie dear! If I hadn't set eyes on her today, I shouldn't have believed that such a beautiful creature could exist! And everything about her so *distingué*! She doesn't take after your side of the family, Grannie. She's more like a Jia. I don't blame you for having gone so about her during the past few days — but poor little thing! What a cruel fate, to have lost Auntie like that!' and she dabbed at her eyes with a handkerchief.

'I've only just recovered,' laughed Grandmother Jia. 'Don't you go trying to start me off again! Besides, your little cousin is not very strong, and we've only just managed to get *her cheered up. So let's have no more of this*!'

In obedience to the command Xi-feng at once exchanged grief for merriment.

'Yes, of course. It was just that seeing my little cousin here put everything else out of my mind. It made me want to laugh and cry all at the same time. I'm afraid I quite forgot about you, Grannie dear. I deserve to be spanked, don't I?'

She grabbed Dai-yu by the hand.

'How old are you dear? Have you begun school yet? You mustn't feel homesick here. If there's anything you want to eat or anything you want to play with, just come and tell me. And you must tell me if any of the maids or the old nannies are nasty to you.'

Dai-yu made appropriate responses to all of these questions and injunctions.

Xi-feng turned to the servants.

'Have Miss Lin's things been brought in yet? How many people did she bring with her? You'd better hurry up and get a couple of rooms swept out for them to rest in.'

（tr. David Hawkes, taken from *The Story of the Stone*, Penguin Books, 1973.）

译文忠实于原文的内容，语言流畅，再现了原作的审美艺术特色，下面对其翻译特点进行研讨。

（1）节奏的转存

原文中王熙凤口齿伶俐，灵活善变，快言快语，问这说那，有如连珠炮似的，这种快节奏通过行文中短小简练、明白易懂的语句得到了较好的体现。译者把握这一特点，译文造句也均句子短小，语义简洁明了，而且大量使用简单句，口语化色彩浓厚，成功地再现了这一节奏特点。例如：

原　　文	译　　文
一语未了，只听后院中有人笑声，说："我来迟了，不曾迎接远客！"	'Oh dear! I'm late,' said the voice. 'I've missed the arrival of our guest.'
"天下真有这样标致的人物，我今儿才算见了！况且这通身的气派，竟不像老祖宗的外孙女儿，竟是个嫡亲的孙女，怨不得老祖宗天天口头心头一时不忘。只可怜我这妹妹这样命苦，怎么姑妈偏就去世了！"	'She's a beauty, Grannie dear! If I hadn't set eyes on her today, I shouldn't have believed that such a beautiful creature could exist! And everything about her so *distingué*! She doesn't take after your side of the family, Grannie. She's more like a Jia. I don't blame you for having gone so about her during the past few days — but poor little thing! What a cruel fate, to have lost Auntie like that!'

原　文	译　文
"妹妹几岁了？可也上过学？现吃什么药？在这里不要想家，想要什么吃的、什么玩的，只管告诉我；丫头老婆们不好了，也只管告诉我。"	'How old are you dear? Have you begun school yet? You mustn't feel homesick here. If there's anything you want to eat or anything you want to play with, just come and tell me. And you must tell me if any of the maids or the old nannies are nasty to you.'

（2）语境中的选词造句

语境有情景语境与文化语境之分。前者指与语言交际活动直接相关的客观环境；后者指语言交际活动参与者所处的整个文化背景。翻译实践中，考虑到语境的制约作用对准确地选词造句和充分的表情达意效果意义重大。

1）情景语境与选词造句

原　文	译　文	解　说
"这些人个个皆敛声屏气，恭肃严整如此，这来者系谁，这样放诞无礼？"	'Everyone else around here seems to go about with bated breath,' thought Dai-yu. 'Who can this new arrival be who is so brash and unmannerly?'	划线处译出了"皆敛声屏气"的字面意义，漏译了"恭肃严整如此"，因而未能表现出情景语境下"这些人个个"慑于王熙凤傲慢威风的言外之意。
贾母笑道："你不认得他。他是我们这里有名的一个泼皮破落户儿，南省俗谓作'辣子'，你只叫他'凤辣子'就是了。"	'You don't know her,' said Grandmother Jia merrily. 'She's a holy terror this one. What we used to call in Nanking a "peppercorn". You just call her "Peppercorn Feng". She'll know who you mean!'	划线处译文只是译出了字面意义，未能将情景语境下王熙凤的"泼辣"性格暗示出来。
黛玉正不知如何称呼，只见众姊妹都忙告诉他道："这是琏嫂子。"	Dai-yu was at a loss to know how she was to address this Peppercorn Feng until one of the cousins whispered that it was 'Cousin Lian's wife', ...	以 whispered 来译"（众姊妹都）忙告诉他道"，一方面暗示出情景语境下众人慑于王熙凤威严的情态，另一方面也揭示出贾府家规的森严。

原　文	译　文	解　说
这熙凤携着黛玉的手，上下细细打谅了一回，仍送至贾母身边坐下，……	Xi-feng took Dai-yu by the hand and for a few moments scrutinized her carefully from top to toe before conducting her back to her seat beside Grandmother Jia.	原文中王熙凤的表现与动作细腻微妙，其中划线的词语既表现出王熙凤怜香惜玉、热情有加、关心备至的一面，又暗示出其处世老到圆滑、八面玲珑的一面。译文中以 scrutinized her carefully、conducting her back to 分别来译"细细打量""送至"，形容王熙凤看得细致又不失礼节，甚是贴切传神。但以"took ... by the hand"译"携"，未能再现出情景语境下"珍惜"的意味。
只见一群媳妇丫鬟围拥着一个人从后房门进来。这个人打扮与众姑娘不同，彩绣辉煌，恍若神妃仙子。	Even as she wondered, a beautiful young woman entered from the room behind the one they were sitting in, surrounded by a bevy of serving women and maids. She was dressed quite differently from the others present, gleaming like some fairy princess with sparkling jewels and gay embroideries.	译文以 a beautiful young woman 为主语再现了当下的情景，暗示出"众星拱月、尊卑有别"的情态，同时与下文"She was dressed ..."衔接自然，显得中心突出。
① 这熙凤听了，忙转悲为喜道： ② （无原文）	① In obedience to the command Xi-feng at once exchanged grief for merriment. ② Dai-yu made appropriate responses to all of these questions and injunctions.	译文划线部分是根据当时情景语境所做的增译。①中的增译使行文前后连贯，文从字顺。②虽也有与①类似的功效，但改变了原作者创作的艺术用心。作者重点要表现的是王熙凤能说会道、八面玲珑的特点与身为贾府管家婆的专横傲慢的威风，故有意将黛玉和下人的答话一概略去。而译者根据情景语境做了增译，虽符合现实的真实，但有违艺术的真实。

2）文化语境与选词造句

原　　文	译　　文	解　　说
"况且这通身的气派，竟不像老祖宗的外孙女儿，竟是个嫡亲的孙女，怨不得老祖宗天天口头心头一时不忘。只可怜我这妹妹这样命苦，怎么姑妈偏就去世了！"	'And everything about her so *distingué*! She doesn't take after your side of the family, Grannie. She's more like a Jia. I don't blame you for having gone so about her during the past few days — but poor little thing! What a cruel fate, to have lost Auntie like that!'	原文是王熙凤夸赞黛玉的话，含有浓厚的宗法观念：嫡亲自然比外戚强。黛玉是外戚，因其父是贾母的女婿。原文中"竟不像老祖宗的外孙女儿"要表达的是不像外姓人，而像贾家人，这样以取悦贾母。但译文 "She doesn't take after your side of the family, Grannie." 表达的是"不像你家人"，未能突出原文的意旨，显得模糊不清。此外，以 Grannie 来译"老祖宗"只是译出了贾母年事已高以及长辈与晚辈间的亲情，未能表现出贾母在家族中的至高地位与威望。
自幼假充男儿教养的，学名王熙凤。黛玉忙陪笑见礼，以"嫂"呼之。	She had been brought up from earliest childhood just like a boy, and had acquired in the schoolroom the somewhat boyish-sounding name of Wang Xi-feng. Dai-yu accordingly smiled and curtseyed, greeting her by her correct name as she did so.	"凤"的本义是"雄性凤凰"，男性向女性求爱叫"凤求凰"，故而传统上"凤"多用来给男孩起名。译文将"学名叫……"译为 "acquired in the schoolroom the … name of …"不妥，因为在汉文化语境中一个人"学名叫……"，并不一定意味着他上过学。
该打，该打！	Grannie dear. I deserve to be spanked, don't I?	父母体罚淘气的孩子，一般是用巴掌打屁股（spank）。但贾府里对严重触犯家法者的处罚是棒打屁股，所以这里的译法不够准确。

（3）修辞格的传译

译文对原文中修辞格大多进行了如实转存。如"恍若神妃仙子""柳叶吊梢眉"等分别被译为 gleaming like some fairy princess、eyebrows like willow-leaves，显得简洁凝练、自然得体。

对富于隐喻与象征意味的服饰图案也多如数传译。如"下着翡翠撒花洋绉裙"译为 "Her under-skirt was of a turquoise-coloured imported silk crêpe embroidered with flowers." 译文准确细腻，华贵之气跃然纸上。

译文也对部分辞格进行了增删改写。如"粉面含春威不露，丹唇未启笑先闻"译为 "the ever-smiling summer face / of hidden thunders showed no trace; / the ever-bubbling laughter started / almost before the lips were parted." 为方便英国读者的理解，译者将原文中的"春"置换为在英语文化中往往与"美好""惬意""舒适"等相联系的summer，同时将"威"隐喻化为 hidden thunders，将"笑先闻"隐喻化为 the ever-bubbling laughter，化抽象为具体，显得生动形象，颇富诗意。

（4）形象的再现

林黛玉的形象可从以下译句中得到充分再现：

① Dai-yu accordingly smiled and curtseyed, greeting her by her correct name as she did so.

② 'She's a beauty, Grannie dear! If I hadn't set eyes on her today, I shouldn't have believed that such a beautiful creature could exist! And everything about her so *distingué*! '

③ 'Don't you go trying to start me off again! Besides, your little cousin is not very strong, and we've only just managed to get *her* cheered up. So let's have no more of this! '

译文①再现了黛玉彬彬有礼、谨言慎行的一面。译文②③则侧面勾画出一个容貌美丽、身体虚弱的黛玉形象。

从以上小节中有关翻译分析来看，王熙凤年轻貌美、性格泼辣、傲慢专横、察言观色、随机应变、八面玲珑的形象也得到了较为成功的传译。

（5）译文比读

A Dream of Red Mansions

（Excerpt）

Cao Xueqin

Just then they heard peals of laughter from the back courtyard and a voice cried: "I'm late in greeting our guest from afar!"

Tai-yu thought with surprise, "The people here are so respectful and solemn, they all seem to be holding their breath. Who can this be, so boisterous and pert?

"While she was still wondering, through the back door trooped some matrons and maids surrounding a young woman. Unlike the girls, she was richly dressed and resplendent as a fairy.

Her gold-filigree tiara was set with jewels and pearls. Her hair-clasps, in the form of five phoenixes facing the sun, had pendants of pearls. Her necklet, of red gold, was in the form of a coiled dragon studded with gems. She had double red jade pendants with pea-green tassels attached to her skirt.

Her close-fitting red satin jacket was embroidered with gold butterflies and flowers. Her turquoise cape, lined with white squirrel, was inset with designs in coloured silk. Her skirt of king-fisher-blue crepe was patterned with flowers.

She had the almond-shaped eyes of a phoenix, slanting eyebrows as long and drooping as willow leaves. Her figure was slender and her manner vivacious. The springtime charm of her powdered face gave no hint of her latent formidability. And before her crimson lips parted, her laughter rang out.

Tai-yu rose quickly to greet her.

"You don't know her yet." The Lady Dowager chuckled. "She's the terror of this house. In the south they'd call her Hot Pepper. Just call her Fiery Phoenix."

Tai-yu was at a loss how to address her when her cousins came to her rescue. "This is Cousin Lien's wife," they told her.

Though Tai-yu had never met her, she knew from her mother that Chia Lien, the son of her first uncle Chia Sheh, had married the niece of Lady Wang, her second uncle's wife. She had been educated like a boy and given the school-room name Hsi-feng. Tai-yu lost no time in greeting her with a smile as "cousin."

Hsi-feng took her hand and carefully inspected her from head to foot, then led her back to her seat by the Lady Dowager.

"Well," she cried with a laugh, "this is the first time I've set eyes on such a ravishing beauty. Her whole air is so distinguished! She doesn't take after her father, son-in-law of our Old Ancestress, but looks more like a Chia. No wonder our Old Ancestress couldn't put you out of her mind and was for ever talking or thinking about you. But poor ill-fated little cousin, losing your mother so young!" With that she dabbed her eyes with a handkerchief.

"I've only just dried my tears. Do you want to start me off again?" said the old lady playfully. "Your young cousin's had a long journey and she's delicate. We've just got her to stop crying. So don't reopen that subject."

Hsi-feng switched at once from grief to merriment. "Of course," she cried. "I was so carried away by joy and sorrow at sight of my little cousin, I forgot our Old Ancestress. I deserve to be caned." Taking Tai-yu's hand again, she asked, "How old are you, cousin? Have you started your schooling yet? What medicine are you taking? You mustn't be homesick here. If you fancy anything special to eat or play with, don't hesitate to tell me. If the maids or old nurses aren't good to you, just let me know."

She turned then to the servants. "Have Miss Lin's luggage and things been brought in? How many attendants did she bring? Hurry up and clear out a couple of rooms where they can rest."

(tr. Yang Hsien-yi and Gladys Yang. taken from *A Dream of Red Mansions*)

第七节　小说翻译练习及提示

练习 1

Nephew from Turkey

Ilyas Halil

One day last year, there was a sudden knock on the door. Without warning, my nephew had arrived form Turkey! When I had last seen him, he was knee-high to a grasshopper, with timid eyes, ears like two fans, two front teeth missing, short hair and continually dirty hands. You know, the look that fits every nephew. I liked and was closely attached to him. With that knee-high-to-a-grasshopper size, he used to look up at me as if viewing a telephone pole, his amber eyes smiling and secretly making fun of me. The legs sticking out of his short pants were a little crooked. Though his eyes were straight, he appeared a bit cross-eyed. I felt sorry when I looked at him … and I never got angry with him or hit him. When we talked, he seemed to have a weight on his shoulders and appeared offended. When he was guilty, this attribute definitely worsened. His eyes grew moist and his voice softened to where he could hardly be heard; it trembled like a leaf. Those who saw him, thought him an orphan and felt sorry. They felt like putting their hands in their pockets and giving him some spending money or candy. In spite of my hitting my other nephews for any old thing, this one I couldn't touch. I loved the little son of a gun!

At home, no matter who got angry, our nephew managed to keep his distance. If you spoke to him, he didn't reply. If he did answer, it was quietly. Even if you hit him, he was quiet. When taking a beating, instead of increasing, his wailing decreased. Thus, the anger of who ever was beating him turned to compassion and the boy was saved form further punishment. Only much later did I come to this conclusion. When talking with others I observed that our lad had neither crooked legs, cross-eyes nor big ears hanging like fig leaves. Furthermore, when he got mad, he knew how to yell his head off. It was only when he detected danger that his legs went crooked, his ears grew and his eyes crossed.

I hadn't seen my nephew for the fifteen years since I had emigrated to Canada. He had become a strapping young man, handsome and strong! After bidding him welcome, I asked a few questions about what he planned to do.

"What job will you take, Nephew?"

"Golly, Uncle, I'll do any job there is. Nothing will get away form me. Just say it, I'll do it. I've done everything! I've been a carpenter, electrician, peddler, shoemaker, tailor, auto mechanic; you want more? I've been all of these!"

"Too bad! So you didn't get the chance to go to college?"

"What kind of talk is that, Uncle! I finished law school."

"Very well, my boy, but how did you find time to do all these things? You're only twenty-three years old! How did you manage all these jobs and still go to college?"

"Uncle, don't worry about the details! Just eat the grapes and don't ask about the vineyard! If you don't believe me, show me a broken electric sewing machine, radio, electric shaver or a juicer and I'll repair it. You can't tell a suit I've reversed the cloth on from a new one. If I turn that handkerchief pocket over it will look real sharp! It's not hard to sell old clothes for new! If it's food you want, let me cook for you today! See if what I cook isn't so delicious you can't eat enough of it? The flavor will stay on your palate a hundred years! There's nothing I don't know, Uncle!"

I saw that our boy certainly had learned "to shoot the bull". I've heard of all types but never one like this. The boy was a walking trades guild! Furthermore, he had studied law! Be logical, I thought to myself. If a person spent two years learning each job, it would take fifty years to learn all these professions. "Something's rotten in Denmark." It'll probably surface later!

"What job can you get here? Forget law for now. The source of Canadian law is not Roman law. Napoleonic Civil Law isn't in effect here, either," I told him.

"Napoleonic Law? What's that? We didn't study such law."

"You mean you don't know who Napoleon was?"

"No," replied our nephew.

"So-o-o, what kind of history did you study?"

"Ordinary history, Uncle! Only we didn't have a history teacher. A captain came to our class, a history buff from the nearby regiment. He gave us lots of lessons on soldiering and the repair of weapons. Because of him, I became a Number One gunsmith. Bring whatever you want! Blindfolded, I can take apart a machine gun and assemble it again, I can even repair heavy tanks. If you want, I'll make you a pistol from a water pipe! I know lots about weapons. Our captain used to say, 'After you know weapons, you make history yourself. There's no need to learn history someone else has made!' I don't know who defeated whom in battle nor what year. What do I care? Would that make me powerful? It's hot air! Nah! If this right arm is strong, OK, forget the rest!"

"Very well, Nephew! Tomorrow, let's go to the capital and register you at the embassy."

"Are we going to Washington, Uncle?"

"Come on, is Washington the capital of Canada? Who taught you geography, my boy?"

"O-hoh, Uncle, look at the question you asked. Gee, in a lifetime, who is going to ask me the capital of Canada? Instead of that, I learned more useful things! If your coat gets torn today will knowledge about Canada save you expense? Or is knowledge of sewing needed? Tell me, Uncle! The things our geography teacher taught us are always useful. After our school's geography teacher, Omer Temel, left to open a grocery store, the town tailor, Kasim Effendi, who knew how to read and write, came to teach the geography class. He taught us for six years. We learned a lot! Every year, we turned the cloth on two suits of clothes. We patched and learned to press! We learned how to sew trousers. Our teacher said, 'Learn this and in life you'll never go hungry. Instead of memorizing the names of infidel foreign cities, or learning their rivers, learn something useful! What's that knowledge good for except to climb mountains and tear up your shoes? For what God-awful reason do you learn the population of Berlin or London? Doesn't the number change every year? Not only every year, it changes every day, every hour! Thousands of people die, are born, come and go … Don't those geographers have any brains? They never get tired of giving false figures to the students.'"

"Tailor Kasim Effendi used to say, 'Now see! Look at Haydar, the literature teacher's house, then mine! Tell me now, whose knowledge is the most useful? Haydar Bey writes poetry, but he's hungry; so what's the use of this knowledge? Come and see whose knowledge provides more bread, butter and honey. Come and see who lives more comfortably. Pay attention to what I say! Learn what I show you and you won't eat bread without butter and honey!"

I listened to my nephew in amazement. What he said was probably true. I compared my situation with his. There was a chasm between us! I was a graduate history teacher, fifty-three years old. For the past fifteen years I've continued at the university every winter learning new things. Every year, I realize how far behind I am! In spite of this, in the same place, like a donkey's tail, I teach on and on, hoping for better things! With this way of life it seems I'm getting nowhere.

"Very well, my boy, how's your mathematics?" I asked.

"Hot as a pistol, Uncle. Not a thing wrong with it! We learned mathematics form its origin. There was no one better than our teacher. If you searched all of Turkey, you truly couldn't find a better teacher. Mison came to us for math. He was the accountant for a big institution. He taught us how to count money, put the excess in the safe and to bargain.

He impressed on us the fine points of addition and subtraction. For example: when buying a product, addition is one thing when selling, something else. It's the same with subtraction! Not everyone knows these fine points. Mison is a man who gives the government the run-around. He prepares tax returns every year and it's impossible to find a mistake in them. The government offered him thousands of lira: 'Come and be our Minister of Finance!' He didn't accept. 'I'm just a servant to free principles!' he replied. Truly, he was a modest man. It's too bad we couldn't learn multiplication and division from him. But never mind, I'll handle the situation with addition and subtraction. Thank God, I haven't been cheated yet."

"All right, son, didn't you have difficulty in college with such a two-bit education?"

"What difficulty, Uncle? The teachers had the difficulty from us. It was really easy for us. At this time I learned auto repair. In the second year of law, our professor of International Law was sick and didn't come to class the whole year. During those class periods, I went to the garage across from the university and worked. I did auto repairs. American tourists used to bring their cars to the garage. So I learned foreign money and exchange in addition to improving my knowledge of English. That year I earned as much as a professor."

I was becoming more and more interested. This was a philosophy of education unfamiliar to me. They were educating students in an atmosphere conforming to the goings-on in the world.

"OK, son, what did you learn carpentry in place of?"

"I didn't learn it in place of anything, Uncle! When our professor of Civil Law suddenly died at the beginning of the school year, I worked at a carpentry shop to fill my spare time. Uncle, I have no regrets that I learned this. I built our house. Foundation, walls, ceiling, furniture — I made everything. Too bad I didn't stay there longer.

"Six months later, a teacher came to our College of Medicine, a specialist in internal medicine. From him, I picked up many facts related to civil law. He'd been in the College of Medicine when one of his teachers died; a professor of Civil Law then came to teach them. So that's how he learned a great deal about law. That year he also increased our knowledge of health. If someone gets sick at home, I understand their condition, more or less. I know how to administer aspirin and quinine. Working on cruise ships, I measured blood pressure for two seasons and made lots of money. I was just about to become a doctor!"

My nephew's treasury of knowledge knew no bounds. He had learned something about everything. In Canada, he worked on and off ... He couldn't hold a job anywhere. Everything he did was third-rate, so they gave him the gate. One day, we found that he'd packed up his stuff and returned to Turkey. According to our latest news, in one year the boy became a millionaire.

We correspond. In every letter he says, "Work hard on your university courses, Ha!"

译前提示:

　　这篇文章故事性、趣味性较强,内容上也不乏令人深思之处。全文语言简明质朴,新鲜活泼。人物形象尤其是 my nephew 特点突出,个性鲜明——能说会道,学以致用,机趣乐观,虽无一专,但有多能,终于"事业有成"。翻译过程中要再现 my nephew 这一鲜明的人物形象,需充分领会作者的叙事方式以及对话中 my nephew 的言谈举止与语气神态。

练习 2

The Lemon Lady

Katiti

We called her the "Lemon Lady" because of the sour-puss face she always presented to the public and because she grew the finest lemons we had ever seen, on two huge trees in her front garden. We often wondered why she looked so sour and how she grew such lemons — but we could find out nothing about her. She was an old lady — at least 70 years of age, at a guess, perhaps more.

One day we answered an advertisement for a flat to rent, as we had been asked to vacate ours as soon as we could, and when we went to the address given, it was the house of the Lemon Lady.

She did not "unfreeze" during the whole of our interview. She said the flat would not be ready for occupation for about a month; that she had 45 names on her list and might add others before it was ready and then she would just select the people who seemed to suit her best. She was not antagonistic, just firm and austere, and I gathered that we were not likely to be the ones selected.

As my husband and I were leaving, I said: "How do you grow those wonderful lemons?" she gave a wintery smile, which transformed her whole expression and made her look sweet and somehow pitiful.

"I do grow nice lemons," she replied. We went on to tell her how much we had always admired them every time we had passed, and she opened up and told us quite a lot about this fruit. "You know the general theory of pruning, I suppose?" She asked.

"Oh," said my husband, "I understand about pruning fruit trees and roses, but you must not prune lemons, or so I understand." He added these last words when he saw from the Lemon Lady's expression that he had said the wrong thing.

"No," said the Lemon Lady, "you must not prune lemons unless you want them to grow like mine. What is the reason for pruning?"

"Well, to cut off dead or diseased wood; to prevent one branch chafing another; to let the sunlight into the centre of the bush and to promote the growth of the more virile buds."

"Very nicely put," said the Lemon Lady. "and why do you think that lemons are better with dead or diseased wood on them; why should you not let sunlight into them; why should allowing many sickly buds to develop make it a healthier tree?"

"I had not thought about it at all," confessed my husband rather shame-facedly, as he prides himself on being an original thinker, and here he was allowing an old lady to out-think him. "Everyone here said you must not prune lemons, so I thought it must be right."

We thanked her for the information and left, on much better terms with her than we would have ever thought possible. We even felt quite a degree of affection towards her.

In the course of the next three weeks we saw several places that might have been to let but which for various reasons we could not get. Eventually, we got a place that suited us very well and I returned to tell the Lemon Lady that we would not be needing her flat.

She was very nice and gave us afternoon tea. She said in her precise and careful style, "I'm glad you have a house for your own sake and for the sake of your little boy, because a flat is no place for a child, especially a boy. But for my own sake, I'm very sorry. I had decided to let you have the flat because I think we could have got very well together and because you liked my lemons."

As I left, she handed me a bag with two huge lemons in it. They were the most magnificent I have ever seen — huge and without blemish, and two were all the load I would care to carry. As I looked back from the gate and saw her sweet smile, I wondered why we had called her the Lemon Lady.

As my husband said to me afterwards, "No one could do anything so well as she grew those lemons, without being very proud of the accomplishment, and our touching on them was a good point in psychology." We have used that idea to good effect several times since then.

At the house we did rent was a decayed, dying old lemon tree with the woodlice playing havoc with the remnant of its body. My husband shook his head sadly as he gazed at it. "Too late for treatment, I'm afraid," he said, but he set to and pruned it ruthlessly. We were in that house for four years and from the second year onward, we each had the juice of a lemon every morning, and when we left we took with us two 60-pound cases of lemons from the tree, and after we left a friend wrote and asked why we had not picked the lemons before we left.

We still call her the Lemon Lady, but the term is now one of pure affection.

✒ 译前提示：

柠檬并无奇异之处，但在这位老太太的栽培之下，其质地非同一般，其品质也不同凡响。它显然已成为人与人之间沟通的桥梁，成为人与人之间传递友善与关爱的"使者"。原文中 Lemon Lady 外表严肃冷漠，不苟言笑，但内心充满热情、友善、关爱，而且善解人意。翻译中需围绕作者叙事速度以及 Lemon Lady 的外貌特征与言谈举止特征来选词造句，营构出 Lemon Lady 这一人物形象和内涵的双重性。

Hate

(Excerpt)

Hendrik Willem Van Loon

Suddenly the war was over, and Hitler was captured and brought to Amsterdam. A military tribunal condemned him to death. But how should he die? To shoot or hang him seemed too quick, too merciful. Then someone uttered what was in everybody's mind: the man who caused such incredible suffering should be burned to death.

"But," objected one judge, "our biggest public square in Amsterdam holds 10,000 people, and 7,000,000 Dutch men, women and children will want to be there to curse him during his dying moments."

Then another judge had an idea. Hitler should be burned at the stake, but the wood was to be ignited by the explosion of a handful of gunpowder set off by a long fuse which should start in Rotterdam and follow the main road to Amsterdam by way of Delft, The Hague, Leiden and Haarlem. Thus millions of people crowding the wide avenues which connect those cities could watch the fuse burn its way northward to Herr Hitler's funeral pyre.

A plebiscite was taken as to whether this was fitting punishment. There was 4,981,076 yeas and one nay. The nay was voted by a man who preferred that Hitler be pulled to pieces by four horses.

At last the great day came. The ceremony commenced at four o'clock on a June morning. The mother of three sons who had been shot by the Nazis for an act of sabotage they did not commit set fire to the fuse while choir sang a solemn hymn of gratitude. Then the people burst forth into a shout of triumph.

The spark slowly made its way from Rotterdam to Delft, and on toward the great square in Amsterdam. People had come from every part of the country. Special seats had been provided for the aged and the lame and the relatives of the murdered hostages.

Hitler, clad in a long yellow shirt, had been chained to the stake. He preserved a stoical silence until a little boy climbed upon the pile of wood surrounding the former Fuhrer and placed there a placard which read, "This is the world's greatest murderer." This so aggravated Hitler's pent-up feeling that he burst into one of his old harangues.

The crowd gaped, for it was grotesque sight to see this little man ranting away just as if he were addressing his followers. Then a terrific howl of derision silenced him.

Now came the great moment of the day. About three o'clock in the afternoon the spark reached the outskirts of Amsterdam. Suddenly there was a roll of drums. Then, with an emotion such as they had never experienced before, the people sang the *Willhelmus*, the national anthem. Hitler, now ashen-gray, futilely strained at his chains.

When *the Willhelmus* came to an end, the spark was only a few feet from the gunpowder; five more minutes, Hitler would die a horrible death. The crowd broke forth to a shout of hate. A minute went by. Another minute. Silence returned. Now the fuse had only a few inches to go. And at the moment the incredible happened.

A wizened little man wriggled through the line of soldiers standing guard. Everybody knew who he was. Two of his sons had been machine-gunned to death by the parachute troops; his wife and three daughters had perished in Rotterdam's holocaust. Since then, the poor fellow had seemed deprived of reason, wandering aimlessly about and supported by public charity — an object of universal pity.

But what he did now made the crowd turn white with anger. For he deliberately stamped upon the fuse and put it out.

"Kill him! Kill him!" the mob shouted. But the old man quietly faced the menacing populace. Slowly he lifted his both arms toward heaven. Then in a voice charged with fury, he said:

"Now let us do it all over again!"

译前提示:

这篇文章文字浅近流畅，通俗易懂。文中出现的不同人物（如 Hitler、a wizened little man 等）经简笔勾勒，特点鲜明，形象栩栩如生。在演绎普通民众如何处死希特勒才可解心头之恨的过程中，故事情节跌宕起伏，扣人心弦。翻译过程中，把握作者的叙事口吻，以简明晓畅的语言再现出不同人物的鲜明形象、普通民众的情感变化以及跌宕起伏的故事情节颇为重要。

Early Autumn

Langston Hughes

When Bill was very young, they had been in love. Many nights they had spent walking, talking together. Then something not very important had come between them, and they didn't speak. Impulsively, she had married a man she thought she loved. Bill went away, bitter about women.

Yesterday, walking across Washington Square, she saw him for the first time in years.

"Bill Walker," she said.

He stopped. At first he did not recognize her, to him she looked so old.

"Mary! Where did you come from?"

Unconsciously, she lifted her face as though wanting a kiss, but he held out his hand. She took it.

"I live in New York now," she said.

"Oh" — smiling politely, then a little frown came quickly between his eyes.

"Always wondered what happened to you, Bill."

"I'm a lawyer. Nice firm, way downtown."

"Married yet?"

"Sure. Two kids."

"Oh," she said.

A great many people went past them through the park. People they didn't know. It was late afternoon. Nearly sunset. Cold.

"And your husband?" he asked her.

"We have three children. I work in the bursar's office at Columbia."

"You're looking very ..." (he wanted to say old) "... well," he said.

She understood. Under the trees in Washington Square, she found herself desperately reaching back into the past. She had been older than he then in Ohio. Now she was not young at all. Bill was still young.

"We live on Central Park West," she said. "Come and see us sometime."

"Sure," he replied. "You and your husband must have dinner with my family some night. Any night. Lucille and I'd love to have you."

The leaves fell slowly from the trees in the Square. Fell without wind. Autumn dusk. She felt a little sick.

"We'd love it," she answered.

"You ought to see my kids." He grinned.

Suddenly the lights came on up the whole length of Fifth Avenue, chains of misty brilliance in the blue air.

"There's my bus," she said.

He held out his hand. "Good-bye."

"When ..." she wanted to say, but the bus was ready to pull off. The lights on the avenue blurred. And she was afraid to open her mouth as she entered the bus. Afraid it would be impossible to utter a word.

Suddenly she shrieked very loudly, "Good-bye!" But the bus door had closed.

The bus started. People came between them outside, people crossing the street, people they didn't know. Space and people. She lost sight of Bill. Then she remembered she had forgotten to give him her address — or to ask him for his — or tell him that her youngest boy was named Bill, too.

🖋 **译前提示：**

　　昔日的一对恋人，因鸡毛蒜皮的小事闹僵了，从此分道扬镳，各奔东西。多年后，均已成家育子的他们在华盛顿广场邂逅，诉说着彼此的现在与过往。小说取名"早秋"（*Early Autumn*）既写了自然之秋，似乎又与人生之秋、爱情之秋相关联，意蕴层深，耐人寻味。

　　全文语言质朴简练，明白如话，人物情感、个性与形象通过对话中双方的言谈举止表现得尤为巧妙充分，这是翻译这篇小说时需着重把握的地方。

因为有了那个信箱

林荣芝

近来小镇治安有点乱。说是不知哪来了一个盗窃团伙,专乘上班时间破门撬窗入室作案。

前天,东开街王码电脑公司软件中心个体户被盗。

昨天,红卫街一专业户被盗。

今天,爱民巷一位当官的人家被破门。

消息不胫而走,弄得人心惶惶。警察局一下子破不了案,只好吩咐居委会挨家逐户做防盗宣传工作。

其实不做防盗宣传,人们也警惕了。就拿我的邻居来说吧,左右前后都安装上了铁门,远远望去就像牢房的铁栏一样,森严壁垒。

大约一星期前,妻子说:"咱家是不是也安个铁门?"

我想了想,说:"一个教书的,哪能像人家。就算贼佬破门而入室,碰到的都是书。一副铁门二百多块,两个月的工资哪!"

妻子无言了。这时邮递员又从我的门缝里塞进了报纸和信件。信件过厚,被塞破了。我这时才想起做一个报信箱。

正当我动手做信箱时,笃笃笃,有人敲门。开门时却使我吃了一惊!来人举起一把明晃晃的菜刀在我脸前晃着:"买不买,好刀!"

"不买不买!"我机械地反应。

"用粮票换。"来人伸手从挎包里又抽出一把尖刀,并有往屋里挤之势。

我吃力地掩门,不让进。他狠狠瞪了我一眼,眼珠子有些逼人。

"对不起,你走吧!"我暗生一种警惕。

第二天,我决心安装铁门。可一出去问价,贵得惊人,翻了三倍价。还是等下月领薪再打算吧,我只好败兴而归。

回家开了信箱,不想邮递员又错投了信。我只好拿出毛笔,在门前的信箱上写上了"林琳老师信箱"字样,以便提醒粗心的邮递员。

下午下班回来,左右邻居几家都在哭爹骂贼。我走去一看,原来是被盗之故。贼人也真厉害,铁门也能破开。

我回家一看,门户紧锁,安然无恙。我长长吁了一口气。

警察来破案,队长前后左右,家家户户转了一圈又一圈,最后站在我家门前停下，自言自语地说："为什么家家被盗，唯独他家完整无缺。"

"就是，而且都是安装了铁门的，"一位警察插嘴说，"这家没装铁门反没盗。"

听了他们的话，我倒紧张起来了，不知如何是好。"答案就在这里，"刑警队长眼睛一亮，说，"他家有个护身符！"

"什么护身符？"站在旁边的刑警问。

"就是这个信箱，"刑警队长说，"你没见写着'老师'二字么？"

听了他们的话，我才松了口气。

从此，我的邻居全都在家门口钉上了一个信箱，而且都写上了"老师"字样。

✒ **译前提示：**

为了防盗，小镇上的住户纷纷装上了铁门，结果反而一一被盗，而"我"因手头紧未能买上铁门，又因门前信箱上"林琳老师信箱"字样，家里一直免遭盗窃。是"老师"的字样，令小偷敬畏望而却步，还是它意味着"清贫"让小偷止步不前？还是另有缘由？个中意味，令人悬想。全文语言平易质朴，语句精练短小，故事情节也不复杂，娓娓道来。翻译中需从造句谋篇上再现作者娓娓道来的叙事特点以及"我"的心态变化过程。

第五章
戏剧翻译

本章学习目标：

1. 阅读英汉戏剧经典作品，体会与理解戏剧的基本特征及语言特点。

2. 研读不同语体风格的戏剧作品，分析其具体审美特征。

3. 进行戏剧翻译练习，写出译前理解鉴赏与译后审美表达的过程与特点。

4. 结合戏剧翻译的原则，对比研读同一作品不同译文的翻译艺术与技巧。

第一节　戏剧的基本特征

　　戏剧的基本特征，这里指的主要是戏剧作品的基本特征。戏剧作品可以供人阅读，但其更主要的价值与作用是供舞台演出。戏剧作品演出的得失成败，既与其创作质量密切相关，也与演员在舞台上的演出效果以及服装、道具、布景、灯光、音响等的设计与配置紧密相连。因此，戏剧具有综合性、舞台性和直观性的特点。戏剧的这些特点直接决定了戏剧作品需具有以下基本特征：

1. 浓缩地反映现实生活

　　戏剧作品主要用于舞台演出，而舞台演出只能在有限的时间（一般最多三个小时）和有限的空间（舞台）内面对观众完成。为了在有限的舞台时空内表现无限丰富而深广的社会生活内容，并始终吸引着观众的审美注意，剧作家必须把生活写得高度浓缩、凝练，用较短的篇幅、较少的人物、较简省的场景、较单纯的事件，将生活内容概括地、浓缩地再现在舞台上，以达到"绘千里于尺素，窥全豹于一斑"的效果。

2. 紧张、激烈的戏剧冲突

　　没有冲突就没有戏剧。构建戏剧冲突是戏剧作品的基本特征之一。所谓戏剧冲突，就是作品中所反映的矛盾和斗争，它包括人物与人物之间的冲突，人物与周围环境的冲突以及特定环境下人物自身的冲突。戏剧冲突应当集中、紧张、激烈，富有传奇性和曲折性，以求在有限的舞台时间内取得引人关注、扣人心弦、引人入胜，甚至出奇制胜的强烈艺术效果。戏剧冲突源自生活冲突与性格冲突，是对两者艺术的转化。生活冲突主要又是人的矛盾，是人的性格冲突的结果，因此，戏剧冲突既表现为外在的生活冲突，又表现为内在的性格冲突。

3. 以人物台词推进戏剧动作

　　剧本中的人物语言，即台词，是用来塑造人物形象，展示矛盾冲突的基本手段。台词包括对白（对话）、旁白和独白等基本表达形式，其中对话形式占据主导。剧本不允许作者出现，一般也不能有叙述人的语言，只能靠人物自身的语言塑造形象。离开了人物的台词，就没有了戏剧文学。这是戏剧有别于小说等艺术形式的地方。人物台词应具有引出动作和有利于动作的可能性，能够推进戏剧动作向前发展。

第二节　戏剧语言的特点

戏剧语言是戏剧的基本材料，是戏剧展开情节、刻画人物、揭示主旨的手段和工具。由于戏剧艺术自身的特殊性，戏剧语言也具有自己明显的特性，即戏剧语言的动作性、个性化和抒情性。

1. 动作性

动作性是戏剧人物语言最本质的特征，是人物语言戏剧性的体现。美国学者劳逊指出："一出戏就是一个动作体系"，"动作性是戏剧的基本要素"，"一小段对话，一场或整个一出戏都牵涉到具有不具有动作性的问题"。[1]戏剧的动作性包括两个方面：一是指与对话伴随的动作，如表情、手势、语调、内心活动等；二是指对话引起的行为，如因争执而互相厮打，合谋共商之后采取的行动等。人物语言的动作性，除能体现人物的性格、表达人物的思想感情之外，还能推动戏剧情节的发展。具体地说，人物语言的动作性能引起剧中人的反应，并最终形成行动，甚至改变人与人之间的关系。

2. 个性化

"言为心声"，人物的身份、职业、气质、性格不同，说出的话也不一样。清代戏剧家李渔主张戏剧语言"语求肖似"，"说一人，肖一人，勿使雷同，弗使浮泛。"[2]就是说，人物语言要符合人物性格，要彼此各不相同。舞台上戏剧人物语言的个性化，表现在要符合他所处的时代、生活环境、身份和人生阅历，要反映他的心理活动和思想习惯，还表现在要揭示人物性格的发展变化。

人物语言是个人的"口语"，而不是剧作者的代言，更不是千人一腔的模式化语言。个人的口语虽有大众化、生活化的特点，但并不会趋于"简单化"，均有着鲜明的个性化艺术特色。

3. 抒情性

戏剧语言是剧中人物表达思想感情的媒介。戏剧语言有两种：一种是舞台提示性语言，用于简单说明戏剧中的时间、地点、人物动作和心理等，这部分语言在叙事上

1　约翰·霍华德·劳逊（John Howard Lawson）.《戏剧与电影的剧作理论与技巧》. 北京：中国电影出版社，1961：214.
2　李渔.《闲情偶寄》. 上海：上海古籍出版社，2000：64.

与小说差不多，对戏剧人物的塑造不起第一性的作用；另一种是人物语言，即台词，用于塑造人物形象，展示矛盾冲突。

戏剧语言的抒情性在不同类型戏剧作品中有着不同的体现。在以诗歌体写成的戏剧中，其抒情性体现在语言的诗韵、诗味等诗性特点上，中外戏剧中都有用韵文写成的戏剧。在以散文体写成的戏剧中，其抒情性体现在具有日常口语特点、经过润色提炼的散文化语言上，近代戏剧常用散文写成。戏剧语言的抒情性有助于丰富人物形象，推动情节发展，表现戏剧作品的诗意力量，它是戏剧人物舞台魅力的重要表征。

第三节　戏剧文体的分析

戏剧语言主要由对话和舞台指令组成。戏剧语言往往具有诗歌、小说的特点，因此用于诗歌、小说的文体分析方法也可以应用于戏剧，只是戏剧文体分析侧重人物对话的语言特征及其体现的人物关系和主题意义等。[1]

1. 综合性分析

戏剧文本的存在方式通常可分为两大类型：一是供读者阅读的书面文本，另一个是供舞台演出的舞台剧本。两大类型的文本均体现出戏剧是门综合艺术的特点，尤其是供演出的舞台剧本更是融合了语言、音乐、文学、舞蹈、绘画、雕塑等多学科、多领域的知识与元素。仅从文学的视角来看，戏剧不仅具有诗歌的韵律性与抒情性的特点，也具有小说人物形象刻画与情节叙述的特点。因此，分析戏剧文本的文体可借鉴诗歌文体与小说文体的分析元素与方法。比如，诗歌语言的语音模式、格律、句法与修辞等可以用来分析戏剧文体；小说语言的语篇组织模式、风格变异模式、话语类型模式、话语表达模式等也可以用来分析戏剧文体。

2. 对话的分析

对话是戏剧的灵魂，在戏剧中既可表现人物性格、构建和协商人际关系，又可推动故事情节的发展。因此，分析戏剧对话的文体特点可以达到纲举目张的效果。在这

---

1 张德禄等.《英语文体学重点问题研究》. 北京：外语教学与研究出版社，2015：186.

方面，语言学的一些理论模式可用于戏剧对话的分析，进一步说，可用于戏剧文本的书面语言或者戏剧舞台表演的口头语言的分析。例如，从言语行为、会话含义、话轮转换、话语标记、衔接连贯、语气和情态等方面，可以对戏剧对话特点及其意义内涵进行较为系统的分析。

3. 口语体的分析

戏剧语言接近口语体，这种口语体的语言来源于生活，又高于生活，是对生活中的口头语言进行加工和提炼后的语言。它既真实生动、通俗易懂，又简洁精练、含蓄深刻。它去除了日常生活语言的粗俗、芜杂与啰嗦，显得雅而不涩，易而不俗。在语音效果上，戏剧语言颇为讲究声韵之美，注意字音言说时的平仄或抑扬功效，其目的是使演员说着"上口"，使观众听着"入耳"，从而获得艺术审美享受。此外，这种口语体的语言具有鲜明的个性，有着"说何人，肖何人"（李渔语）的特点。

如同散文、诗歌、小说一样，所分析的不同戏剧要素也可以按文本层次结构"三分法"进行逐层演绎与论述，为后续戏剧作品的翻译奠定基础。

第四节　戏剧翻译的原则

戏剧翻译可分为供阅读的翻译和供舞台演出的翻译两种。鉴于"戏剧文学是适于舞台表现的文学。戏剧表演的使命便是它的基本特征。"[1]这里主要针对供舞台演出的戏剧翻译原则进行申说。

1. 上口性

戏剧最终是要搬上舞台演出的，是要通过"说"与"表演"来实现其艺术价值的，因而追求戏剧语言的上口性对戏剧演出至关重要。戏剧创作如此，戏剧翻译亦然。戏剧翻译中的上口性就是要求译文语言既要便于演员上口，又要有利于剧情表现与观众理解。具体地说，就是要便于演员表演时念起来抑扬顿挫，朗朗上口，观众听起来语音清晰，流畅顺耳。不仅如此，由于舞台演出的时空局限，上口性还需语言简练、鲜活。因为"一句台词稍纵即逝，不可能停下戏来加以注

---

1 鲍里斯·托马舍夫斯基. 主题. 载方珊等译《俄国形式主义文论选》. 北京：三联书店，1989：148.

释、讲解。"[1] 拖泥带水、句子零乱的台词也难以取得应有的表情艺术效果。译文语言的鲜活，就是要语言生动形象，表达准确，有力度，有情趣，充满着时代气息。

2. 可表演性

戏剧是通过表演来完成其艺术使命的。戏剧表演的特性要求其译文语言要体现出动作性，要适于演员舞台表演。不仅如此，其译文语言还需具有语境中的前后"关联与激发性"。也就是说，其译文的动作性还要求人物对话的语言环环相扣，彼此推演流转，形成一个既可连续演出，又可推动剧情发展的动作体系。戏剧翻译家与表演艺术家英若诚指出："作为一个翻译者，特别是翻译剧本的时候，一定要弄清人物在此时此刻语言背后的'动作性'是什么，不然的话，就可能闹笑话。"[2] 英氏这里所说的"闹笑话"，问题应是出在译文没有动作性，没有前后动作的关联性，不便于表演，译文前后也不够自然贯通，不利于推动剧情顺利向前发展。

3. 性格化

"一句台词勾画一个人物"（老舍语），说出了戏剧台词之于塑造人物的重要性。"说一人，肖一人，勿使雷同，弗使浮泛"（李渔语），则道出了戏剧人物需有鲜明而独特的性格。戏剧翻译中，应针对不同人物的性格进行遣词造句。"译戏如演戏，首先要进入角色"，"倘若不能进入角色，译成千面一腔，化千为一，戏就化为乌有"。[3] 再现人物的性格，需要把握人物台词的语义与风格，辨明其言说的语调，分清其语气的变化，感知其语势的强弱。惟其如此，戏剧翻译中再现的人物才会千人千面，千面千腔，性格突出，形象饱满，耐人寻味。

第五节　戏剧翻译的评论

戏剧翻译虽然有供阅读的书面文本与供演出的舞台剧本两种呈现方式，但因其服务的最终对象是剧院的观众，不是通常的翻译服务对象译文读者，所以其翻译呈现出

---

1 英若诚译.《英若诚名著译丛——〈茶馆〉》序言. 北京：中国对外翻译出版公司，1999：3—4.
2 同上：4.
3 翁显良. 千面千腔——谈戏剧翻译. 载《翻译通讯》编辑部编《翻译研究文集》（1949—1983）. 北京：外语教学与研究出版社，1984：505.

自身的独特性。

1. 戏剧语言特色的再现

为了舞台演出，戏剧语言需具有可表演性，进一步说，需具有便于舞台表演与推动剧情发展的动作性。为了舞台演出效果，亦即对观众的直接效果，戏剧语言需具有上口性，既需简洁明了、通俗易懂，又需音韵谐和、朗朗上口。为了使舞台人物形象鲜明、特点突出，戏剧语言在描绘剧中人物时"必须符合人物的身份、性格，……。要符合他所处的时代、生活环境、他的身份和人生阅历，要反映他的心理活动和思想习惯，体现出他的性格。"[1]这是戏剧翻译评论需要重点关注的方面。

2. 戏剧译评的文外因素考量

戏剧翻译考虑到译文的忠实、准确、通顺之时，还需考虑到导演、演员和观众的需求，考虑到舞台表演的特殊要求。翻译戏剧时，"译者必须一边翻译一边在心里执导着戏剧"（R. Pulvers）。[2]"必先自拟为读者，察阅译文中有无暧昧不明之处。又必自拟为舞台上之演员，审辨语调之是否顺口，音节之是否调和。"[3]因此，进行戏剧翻译评论，仅限于原文与译文之间句栉字比显然是不够的，还需考虑到导演、演员、观众、舞台等因素对翻译产生的影响。这些因素构成一个系统的整体，是做好可供舞台演出的戏剧翻译及其评论的基本前提。

3. 戏剧译者的独特性

不同的戏剧译者对戏剧的翻译认知既有共性，也有各自的特性。郭沫若提出戏剧翻译中"诗性的移植"，曹禺主张为"演"而译，朱生豪倡导保持原作神韵，英若诚实践"活的语言"和"脆的语言"等等，这些论断各有侧重，但回到这些戏剧译家的翻译实践中可以看到他们之间诸多相同或相似的做法。因此翻译评论中，结合译者的翻译观内涵，可以揭示不同译文的不同艺术特色、个性特色、时代特色，甚至地域特色。

---

1 孟伟根.《戏剧翻译研究》. 杭州：浙江大学出版社，2012：66.
2 同上，40.
3 朱生豪.《莎士比亚戏剧全集》. 北京：人民文学出版社，1958：译者自序.

第六节　戏剧翻译实践及讲评

例文一

Hamlet

（Act III　Excerpt）

William Shakespeare

HAMLET：

To be, or not to be — that is the question：

Whether 'tis nobler in the mind to suffer

The slings and arrows of outrageous fortune

Or to take arms against a sea of troubles,

And by opposing end them. To die, to sleep —

No more; and by a sleep to say we end

The heartache, and the thousand natural shocks

That flesh is heir to. 'Tis a consummation

Devoutly to be wish'd. To die — to sleep.

To sleep — perchance to dream：ay, there's the rub!

For in that sleep of death what dreams may come

When we have shuffled off this mortal coil,

Must give us pause. There's the respect

That makes calamity of so long life.

For who would bear the whips and scorns of time,

Th' oppressor's wrong, the proud man's contumely,

The pangs of despis'd love, the law's delay,

The insolence of office, and the spurns

That patient merit of th' unworthy takes,

When he himself might his quietus make

With a bare bodkin? Who would fardels bear,

To grunt and sweat under a weary life,

But that the dread of something after death —

The undiscover'd country, from whose bourn

No traveller returns — puzzles the will,

And makes us rather bear those ills we have

Than fly to others that we know not of?

Thus conscience does make cowards of us all,

And thus the native hue of resolution

Is sicklied o'er with the pale cast of thought,

And enterprises of great pith and moment

With this regard their currents turn awry,

And lose the name of action.

1. 作品概述

《哈姆雷特》（*Hamlet*）是莎士比亚（William Shakespeare，1564—1616）创作的一部悲剧作品，称得上是一部人类心灵咏唱出来的伟大史诗。以上段落选自该剧第三幕第一场，是数百年来《哈姆雷特》中最为脍炙人口的独白之一。

哈姆雷特（Hamlet）的父亲突然去世，随后不久其叔父克劳迪斯（Claudius）与其母亲结婚并篡夺王位，父亲的亡魂显灵告诉哈姆雷特杀父仇人是他叔父，并叮嘱他一定要为父亲报仇雪恨。知晓这一切后，哈姆雷特感到万分震惊，心情极度苦闷，苦于无法采取任何手段来为父亲复仇，于是想到以自杀来了却一切烦恼和痛苦。可一想到人死如同睡眠，进入的却是一个有去无回的未知境界，哈姆雷特开始犹豫不定，不知到底该怎么办为好。这段独白反映了哈姆雷特内心那种特有的痛苦和挣扎，同时也反映出他优柔寡断的性格特征。

2. 审美鉴赏

结合《哈姆雷特》选段的主要审美特征，拟从以下四个方面对其进行审美鉴赏与分析：节奏美、意象美、修辞美、形象美。

（1）节奏美

以上选段用素体诗（blank verse）写成。其外在节奏表现在每行是五音步抑扬格，行与行之间不押尾韵；其内在节奏表现为诗情徐缓、急促、趋向徐缓、徐缓的变化轨迹。具体说来，第1—14行独白时语速徐缓，表征这一特点的是这14行中含长元音或双元音的词汇占据主导以及行文中的不断跨行（如 "Whether 'tis nobler in the mind to suffer / The slings and arrows of outrageous fortune" 等）。第15—22行语速急促，彰显这一特点的则是这8行中含短元音的词汇明显增多，并占据主导。此外，句式（如 "For who would bear ... Who would fardels bear, ..."）与短语（如 "the whips and scorns of time, / Th' oppressor's wrong, the proud man's contumely, / The pangs of despis'd love, the law's delay, ..."）形成的平行结构也有助于加快语速。第 23—27 行语速由急促渐趋徐缓，这几行中含短元音的词汇与含长元音或双元音的词汇数量彼此相当，其间的跨行句式也使表达的速度放慢下来。第 28—33 行语速转入徐缓，这几行中含长元音或双元音的词汇又开始占据主导。

（2）意象美

行文中意象的使用，一方面使偏于抽象的情、景、物、事显得具体、直观，易于把握理解，另一方面使表达的内容显得生动、形象、蕴涵丰富。例如：

原　　文	解　　说
The slings and arrows of outrageous fortune	将"狂暴的命运"描绘为具象的"飞箭与乱石的攻击"，既使这样的命运显得具体可感、生动形象，又给人这样的命运由来已久之感（箭与石是人类最早的武器之一）。
take arms against a sea of troubles	将"苦恼"与"大海"连用，描绘出"苦恼"繁多而深广的情形。同时将"苦恼"与 take arms against 搭配使用，则予人"苦恼"之强烈，有如劲敌扑来之势。
For in that sleep of death what dreams may come	将"死亡"与"睡眠"相联系，具体形象，彼此互渗，易于理解、把握。
When we have shuffled off this mortal coil,	以"缠绕"来描绘人生的千重万重羁绊，形象恰切，耐人寻味。
For who would bear the whips and scorns of time,	将"时间"描绘为"鞭挞和嘲弄"的实施者，大大强化了形象的直观性与艺术感染力。
the spurns / That patient merit of th' unworthy takes,	将"小人"的恶行描绘为"脚踢、践踏"，将所遭受的羞辱表现得生动具体，入木三分。
And thus the native hue of resolution / Is sicklied o'er with the pale cast of thought,	将"决心"的变化描绘为健康之色（血红色）因病而变得苍白，生动形象，便于观众感知、把握。

以上例证中的诸意象遵循着"近取诸身"的创设原则，从而使表达的思想或情绪给人切肤之感，大大强化了表达的力量。不仅如此，这些意象的情感色调均呈现出"痛苦的、难受的、病态的"消极色彩，进而在文本的字里行间营构出"一张无形的苦难大网"。这无疑更为有效地烘托着哈姆雷特所经受的痛苦之巨大。

(3) 修辞美

上一节"意象美"中论及的内容，若从修辞的角度来看，则有暗喻、拟人、夸张、象征等等表现手法。这里不再从个体修辞手段上进行逐一阐说，而是拟从种种修辞手段创设的认知特色上展开探讨。从上一节可推知，整个选段是在这一大的隐喻命题下完成的：Life is full of bodily sufferings，而构成这一大命题的则主要有以下四个小命题或"隐喻链"：

Life is full of bodily sufferings		
1）Life is a hard battle	Whether 'tis nobler in the mind to suffer / The slings and arrows of outrageous fortune / Or to take arms against a sea of troubles, / And by opposing end them.	The slings and arrows, take arms against, by opposing end them 形成"生活即战争"的隐喻链。
2）Life is a deathly sleep	To die, to sleep —/No more; and by a sleep to say we end / The heartache, and the thousand natural shocks / That flesh is heir to. 'Tis a consummation / Devoutly to be wish'd. To die — to sleep. / To sleep — perchance to dream：ay, there's the rub！/For in that sleep of death what dreams may come	die, sleep, no more, that sleep of death 形成"生活即死亡般睡眠"的隐喻链。
3）Life is an unknown journey	But that the dread of something after death —/ The undiscover'd country, from whose bourn / No traveller returns — puzzles the will,	undiscover'd country, from whose bourn, no traveller 形成"生活即未知的旅程"的隐喻链。
4）Life is a persistent illness	And makes us rather bear those ills we have / Than fly to others that we know not of? / Thus conscience does make cowards of us all, / And thus the native hue of resolution / Is sicklied o'er with the pale cast of thought,	those ills, sicklied, the native hue, the pale cast 形成"生活即缠身的疾病"的隐喻链。

（4）形象美

从以上分析可知，哈姆雷特处在极度的烦恼与痛苦之中，但又无法摆脱烦恼与痛苦的缠绕。面对如此困境，是在烦恼与痛苦中了结余生，还是战胜烦恼与痛苦获得新生？他不知如何是好，显得犹犹豫豫、优柔寡断。哈姆雷特的这一形象特点，除在语义的两难选择上得到表现外，还在语句的形式上得到了较为充分的彰显——选段中不断出现 or、whether、but 等之类的表达式。

3. 翻译与讲评

　　鉴于以上审美解析，试引一例译文分析说明之。

哈 姆 雷 特
（第三幕　选段）

威廉·莎士比亚

哈姆雷特：活下去还是不活：这是问题。
　　　　　　要做到高贵，究竟该忍气吞声
　　　　　　来容受狂暴的命运矢石交攻呢，
　　　　　　还是该挺身反抗无边的苦恼，
　　　　　　扫它个干净？死，就是睡眠——
　　　　　　就这样；而如果睡眠就等于了结了
　　　　　　心痛以及千百种身体要担受的
　　　　　　皮痛肉痛，那该是天大的好事，
　　　　　　正求之不得呀！死，就是睡眠；
　　　　　　睡眠也许要做梦，这就麻烦了！
　　　　　　我们一旦摆脱了尘世的牵缠
　　　　　　在死的睡眠里还会做些什么梦，
　　　　　　一想到就不能不踌躇。这一点顾虑
　　　　　　正好使灾难变成了长期的折磨。
　　　　　　谁甘心忍受人世的鞭挞和嘲弄，
　　　　　　忍受压迫者虐待、傲慢者凌辱，
　　　　　　忍受失恋的痛苦、法庭的拖延、
　　　　　　衙门的横暴、做埋头苦干的大才
　　　　　　受作威作福的小人一脚踢出去，
　　　　　　如果他只消自己来使一下尖刀
　　　　　　就可以得到解脱啊？谁甘心挑担子，
　　　　　　拖着疲累的生命，呻吟，流汗，
　　　　　　要不是怕一死就去了没有人回来的
　　　　　　那个从未发现的国土，怕那边
　　　　　　还不知会怎样，因此意志动摇了，
　　　　　　因此就宁愿忍受目前的灾殃，

而不愿投奔另一些未知的苦难?

这样子,顾虑使我们都成了懦夫,

也就这样子,决断决行的本色

蒙上了惨白的一层思虑的病容;

本可以轰轰烈烈的大作大为,

由于这一点想不通,就出了别扭,

失去了行动的名分。

(卞之琳译. 选自卞之琳译《哈姆雷特》)

译文忠实于原文的形式与内容,表达通顺流畅,再现了原作的审美艺术特色,下面对其翻译特色进行总结与研讨。

(1) 变化的节奏

原文每行是五音步抑扬格,行与行之间不押尾韵。译文如实转存,以汉语之"顿"(每"顿"由两、三个字组成)来对应英语之"音步",均做到了以汉语五顿来翻译原文五音步。此外,译文紧承原文之形,亦步亦趋,原文跨行处也是译文跨行处。例如:

活下去 | 还是 | 不活: | 这是 | 问题。

要做到 | 高贵, | 究竟该 | 忍气 | 吞声

来容受 | 狂暴的 | 命运 | 矢石 | 交攻呢,

还是该 | 挺身 | 反抗 | 无边的 | 苦恼,

扫它个 | 干净?

原文的内在节奏是徐缓、急促、渐趋徐缓再到徐缓。译文也较好地传译出了这样的情感律动效果。试看下例:

谁甘心忍受人世的鞭挞和嘲弄,

忍受压迫者虐待、傲慢者凌辱,

忍受失恋的痛苦、法庭的拖延、

衙门的横暴、做埋头苦干的大才

受作威作福的小人一脚踢出去,

译文中词语"忍受"的一再复现,短语"人世的鞭挞"等定中结构的不断连缀,使表达的情感不断积聚,推波助澜,愈趋愈强,最后"做埋头苦干的大才/受作威作福的小人一脚踢出去"的结构形式有所变化,既表现着情感发展的顶点,也昭示着诗情转入徐缓的拐点。

综而观之,译文转存了原文的形式,也再现了原文流动的诗情,较为成功地再现

了原作的外在与内在节奏。

(2) 译文的上口性

戏剧是演给观众听与看的，其语言没有可重复性，听不懂就过去了，没有第二次机会。因此，戏剧台词既应自然流畅，节奏鲜明，便于演员上口，还应简洁明了，通俗易懂，便于观众理解把握。

对于前者的传译，如上文"变化的节奏"所示，译文的外在节奏便于演员上口，译文的内在节奏则便于演员演绎起伏消涨的情绪。对于后者的传译，译者选用了一系列极富生活化、口语化的语言。例如：

原　文	译　文	解　说
To be, or not to be,	活下去还是不活	生活化、口语化的语言既便于观众理解，又彰显了哈姆雷特内心感受的细腻变化。
to suffer	忍气吞声	
end them.	扫它个干净	
To die, to sleep —/No more;	死，就是睡眠——/就这样	
and the thousand natural shocks/That flesh is heir to.	千百种身体要担受的/皮痛肉痛	
'Tis a consummation	那该是天大的好事	
Devoutly to be wish'd.	正求之不得呀！	
there's the rub!	这就麻烦了！	

(3) 戏剧性冲突

戏剧的基本特征是表现冲突——人与人之间、个人与集体之间、集体与集体之间、个人或集体与社会或自然力量之间的冲突。以上选段中，冲突表现在哈姆雷特关于生与死的思考与抉择上。为了表现这一戏剧特征，译者在选词造句上再现了冲突性。例如：

原文与译文	戏剧性冲突
To be, or not to be（活下去还是不活）	再现出思考的意味之时，凸显了生与死的冲突性。
to suffer（忍气吞声） to take arms against（挺身反抗）	前者表现的态度或动作被动、消极，后者表现的则主动、积极。

原 文 与 译 文	戏剧性冲突
and by a sleep to say we end / The heartache, and the thousand natural shocks / That flesh is heir to. （而如果睡眠就等于了结了心痛以及千百种身体要担受的／皮痛肉痛，）	凸显了"睡眠"的"无痛"与现实的"心痛、皮痛、肉痛"之间的冲突。
To sleep — perchance to dream：ay, there's the rub! （睡眠也许要做梦，这就麻烦了！）	"这就麻烦了！"暗示出"睡眠"与"梦"的冲突。
and the spurns / That patient merit of th' unworthy takes,（做埋头苦干的大才／受作威作福的小人一脚踢出去，）	强化了前者"善"与后者"恶"之间戏剧冲突的直感性。
And thus the native hue of resolution / Is sicklied o'er with the pale cast of thought,（决断决行的本色／蒙上了惨白的一层思虑的病容；）	"决心"有如面色红润的健康之人，而"思想"则为面色苍白的疾病传播者，彼此互照，冲突强烈。

（4）"隐喻链"的传递

选段中既蕴含着"总隐喻链"，也蕴含着"分隐喻链"。译文总体上成功地把握了这一特色。比如就"总隐喻链"的传递而言，译者均选用了与身体遭受的痛苦（bodily sufferings）相关联的词句。这方面尤为典型的有：

原　文	译　文
to suffer	忍气吞声
the thousand natural shocks / That flesh is heir to.	心痛 以及千百种身体要担受的/皮痛肉痛，
When we have shuffled off this mortal coil,	我们一旦摆脱了尘世的牵缠
There's the respect / That makes calamity of so long life.	这一点顾虑／正好使灾难变成了长期的折磨。
the spurns / That patient merit of th' unworthy takes,	做埋头苦干的大才／受作威作福的小人一脚踢出去，
To grunt and sweat under a weary life,	拖着疲累的生命，呻吟，流汗，

而就四种"分隐喻链"的传译而言，译者的处理整体上也是成功的。但以下诸例值得进一步斟酌。

原 文 与 译 文	解 说
Or to take arms against a sea of troubles（挺身反抗无边的苦恼）	未保存与 slings and arrows 相联系的 arms 意象以及与下文 their currents 相呼应的 sea 意象。
And makes us rather bear those ills we have / Than fly to others that we know not of?（因此就宁愿忍受目前的灾殃，/而不愿投奔另一些未知的苦难？）	未转存 those ills 意象，这样就切断了与下文 Is sicklied o'er with 的文内互文联系。
And thus the native hue of resolution / Is sicklied o'er with the pale cast of thought,（决断决行的本色/蒙上了惨白的一层思虑的病容；）	未译出 native hue 的意象蕴涵。
With this regard their currents turn awry,（本可以轰轰烈烈的大作大为，/由于这一点想不通，就出了别扭，）	未译出与前文 sea 相呼应的 currents 意象。

(5) 形象的构建

面对父亲突然去世、叔父与母亲迅速结婚并篡夺王位，父亲亡魂显灵要报杀父之仇的残酷现实，哈姆雷特心情极度悲苦，但更苦于为父报仇毫无办法，于是想到以自杀来了却一切烦恼和痛苦。译文从这一生活化的语境出发，构建着一个生活化或戏剧中某一场景下的哈姆雷特的形象。从以上几个小节的分析可以看出，译者的选词造句谋篇，始终是基于哈姆雷特个人痛苦的心理感受与经验直感来进行的，诸如"活下去还是不活""心痛以及千百种身体要担受的/皮痛肉痛"等，将一个生活中痛苦无比、瞻前顾后、犹豫不定的哈姆雷特形象成功地展现在读者的面前。

(6) 译文比读

哈 姆 莱 特
（第三幕 选段）

威廉·莎士比亚

哈姆莱特：

生存还是毁灭，这是个值得考虑的问题：默然忍受命运暴虐的毒箭,或是挺身反抗人世无涯的苦难,通过斗争把他们扫清,这两种行为,哪一种更高贵？死了,睡着了,什么都完了。倘若在这一种睡眠之中,我们心头的创痛,以及其他无数血肉之躯所不能避免的打击,都可以从此消失,这正是我们求之不得的结局。死了,睡着了,睡着了也许还会做梦。嗯,阻碍就在这:因为当我们摆脱了这一具腐朽的皮囊以后,在那死的睡眠里,究竟将要做些什么梦,那不能不使我们踌躇顾虑。人们甘心久困于患难之中，也就是为了这个缘故。谁愿意忍受人世的鞭挞和讥嘲、压迫者的凌辱、傲慢者的冷眼、被轻蔑的爱情的惨痛、法律的迁延、官吏的横暴和费尽辛勤所换来的小人的鄙视，要是他只用一柄小小的刀子，就可以清算他自己的一生？谁愿意负着这样的重担，在烦劳的生命的压迫下呻吟流汗，倘若不是因为惧怕不可知的死后，惧怕那从来不曾有一个旅人回来过的神秘之国，是它迷惑了我们的意志，使我们宁愿忍受目前的折磨，不敢向我们所不知道的痛苦飞去？这样，重重的顾虑使我们全变成了懦夫，决心的炽热的光彩，被审慎的思维盖上了一层灰色，伟大的事业在这一种考虑下，也会逆流而退，失去了行动的意义。

（朱生豪译. 选自李亚丹主编《英汉名篇赏析》）

例文二

Death of a Salesman

（Act II　Excerpt）

Arthur Miller

Music is heard, gay and bright. The curtain rises as the music fades away.

Willy, in shirt sleeves, is sitting at the kitchen table, sipping coffee, his hat in his lap. Linda is filling his cup when she can.

WILLY：Wonderful coffee. Meal in itself.

LINDA：Can I make you some eggs?

WILLY：No. Take a breath.

LINDA：You look so rested, dear.

WILLY：I slept like a dead one. First time in months. Imagine, sleeping till ten on a Tuesday morning. Boys left nice and early, heh?

LINDA：They were out of here by eight o'clock.

WILLY：Good work!

LINDA：It was so thrilling to see them leaving together. I can't get over the shaving lotion in this house!

WILLY：(*smiling*) Mmm ...

LINDA：Biff was very changed this morning. His whole attitude seemed to be hopeful. He couldn't wait to get downtown to see Oliver.

WILLY: He's heading for a change. There's no question, there simply are certain men that take longer to get — solidified. How did he dress?

LINDA: His blue suit. He's so handsome in that suit. He could be a — anything in that suit! (*Willy gets up from the table. Linda holds his jacket for him.*)

WILLY: There's no question, no question at all. Gee, on the way home tonight I'd like to buy some seeds.

LINDA: (*laughing*) That'd be wonderful. But not enough sun gets back there. Nothing'll grow any more.

WILLY: You wait, kid, before it's all over we're gonna get a little place out in the country, and I'll raise some vegetables, a couple of chickens ...

LINDA: You'll do it yet, dear.

(*Willy walks out of his jacket. Linda follows him.*)

WILLY: And they'll get married, and come for a weekend. I'd build a little guest house. 'Cause I got so many fine tools, all I'd need would be a little lumber and some peace of mind.

LINDA: (*joyfully*) I sewed the lining ...

WILLY: I could build two guest houses, so they'd both come. Did he decide how much he's going to ask Oliver for?

LINDA: (*getting him into the jacket*) He didn't mention it, but I imagine ten or fifteen thousand. You're going to talk to Howard today?

WILLY: Yeah. I'll put it to him straight and simple. He'll just have to take me off the road.

LINDA: And Willy, don't forget to ask for a little advance, because we've got the insurance premium. It's the grace period now.

WILLY: That's a hundred ... ?

LINDA: A hundred and eight, sixty-eight. Because we're a little short again.

WILLY: Why are we short?

LINDA: Well, you had the motor job on the car ...

WILLY: That goddam Studebaker!

LINDA: And you got one more payment on the refrigerator ...

WILLY: But it just broke again!

LINDA: Well, it's old, dear.

WILLY: I told you we should've bought a well-advertised machine. Charley bought a General Electric and it's twenty years old and it's still good, that son-of-a-bitch.

LINDA: But, Willy ...

WILLY: Whoever heard of a Hastings refrigerator? Once in my life I would like to own something outright before it's broken! I'm always in a race with the junkyard! I just finished paying for the car and it's on its last legs. The refrigerator consumes belts like a goddam maniac. They time those things. They time them so when you finally paid for them, they're used up.

LINDA: (*buttoning up his jacket as he unbuttons it*) All told, about two hundred dollars would carry us, dear. But that includes the last payment on the mortgage. After this payment, Willy, the house belongs to us.

WILLY: It's twenty-five years!

LINDA: Biff was nine years old when we bought it.

WILLY: Well, that's a great thing. To weather a twenty-five year mortgage is ...

LINDA: It's an accomplishment.

WILLY: All the cement, the lumber, the reconstruction I put in this house! There ain't a crack to be found in it any more.

LINDA: Well, it served its purpose.

WILLY: What purpose? Some stranger'll come along, move in, and that's that. If only Biff would take this house, and raise a family ... (*He starts to go.*) Good-by, I'm late.

LINDA: (*suddenly remembering*) Oh, I forgot! You're supposed to meet them for dinner.

WILLY: Me?

LINDA: At Frank's Chop House on Forty-eighth near Sixth Avenue.

WILLY: Is that so! How about you?

LINDA: No, just the three of you. They're gonna blow you to a big meal!

WILLY: Don't say! Who thought of that?

LINDA: Biff came to me this morning, Willy, and he said, "Tell Dad, we want to blow him to a big meal." Be there six o'clock. You and your two boys are going to have dinner.

WILLY: Gee whiz! That's really somethin'. I'm gonna knock Howard for a loop, kid. I'll get an advance, and I'll come home with a New York job. Goddammit, now I'm gonna do it!

LINDA: Oh, that's the spirit, Willy!

WILLY: I will never get behind a wheel the rest of my life!

LINDA: It's changing. Willy, I can feel it changing!

WILLY: Beyond a question. G'by, I'm late. (*He starts to go again.*)

LINDA: (*calling after him as she runs to the kitchen table for a handkerchief*) You got your glasses?

WILLY: (*feels for them, then comes back in*) Yeah, yeah, got my glasses.

LINDA: (*giving him the handkerchief*) And a handkerchief.

WILLY: Yeah, handkerchief.

LINDA: And your saccharine?

WILLY: Yeah, my saccharine.

LINDA: Be careful on the subway stairs.

　　(*She kisses him, and a silk stocking is seen hanging from her hand. Willy notices it.*)

WILLY: Will you stop mending stockings? At least while I'm in the house. It gets me nervous. I can't tell you. Please.

　　(*Linda hides the stocking in her hand as she follows Willy across the forestage in front of the house.*)

LINDA: Remember, Frank's Chop House.

WILLY: (*passing the apron*) Maybe beets would grow out there.

LINDA: (*laughing*) But you tried so many times.

WILLY: Yeah. Well, don't work hard today. (*He disappears around the right corner of the house.*)

1. 作品概述

　　《推销员之死》（*Death of a Salesman*）是阿瑟·米勒（Arthur Miller, 1915—2005）最成功的剧作。此剧通过推销员威利·洛曼（Willy Loman）一家在一天两夜间的生活场景，展现了20世纪30—40年代美国社会中一个普通人的悲剧。年过六旬的威利为瓦格纳公司（Wagner）辛苦工作了34年，后因年老体弱，推销不力遭公司解雇，生活陷入困厄之中，负债累累，进退维谷。然而，他依然坚信通过自己的不懈努力能够获得成功，也期盼着成功的梦想能在自己儿子身上得以实现，最后不惜以撞车自尽的方式为儿子赢得一笔人寿保险金，以便儿子借此发家致富。以上选段说的是第二天早晨，在威利去上班前，夫妇俩谈论生活起居、柴米油盐之类的日常琐事，威利也下定决心要和上司谈话，两人对未来生活充满希望。

2. 审美鉴赏

结合《推销员之死》选段的主要审美特征，拟从以下四个方面对其进行审美鉴赏与分析：节奏美、语体美、修辞美、形象美。

(1) 节奏美

以上段落中各句句子长度均较为短小，结构上几乎全是片断句（fragmented sentence）与简单句（simple sentence），呈现出简洁、明快的语言节奏特征。此外，句子的长短及结构特征与日常语义思维结构彼此对应，行文中见不到圆周句（periodic sentence）、倒装句（inverted sentence）等之类表达复杂情感的句子，"话轮"（turn-taking）的彼此交换也随话题的变化自然流走，谈话双方所呈现的信息量也彼此均衡对称，使简洁、明快的节奏中映现出几分质朴、闲适与从容。

(2) 语体美

以上选段中除了会话句子短小、结构简单之外，其选词用字口语色彩浓厚，缩略语、呼告语较多，表达说话人举止意态的填补词语（hesitation fillers）也频频出现，对话双方所谈内容也是日常生活起居、柴米油盐之类的事。以第一个场景为例，且看下表：

Fragmented sentences	Wonderful coffee. / Meal in itself. / No. Take a breath. / First time in months. / Good work！ / His blue suit.
Simple sentences	Can I make you some eggs? / You look so rested, dear. / I slept like a dead one. / Boys left nice and early, heh? / They were out of here by eight o'clock. / It was so thrilling to see them leaving together. / I can't get over the shaving lotion in this house! / Biff was very changed this morning. / His whole attitude seemed to be hopeful. / He couldn't wait to get downtown to see Oliver. / He's heading for a change. / How did he dress? / He's so handsome in that suit. He could be a — anything in that suit!
Abbreviations	I can't / He couldn't / He's / There's / He's
Simple words	make / take / rested / slept / left / see / change / get / dress
Phrasal verbs	get over / heading for
Hesitation fillers	Heh / Mmm / Gee
Vocative words	dear / kid

(3) 修辞美

以上选段一如日常生活会话，但又不完全是生活会话的现实翻版。作者选词造句贴近生活，既反映了现实生活的通俗美，又呈现了表情达意的精练美。行文简洁明快，质朴自然，生动传神，这主要体现在以下两个方面：

1）选词择字

原　　文	解　　说
It was so <u>thrilling</u> to see them leaving together.	thrilling 虽颇显夸张，但将林达（Linda）的惊喜、兴奋之情表达得尤为充分，也可折射出林达性情乐观的一面。
There's no question, there simply are certain men that take longer to get — <u>solidified</u>.	solidified 是威利慎重思考后的结果，描绘人的成长与发展精练准确，生动形象。
They <u>time</u> those things.	time 言简意赅，贴切传神，由此也可窥见威利诙谐达观的一面。
All told, about two hundred dollars would <u>carry</u> us,	carry 显得诙谐机趣，引人遐思。
To <u>weather</u> a twenty-five year mortgage is …	weather 予人历经风雨与艰难困苦之感。

2）修辞格的使用

原　　文	解　　说
I slept <u>like a dead one</u>.	既为明喻，也是夸张，表现了睡眠的酣畅。
① But <u>not enough sun</u> gets back there. ② Charley bought a <u>General Electric</u> ③ I will never get <u>behind a wheel</u> the rest of my life！	这三句均为提喻（synecdoche），①②以整体代部分，③以部分代整体，显得特色鲜明，简洁机趣。
I'll <u>raise some vegetables, a couple of chickens</u> …	一笔双叙（syllepsis），语言简练，情趣顿生。
The refrigerator <u>consumes belts like a goddam maniac</u>.	既为拟人，也是明喻，将言说者的生活感受及不满表现得新颖生动，趣味迭出。

（4）形象美

从以上选段来看，尽管威利（Willy）年事渐高，生活并不宽裕，且时遭困厄，但其生活态度积极进取，性格开朗乐观，凡事总往好处想，生活情趣十足。妻子林达（Linda）也生性快活，夫唱妇随，从其言谈举止中可以看到她对丈夫体贴入微、关心备至。

3. 翻译与讲评

鉴于以上审美解析，试引一例译文分析说明之。

推 销 员 之 死
（第二幕　选段）

阿瑟·米勒

可以听见音乐，明快而欢乐。随着音乐的消逝，幕启。

（威利没穿外套，坐在厨房桌旁，一口一口地喝着咖啡，帽子放在腿上。林达每逢机会就给他把咖啡斟满。）

威利：咖啡真棒。能顶一顿饭。

林达：我给你做点鸡蛋吧?

威利：不用，你歇会儿吧。

林达：看样子你歇得挺好，亲爱的。

威利：我睡得好香啊，好几个月没这么香了。想想看，礼拜二早上一觉睡到十点，俩孩子一早就高高兴兴地走了?

林达：不到八点就出门了。

威利：好样儿的!

林达：看着他们俩一道走，真叫人高兴。满屋子都是刮胡子膏的香味儿，我真闻不够!

威利：（笑着）哼——

林达：比夫今天早晨可变样了。他整个态度都好像有奔头了。他简直等不及地要去城里见奥利弗。

威利：他是要转运了。毫无问题，有些人就是这样——大器晚成。他穿的什么衣服?

林达：那身蓝西装。他穿上那套衣服可神气了，简直像是——说他是什么人都行!

（威利离开桌子站起来。林达拿起上衣准备给他穿上。）

威利：没有问题，毫无问题。哎哟，今天晚上回家的路上我想去买点种子。

林达：（笑）那敢情好。可是这边阳光进不来，种什么也不长。

威利：你别忙，要不了多久，咱们在乡下弄一块小地方，我种上点菜，养上几只鸡……

林达：你准能做到，亲爱的。

（威利往前走，把外套甩下了。林达跟随着他。）

威利：到那会孩子们都结婚了，可以来跟咱们过周末。我可以盖一间小客房，反正我有的是最好的工具，我只要点木料，再就是心里别老这么乱。

林达：（高兴地）我把里子缝好了……

威利：我可以盖两间客房，他们俩都可以来。他拿定主意问奥利弗借多少了吗？

林达：（帮他穿上外套）他没提，不过我想是一万或者一万五。你今天要跟霍华德谈吗？

威利：谈。我要跟他们开门见山。他不能叫我再跑码头了。

林达：还有，威利，别忘了跟他预支点工资，因为咱们得付保险费。已经是宽限期了。

威利：那得一百……

林达：一百零八块六毛八。咱们最近手头又紧了。

威利：为什么手头又紧了？

林达：那，汽车的马达修理费……

威利：这个该死的斯图贝克！

林达：电冰箱还得付一期款……

威利：可他最近又坏过一回！

林达：那，的确也够旧的了，亲爱的。

威利：我早说过咱们应该买一个登大广告的名牌货。查利买的是通用牌的，二十年了，还挺好用，那个兔崽子！

林达：可是，威利——

威利：谁听说过黑斯丁牌的电冰箱？我真盼望，哪怕一辈子有一回呢，等我付清了分期付款之后，东西还能不坏！我现在是一天到晚跟垃圾场竞赛呢！我这辆汽车款刚刚付清，这辆车也快要散架了。电冰箱就疯子似的一根接着一根吃传动皮带。他们生产这种东西的时候都计算好了，等你付清最后一笔款，东西也就该坏了。

林达：（替他扣上外套的纽扣，但他顺手又把它们解开）加在一起，大概两百块就够了，亲爱的。可这连分期买房的最后一笔钱都在内了。付清了这一笔，威利，房子就归我们了。

威利：二十五年了！

林达：咱们买这房的时候比夫才九岁。

威利：不管怎么说，这是件大事，能坚持二十五年——

林达：是个成就。

威利：为改造这所房子，我丢进去多少洋灰、木料，花了多少力气！现在从上到下连一个裂缝也找不着！

林达：不管怎么说，这力气没白花。

威利：怎么没白花？早晚来个素不相识的人，搬进来，就是这么回事。要是比夫肯要这所房，生儿育女……（他开始离开）再见吧，我已经迟了。

林达：（突然想起）噢，我差点儿忘了！他们要请你吃晚饭。

威利：我？

林达：在弗兰克餐厅，四十八街上，靠第六大道。

威利：真的！你呢？

林达：没有我，就你们爷儿仨。他们要请你大吃一顿！

威利：没想到！谁的主意？

林达：是比夫早晨来找的我，威利。他说："告诉爸，我们要请他大吃一顿。"六点钟到那儿。你要跟两个孩子一块下饭馆。

威利：哎哟哟！这可是大事一桩啊。我今天要狠狠地敲打敲打霍华德。我要预支工资，我要把纽约的差事弄到手再回家。他妈妈的，我这回要动真格的了！

林达：噢，威利，要的就是这股劲！

威利：我这辈子再也不用着车到处跑了！

林达：咱们是要转运了，威利，我觉得出来！

威利：毫无问题。再见，我已经迟了。（他又一次开始离开）

林达：（一边跑到厨房桌旁去拿一块手绢，一边喊住他）你带着眼镜了吗？

威利：（摸了摸身上，又回来）带着呢，眼镜在这。

林达：（递给他手绢）还有手绢。

威利：对，手绢。

林达：还有你的糖精片呢？

威利：对，糖精片。

林达：坐地铁下楼梯的时候要当心。

（她吻他，威利看见她手里拿着一只丝袜。）

威利：你不补袜子行不行？至少我在家的时候别补，我受不了。没法儿说。我求求你。

（林达把袜子藏起来，然后随着威利走到屋前台口。）

林达：别忘了，弗兰克餐厅。

威利：（穿过台口时）说不定，那边能种甜萝卜。

林达：（笑）你试过那么多次了。

威利：是啊。好吧，今天别搞得太累了。（他自屋右角处下）

（英若诚译. 选自英若诚等译《推销员之死》）

译文忠实于原文的形式与内容，表达通顺流畅，再现了原作的审美艺术特色，下面对其翻译特色进行总结与研讨。

(1) 平稳的节奏

原文中老两口威利与林达谈论生活起居、孩子工作、柴米油盐等话题，不紧不慢，心平气和，娓娓道来。这既是日常生活的节奏，也是戏剧作品的艺术节奏，两者合二而一，自然而然。上列译文成功再现了原文节奏，这一方面体现为译语句式短小，生活化色彩浓郁；另一方面体现为语气温婉亲和，对话不疾不徐。对于前者，译者除依照原文如实译出短小精练的句子外，还采用了句子拆分法，将原句一分为二或分为更多小句，以形成鲜明的生活口语节奏。例如：

原　　文	译　　文
It was so thrilling to see them leaving together. I can't get over the shaving lotion in this house!	看着他们俩一道走，真叫人高兴。满屋子都是刮胡子膏的香味儿，我真闻不够！
all I'd need would be a little lumber and some peace of mind.	我只要点木料，再就是心里别老这么乱。
Once in my life I would like to own something outright before it's broken!	我真盼望，哪怕一辈子有一回呢，等我付清了分期付款之后，东西还能不坏！
All the cement, the lumber, the reconstruction I put in this house!	为改造这所房子，我丢进去多少洋灰、木料，花了多少力气！

对于后者，译者通过使用"吧""呢""吗""噢""哟"等委婉语气词以及对话中合作与夸赞的方式，实现了口语节奏的平缓推进。

(2) 鲜活的口头语

译者采用鲜活的口头语，准确凝练，辞气相符，既有利于人物情感的表达与形象的揭示，又强化了生活真实感，还便于演员的表演与观众的理解。例如：

人 物 口 语	译　　文	解　　说
威利的口语	① 咖啡<u>真棒</u>。能顶一顿饭。 ② 我睡得<u>好香</u>啊，好几个月没这么<u>香</u>了。 ③ <u>好样儿的</u>！ ④ 他妈妈的，我这回要动真格的了！ ⑤ 你不补补袜子行不行？至少我在家的时候别补，<u>我受不了</u>。没法儿说。<u>我求求你</u>。	威利的话语有些夸张，但均是其真性情的流露。①②③表现了威利的乐观开朗的一面，④⑤表现了威利认真、风趣的一面。

人物口语	译　文	解　说
林达的口头语	① （笑）<u>那敢情好</u>。可是这边阳光进不来，种什么也不长。 ② 你<u>准能做到</u>，亲爱的。 ③ 没有我，<u>就你们爷儿仨</u>。他们要请你大吃一顿！ ④ 噢，威利，<u>要的就是这股劲</u>！	林达的话语语气亲和，意味温馨，表现出对家人的深切关爱之情。

（3）精练的措辞

译者遣词用字既体现出鲜活的口头语特色，又在传情达意上生动、准确、精练，还从不同的视角彰显着人物形象或个性内涵。例如：

原　文	译　文	解　说
① He's heading for <u>a change</u>. There's no question, there simply are certain men that take longer to get — <u>solidified</u>. ② Yeah. I'll put it to him <u>straight and simple</u>. ③ I just finished paying for the car and it's <u>on its last legs</u>. ④ All the cement, the lumber, the reconstruction I <u>put</u> in this house!	① 他是要<u>转运</u>了。毫无问题，有些人就是这样——<u>大器晚成</u>。 ② 谈。我要跟他们<u>开门见山</u>。 ③ 我这辆汽车款刚刚付清，这辆车也快要<u>散架</u>了。 ④ 为改造这所房子，我<u>丢进去</u>多少洋灰、木料，花了多少力气！	这里所列的译句是威利所说的话。画线处语言简练准确，切合情景，从中可以看出威利热爱家庭与生活，爽朗风趣、大度从容的个性。
① I <u>can't get over</u> the shaving lotion in this house! ② Biff was very <u>changed</u> this morning. His whole attitude seemed to be <u>hopeful</u>. ③ His blue suit. He's so <u>handsome</u> in that suit. ④ <u>Be careful</u> on the subway stairs.	① 满屋子都是刮胡子膏的香味儿，<u>我真闻不够</u>！ ② 比夫今天早晨可<u>变样</u>了。他整个态度都好像有<u>奔头</u>了。 ③ 那身蓝西装。他穿上那套衣服可<u>神气</u>了， ④ <u>坐地铁下楼梯的时候要当心</u>。	这里所列的译句是林达所说的话。画线处同样语言简练准确，切合情景，从中可以看出林达热爱、关心与体贴家人的个性特点。

（4）语境的关联性

译者在翻译过程中既以原文为依托，但又不局限于原文字面意义，通过充分把握威利与林达的交谈意图，从认知语境的关联性角度，对原文进行了超文字、超文本的处理，从而取得了文从字顺，情理通达的翻译效果。例如：

原　文	译　文
LINDA：(*getting him into the jacket*) He didn't mention it, but I imagine ten or fifteen thousand. You going to talk to Howard today? **WILLY**：<u>Yeah</u>. I'll put it to him straight and simple. He'll just have to take me off the road.	林达：(帮他穿上外套) 他没提，不过我想是一万或者一万五。你今天要跟霍华德谈吗？ 威利：<u>谈</u>。我要跟他们开门见山。他不能叫我再跑码头了。
LINDA：A hundred and eight, sixty-eight. Because <u>we're a little short again</u>. **WILLY**：<u>Why are we short</u>?	林达：一百零八块六毛八。<u>咱们最近手头又紧了</u>。 威利：<u>为什么手头又紧了</u>？
LINDA：Well, <u>it served its purpose</u>. **WILLY**：<u>What purpose</u>? Some stranger'll come along, move in, and that's that. If only Biff would take this house, and raise a family ... (*He starts to go.*) Good-by, I'm late.	林达：不管怎么说，<u>这力气没白花</u>。 威利：<u>怎么没白花</u>？早晚来个素不相识的人，搬进来，就是这么回事。要是比夫肯要这所房，生儿育女……(他开始离开) 再见吧，我已经迟了。
LINDA：<u>No</u>, just the three of you. They're gonna blow you to a big meal! **WILLY**：<u>Don't say</u>! Who thought of that?	林达：<u>没有我</u>，就你们爷儿仨。他们要请你大吃一顿！ 威利：<u>没想到</u>！谁的主意？
LINDA：(*calling after him as she runs to the kitchen table for a handkerchief*) <u>You got your glasses</u>? **WILLY**：(*feels for them, then comes back in*) <u>Yeah, yeah</u>, got my glasses.	林达：(一边跑到厨方桌旁去拿一块手绢，一边喊住他) 你带着眼镜了吗？ 威利：(摸了摸身上，又回来) 带着呢，眼镜在这。

　　从以上例子的画线处可以看到，若一味圈于原文字面意义进行翻译，是难以取得交际意图明晰、话语连贯、自然流畅、切情切景的艺术效果的。

(5) 生动的语气

　　语气联系着说话人对人情物事的认知、态度、情感，甚至体现出说话人的个性。译者成功传译出了原文语气，这一点较为突出地体现在语气词的运用与"正话反说"两大方面。

　　1) 翻译中语气词的运用

原　文	译　文	解　说
LINDA：Can I make you some eggs? **WILLY**：No. Take a breath.	林达：我给你做点鸡蛋<u>吧</u>？ 威利：不用，你歇会儿<u>吧</u>。	语气亲切，体现出夫妻彼此关爱。
I slept like a dead one.	我睡得好香<u>啊</u>，	表现出心情惬意的一面。

原　文	译　文	解　说
Is that so! How about you?	真的! 你呢?	语气亲切，暗示夫妻彼此关爱。
Yeah, yeah, got my glasses.	带着呢，眼镜在这。	语气亲昵，质朴自然。

2）翻译中的"正话反说"

原　文	译　文	解　说
I slept like a dead one. First time in months.	我睡得好香啊，好几个月没这么香了。	自我感受美好、强烈。
You wait, kid, before it's all over we're gonna get a little place out in the country, ...	你别忙，要不了多久，咱们在乡下弄一块小地方，……	语气柔和，自然亲切。
Yeah. I'll put it to him straight and simple. He'll just have to take me off the road.	谈。我要跟他们开门见山。他不能叫我再跑码头了。	态度明晰，方式婉转。
all I'd need would be a little lumber and some peace of mind.	我只要点木料，再就是心里别老这么乱。	语气肯定，目标明确。
LINDA: Well, it served its purpose. WILLY: What purpose?	林达：不管怎么说，这力气没白花。 威利：怎么没白花?	语气肯定，意味悠长。
Will you stop mending stockings? At least while I'm in the house. It gets me nervous.	你不补袜子行不行? 至少我在家的时候别补，我受不了。	语气委婉，情感强烈，谈话风趣。

（6）形象的构建

从以上几个小节的翻译分析中，可以看到译者较为成功地从口头语、话语节奏、语气、选词造句等多角度勾画出日常生活中一对普通夫妇的人物形象。就威利而言，他的语言简明质朴、诙谐风趣，揭示出的个性积极乐观、心态平和、率直从容。就林达而言，她的话语也简明质朴，但其话语与行动中流露出开朗与快乐、亲情与关切，这一点尤为突出地表现在舞台提示语（stage directions）的翻译中。例如，①（威利离开桌子站起来。林达拿起上衣准备给他穿上。）；②（替他扣上外套的纽扣，但他顺手又把它们解开）；③（威利往前走，把外套甩下了。林达跟随着他。）；④（一边跑到厨房桌旁去拿一块手绢，一边喊住他）；⑤（递给他手绢）。这些舞台提示语有效地彰显着林达对丈夫体贴入微、关心备至的一面。

(7) 译文比读

推 销 员 之 死
（第二幕　选段）
阿瑟·米勒

欢乐、轻快的音乐洋洋盈耳。幕启时乐声渐杳。惟利，穿着衬衫，坐在厨桌旁喝咖啡，他的帽子在膝上。林妲伺机替他斟满。

惟利：咖啡好极了。足可以当它一餐的。

林妲：要不要给你煎个鸡子儿？

惟利：不用了。你喘口气儿吧。

林妲：你像是睡足了，惟利。

惟利：我睡得像死了一样。这些月来还是第一次。真想像不到，星期二早晨睡到十点钟。孩子们一大早就出去了，呃？

林妲：他们八点钟出去的！

惟利：带劲儿！

林妲：看他们一块儿出去，心里乐得扑腾扑腾的。满屋子刮脸润肤水的味儿，我简直没法子不闻到。

惟利：（笑着）唔——

林妲：今儿早晌弼甫可真变了样儿了。他的态度整个儿好像很有希望似的。他等不及要到市区去看鄂礼佛去。

惟利：他正在开始转变。没有问题，不过有些人非要时间长一点才能成材罢了。他穿的什么衣服？

林妲：蓝色儿的那套。他穿着这身衣服可真漂亮，穿着这身衣服他可能成——做什么都行！

（惟利站起身来。林妲拿着大褂等他穿上。）

惟利：没有问题，一点儿没有问题。哎，晚晌下了班我想在路上买些种子回来。

林妲：（笑着）好极了。可是后院里晒不到多少太阳。现在种什么都不能长了。

惟利：你等着，小妞儿，不等到我这一行玩儿完，我们先在乡下造一个小小的窝儿，我们可以种点儿蔬菜，养几只鸡……

林妲：你一定做得到，亲爱的。

（惟利没穿上大褂就走开。林妲跟在他后边。）

惟利：等他们结了婚，周末到乡下来住两天。我要造一间小小的客房。我有那么多的工具，我只要一点儿木料，只要心里安定就行了。

林妲：（欢欣地）我把你大褂的夹里缝好了……

惟利：我可以造两间客房，这样他们同时来都可以。他有没有决定问鄂礼佛要多少钱？

林妲：（替他穿上大褂）他没提，可是我想总是一万块或一万五千块。今天你要跟后无德谈话么？

惟利：对了。我要跟他直接痛快地说。他非得答应我不跑码头。

林妲：还有，惟利，别忘了跟他预支一点儿薪水，因为我们得付保险费。现在已经是宽限期了。

惟利：这得一百……？

林妲：一百八十块六毛八，因为我们又付少了。

惟利：我们干什么要付少呀？

林妲：可是，你车上马达的修理费……

惟利：这架倒霉斯丢德倍克！

林妲：还有，电冰箱还有一期你得付。

惟利：可是它刚修好又坏了！

林妲：说起来，这个冰箱太旧了，惟利。

惟利：我告诉你：我们应该买一个广告做得有名儿的冰箱。查礼买了一个奇异（General Electric）出的，到现在二十年了还是很好，这狗娘养的。

林妲：可是，惟利——

惟利：谁听说过海斯丁牌的电冰箱来着？我一辈子买的东西总是等不到分期付款付清，已经坏了！我总是跟垃圾场泡上了！我刚付清汽车的分期付款，那架车快就要寿终正寝。这个电冰箱好像鬼上身的疯子一样，橡胶带刚换上就给咬断了。他们是算准时间的。他们把机器算定时间，等到你付清最后一期的钱，机器也就玩儿完了。

林妲：（把他解开的纽扣再扣上）归理包堆（读如'归勒包追'）约摸有两百块钱我们就可以对付了，惟利。可是这已经连押款的最后一期都算在里头。付清了这笔钱，惟利，这房子就是我们的了！

惟利：算起来二十五年了！

林妲：我们买房子的时候，弼甫才九岁。

惟利： 说起来，真是一件大事。为押款捣腾了二十五年真是——

林妲： 这才是铁尺磨成针哪。

惟利： 为了这个房子，我用了多少洋灰，木料，翻造！现在总算一条裂缝儿都找不出来了。

林妲： 说起来，房子不能说没用处。

惟利： 什么用处？迟早总有个陌生人来看房子，搬进来住；归根儿就是这么回事。除非<u>弼甫</u>要这老房子，在这儿生儿育女……（他迈步就走）回头见，我迟了。

林妲： （忽然记起）噢，我忘了！他们打算跟你一块吃完饭呢。

惟利： 跟我？

林妲： 在法兰克餐馆（Frank's Chop House）四十八路，靠近第六街那儿。

惟利： 原来这样。你去么？

林妲： 不，就是你们爷儿仨。他们打算请你好好儿的吃一顿！

惟利： 想不到！这是谁的主意？

林妲： 今儿早晨<u>弼甫</u>下来跟我说，<u>惟利</u>，他说："告诉爹，我们要请他好好儿的吃一顿。"六点钟到那儿。你跟他们哥儿俩一起吃晚饭。

惟利： 嚇，那可好！真是意想不到。我要说得<u>后无德</u>哑口无言，小妞儿。我要把薪水预支到手，讲定了<u>纽约</u>的差事，我才回来。他妈的，现在我可真的要说到做到了！

林妲： 啊，这才对了，<u>惟利</u>！

惟利： 从今以后我再也不开车了！

林妲： 我们转运了，<u>惟利</u>，我觉得出它在转变！

惟利： 毫无问题。回见，我迟了。（他重新迈步走出去。）

林妲： （在后边呼唤，同时跑到厨桌前去拿手绢儿）你带着眼镜儿没有？

惟利： （摸摸身上，然后走回头）嗯，嗯，眼镜儿在这儿。

林妲： （把手绢儿给他）还有手绢儿。

惟利： 嗯，手绢儿。

林妲： 还有你的糖精片儿呢？

惟利： 嗯，糖精片儿也有了。

林妲： 地道车台阶上要小心。

　　　　（她吻了他一下，她手上挂着一双丝袜子。<u>惟利</u>瞧在眼里。）

惟利： 你别补袜子了，好不好？至少我在屋儿里的时候。我一瞧见就心烦。说不出为什么。你就依了我吧。

　　　　（<u>林妲</u>把袜子藏在手掌里，她跟着<u>惟利</u>横过屋前的台前方。）

林妲： 记住，<u>法兰克餐馆</u>。

惟利：（走过前台）那边儿也许种得出甜蘿葡（beets）。

林妲：（笑着）你可种了多少次了。

惟利： 嗯。我说今儿你别做得太辛苦了。（他兜过了屋子的右角，就不见了。）

（姚克译. 选自姚克译《推销员之死》）

例文三

茶 馆

（第二幕 选段）

老 舍

吴祥子： 瞎混呗！有皇上的时候，我们给皇上效力，有袁大总统的时候，我们给袁大总统效力；现而今，宋恩子，该怎么说啦？

宋恩子： 谁给饭吃，咱们给谁效力！

常四爷： 要是洋人给饭吃呢？

松二爷： 四爷，咱们走吧！

吴祥子： 告诉你，常四爷，要我们效力的都仗着洋人撑腰！没有洋枪洋炮，怎能够打起仗来呢？

松二爷： 您说的对！嗻！四爷，走吧！

常四爷： 再见吧，二位，盼着你们快快升官发财！（同松二爷下）

宋恩子： 这小子！

王利发：（倒茶）常四爷老是那么又倔又硬，别计较他！（让茶）二位喝碗吧，刚沏好的。

宋恩子： 后面住着的都是什么人？

王利发： 多半是大学生，还有几位熟人。我有登记簿子，随时报告给"巡警阁子"。我拿来，二位看看？

吴祥子： 我们不看簿子，看人！

王利发： 您甭看，准保都是靠得住的人！

宋恩子： 你为什么爱租学生们呢？学生不是什么老实家伙呀！

王利发： 这年月，做官的今天上任，明天撤职，做买卖的今天开市，明天关门，都不可靠！只有学生有钱，能够按月交房租，没钱的就上不了大学啊！您看，是这么一笔帐不是？

宋恩子：都叫你咂摸透了！你想的对！现在，连我们也欠饷啊！

吴祥子：是呀，所以非天天拿人不可，好得点津贴！

宋恩子：就仗着有错拿，没错放的，拿住人就有津贴！走吧，到后边看看去！

王利发：二位，二位！您放心，准保没错儿！

宋恩子：不看，拿不到人，谁给我们津贴呢？

吴祥子：王掌柜不愿意咱们看，王掌柜必会给咱们想办法！咱们得给王掌柜留个面子！对吧？王掌柜！

王利发：我……

宋恩子：我出个不很高明的主意：干脆来个包月，每月一号，按阳历算，你把那点……

吴祥子：那点意思！

宋恩子：对，那点意思送到，你省事，我们也省事！

王利发：那点意思得多少呢？

吴祥子：多年的交情，你看着办！你聪明，还能把那点意思闹成不好意思吗？

1. 作品概述

　　老舍（1899—1966）的《茶馆》描写了清末、民初、抗战胜利后三个历史时期的北京社会风貌。全剧共分三幕，作者以独特的艺术手法，截取横跨半个世纪三个旧时代的断面，通过茶馆这个小窗口以及出入于茶馆的北京各阶层人物及其言谈举止折射出整个社会大背景。其中，《茶馆》第二幕展现了民国初年连年不断的内战给普通百姓带来的深重苦难。以上段落选自第二幕，描写了侦缉队两位老式特务来裕泰茶馆进行敲诈的过程。

2. 审美鉴赏

　　结合选段的主要审美特征，拟从以下四个方面对其进行审美鉴赏与分析：节奏美、语义美、修辞美、形象美。

　　（1）节奏美

　　这段对话句子短小，多数句子不到七八个字，10 个字以上的句子很少；句子结构单纯，口语特点鲜明，随着谈论话题的演进形成自然流畅、不疾不徐的日常会话节奏。

　　（2）语义美

　　对话中所用词句在语境中除表达基本理性意义之外，还附带着诸多感性意义，从而将戏剧语言之"潜台词"彰显得颇为充分。例如：

原　　文	感性意义说明
瞎混呗!	字面上很谦虚,但含无所事事、游手好闲之意。
嗻!	字面上是应答,但含有应答者地位低下之意。
① 二位喝碗吧,刚沏好的。 ② 我拿来,二位看看?	折射出态度谦和、热情之意。
这小子!	暗含蔑视、咒骂意味。
① 我们不看簿子,看人! ② 多年的交情,你看着办! 你聪明,还能把那点意思闹成不好意思吗?	含威胁之意。
① 您看, ② 都叫你咂摸透了! ③ 准保没错儿	暗示市井俚俗之人或事。
就仗着有错拿,没错放的,拿住人就有津贴!	含傲慢无礼、蛮横霸道意味。

(3) 修辞美

对话中使用的句式特点鲜明,体现出简洁明快、生动活泼的口语色彩,主要表现在以下几个方面:

口语句式	原　　文
独语句	① 瞎混呗! ② 这小子! ③ 您甭看,准保都是靠得住的人! ④ 我…… ⑤ 那点意思!
追加句	① 您说的对! 嗻! 四爷,走吧! ② 常四爷老是那么又倔又硬,别计较他! ③ 我拿来,二位看看? ④ 二位喝碗吧,刚沏好的。 ⑤ 咱们得给王掌柜留个面子! 对吧? 王掌柜!
插入句	① 告诉你,常四爷,要我们效力的都仗着洋人撑腰! ② 再见吧,二位,盼着你们快快升官发财! ③ 现而今,宋恩子,该怎么说啦? ④ 二位,二位! 您放心,准保没错儿! ⑤ 您看,是这么一笔帐不是?

口语句式	原　文
复句	① 有皇上的时候，我们给皇上效力，有袁大总统的时候，我们给袁大总统效力； ② 做官的今天上任，明天撤职，做买卖的今天开市，明天关门，

此外，对话结尾处的"那点意思"一语双关，特点突出。这一双关语字面上表现出侦缉队羞于颜面，难以启齿索要钱财，同时体现出他们大言不惭的虚伪与狡诈。

（4）形象美

这段对话主要围绕着三个人物展开：王利发、吴祥子、宋恩子。王利发是裕泰茶馆的掌柜，吴祥子与宋恩子是侦缉队同伙。从以上分析及原文中可以看出，王利发精明、谦和、圆通，同时待人诚恳、热情。吴祥子、宋恩子则狗仗人势、傲慢无礼、蛮横霸道、虚伪卑劣。

3. 翻译与讲评

鉴于以上审美解析，试引一例译文分析说明之。

Teahouse
（Act Two　Excerpt）

Lao She

Wu Xiangz: Oh, muddling along! When there was an emperor, we served him. When there was President Yuan Shikai, we served him. Now, Song Enz, how should I put it?

Song Enz: Now we serve anyone who puts rice in our bowls.

Chang: Even foreigners?

Song: Master Chang, let's get going!

Wu Xiangz: Understand this, Master Chang. Everyone we serve is backed by some foreign power. How can anyone make war without foreign arms and guns?

Song: You're so right! So right! Master Chang, let's go.

Chang: Goodbye, gentlemen. I'm sure you'll soon be rewarded and promoted!
（*Goes off with Song.*）

Song Enz: Bloody fool!

Wang Lifa: (*pouring out tea*) Master Chang has always been stubborn, won't bow down to anyone! Take no notice of him. (*Offering them tea*) Have a cup, it's fresh.

Song Enz: What sort of people do you have as lodgers?

Wang Lifa: Mostly university students, and a couple of old acquaintances. I've got a register. Their names are always promptly reported to the local police-station. Shall I fetch it for you?

Wu Xiangz: We don't look at books. We look at people!

Wang Lifa: No need for that. I can vouch for them all.

Song Enz: Why are you so partial to students? They're not generally quiet characters.

Wang Lifa: Officials one day and out of office the next. It's the same with tradesmen. In business today and broke tomorrow. Can't rely on anyone! Only students have money to pay the rent each month, because you need money to get into university in the first place. That's how I figure it. What do you think?

Song Enz: Got it all worked out! You're quite right. Nowadays even we aren't always paid on time.

Wu Xiangz: So that's why we must make arrests everyday, to get our bonus.

Song Enz: We nick people at random, but they never get out at random. As long as we make arrests, we get our bonus. Come on, let's take a look back there!

Wang Lifa: Gentlemen, gentlemen! Don't trouble yourselves. Everyone behaves himself properly, I assure you.

Song Enz: But if we don't take a look, we can't nab anyone. How will we get our bonus?

Wu Xiangz: Since the manager's not keen to let us have a look, he must have thought of another way. Ought to try to help him keep up a front. Right, Manager Wang?

Wang Lifa: I ...

Song Enz: I have an idea. Not all that brilliant perhaps. Let's do it on a monthly basis. On the first of every month, according to the new solar calender, you'll hand in a ...

Wu Xiangz: A token of friendship!

Song Enz: Right. You'll hand in a token of friendship. That'll save no end of trouble for both sides.

Wang Lifa: How much is this token of friendship worth?

Wu Xiangz: As old friends, we'll leave that to you. You're a bright fellow. I'm sure you wouldn't want this token of friendship to seem unfriendly, would you?

（英若诚译. 选自英若诚译《茶馆》（老舍著））

译文忠实于原文简洁明快、生动活泼的对话形式，内容表达通顺流畅，再现了原作的审美风格，下面对其翻译特色进行总结与研讨。

（1）简洁准确

译文保留了汉语的特色，也发挥了译入语的优势，显得简洁准确。例如：

原　文	译　文	解　说
吴祥子：瞎混呗！有皇上的时候，我们给皇上效力，有袁大总统的时候，我们给袁大总统效力；现而今，宋恩子，该怎么说啦？	**Wu Xiangz**: Oh, muddling along! When there was an emperor, we served him. When there was President Yuan Shikai, we served him. Now, Song Enz, how should I put it?	原文中独语句"瞎混呗！"，也译为了独语句"Oh, muddling along!"并根据会话情景对语气词进行了语序调整。同样地，原文中后面形式整饬的整句，译文也为整句，并依照英文的特点对"皇上""袁世凯"在句中第二次出现时以代词指代。译文简练得体，传译出了原文的语义与语势。
宋恩子：谁给饭吃，咱们给谁效力！ **常四爷**：要是洋人给饭吃呢？	**Song Enz**: Now we serve anyone who puts rice in our bowls. **Chang**: Even foreigners?	"要是洋人给饭吃呢？"的译文简洁凝练，重点突出，与上句语意贯通，挑衅的口吻推动着剧情向前发展。
常四爷：再见吧，二位，盼着你们快快升官发财！（同松二爷下）	**Chang**: Goodbye, gentlemen. I'm sure you'll soon be rewarded and promoted! (Goes off with Song.)	"升官发财"释义精练准确，音韵铿锵，语境效果尤佳。
王利发：这年月，做官的今天上任，明天撤职，做买卖的今天开市，明天关门，都不可靠！……	**Wang Lifa**: Officials one day and out of office the next. It's the same with tradesmen. In business today and broke tomorrow. Can't rely on anyone!	原文为整句，译文也是整句，依实出华，形式简练，表达准确。

（2）语气传神

对话中人物说话的语气彰显着各自的社会角色、处境以及个性特征，译文基于不同语境成功地再现了人物谈话的语气。例如：

原　文	译　文	解　说
宋恩子：谁给饭吃，咱们给谁效力！ **吴祥子**：我们不看簿子，看人！ **宋恩子**：就仗着有错拿，没错放的，	**Song Enz**：Now we serve anyone who puts rice in our bowls. **Wu Xiangz**：We don't look at books. We look at people! **Song Enz**：We nick people at random, but they never get out at random.	这三个译例传译出侦缉队老牌特务盛气凌人、专横跋扈的语气。
松二爷：您说的对！嘚！四爷，走吧！	**Song**：You're so right! So right! Master Chang, let's go.	译文中的重复再现了松二爷不愿招惹他人、谦恭的语气。
王利发：……我拿来，二位看看？ **王利发**：……您看，是这么一笔帐不是？	**Wang Lifa**：... Shall I fetch it for you? **Wang Lifa**：... That's how I figure it. What do you think?	这两例传译出王利发行动积极、处事圆通、待人谦和的语气。

（3）口语特色

译文选词用字一方面多采用日常口语词汇，另一方面还使用了鲜明的俚俗词语，使表现的内容生动逼真，人物的个性或社会文化层次也跃然纸上。例如：

译　文	解　说
Song：Master Chang, let's get going!	尽快离开，少惹是非。
Song Enz：Got it all worked out!	尽心用力，细致。
Song Enz：We nick people at random, but they never get out at random.	社会文化层次不高。
Song Enz：But if we don't take a look, we can't nab anyone.	社会文化层次不高。

译文造句悉依原文，口语句式鲜明，有直译，也有创译，平稳了对话的节奏，也突出了谈话的重点。例如：

原　　文	译　　文	解　　说
王利发：（倒茶）常四爷老是那么<u>又倔又硬</u>，别计较他！	**Wang Lifa**：（pouring out tea）<u>Master Chang has always been stubborn, won't bow down to anyone!</u> Take no notice of him.	将原文划线处一分为二，便于口头言说，也突出了重点。
吴祥子：我们不看簿子，看人！	**Wu Xiangz**：We don't look at books. We look at people!	口语色彩浓厚，重点突出。
宋恩子：我出个不很高明的主意：	**Song Enz**：I have an idea. Not all that brilliant perhaps.	将原句一分为二，口语节奏平稳，重点突出。
吴祥子：多年的交情，你看着办！你聪明，还能把那点意思闹成不好意思吗？	**Wu Xiangz**：As old friends, we'll leave that to you. You're a bright fellow. I'm sure you wouldn't want this token of friendship to seem unfriendly, would you?	如实转存，口语句式鲜明。

（4）言语修辞

译文无论在选词用字，还是在造句谋篇上均再现了原文的修辞特征，也成功地转存了原文所具有的戏剧特征。尤其对原文结尾处双关修辞格的处理，可圈可点。

原　　文	译　　文	解　　说
宋恩子：我出个不很高明的主意：干脆来个包月，每月一号，按阳历算，你把那点…… 吴祥子：那点意思！ 宋恩子：对，那点意思送到，你省事，我们也省事！ 王利发：那点意思得多少呢？ 吴祥子：多年的交情，你看着办！你聪明，还能把那点<u>意思</u>闹成<u>不好意思</u>吗？	**Song Enz**：I have an idea. Not all that brilliant perhaps. Let's do it on a monthly basis. On the first of every month, according to the new solar calender, you'll hand in a ... **Wu Xiangz**：<u>A token of friendship</u>! **Song Enz**：Right. You'll hand in <u>a token of friendship</u>. That'll save no end of trouble for both sides. **Wang Lifa**：How much is <u>this token of friendship</u> worth? **Wu Xiangz**：As old friends, we'll leave that to you. You're a bright fellow. I'm sure you wouldn't want <u>this token of friendship</u> to seem <u>unfriendly</u>, would you?	a token of friendship 与 unfriendly 从形式与内容上转存了"意思"的双关修辞，成功地译出了吴祥子的"意图"：表面和善友好，讲情义，实质是敲诈勒索。

从以上各节的翻译分析中，可以看出王利发行动积极、处事圆通、待人谦和，译文再现出一个典型生意人的形象；吴祥子与宋恩子则狗仗人势、专横跋扈、阴险狡诈，译文也生动再现了这些老牌特务的形象。

(6) 译文比读

Teahouse

（Act Two　Excerpt）

Lao She

WU XIANGZI: We muddle along. When there was an emperor, we served the emperor; when Yuan Shikai became president, we served President Yuan Shikai. And now ... Song Enzi, how would you put it?

SONG ENZI: Now we serve whoever puts food in our bellies.

FOURTH ELDER CHANG: And supposing a foreigner offers to feed you?

SECOND ELDER SONG: Fourth Elder, we'd better go.

WU XIANGZI: You listen to me, Fourth Elder Chang, whoever we work for — they all depend on foreign backing. Without foreign rifles and foreign cannons how could there be any fighting?

SECOND ELDER SONG: Quite right, indeed. Fourth Elder, let's go.

FOURTH ELDER CHANG: Till we meet again, gentlemen. I expect you'll both be wealthy officials before too long. (*Exits with Second Elder Song.*)

SONG ENZI: That bastard!

WANG LIFA: (*pouring tea*) Fourth Elder Chang is always difficult. Pay no attention to him.

(*Offers them tea.*) You should try some, it's freshly brewed.

SONG ENZI: Who do you have lodging back there?

WANG LIFA: Mostly university students, and a few friends as well. I keep a register and report to Police Headquarters from time to time. Shall I get it for you?

WU XIANGZI: We don't watch registers, we watch people.

WANG LIFA: You don't need to watch anyone here, I guarantee they're all solid citizens.

SONG ENZI: Just why do you like renting to students, eh? Students aren't such a reliable lot.

WANG LIFA: Nowadays officials are appointed one day and dismissed the next. Merchants open shop today and tomorrow they're broke. You can't depend on them. It's only the students who have money to pay rent each month; if they didn't have money they wouldn't be in university. Think about it. Makes sense, doesn't it?

SONG ENZI: To the last detail. You're dead right. We haven't been paid lately ourselves.

WU XIANGZI: That's right. So we have to nab somebody every day just to keep in pocket money.

SONG ENZI: We're not too fussy about who we nab, but we are about who we let go. Making arrests is what keeps us in pocket money. Come on, let's take a look out back.

WANG LIFA: Gentlemen, gentlemen, don't trouble yourselves. I assure you, nobody here's broken the law.

SONG ENZI: But if we don't look, we can't nab anybody. And if we don't what do we do for cash?

WU XIANGZI: If Proprietor Wang doesn't want us to look, he'll surely be able to think of something else for us. We've got to give Proprietor Wang a chance to save face. Right, Proprietor Wang?

WANG LIFA: I ...

SONG ENZI: It's not too bright, but I've got an idea: how about a simple monthly reckoning? On the first of every month — by the Western calendar — you can send us this little ...

WU XIANGZI: Little expression of gratitude.

SONG ENZI: Right. Just a little expression of gratitude. Save you time, and save us time.

WANG LIFA: This little expression of gratitude — how much will it come to?

WU XIANGZI: We're old friends; do as you see fit. You understand these things — you wouldn't want to turn an expression of gratitude into ingratitude, would you?

（霍华（John Howard-Gibbon）译. 选自霍华译《茶馆》(老舍著)）

第七节　戏剧翻译练习及提示

练习 1

The Merchant of Venice

（Act IV　Excerpt）

William Shakespeare

Scene 1. Venice. A Court of Justice

Enter the DUKE, *the* Magificoes, ANTONIO, BASSANIO, GRATIANO, SALERIO, *and Others.*

DUKE: What, is Antonio here?

ANTONIO: Ready, so please your grace.

DUKE: I am sorry for thee. Thou art come to answer
A stony adversary, an inhuman wretch,
Uncapable of pity, void and empty
From any dram of mercy.

ANTONIO: I have heard
Your grace hath ta'en great pains to qualify
His rigorous course; but since he stands obdurate,
And that no lawful means can carry me
Out of his envy's reach, I do oppose
My patience to his fury, and am arm'd

To suffer with a quietness of spirit

The very tyranny and rage of his.

DUKE: Go one, and call the Jew into the court.

SALERIO: He is ready at the door; he comes, my lord.

Enter SHYLOCK.

DUKE: Make room, and let him stand before our face.

Shylock, the world thinks, and I think too,

That thou but lead'st this fashion of thy malice

To the last hour of act, and then,'tis thought

Thou'lt show thy mercy and remorse more strange

Than is thy strange apparent cruelty;

And where thou now exacts the penalty,

Which is a pound of this poor merchant's flesh,

Thou wilt not only lose thy forfeiture,

But, touch'd with human gentleness and love,

Forgive a moiety of the principal,

Glancing an eye of pity on his losses,

That have of late so huddled on his back —

Enow to press a royal merchant down

And pluck commiseration of his state

From brassy bosoms and rough hearts of flint,

From stubborn Turks and Tartans never trained

To offices of tender courtesy.

We all expect a gentle answer, Jew.

SHYLOCK: I have possessed your grace of what I purpose,

And by our holy Sabbath have I sworn

To have the due and forfeit of my bond.

If you deny it, let the danger light

Upon your charter and your city's freedom.

You'll ask me why I rather choose to have

A weight of carrion flesh than to receive

Three thousand ducats. I'll not answer that,

But say it is my humour. Is it answered?

What if my house be troubled with a rat,

And I be pleas'd to give ten thousand ducats

To have it ban'd? What, are you answer'd yet?

Some men there are love not a gaping pig,

Some that are mad if they behold a cat,

And others, when the bagpipe sings i' th' nose,

Cannot contain their urine; for affection,

Mistress of passion, sways it to the mood

Of what it likes or loathes. Now for your answer:

As there is no firm reason to be rend'red

Why he cannot abide a gaping pig,

Why he, a harmless necessary cat,

Why he, a woollen bagpipe, but of force

Must yield to such inevitable shame

As to offend, himself being offended;

So can I give no reason, nor I will not,

More than a lodg'd hate and a certain loathing

I bear Antonio, that I follow thus

A losing suit against him. Are you answered?

BASSANIO: This is no answer, thou unfeeling man,

To excuse the current of thy cruelty.

SHYLOCK: I am not bound to please thee with my answers.

BASSANIO: Do all men kill the things they do not love?

SHYLOCK: Hates any man the thing he would not kill?

BASSANIO: Every offence is not a hate at first.

SHYLOCK: What, wouldst thou have a serpent sting thee twice?

ANTONIO: I pray you think you question with the Jew.

You may as well go stand upon the beach

And bid the main flood bate his usual height;

You may as well use question with the wolf,

Why he hath made the ewe bleat for the lamb;

You may as well forbid the mountain pines

To wag their high tops and to make no noise

When they are fretten with the gusts of heaven;

You may as well do anything most hard

As seek to soften that — than which what's harder? —

His Jewish heart. Therefore, I do beseech you

Make no more offers, use no farther means,

But with all brief and plain conveniency

Let me have judgement, and the Jew his will.

✒ **译前提示：**

以上选段说的是皇家商人安东尼奥（Antonio）与高利贷者夏洛克（Shylock）之间的矛盾冲突。夏洛克拟按契约向安东尼奥实施"借债割肉"计划，法庭上公爵进行调解，双方唇枪舌剑，慷慨陈词。翻译中把握人物对待事情的态度、说话的口吻、内在情感变化的节奏对再现戏剧情节发展与人物形象颇为重要。原文以素体诗写成，是译成诗体，还是散文体？是译成文学读本，还是戏剧脚本？这也是译者所需具体考虑的。

练习2

Major Barbara

（Act I　Excerpt）

George Bernard Shaw

Stephen：What's the matter?

Lady Britomart：Presently, Stephen.

（*Stephen submissively walks to the settee and sits down. He takes up The Speaker.*）

Lady Britomart：Don't begin to read, Stephen. I shall require all your attention.

Stephen：It was only while I was waiting —

Lady Britomart：Don't make excuses, Stephen. （*He puts down The Speaker.*）Now！

（*She finishes her writing；rises and comes to the settee.*）I have not kept you waiting very long, I think.

Stephen: Not at all, mother.

Lady Britomart: Bring me my cushion. (*He takes the cushion from the chair at the desk and arranges it for her as she sits down on the settee.*) Sit down. (*He sits down and fingers his tie nervously.*) Don't fiddle with your tie, Stephen: there is nothing the matter with it.

Stephen: I beg your pardon. (*He fiddles with his watch chain instead.*)

Lady Britomart: Now are you attending to me, Stephen?

Stephen: Of course, mother.

Lady Britomart: No: it's not of course. I want something much more than your everyday matter-of-course attention. I am going to speak to you very seriously, Stephen. I wish you would let that chain alone.

Stephen: (*hastily relinquishing the chain*). Have I done anything to annoy you, mother? If so, it was quite unintentional.

Lady Britomart: (*astonished*). Nonsense! (*With some remorse.*) My poor boy, did you think I was angry with you?

Stephen: What is it, then, mother? You are making me very uneasy.

Lady Britomart: (*squaring herself at him rather aggressively*) Stephen: may I ask how soon you intend to realize that you are a grown-up man, and that I am only a woman?

Stephen: (*amazed*). Only a —

Lady Britomart: Don't repeat my words, please: it is a most aggravating habit. You must learn to face life seriously, Stephen. I really cannot bear the whole burden of our family affairs any longer. You must advise me: you must assume the responsibility.

Stephen: I!

Lady Britomart: Yes, you, of course. You were 24 last June. You've been at Harrow and Cambridge. You've been to India and Japan. You must know a lot of things, now; unless you have wasted your time most scandalously. Well, advise me.

✒ **译前提示：**

　　以上选段是《芭巴拉少校》（Major Barbara）中开篇处的母子对话片段。整个对话中母亲薄丽托玛夫人（Lady Britomart）的话语内容与话轮（turn-taking）占据压倒性优势，问这说那，不停使唤、责备、训导儿子，显得絮絮叨叨，颐指气使，对人苛刻，吹毛求疵；而儿子斯蒂文（Stephen）的话语内容与话轮则少多了，显得颇为被动与被压抑。翻译中需把握母子间不同的说话口吻来勾画他们之间不同的性格以及情感的发展变化。

练习3

雷　雨

（第一幕　选段）

曹　禺

　　（四凤端茶，放朴园前。）

周朴园：四凤，——（向周冲）你先等一等。——（向四凤）叫你跟太太煎的药呢？

鲁四凤：煎好了。

周朴园：为什么不拿来？

鲁四凤：（看蘩漪，不说话）

周蘩漪：（觉出四周的征兆有些恶相）她刚才跟我倒来了，我没有喝。

周朴园：为什么？（停，向四凤）药呢？

周蘩漪：（快说）倒了，我叫四凤倒了。

周朴园：（慢）倒了？哦？（更慢）倒了！——（向四凤）药还有么？

鲁四凤：药罐里还有一点。

周朴园：（低而缓地）倒了来。

周蘩漪：（反抗地）我不愿意喝这种苦东西。

周朴园：（向四凤，高声）倒了来。

　　（四凤走到左面倒药。）

周　冲：爸，妈不愿意，您何必这样强迫呢？

周朴园：你同你母亲都不知道自己的病在哪儿。（向蘩漪低声）你喝了，就会完全好的。（见四凤犹豫，指药）送到太太那里去。

周蘩漪：（顺忍地）好，先放在这儿。

周朴园：（不高兴地）不。你最好现在喝了它吧。

周蘩漪：（忽然）四凤，你把它拿走。

周朴园：（忽然严厉地）喝了它，不要任性，当着这么大的孩子。

周蘩漪：（声颤）我不想喝。

周朴园：冲儿，你把药端到母亲面前去。

周　冲：（反抗地）爸!

周朴园：（怒视）去!

（周冲只好把药端到蘩漪面前。）

周朴园：说，请母亲喝。

周　冲：（拿着药碗，手发颤，回头，高声）爸，您不要这样。

周朴园：（高声地）我要你说。

周　萍：（低头，至周冲前，低声）听父亲的话吧，父亲的脾气你是知道的。

周　冲：（无法，含着泪，向着母亲）您喝吧，为我喝一点吧，要不然，父亲的气是不会消的。

周蘩漪：（恳求地）哦，留着我晚上喝不成么?

周朴园：（冷峻地）蘩漪，当了母亲的人，处处应当替孩子着想，就是自己不保重身体，也应当替孩子做个服从的榜样。

周蘩漪：（四面看一看，望望朴园，又望望周萍。拿起药，落下眼泪，忽而又放下）哦，不! 我喝不下!

周朴园：萍儿，劝你母亲喝下去。

周　萍：爸! 我——

周朴园：去，走到母亲面前! 跪下，劝你的母亲。

（周萍走至蘩漪前。）

周　萍：（求恕地）哦，爸爸!

周朴园：（高声）跪下!

（周萍望蘩漪和周冲；蘩漪泪痕满面，周冲身体发抖）

周朴园：叫你跪下!

（周萍正向下跪）

周蘩漪：（望着萍，不等周萍跪下，急促地）我喝，我现在喝!（拿碗，喝了两口，气得眼泪又涌出来，她望一望朴园的峻厉的眼和苦恼着的周萍，咽下愤恨，一气喝下）哦……（哭着，由右边饭厅跑下）

（半晌。）

翻译练习参考译文

译前提示：

　　"喝药"这场戏，看似演绎着周朴园"无比关心"病中的妻子周蘩漪，实则表现了周朴园作为一家之长的专制与蛮横，作为丈夫的虚情假意，恶意狠毒。翻译这段文字，一方面需注意使用简洁凝练、铿锵有力、便于言说的口语，另一方面需通过选词造句再现出周朴园言谈举止越来越专制，越来越蛮横的发展变化过程。

翻译练习参考译文

第一章　文学翻译概述

练习1

书　友

赛缪尔·斯迈尔斯

我们通常认为从一个人所读的书就可以判断其为人，就像看一个人平时所交之友就能了解其为人一样。因为世上不仅人可以做朋友，书也同样可以做朋友。不论是与书为友，还是与人为友，我们都应该选择最好的去交往。

拥有一本好书，就像拥有一个好友。无论是过去、现在还是将来，它永远也不会改变。书是最有耐心、最令人愉悦的伴侣。即使是我们穷困潦倒、遭受危难之时，它会对我们依然如故，而不会将我们抛弃。年轻时，好书能陶冶我们的性情，增长我们的知识；年老时，它又能给我们以安慰和勉励。

人们常因喜欢同一本书而结为知已，就像因敬慕同一个人而成为朋友一样。古谚语说："爱屋及乌"。可是，"爱我及书"却有更深厚的哲理。书是更加牢固而高尚的情意纽带。人们可以通过共同喜好的作家来沟通思想感情，从而达到息息相通。人们的思想可以在作者的著作中得到共同体现，而作者的思想又可以转化为他们的思想。

哈兹利特曾经说过："书能潜入人的内心，诗能熏陶人的气质。少小所学，老大不忘，所读虽为他人际遇，却宛若身历其事。书价廉物美，就像我们所呼吸的空气。"

好书如最精美的器皿，珍藏着人一生思想的精华。人生的境界，主要体现在思想的境界。所以，最好的书是金玉良言的宝库，若将其中崇高的思想铭记于心，我们就有了忠实的朋友和永恒的慰藉。菲利普·悉尼爵士说得好："有高尚思想做伴的人永不孤独。"

当我们面临诱惑时，优美纯真的思想就像仁慈的天使，保护我们的心灵。而优美纯真的思想也蕴育着行动的胚芽，因为金玉良言总能启发善行。

书籍具有不朽的本质，能使人类的勤奋努力得以长久保存。寺庙会坍塌，神像会朽烂，而书却经久长存。对于伟大的思想来说，时间是无关紧要的。很久以前第一次闪现在作者脑海的伟大思想今天依然清新如故。他们当时的言论和思想刊于书页，如今依然生动感人。时间惟一的作用是淘汰不够优秀的作品，而只有真正的佳作才能流芳百世。

书籍引导我们与最优秀的人交往，使我们置身于历代伟人巨匠中，如闻其声，如观其行，如见其人，并与他们情感交融，悲喜与共。他们的感受成为我们的感受，我们感觉就像在作者所描绘的舞台上和他们一起粉墨登场。

即使是在人世间，那些伟大杰出的人物也是永生不灭的。他们的精神被载入书册，传之四海。书是人们至今仍在聆听的智慧之声，永远充满活力。所以，我们永远都在受着历代伟人的影响。多少世纪前的盖世英雄，如今仍和当年一样，显示着其强大的生命力。

（解肱一、张宝丹编译. 选自《佳作名篇》）

🖋 **评注：**

① 英语多用被动式，汉语多用主动式。英汉互译时主被动相互转换，很多时候对于译文忠实通顺的表达具有一定指导意义。译文首句即是将原文的被动式句子转换成主动式句子，显得文通理顺，自然恰切。

② "不论是与书为友，还是与人为友，我们都应该选择最好的去交往" "拥有一本好书，就像拥有一个好友。无论是过去、现在还是将来，它永远也不会改变。" 等译句语义准确，节奏统一，简练畅达。

③ "书价廉物美，就像我们所呼吸的空气／They are to be had everywhere ..." 将原文两个简单句合二而一，表达方式顺势顺口。

④ "书能潜入人的内心，诗能熏陶人的气质／Books wind into ..." "珍藏着人一生思想的精华／enshrining the best ..." "蕴育着行动的胚芽／enshrines the germs of action" 等译文根据汉语习惯搭配和原文语境的变化，形象转换巧妙，语义信息准确。

⑤ "人们可以……沟通思想感情，从而达到息息相通／Men can think, feel and sympathize with ..." "他们当时的言论和思想／what was then said and thought" "历代伟人巨匠／the greatest minds that have ever lived" 等句，语义确切，言简意赅。

⑥ "如闻其声，如观其行，如见其人／We hear what they said and did; we see them as if they were really alive" "情感交融，悲喜与共／we sympathize with them, enjoy with them, grieve with them" "粉墨登场／we were in a measure actors" 等四字格词语表意准确凝练，与上下文中使用的诸多四字格词语相呼应，形成了较好的叙述节奏与行文风格。

⑦ "高尚的思想／the golden thoughts" "金玉良言／good words" "流芳百世／long survive" "传之四海／walk abroad" "盖世英雄／the imperial intellects of the world" 则转换了原文形象，辞达意显，简洁生动。

你　变　了

约翰·瑞恩

　　唐·韦斯特看到她在挥手致意，于是穿过车站朝他走来，晒黑了的脸上现出一种疑惑而惊讶的神情。

　　"哎呀呀，"他说，和以前一样粗犷地笑着，"真巧啊，呃……珍妮。"

　　她也报以微笑："唐·韦斯特，你一点都没变。"

　　真是这样，就是胖了几磅，老了一点，但还是她很久以前爱上而又从未真正忘怀的那个唐·韦斯特。

　　他站开来打量着她，蓝眼睛眯了起来。自欺欺人没有用，她想，不必骗自己说以前那是孩子般的一时冲动。只要一看到他，她还是有点儿不能自持。

　　"珍妮，"他说，"珍妮，你看起来真是秀色可餐。"他叹了口气，然后潇洒地皱了皱眉，"你不知道，看到你有多好。多少次我都在想，你到底怎么了。"

　　她犹豫了一下，欲言又止。他抓住她的胳膊老练地引她走向车站的休息室。不过他总是处事老练的，特别是和女人沾边儿的事情。

　　他坐下来打量着她。"你看起来是不一样了。你真是变了，珍妮。但你变得更可爱了，真是可爱多了。"

　　"唐，"她轻柔地说，"从大学毕业时算起的确是过了很长时间了。"

　　他点燃了一支烟。"我知道，珍妮。一拿到学位我就参军了。是啊，已经有一段时间了。但是，嘿，还记得那次舞会和《蓝色多瑙河》吗？记得吗？"

　　她眼睛盯在自己的饮料上，没敢抬头看他。

　　"我几天前还听到了这支曲子，珍妮，我就想起了你。就是想你，没办法。"他握住她的手。

　　"你看，珍妮，我还有件公事约了要办。我刚从南方过来，不过晚饭时我就该没事儿了。"

　　这时她抬起头，发现他目光温柔，似有万语千言。

　　"珍妮，我们可以就像从前一样，就像那天晚上在舞会上，就我们两个人。今晚7点我们一起吃晚饭吧，在我住的酒店。"

　　他使劲捏了捏她的手，没有等她答复。她看着他走出了门。

　　她知道唐·韦斯特永远不会改变，那个人从来都不够老实。但是她爱他的方式也不会改变。他看她的那种眼神不会有错，唐现在可以说是她的了。

　　只是她7点不会去赴约的，大概是因为她从来没有参加过大学的那场舞会，她甚至从来没有和唐约会过。唐是她在远处默默崇拜的橄榄球明星。

更何况，她的名字也并不是珍妮。

（晓月译. 选自《英语世界》，2010 年第 5 期）

评注:

① his tanned face 可理解为 his sun-tanned face（晒黑了的脸）。

② the same rugged smile 可指笑得肌肉好像生出褶皱一样，译为"粗犷地笑着"符合人物形象特点，也可选译为"爽朗地/开朗地/豪爽地笑着"。

③ looked down at her 中 down 可看做无标记词（unmarked word），意指 up and down，可译为"上下打量她"。下文中的 studied her 也含有类似的意思。his blue eyes crinkling at the corners 译为"蓝眼睛眯了起来"，生动、简洁、准确！

④ "He took her arm"译为"他抓住她的胳膊"，似不如译为"他挽起她的胳膊"，显得有修养、得体，这样也与随文的 expertly 连用更协调。expertly 译为"老练地"很恰切，也可选译为"很在行/很内行/很老到"等。

⑤ "She kept her eyes on her drink"译为"她眼睛盯在自己的饮料上"，略显"新奇"，转换成"她眼睛盯着自己的杯子"似更合生活常态。

⑥ the rugby hero 译为"橄榄球明星"，与作品语境很贴合。

⑦ 原文中有不少语气词或插入成分，如"Well, well""I know""say""Look"等，翻译这些词语，可结合情景语境、人物形象与上下文文意贯通三个因素来考虑。

练习3

Spring

Zhu Ziqing

Oh, the waiting, the waiting! Finally the east winds begin to blow, and spring is just around the corner. The world seems to have awakened from its slumber as, excitedly, it opens its eyes.

The mountains take on a luster, the waters start to rise, and there is a blush on the face of the sun.

In the gardens and in the countryside new grass, tender and green, secretly threads its way up through the earth; everywhere you look, the ground is covered with it. Some people are seated, some are lying down, and others are turning somersaults; then there are games of ball, footraces, and hide-and-seek. The breezes are gentle; the grass, soft as cotton.

Peach trees, apricot trees, and pear trees jostle each other, all of them in magnificent bloom, each trying to outdo the other. There are fiery reds, pinks like the sunset, and snowy whites — and always the abounding fragrance of flowers. Close your eyes, and the trees seem already heavily laden with peaches and apricots and pears. Beneath the flowers a teeming host of bees fills the air with the sound of their buzzing, as butterflies, large and small, flit to and fro. Everywhere there are wildflowers of many kinds, those with names and those without, scattered throughout the thickets and looking like countless eyes or like stars, here and there winking at you.

"When the willows are green, the winds that touch your face carry no chill." Oh, how true! They are like the caress of your mother's hand. And the winds bring an aroma of freshly turned earth mixed with the scent of new grass and the bouquet of myriad flowers, all blended together in the slightly moistened air. Birds make their nests among the luxuriant flowers and tender leaves, and in delight they blend their voices; from their throats come the crisp, boastful strains of their songs of enchantment, which merge with the sounds of gentle breezes and flowing water. Then you can also hear a lilting tune from a shepherd boy's flute, played the day long as he sits astride his bullock.

Most prevalent are the rains; a single rainfall can last two or three days. But don't be distressed! Just look — it is like the fine hair of a bullock, like delicate embroidery needles, or fine silk, densely slanting downward as woven strands, covering the roofs of houses with a blanket of fine mist. The leaves of the trees are so green they sparkle, and the grass is so green it hurts your eyes. Toward evening the lamps are lit, giving off a pale yellow glow that accentuates a night of tranquility and peace. Off in the countryside, on the small paths and at the sides of stone bridges, people stroll leisurely under their raised umbrellas. Then there are the farmers who work the soil clad in their grass cloaks and hats, and whose grass huts are scattered around the countryside, standing silently in the rain.

In the sky the number of kites slowly increases as the number of children on the ground grows. In the city and in the countryside the populace seems to come to life; the old and the young emerge in spirited animation, flexing their muscles and stirring up their spirits, each occupying himself in his own pursuits. Spring is the time when plans for the year ahead must be made; when starting out, there is an abundance of time, and everywhere there is hope.

Spring is like a newborn child, brand-new from head to toe, starting out in life.

Spring is like a blossoming and graceful maiden, laughing and then walking on.

Spring is like a robust youth with limbs of iron, leading us on the road ahead.

(tr. Howard Goldblatt. taken from *The Columbia Anthology of Modern Chinese Literature* (Second Edition))

① 译文选词用字整体上体现出积极、美好、欢乐、向上的特点。例如，以下词语均具有褒义色彩 slumber，excitedly，luster，blush，new，tender and green，gentle，soft，magnificent，abounding，teeming，scatter，wink，aroma，crisp，boastful，enchantment，lilting，fine，delicate，sparkle，leisurely，spirited，graceful，等等。

② 译文颇具个性化特色，动静相衬，层次分明。例如，这几句均使用了 as 引导的从句，勾画出情景中的动态画面：1) The world seems to have awakened from its slumber as, excitedly, it opens its eyes. 2) Beneath the flowers a teeming host of bees fills the air with the sound of their buzzing, as butterflies, large and small, flit to and fro. 3) Then you can also hear a lilting tune from a shepherd boy's flute, played the day long as he sits astride his bullock. 4) In the sky the number of kites slowly increases as the number of children on the ground grows.

③ 译文叙述方式上注重先动后静，由近至远的组句模式，画面空间层次鲜明突出。如：1) The mountains take on a luster, the waters start to rise, and there is a blush on the face of the sun. 2) Some people are seated, some are lying down, and others are turning somersaults; then there are games of ball, footraces, and hide-and-seek. The breezes are gentle; the grass, soft as cotton. 3) Off in the countryside, on the small paths and at the sides of stone bridges, people stroll leisurely under their raised umbrellas. Then there are the farmers who work the soil clad in their grass cloaks and hats, and whose grass huts are scattered around the countryside, standing silently in the rain.

④ 译文重组了原文的篇章结构，语义逻辑显豁，焦点突出。比如，译文开头重组后的三个小段可为显例。

⑤ 译文再现了原文的句法结构与句子短小的风格特点，也因之再现了原文的叙事节奏。

练习 4

听朱莉娅之音

罗伯特·赫里克

你的声音圆润、甜美、如银铃，
聒噪的鬼魅听见，会悄然凝神，
而倾听你（闺中的步履）
像琥珀琴上奏着轻盈流转、荡人心魄的乐曲。

（张保红译. 选自《英语世界》，2010 年第 12 期）

📝 **评注：**

① 诗名译为"听……之音"，一方面效法汉诗中含有"听"字的诗题与意趣，如："听筝"（李端）；"听蜀僧濬弹琴"（李白）；"听张立本女吟"（高适）等，另一方面，取听话听音，听音识人辨情的意味。

② 原诗首行中清辅音/s/的反复运用形成头韵，给人轻柔舒畅的美感，译句中以近于叠韵的"圆润""银铃"等来再现，其整体效果庶几近之。"鬼魅"之前增译"聒噪的"，一是为取得汉语译文前后贯通，二是将原诗第二行中听起来粗糙的语音/d/、/z/、/k/可共同启示出的喧闹之义提升到译文的表体。同样地，将Melting melodious words译为"轻盈流转，荡人心魄的乐音"既旨在译出各个语词的涵义，又旨在再现原诗第四行中占主导地位的流音/m/、/l/、/r/所共同启示出的流转不已的效果。

③ 原诗各行为五音步，其基本步格是抑扬格，韵式为aabb，译诗以汉语五顿对应原诗行五音步，也再现了原诗的韵式。

练习5

爱情残忍，爱情甜蜜

托马斯·麦克唐纳

爱情残忍，爱情甜蜜，——
残忍又甜蜜，
恋人叹息盼相会，
叹息、相会——
叹息、相会，复长叹——
残忍呀甜蜜！最甜蜜的痛感！

爱情盲目——爱情诡秘，
盲目又诡秘。
心想大胆说，见面口难开——
大胆说，口难开——
大胆说，口难开，下次定大胆——
大胆说呀真甜蜜，——真痛苦啊开口难。

（张保红译）

评注：

① 原诗两个诗节均以矛盾修辞格写成，译文以残忍/甜蜜、盲目/诡秘相对应。原诗上、下诗节分别写的是恋人间约会前后的经历与感受，译文以生活经历再情景化为参照，进行选词造句，谋求整体文意贯通。

② 译文"长叹"效仿汉诗句"盛年处房室，中夜起长叹"（曹植）的意趣。"口难开"借自歌词"爱你在心口难开"，以求再现原文用语质朴、直白的特点。

③ 原诗为半格律半自由体诗，各诗行音步数参差不齐，但从全诗来看，四音步诗行占据主导，其基本步格为扬抑格。译文通过以顿代步的方式对应译出，但改创了原诗的韵式。

练习 6

雪夜过森林

罗伯特·弗洛斯特

谁家的树林？我想我知道，
虽然他家在遥远的村郊；
他不会看到我待在这里
看他的树林为白雪笼罩。

我骑的小马定觉得稀奇，
待在这渺无人烟的荒地，
在树林边上，结冰的湖旁，
在一年中最黑暗的夜里。

我的马摇晃颈上的铃铛，
问我是不是走错了地方。
微风扫落鹅毛般的雪片
是回答他的唯一的声响。

黑暗的深林真令人留恋，
但我有约会，有约会在先。
路还远着呢，在睡觉之前，
路还远着呢，在睡觉之前。

（许渊冲译. 选自许渊冲著《文学与翻译》）

① "雪夜过森林"与原诗题名在字面语义上有所不符，但表达方式上不乏汉诗题名的特色与神韵，比如"过酒家"（王绩）；"过香积寺"（王维）；"过桃花夫人庙"（刘长卿）等。

② 译文以汉语每行四顿对应原诗每行四步，各行均为 10 个字，整齐划一，文意贯通，再现了原诗韵式 aaba bbcb ccdc dddd。

③ 译句"他不会看到我待在这里/看他的树林为白雪笼罩"为了"罩—郊—道"前后押韵，表述的语义重心与原文有所偏离。

④ "黑暗的深林"偏于客观情景的纪实，令人留恋的主观意态暗示似略有不足。"幽暗"似更切合情境，取"幽"字之好，比如"独坐幽篁里"（王维）；"曲径通幽处"（常建）；"闲步幽林与苔径"（罗郫）等。

练习 7

I Look Afar

Zeng Zhuo

When I was still young
In the sea of life, by chance I raised my head
Looking afar to the age of sixty
Like looking at a distant foreign port.

After weathering violent storms and tidal waves
Now I have arrived there, I turn around at times
Looking afar to the time when I was young
Like looking at my hometown lost in dense mist.

（选自《中国文学·现代诗歌卷》（汉英对照））

评注：

① 译文忠实再现了原诗中"生活犹如大海航行"的隐喻链：生活的海洋（the sea of life）——港口（port）——狂风暴雨（violent storms）——惊涛骇浪（tidal waves）——到达（have arrived）——烟雾（dense mist）。

② 译文形式上再现了原诗的跨行与跨节，但对上下两节中的"像遥望"作了调整处理，稍稍弱化了原诗的经验体认感，强化了译文的概念陈述意味。

③ "遥望六十岁"译为 Looking afar to the age of sixty 简明贴切，避开了译为 Looking afar at the age of sixty 可能引发的理解歧义。

④ "经历了"译为 weathering（to come through a very difficult situation safely），选词准确，搭配恰切，也暗示着下文"我（平安）到达了"。

⑤ "回头"译为 turn around，承续上文"抬头"，开启下文"遥望"，予人环顾左右后，视线锁定"目标"的过程体验。

⑥ 译文未转存原诗的尾韵韵式，译诗各行长度彼此相当，再现了原诗均齐中有变化的视觉节奏。

练习 8

Drinking with Classmate Mo
at the Lake on a Rainy Day

Su Shi

In life drifting hither and thither,
　　We happen to meet by chance.
We sit face to face as if in a dream,
　　But age has snowed white hairs on us.
Let us once more go to the West Lake
　　And get drunk with its falling rain.
Fifteen years have slipped by
　　Since I last saw the dancing raindrops.

（张保红译. 选自《译丛》（Renditions），2021 年秋季号）

评注：

① 译文中选用 drifting 一词，意指生活漂泊不定，给人"人生到处知何似，应似飞鸿踏雪泥"的过客感。整首译诗采用一般现在时，表明是生活的常态。

② "（梦中）相对"译为 sit face to face，而不是 meet face to face，参考了"想得家中夜深坐，还应说着远行人"这样的生活经验细节。

③ "各华颠"译为 age has snowed white hairs on us，模仿借鉴了多恩（John Donne）诗 *Song*（Go and catch a falling star）中的句子"Till age snow white hairs on thee"。

④ 原诗四句，为格律诗体，韵式为 aaba。译诗八行，整体上按汉诗四三式顿歇节奏模式造句建行，比如梦中相对｜各华颠，为了行文语义的连贯与生活情景化的构建，有的句式与语义顺序略有调整。译文为各诗行长度彼此均衡的自由诗体，未押韵。

推销员之死

（第一幕　选段）

阿瑟·米勒

林达：（听到威利在卧室外的声音，有些胆怯地叫他）威利！

威利：别担心，我回来了。

林达：你回来了？出了什么事？（短暂的停顿）是出了什么事吗？威利？

威利：没有，没出事。

林达：你不是把车撞坏了吧？

威利：（不在意地，有些烦躁）我说了没出事，你没听见？

林达：你不舒服了？

威利：我累得要死，（笛声逐渐消失了。他在她身旁床上坐下，木木地）我干不了啦。林达，我就是干不下去啦。

林达：（小心翼翼地，非常体贴地）你今天一天都在哪儿？你的气色坏透了。

威利：我把车开到扬克斯过去不远，停下来喝了一杯咖啡。说不定就是那杯咖啡闹的。

林达：怎么？

威利：（停了一下）忽然间，我开不下去了。车总是往公路边上甩，你明白吗？

林达：（顺着他说）噢。可能又是方向盘的关系。我看那个安杰罗不大会修斯图贝克车。

威利：不是，是我，是我。忽然间我一看我的速度是一小时六十英里，可是我根本不记得刚刚的五分钟是怎么过去的。我——我好像不能集中注意力开车。

林达：也许是眼镜不好。你一直没去配新眼镜。

威利：不是，我什么都看得见。回来的路上我一小时开十英里。从扬克斯到家我开了差不多四个钟头。

林达：（听天由命）好吧，你就是得歇一阵子了，威利，你这样干下去不行。

威利：我刚从佛罗里达休养回来。

林达：可是你脑子没得到休息。你用脑过度，亲爱的，要紧的是脑子。

威利：我明天一早再出车。也许到早上我就好了。（她帮他把鞋子脱下来）这双鞋里头该死的脚弓垫难受得要命。

林达：吃一片阿司匹林吧，我给你拿一片，好不好？吃了能安神。

威利：（纳闷地）我开着车往前走，你明白吗？我精神好得很，我还看风景呢。你想想看，我一辈子天天在公路上开车，我还看风景。可是林达，那边真美啊，密密麻麻的树，太阳又暖和，我打开了挡风玻璃，让热风吹透了我的全身。可是突然间，我的车朝着公路外边冲出去了！我告诉你，我忘了我是开车呢，完全忘了！幸亏我没往白线那边歪，不然说不定会撞死什么人。接着我又往前开——过了五分钟我又出神了，差一点儿——（他用手指头按住眼睛）我脑子里胡思乱想，什么怪念头都有。

林达：威利，亲爱的，再去跟他们说说吧，为什么不能叫你在纽约上班呢。

威利：纽约用不上我。我熟悉的是新英格兰，新英格兰这边离不开我。

林达：可是你六十岁了，他们不能要求你还是每个礼拜都在外边跑。

威利：我得给波特兰打个电报。原来说好了的，我应该明天早上十点钟见布朗和莫里森，给他们看这批货。他妈的，我准能把它卖出去！（他开始穿外衣）

林达：（把外衣拿到一边）你何不明天一早就到霍华德那儿去，告诉他你非在纽约上班不可。亲爱的，你就是太好说话了。

威利：要是老头子瓦格纳还活着，纽约这一摊早归我负责了！那个人真是好样的，有肩膀。可是他这个儿子，这个霍华德，这小子不知好歹。我头一次往北边跑买卖那会儿，瓦格纳公司还没听说过新英格兰在什么地方呢！

林达：亲爱的，你干吗不把这些话告诉霍华德呢？

威利：（受到鼓舞）我是要告诉他，一定告诉他。家里有奶酪吗？

林达：我给你做个三明治。

威利：不，你睡吧。我去喝点牛奶，说话就上来。孩子们在家吗？

林达：他们睡了。今天晚上哈皮给比夫约了女朋友，带着他玩去了。

威利：（感兴趣）真的？

（英若诚译. 选自英若诚等译《推销员之死》）

✒ 评注：

① 将第三行的 Why? 译为"你回来了？"。紧承上句对话而来，显得十分自然，便于话轮不断推演。

② "不在意地，有些烦躁/with casual irritation"将译文一分为二，较好地传达了原文的意义。

③ 译句"说不定就是那杯咖啡闹的/Maybe it was the coffee"中"闹"字很生动贴切，也很口语化。类似的用法，在下文中还有"车总是往公路边上甩/The car kept going onto the shoulder""幸亏我没往白线那边歪/If I'd've gone the other way over the white line"。

④ 译文口语化特色鲜明，生活气息浓郁，贴切自然。比如"我看……不大会修……车""我一看我的速度……""得歇一阵子了""要紧的是脑子""难受得要命""纽约这一摊""真是好样的"等。

⑤ 英语注重主语，汉语注重话题，往往将自己心中认为最重要的词拿出来做主语，其他的按次

序说出做句子的谓语。比如"纽约用不上我，我熟悉的是新英格兰，新英格兰这边离不开我。"

⑥ 译句"那个人真是好样的，有肩膀"中的"有肩膀"今天看来不一定好懂，可考虑译为"有担当"之类。

⑦ "可是他这个儿子，这个霍华德，这小子不知好歹。/ But that boy of his, that Howard, he don't appreciate."译文连用三个"这"，将自己心中的怨气与不满表达得很充分，也很到位。

第二章　散文翻译

练习1

柑　橘

艾伦·亚历山大·米尔恩

一年四季的水果里，我最推崇柑橘。

首先，柑橘常年都有——即使不是在树上，至少是在水果店里。有的时候，只用几块巧克力和一点蜜饯生姜充当餐后的甜点，两块李子干加一片大黄便被冠以蔬果什锦美名时，这时仍带酸味的柑橘便前来慷慨救驾；其他时候，水果丰盈，樱桃，草莓，木梅，醋栗在餐桌上相互争艳时，此时比往日更加甜美的柑橘依然能坚守自己的岗位。对于人们的日常生活，面包和黄油，牛肉和羊肉，鸡蛋和咸肉，都未必像柑橘那样不可或缺。

很幸运，这种最普通的水果恰恰是最好的水果。论其优点，难尽其详。柑橘有益于健康，比如，可以治疗流感，滋养皮肤。柑橘清洁干净，不管是谁把它端上餐桌，也只触到它的表皮，亦即它的外衣，吃完后橘皮便被留在餐厅里。柑橘是圆的，给孩子们当板球玩是再好不过了。柑橘核可用来弹射你的敌人，一小片橘皮也能让一个老者滑个趔趄。

但是，如若不是柑橘的味道甜美可口，上述的一切便都不足取。我真不敢纵谈柑橘的美味。我为它的美味所倾倒。每当有人结婚我便心生怨意，因为那就意味着一束鲜橘花——未来金黄果实的夭折。然而，人类总得继续繁衍。

……

我们年复一年地吃着柑橘生活，这就是对它有力的辩护。事实上，是柑橘诚实的品格吸引了我们。假如它要开始腐败的话——因为我们之中的优秀者有时也会腐败的——它是从外表而不是从内里开始的。有多少梨子在向世人展现其鲜嫩的容光时，内里已经腐烂。有多少看上去纯洁无瑕的苹果，刚刚发芽就已经包藏蛀虫。而柑橘从不隐藏瑕疵。它的外表是它内心的镜子，那么如果你反应快，不等售货员把它丢进纸袋儿，你就能告诉他这是一个坏橘子。

（刘士聪、靳梅琳合译. 选自刘士聪编著《英汉·汉英美文翻译与鉴赏》（新编版））

🖋 **评注：**

① 标题译为"柑橘"，实名化，指向明确。若按字面意义译为"金灿灿的水果"，体现出视觉色彩与美好印象，同时也可以设下悬念。

② 译文"有的时候……；其他时候……"把握住了原文的情景逻辑与情感逻辑，再现了柑橘在水果供应不足时挺身而出，雪中送炭的精神，在水果供应丰盈时忠于职守，不显山露水的品格。however sour 译为"仍带酸味"十分恰切，也可译为"稍带/略带酸味"。若译为"无论有多酸"则有损柑橘的正面形象。

③ 译文"面包和黄油，牛肉和羊肉，鸡蛋和咸肉"，可按汉语表达习惯调整为"面包黄油，牛肉羊肉，鸡蛋咸肉"。比如汉语中类似的表达有煎饼果子、豆浆油条、皮蛋瘦肉粥等。

④ 语篇中重复指称某一事物时，英语多用代词替代手段，汉语多用名词复现手段。例如，"论其优点，难尽其详。柑橘有益于健康，……"与之对应的原文中 the orange 使用了 1 次，替代代词 it / its 重复了 8 次，译文中进行了替换、保留与省略，最后若将"其"所指代的 the orange 计算在内的话，一共使用替换的名词只有 4 次，数量上虽不及原文一半，但各得其所，各擅其胜，相得益彰！

⑤ establishes the complexion 译为"滋养皮肤"，也可译为"滋肤养颜"或"提亮肤色"。

⑥ a slave to its sweetness 通过意象替换的方法，译为"为它的美味所倾倒"，或"陶醉于它的美味"。

⑦ the world must go on 译为"人类总得继续繁衍"，也可参考世界经典名曲"We Are the World"的表达方式，译为"我们的生活总得继续下去"。

⑧ speak well for 译为"对……有力的辩护"，也可译为"对……最好的代言"。

⑨ has no secret faults 译为"从不隐藏瑕疵"，将形容词 secret 转化为动词"隐藏"，贴切自然。

练习2

快 帆 船

约翰·梅斯菲尔德

　　我初看见她时，她前帆下桁以下的部分全笼罩在大雾里。上桅帆和迎风飘动的轻帆映着晨曦的微光。然后雾霭从她身边慢慢弥散开去，我们这才看见船身和刚刚挂起的舱内红色的舷灯发出的微弱的光。她轻轻地起伏着，在天穹之下画着一个个的弧。我看着她，船身上晨光的颜色渐渐加深，直到船上的风帆好像面向太阳的蛋白石一样透着玫瑰色，像火红的宝石。她灿烂绚丽，美若天仙，那只款款而动、体态轻盈的快帆船呀！她一路驶来，出迷雾，入熹微，她活像一个魂灵，一个智慧女神。她浑身泛着光，船帆泛着光；她携带的小船及其索具都染上了颜色。她亭亭而立（张着天帆和豪华的索帆），看着她在阳光里泛着红晕，轻轻摆动着，上下颠浮着，令人心旷神怡。她是一只有生命的活船，比世间的生命更具生命力的活船。人们以为，她就要用一种陌生的语言开口说话，或演奏一首乐曲来抒发对大海的依恋，歌唱太阳的温情。她飘然而至，时而随浪涌起，时而随浪而下，一会儿露出吃水线下面的测深铅锤，然后又潜入水中，让水雾淹没锚链孔。她俯首前行，接着又昂然跳跃；阳光照进船楼的天井；船身闪烁着光芒；当她涌起的时候，便抖掉全身的海水。船上的人们没有一个不为快帆船的美而感慨。我想，假如快帆船距离再近一点，他们一定会为她而欢呼；可是，事实上，我们升起船旗来对她做出回应，我们确定了位置，核准经纬仪，降下各色彩旗，然后站开。有好几分钟的时间，我一边整理降下的旗子，准备把它们放回旗柜，一边看着她。这时老水手一瘸一拐地走过来，吐了一口唾沫，斩钉截铁地说："这真是世上美景之一。那个，还有玉米地，还有抱着孩子的女人。这是'美'和'力'的化身。摘下一个天帆扎在你的脖子上，怎么样？"我好歹应了一声，继续看着她，直至她那美丽的、棱角分明的船身，连同她那精美的细部变得模糊时，太阳正照着她的下风处，从那里凯旋高升，身披金甲的勇士般的舵轮拨打起羽状的水云。

（刘士聪译. 选自刘士聪编著《英汉·汉英美文翻译与鉴赏》（新编版））

评注：

① 译文通过选词用字再现了原文中快帆船的物理美，也再现了亦船亦美人的形象美以及作者对她一见倾心的深情美。比如，"她灿烂绚丽，美若天仙，那只款款而动、体态轻盈的快帆船呀！""她亭亭而立（张着天帆和豪华的索帆），看着她在阳光里泛着红晕，轻轻摆动着，上下颠浮着，令人心旷神怡。""她飘然而至，时而随浪涌起，时而随浪而下，……""我初看见她时""我看着她""一边看着她"等等。

② 译文"或演奏一首乐曲来抒发对大海的依恋，歌唱太阳的温情"中的"依恋"与"温情"表现了女性的柔美。

③ 译文的空间感，画面感鲜明，再现了原文中快帆船由远及近进而远去的全过程，再现了原文有情感的节奏，也像似地（iconic）模拟了海上行船上下起伏的情景。比如，"她一路驶来，出迷雾，入熹微，她活像一个魂灵，一个智慧女神。她浑身泛着光，船帆泛着光；她携带的小船及其索具都染上了颜色。"

288

练习 3

射　象

（选段）

乔治·奥威尔

　　我扣扳机时，没有听到枪声，也没有感到后坐力——开枪的人总是不会感到的——但是我听到了群众顿时爆发出高兴的欢叫声。就在这个当儿——真是太快了，你会觉得子弹怎么会这么快就飞到了那里——那头象一下子变了样，神秘而又可怕地变了样。它没有动，也没有倒下，但是它的身上的每一根线条都变了。它一下子变老了，全身萎缩，好像那颗子弹的可怕威力没有把它打得躺下，却使它僵死在那里了。经过似乎很长时间——估计大约有五秒钟，它终于四腿发软跪了下来。它的嘴巴淌口水，全身出现了老态龙钟的样子。你觉得它仿佛已有好几千年了。我朝刚才射中的地方又开了一枪。它中了第二枪后还不肯瘫倒，虽然很迟缓，它还是努力要站起来，勉强地站着，四腿发软，脑袋耷拉。我开了第三枪。这一枪终于结果了它。你可以看到被这一枪打中的痛苦使它全身一震，把它四条腿剩下的一点点力气都打掉了。但它在倒下的时候还好像要站起来，因为它两条后腿瘫在它身下时，它仿佛像一块巨石倒下时一样，上身却抬了起来，长鼻冲天，像棵大树。它长吼一声，这是它第一声吼叫，也是仅有的一声吼叫。最后它肚子朝着我这一边倒了下来，地面一震，甚至在我趴着的地方也感觉得到。

（选自程梅编著《英语散文精品赏析》）

评注：

① 译文组句长短彼此相当，确立了娓娓道来的叙述节奏。

② 原文 a mysterious, terrible change had come over the elephant 是物称主语，按汉语习惯转换为人称主语，于是译为"那头象一下子变了样，神秘而又可怕地变了样"，译文前后关联，自然顺畅。类似地，随文的句子 An enormous senility seemed to have settled upon him 相应地转换为"全身出现了老态龙钟的样子"。

③ "好像那颗子弹的可怕威力没有把它打得躺下，却使它僵死在那里了"这句重构的逻辑关系，将原句一分为二，成功地再现了原文的语义与情景。

④ "虽然很迟缓"若调整为"虽然行动很迟缓"，前后逻辑关系似乎更为通顺。

⑤ 结合原文的句法特征与情景，"最后它肚子朝着我这一边倒了下来"这句似可进一步调整为"最后它肚子朝着我这一边轰的一声倒了下来"。

论老之将至

（选段）

伯特兰·罗素

有些老人因怕死而惶惶不安，年轻人有这种情绪是情有可原的。如果青年人由于某种原因认为自己有可能在战斗中死去，想到生活所能提供的最美好的东西自己全都无法享受，觉得受了骗，因而感到痛苦，这是无可指责的，但是对老年人来说，他经历了人生的酸甜苦辣，自己能做的事情都做到了，怕死就未免有些可鄙，有些不光彩了。要克服这种怕死的念头，最好的办法——至少在我看来——是逐渐使自己关心更多的事情，关心那些不跟自己直接有关的事情，到后来，个人主义的壁垒就会慢慢消失，个人的生活也就越来越和社会生活融合在一起了。人生应当像条河，开头河身狭小，夹在两岸之间，河水奔腾咆哮，流过巨石，飞下悬崖。后来河面逐渐展宽，两岸离得越来越远，水也流得较为平缓，最后流进大海，与海水浑然一体，看不出任何界线，从而结束其单独存在的那一段历程，但毫无痛苦之感，如果一个人到了老年能够这样看待自己的一生，他就不会怕死了，因为他所关心的一切将会继续下去，如果随着精力的衰退，日见倦怠，就会觉得长眠未尝不是一件好事。我就希望在工作时死去，知道自己不再能做的事有人会继续做下去，并且怀着满意的心情想到，自己能做的事都已经做到了。

（庄绎传译. 选自邵志洪编著《翻译理论、实践与评析》）

评注：

① oppressed，justification 分别翻译为"惶惶不安""情有可原"，贴切自然。

② 原文"Young men who have reason to fear that ..."这句较长，译文通过化整为零的方法，处理为 5 个小句，厘清了语义与逻辑关系，显得自然流畅。此外，译文中将词语转换为小句，既平衡了叙述的节奏，又合乎情理。比如，cheated, feel bitter, justifiably 分别被译为"觉得受了骗""因而感到痛苦""这是无可指责的"。

③ "开头河身狭小，夹在两岸之间，河水奔腾咆哮，流过巨石……"这一句中运用了较多四字格，节奏快捷，与原文情景语义接近，也与人生青壮年时期的状态相对应。只是"河身"与"河水"之间的过渡略显不顺，"河水奔腾咆哮"与"流过巨石"之间的连用略显力度不协调。似乎可改进为"人生好比一条河，开始是峡谷细流，接着是急流涌进，冲过巨石，飞下悬岩。"

④ "后来河面逐渐展宽，……"这一句中诸多小句的结尾运用了发音悠长、徐缓的韵母字词，如宽——远——缓——海——线——程，通过这些字词声音的联缀像似地（iconic）再现了原

文的徐缓的意味与节奏以及人到老年的生活状态。

⑤ painlessly 译为"毫无痛苦之感"，语义上缺乏前后呼应或关联，略显突兀。

练习 5

读 书 喜 乐

约翰·卢博克

书籍之于人类正如记忆之于个人。书籍记录着人类的历史、已有的发现、世世代代积累的知识与经验；书籍为我们描绘了大自然的奇观与美景；书籍在我们困难时帮我们渡过难关，在我们悲苦时给我们以慰藉，将消沉的时刻化为欢乐的时光；书籍用观念武装我们的头脑，用美好而快乐的思绪充实我们的心灵，让我们走出自我，超越自我。

东方流传着一则故事，故事中讲到两个人：一个是国王，每晚梦见自己做了乞丐；另一个是乞丐，每晚梦见自己是王子，生活在宫殿中。我不清楚国王做了乞丐会不会过得更好。有时想象比现实更为生动。然而，无论是否如此，我们读书时，（如果希望如此）不仅可以成为生活在宫殿中的国王，而且更为奇妙的是，我们可以登上高山或漫步海滨，遍访世间美景，既没有舟车劳顿的疲惫与不便，也无需考虑一路的花费。

在我们看来，许多人已应有尽有，但他们却说自己最纯粹的幸福多半来自于读书。阿斯克姆在《教师》一书中讲述了他最后一次去拜访简·格雷小姐的感人故事。他看到格雷小姐坐在飘窗下，阅读柏拉图那篇讲述苏格拉底之死的精彩文章。当时，格雷小姐的父母在园中狩猎，猎犬狂吠，声音破窗而入，而她能置身局外，这令他感到十分惊讶。格雷小姐说："与我从柏拉图书中体验的乐趣相比，他们在园中的所有乐趣就不值一提了。"

麦考利拥有财富名望，地位权力，可他在自传中告诉我们，他一生中最快乐的时光是读书。他给一个小姑娘写了一封饶有情趣的信，信中说："谢谢你精彩的来信。能让我的小女儿快乐，我总是很高兴，我最高兴的是知道她喜欢读书，因为当她到了我这个年纪，就会发现，读书要胜过世间一切馅饼糕点、玩具游戏以及风景名胜。

如果谁让我做有史以来最伟大的国王，拥有宫殿花园、锦衣玉食，香车美酒与几百奴仆，但条件是不让我读书，那么我宁愿不做国王。我宁愿做一个住在藏书阁的穷人，也不愿做一个不爱读书的国王。"

书籍的的确确能赋予我们一座魅力无穷的思想宫殿。里希特尔说：站在诗坛帕纳塞斯山上，比坐在王座上视野更广阔。在某种程度上，书籍给予我们的观念，甚至比现实更为栩栩如生，正如倒影往往比实物更加美丽。"万物皆有镜像，"麦克唐纳说，"最寻常的房子，当我从镜子中看时，便充满了诗情画意。"

……

书籍在我们日常小径的周围，撒满了珍贵而无价的祝福；在我们想象的大道上，引领我们与品格高尚者同行，去畅游各种胜地美景。……

我们无须起身离开家中的炉火，就可漫游天涯海角，或是畅游到斯宾塞笔下的王国，那里仙女们成群结队来欢迎我们，或是翱翔于弥尔顿的天堂，那里我们可以欣赏天使们合唱的乐园颂歌。科学、艺术、文学、哲学——人类一切所思所为——历经百代磨难换来的经验——这一切全都为我们储藏在书海中。

（张保红译）

评注:

① 原文中涉及的历史文化人名与典故较多，它们分别是：Sir John Lubbock (1834—1913)，英国银行家、博物学家。Roger Ascham (1515—1568)，英国学者、作家，曾任伊丽莎白公主的希腊语和拉丁语教师。Lady Jane Grey (1537—1554)，英国"九日女王" (1553)、亨利七世的曾孙女、爱德华六世指定的王位继承人，被推上王位后仅九天，即被玛丽一世取代，受指控叛国而被斩首 (1554)。Thomas Babington Macaulay (1800—1859)，英国政治家、历史学家，辉格党议员。Jean Paul Richter (1763—1825)，德国小说家，浪漫主义与心理小说的先驱。Parnassus（帕纳塞斯山）位于希腊中部，古时被认作太阳神和文艺女神们的灵地。George MacDonald (1824—1905)，英国小说家、诗人、基督教寓言作家。Edmund Spenser (1552—1599)，英国诗人，以长篇寓言诗《仙后》著称，另有诗作《牧人月历》《结婚曲》等。John Milton (1608—1674)，英国诗人，对18世纪诗人产生深刻影响，因劳累过度而双目失明 (1652)，主要作品有《失乐园》等。

② 首段译文借鉴传统相声技法"三翻四抖"（前面铺垫三次，第四次抖包袱）进行了重构：译文继"书籍"引出话题后，再重复4次"书籍"作为单句的主语，如此行文，意群分明，文从字顺，娓娓道来，自然而然。

③ 语篇中重复指称某一事物时，英语多用代词等替代手段，汉语多用名词复现等反复手段。比如，"他看到格雷小姐坐在飘窗下，阅读柏拉图那篇讲苏格拉底之死的精彩文章。当时，格雷小姐的父母在园中狩猎，猎犬狂吠，声音破窗而入，而她能置身局外，这令他感到十分惊讶。格雷小姐说：……"这段译文中多处以"格雷小姐"翻译了指代词 her / she，语义清晰，逻辑顺畅，颇为自然。

④ 针对 we may transport ourselves to the mountains or the seashore 这句的翻译，可根据汉语中与"高山""海滨"的搭配习惯，将 transport 分别译为"登上（高山）""漫步（海滨）"。

⑤ 原文中具有连接 (linking) 特点的短语 "wealth and fame, rank and power" "tarts and cakes, toys and plays, and sights in the world" "palaces and gardens and fine dinners, and wines and coaches, and beautiful clothes, and hundreds of servants" 可分别转换为具有列举 (listing) 特点的汉语"财富名望，地位权力""馅饼糕点、玩具游戏以及风景名胜""拥有宫殿花园、

292

锦衣玉食，香车美酒与几百奴仆"

⑥ "a whole enchanted palace of thoughts" 中 enchanted 一词语义色彩正面、积极，需译为"一座魅力无穷的思想宫殿"。Parnassus 作为空间对比的对象，可以通过音译加意译的方法转换为"站在诗坛帕纳塞斯山上"。若与读书相联系，或可通过舍象取义的方法翻译为"阅读诗作"。

⑦ "All mirrors" 中 mirrors 可看作动词，句法结构类似英语谚语 "All that glitters is not gold"。

练习 6

Wild Grass

Xia Yan

There is a story that goes like this:

Someone asks, "What is the most powerful thing in the world?" The question is answered in a variety of ways. Someone says, "Elephant." Someone else says, "Lion." Another one says half-jokingly, "The Buddha's guardian warrior." As to how powerful the Buddha's guardian warrior is, no one can tell, of course.

In fact, none of the answers is correct. The most powerful thing in the world is the seeds of plants. The force generated by a seed is incredible. Here goes another story:

The bones of a human skull are tightly and firmly joined so much so that no physiologist or anatomist has ever succeeded in taking them apart whatever means they try. Then someone has a brilliant idea. He puts some seeds of a plant in the skull to be dissected and provides the necessary temperature and moisture to make them germinate. Once the seeds germinate, they generate a terrible force that opens up the human skull that has defied even mechanical means. You see how powerful the seeds of a plant can be.

You may think this is too unusual a case for the common mind to come to terms with. Well, have you ever seen how bamboo shoots grow? Have you ever seen how the tender young grass comes out from under debris and rubble? In order to get to the sunshine and satisfy its will to grow, it persistently winds its way up, no matter how heavy the rocks above and how narrow the space between the rocks. Its roots drill downward and its sprouts shoot upward. This is an irresistible force. Any rock lying in its way is overturned. This shows how powerful a seed can be.

Though the little grass has never been compared to a Hercules, the power it produces is matchless in the world. It is an invisible life-force. So long as there is life, the force will show itself. The rock on top of it is not heavy enough to stop it, because it is a force that remains active over a long period of time, because it is an elastic force that shrinks and expands, because it is a tenacious force that will not stop until it achieves its end.

The seed does not fall on fertile land but in debris, instead. The seed with life is never pessimistic or crestfallen, for, having overcome resistance and pressure, it is tempered. Only the grass that has been fighting its way out since its birth is strong and tenacious and, therefore, it smile with pride at the potted plants in glassed green houses.

（刘士聪译. 选自刘士聪编著《英汉·汉英美文翻译与鉴赏》（新编版））

评注：

① 原文题名是"野草/Wild Grass"，文中另有两处写到"小草"，三处写到"草"，译者结合上下文语境分别译为 the tender young grass、the little grass、the grass，一方面从多侧面揭示了草的特性，另一方面体现出对小草的爱意柔情，勾画出小草积极正面的形象。

② "As to how powerful the Buddha's guardian warrior is, no one can tell, of course. // In fact, none of the answers is correct."经过前文的问与答的铺垫，本以为马上会给出答案，结果又落空了。译文不仅转存了原文的句法结构特征，也再现了原文略带调侃的味道。

③ 译文选词用字一方面再现了小草的自然属性，比如"it persistently winds its way up""Its roots drill downward and its sprouts shoot upward"，另一方面也再现了小草的社会属性，比如"Only the grass that has been fighting its way out since its birth is strong and tenacious and, therefore, it can smile with pride at the potted plants in glassed green houses."

④ "The rock on top of it is not heavy enough to stop it, because it is …, because it is …, because it is …/上面的石块，丝毫不足以阻挡，因为……"这句译文译者连用三个"because it is …"再现了原文强烈的情感与坚定的语气。

⑤ "is never pessimistic nor crestfallen/不会悲观和叹气"译文生动形象，音节和谐，节奏匀称。

⑥ "for, having overcome resistence and pressure, it is tempered./因为有了阻力才有磨炼"译文中"阻力"具体化为"resistence and pressure"，语义准确，隐性呼应了前文中描绘小草受到上压下挤的情景。

第三章　诗歌翻译

练习1

我的心呀在高原

罗伯特·彭斯

我的心呀在高原，这儿没有我的心，

我的心呀在高原，追赶着鹿群，
追赶着野鹿，跟踪着小鹿，
我的心呀在高原，别处没有我的心！

再会吧，高原！再会吧，北方！
你是品德的国家，壮士的故乡！
不管我在哪儿游荡，到哪儿流浪，
高原的群山我永不相忘！

再会吧，白雪皑皑的高山！
再会吧，绿色的山谷同河滩！
再会吧，高耸的大树，无尽的林涛！
再会吧，汹涌的急流，雷鸣的浪潮！

我的心呀在高原，这儿没有我的心，
我的心呀在高原，追赶着鹿群，
追赶着野鹿，跟踪着小鹿，
我的心呀在高原，别处没有我的心！

（王佐良译. 选自孙梁编选《英美名诗一百首》）

评注：

① 生活在乡村的人，小时候可能都有过追赶动物的经历，比如追赶狗、猪、猫、牛、鸡、鸭等。诗人罗伯特·彭斯生长在英国苏格兰高地，他小时候追赶的是鹿群、野鹿、小鹿。追赶动物多是为了好玩，也可能什么目的也没有，但能引起人们对青少年时期那段美时光的回忆。

② 原诗诗行步格是以抑扬格与抑抑扬格为主导的四音步，译诗分别以汉语四顿、五顿来再现或表现。为了再现原作所抒发的豪迈之情，译文选择了可表现洪亮、豪放、宽广情感的江阳韵（如方—乡—浪—忘）、言前韵（如山—滩）、遥条韵（如涛—潮）以及人辰韵（如心—群—心）。

③ 为了形成对仗与表达的力量与气势，译诗将原文表层形式所无，深层内容可有的信息提升到了译文表层。比如"高耸的（大树）""汹涌的（急流）"。

④ 译文选用四个"再会吧，……"以及上下句相同的句法结构，再现了原文豪迈、昂扬的激情与力量。

珍妮吻了我

利·亨特

当我们昔时相会，
　　珍妮从椅上一跃而起，将我亲吻；
啊，时光——你这个窃贼，总爱把美好的事物记载，
　　那就请为我记下这段情分。
你可以说，我已经疲惫不堪，心绪悲苦，
　　你可以说，我已经穷途潦倒，疾病染身，
你可以说我已经年华垂暮，
　　可是你得说：珍妮昔日曾将我亲吻。

（谭天健等译. 选自谭天健等译《英美抒情短诗选》）

评注：

① 译文"当我们昔时相会"，可调整为"我们昔日相会时"。

② 将 jumping 译为"一跃而起"，恰切地再现了珍妮（Jenny）对我的款款深情，而我对珍妮的挚爱以及我口吻中透露出的自信、乐观、自豪则蕴涵于诗中不断重复的句子结构"say ..."中。译文中三处"你可以说"，可修订为"你说"，这样节奏更为紧凑，似也更合乎愈趋愈强的诗情表达。

③ 译文使用四字格"疲惫不堪""心绪悲苦""穷途潦倒"等强化了节奏演进的速度，较好地再现了愈趋愈强的情感。

④ 译文中三处"已经"以及最后一行中的"昔日"不妨删除，以进一步增强表达的节奏与情感。

冲激，冲激，冲激

阿尔弗雷德·丁尼生

冲激，冲激，冲激，
　　大海呀，冲击灰而冷的岩石！
我但愿我的舌端能说出

我内心涌起的情思。

多幸福啊，那渔家童子
　　在和妹妹嬉戏、叫嚷！
多幸福啊，那少年水手
　　唱着歌在海湾里荡桨！

还有庄严的船舶，一艘艘
　　驶归山下它们的港口；
但我只求听到那沉寂了的嗓音，
　　触到那只消逝了的手！

冲激，冲激，冲激，
　　大海呀，在岩石脚下崩裂！
可是温柔美好的日子死了，
　　与我已从此永诀。

（飞白译. 选自胡家峦编《英语诗歌精品》）

✒ **评注：**

① 将 break，break，break 译为"冲激、冲激、冲激"，可彰显波浪的力量，也可暗示情感迸发的力量。若译为"哗啦、哗啦、哗啦"可描绘其声音。这种表达形式与骆宾王诗《咏鹅》中的首行"鹅、鹅、鹅"比较相像。

② 原诗主导步格为三音步，夹杂四音步，主要由抑扬格与抑抑扬格构成，译诗主导诗行是四顿诗行，也有三顿至六顿诗行。

③ 原诗四个诗节，各节隔行押韵，译诗也是各节隔行押韵，并且做到了韵情合一。比如表达欢喜之情时，押响亮的江阳韵（嚷—桨）与悠扬的由求韵（口—手），表达思念的深情时，押细腻的一七韵（石—思）与微弱的乜斜韵（裂—诀）。

④ 译诗整体上很好地再现了原诗的句式特点，尤其是保留了待续句诗行的形式，比如"一艘艘/驶归山下它们的港口"等。

　　练习 4

初读贾蒲曼所译荷马有感

约翰·济慈

我曾游历过许多黄金的国度，

也曾在不少城邦和王国浏览；

并曾到西方群岛四处盘桓，

在那里诗人们都向阿婆罗臣服。

我常常听说有片广阔的疆土，

是由浓眉的荷马统治的领地；

但我从未呼吸过那清纯之气，

直到听见贾蒲曼勇敢的表述。

我于是感到自己像个观象者，

发觉新的星座在视野中闪现；

或如柯尔泰正以鹰目向着

太平洋眺望——而他的所有同伴

也面面相觑，做着奇特的臆测——

凝神屏息，站在达连湾的峰巅。

（顾子欣译. 选自顾子欣编译《英诗300首》）

评注：

① Chapman's Homer 指贾蒲曼翻译的荷马史诗。贾蒲曼（1559—1634）是英国伊丽莎白时代的诗人、剧作家与翻译家。

② 原诗基本步格是五音步抑扬格，韵式是 abba abba cdcdcd，是典型的彼特拉克体十四行诗（the Petrachan sonnet），译诗以汉语五顿对应译出，各行基本上控制在十二字左右，也再现了原诗的韵式及诗行数。

③ 作者将阅读伟大文学作品的经历比喻为跨地域、跨国界的旅行，故将 the realms of gold 译为"黄金国度"，states and kingdoms 译为"城邦和王国"，western islands 译为"西方群岛"等，从而在选词用字上构成了游历不同地方或地域的语义场，显得恰切妥帖。

④ 译文悉依原诗的形式与结构，再现了原诗的煞尾句诗行与待续句诗行。比如待续句诗行"正以鹰目向着/太平洋眺望"，"而他的所有同伴/也面面相觑"。

⑤ Darien 是加勒比海的达连湾，即巴拿马海峡，位于巴拿马和哥伦比亚之间。

练习 5

栖 息 的 鹰

台德·休斯

我栖于树顶，紧闭着双眼。

298

一动不动，在我钩状的头和
钩状的爪之间没有空幻的梦：
或在睡眠中排练捕杀的绝技，吃掉猎物。

高踞树端多么方便！
空气的浮力和太阳的光线
都对我有利；
大地仰面躺着任我巡视。

我的两爪紧抠住粗粝的树皮。
需用整个造物的力量
创造出我的爪子，我的每根羽毛；
我正将造物攥在爪中，

或凌空飞起，绕着它缓缓盘旋——
我能随意捕杀因为它完全属于我。
在我的身上用不着诡辩术：
我的方式是扯掉脑袋——

分配死亡。
我飞行之路直接
穿越活者的骨肉。
无需为我的权力论证：

太阳在我后面。
自我诞生后一切均无改变。
我的眼睛不允许有任何改变。
我要永远保持这种状态。

（顾子欣译. 选自顾子欣编译《英诗 300 首》）

✎ **评注：**

① 原诗是自由体诗，没有固定不变的押韵模式与恒定如一的节奏模式，但仍有主导的内在节奏。
　译文再现了这一主导节奏，这可体现在诗行彼此相当的长度与前后贯通的语义逻辑上。

② 为了构建诗行的节奏与通达的语义逻辑，译者翻译时调整了诗句的句序结构及语义编排，比
　如将 no falsifying dream/Between my hooked head and hooked feet 译为 "在我钩状的头和/钩状

的爪之间没有空幻的梦"。

③ 译文一方面从鹰栖于树巅与凌空飞起、前行为视点组织译文，另一方面围绕鹰的外形特点来构建其专横、残暴的形象。空间层次明确，译文组织顺畅自然；描绘鹰的特征用词准确，形象鲜明突出。

④ 译文选词用字既突出了鹰的自然属性，比如"栖于""钩状的""捕杀""高踞""攫在""盘旋"等，也显示了其社会人的属性，比如"巡视""扯掉""分配""诡辩术""权力"等，成功地再现了亦鹰亦人的统一体形象。

⑤ 译文再现了原诗的待续句诗行，比如"空气的浮力和太阳的光线/都对我有利"等，也再现了跨节形式，比如"我的方式是扯掉脑袋——//分配死亡"等。

练习6

伦　敦

威廉·布莱克

我走过每条独占的街道，
徘徊在独占的泰晤士河边，
我看见每个过往的行人
有一张衰弱、痛苦的脸。

每个人的每声叫喊，
每个婴孩害怕的号叫，
每句话，每条禁令，
都响着心灵铸成的镣铐。

多少扫烟囱孩子的喊叫
震惊了一座座熏黑的教堂，
不幸士兵的长叹
像鲜血流下了宫墙。

最怕是深夜的街头
又听年轻妓女的诅咒！
它骇住了初生儿的眼泪，
又带来瘟疫，使婚车变成灵柩。

（王佐良译. 选自胡家峦编著《英语诗歌名篇详注》）

评注：

① 原诗基本步格是四音步抑扬格，韵式是 abab cdcd efef dgdg，译诗基本以汉语四顿对应译出，也有的诗行为三顿、五顿，各行字数基本差不多，以隔行押韵的方式改创了原诗的韵式。

② 译文悉依原诗转存了原诗的诗行、诗节数目，也转存了原诗中跨行的特点，比如"我看见每个过往的行人/有一张衰弱、痛苦的脸"等，也有的地方进行了微调，比如"又听年轻妓女的诅咒"。

③ 译文第二个诗节通过不断重复"每……"的句式结构，再现了原诗愈趋愈强的控诉力量与气势。所体现出的节奏也与整首译诗相协调、相呼应。

④ 将原诗的隐喻句"And the hapless Soldier's sigh/Runs in blood down Palace walls"译为明喻句"不幸士兵的长叹/像鲜血流下了官墙"，再现了原文的意象与诗情。

⑤ 将原文名词意象"the Marriage hearse"译为动态意象"使婚车变成灵柩"，恰切得体。

练习 7

爸爸的华尔兹

西奥多·罗特克

你呼出的威士忌酒气，
能将小个子男孩熏倒。
我依然紧紧地抓着你，
这样的华尔兹不好跳。

我们蹦嚓嚓不停旋转，
撞落了橱架上的铁锅。
妈妈一直在旁边观看，
紧皱着眉头神情疑惑。

你的手拉着我的手腕，
你的手指关节处磨破。
你的舞步每一次跳乱，
你的裤扣会刮我耳朵。

你在我头上敲打拍子，

手掌沾满硬硬的泥块。

送我上床跳着华尔兹，

我紧抓你衬衫不松开。

（张保红译）

评注：

① 原诗全部用的是过去时，叙写的是我与自己父亲酒后跳舞的过往，当时我虽然感到有些不适应，但多年后回想起来，回忆中依然透露出家庭的美好与温馨之情。因此，译诗选词用字可尽量体现出积极美好的特点。

② 原诗写的是华尔兹舞，节奏上与三步舞的华尔兹接近。其基本步格是抑扬格三音步，韵式是abab cdcd efef ghgh，译诗以汉语各行四顿九个字译出，再现了原诗内在节奏较为欢快的特点以及押韵方式。

③ 译文借鉴了华尔兹舞的特点，将 romp 一词译为"旋转"，并辅以音效"蹦喳喳"。

④ 我爸爸的华尔兹舞跳得并不专业，姿势也不规范，舞步也不够熟练。译文以"撞落了……""拉着我的手腕""敲打拍子"等予以再现。

⑤ 译文为了押韵将舞步失谐描绘为"跳乱"，不如"跳错"自然。

练习 8

Seeing a Friend Off

Li Bai

Green hills sloping from the northern wall,

white water rounding the eastern city:

once parted from this place

the lone weed tumbles ten thousand miles.

Drifting clouds — a traveller's thoughts;

setting sun — an old friend's heart.

Wave hands and let us take leave now,

hsiao-hsiao our hesitant horses neighing.

（tr. Burton Waston. taken from *The Columbia Book of Chinese Poetry*）

评注：

① 译文将原文的格律诗体译为了自由诗体，转存了原诗的句法结构与流畅的语义。

② 译文第一、二行与第五、六行以意象并置的方式转存了原诗的画境与诗情，传达了汉诗重意合的句法特征。尤其"落日故人情"的翻译，可圈可点。heart 司情感之职，也可与"落日"象形，较为恰切。

③ 从译文功能来看，第一、二行与第五、六行写景，用作别离的背景（Ground），使第三、四行与第七、八行突出出来成为前景（Figure），再现了原文的空间层次感与生动的画境。

④ 译者音译了"萧萧"，其意为何？可从增译的 hesitant 一词中见出端倪。

练习9

Homesickness

Yu Guangzhong

In my childhood,
Homesickness was a small stamp.
I was here.
And my mother was over there：

When I grew up,
Homesickness was a narrow ship-ticket.
I was here
And my bride was over there：

And then
Homesickness was a small tomb
With me outside
And my mother inside：

But now,
Homesickness is a shallow strait.
I am on this side.
And the mainland is on the other side.

① "乡愁"译为 homesickness,表达了远离家乡的愁苦之情,比较恰切。若译为 nostalgia,则偏于强调回忆从前的赏心乐事时的愁情。

② 译文再现了原诗的外在结构形式,内在的语义对比以及空间变化关系,也近似再现了原文的押韵方式。

③ 原诗语言简明质朴,译诗再现了原诗这一特点。比如,选词多是日常普通词汇,简单易懂;句子结构以简单句为绝对主导,与日常语义逻辑相一致。

④ "坟墓"译为 tomb,形象准确,比 grave 一词更具体、更恰切。

⑤ 译文前三节选取过去时句式与第四节的现在时句式形成对照,体现了回忆的视角与情调。

第四章　小说翻译

练习 1

从土耳其来的侄儿

伊利亚斯·哈里尔

　　去年的一天,突然有人敲门。没有任何先兆,我侄儿从土耳其来了!我最后一次看到他时,他还是个小不点儿,长着一双怯生生的眼睛,耳朵就像两把扇子,缺了两颗门牙,短头发,一双小手总是脏兮兮的。您知道,天底下每一个侄儿都是这副模样。我喜欢他,对他特别钟爱。就那么个小不点儿,过去常常仰头望着我,像看电线杆子一样,那双琥珀色的眼睛笑眯眯的,并偷偷地拿我开玩笑。从短裤中伸出来的两条腿有些罗圈儿。一双眼睛虽然直视你,但看上去有些斗鸡眼。我一看见他就心里难过……而我也从来没有冲他发过火,也没打过他,我们谈话时,他仿佛肩头有千斤重担,像是受了委屈似的。他若做错了事,这一特点一定更为明显。他的眼睛会渐渐湿润起来,说话声音低得叫人几乎听不见,像片叶子在颤抖。看见他的人以为他是孤儿,心里会难过。他们就想把手伸进口袋里,给他几个零花钱或糖果。我虽然因为种种理由揍过我其他的侄儿,但这个侄子我无法碰他一根指头。我爱这个小家伙!

　　在家里,不管是谁生了气,他都会躲得远远的。你要跟他说话,他就不吭声。他即便答话,也是轻声细语。即使你揍他,他也是悄无声息。他挨打的时候,不是哭声增大,而是减小。如此一来,不管是谁在打他,火气也变成了怜悯,而这孩子就免遭进一步的惩罚。这个结论我是过了很久之后才得出来的。我观察到，我们那小家伙和别人说话时，既不罗圈腿，也不斗鸡眼，两只大耳朵也不像无花果叶似地垂着。此外，生气的时候，他懂得如何吵破天。只是当他觉察有危险的时候，他才出现罗圈腿，耳朵才拉长，眼睛才对上。

自打我移民到加拿大，有十五年没有见到过我这侄儿了。他已经长成一个身材魁梧的小伙子，长相英俊，体魄健壮！在对他表示欢迎之后，我问了他几个问题，看看他打算做什么。

"侄儿，你想做什么工作？"

"天啊，叔叔，有什么工作我就做什么工作。什么活儿都难不倒我。尽管说吧，我都能做。我啥活儿都干过！我当过木匠、电工、小贩、修鞋匠、裁缝、汽车修理工；您觉得够多了吗？所有这些活儿我都干过！"

"真可惜！这么说你没有得到机会上大学喽？"

"哪儿的话，叔叔！我已从法学院毕业了！"

"那太好了，我的孩子，可是你怎么找得出时间做所有这些事情呢？你可只有二十三岁啊！你是怎么想办法做所有这些工作，还上了大学的呢？"

"叔叔，这细枝末节您就甭管了！只管吃葡萄，别问葡萄园的事儿！您要是信不过我，这样，您有没有坏了的电动缝纫机、收音机、电动刮胡刀或者榨汁机，拿给我看看，我都能修。我能把旧衣服里外翻个儿，让你看不出新旧。我要是把装手绢的衣兜翻过来，看上去那叫棒！旧衣服当新衣服卖，并不是什么难事嘛！如果您想要吃点什么，今儿个就让我给您做吧！看看我做的饭菜是不是美味可口，让您吃都吃不够？那满口余香会香上一百年！没有什么我不懂的，叔叔！"

我看出来我们这孩子肯定学会了"吹牛皮"。各式各样的吹牛皮我都听过，但像他这样的还闻所未闻。这孩子简直就是个活生生的行业协会了！再说，他还学习了法律！符合逻辑些吧，我暗自思忖。如果一个人学每门手艺花两年时间，学完所有这些行当就要花上 50 年。"丹麦国里恐怕有些不可告人的坏事。"很可能一会儿就显露出来了！

"你在这儿能找到什么工作呢？现在就别考虑法律了。加拿大的法律并不源自罗马法。拿破仑民法在这儿也无效，"我告诉他。

"拿破仑法？那是什么玩艺儿？我们没有学过这样的法律。"

"你是说你不知道拿破仑是谁？"

"不知道，"我们的侄儿回答。

"这……这……这么说，你学的是哪种历史呢？"

"一般的历史呗，叔叔！只是我们没有历史老师。一个来自附近陆军团的上尉是个历史爱好者，他给我们班讲历史课。他教了我们许多有关当兵和修理武器的知识。多亏了他，我成了首屈一指的军械修理工。您想拿什么只管拿来！我蒙上眼睛也能把一挺机枪拆了再装上，我甚至会修理重型坦克。如果您需要，我可以用一根水管给您做出一支手枪来！有关武器我懂得可多了。我们那上尉过去常常说：'等你弄懂了武器，你自己就会创造历史。没有必要学习别人已经创造的历史！'我不知道谁在战斗中打败了谁，也搞不清是哪一年。我在乎什么呢？那玩艺儿能使我有权有势吗？那是空话！不！如果这右臂强健有力，得，别的管他呢！"

"很好，侄儿！我们明天去首都，到大使馆去登个记。"

"我们要去华盛顿吗，叔叔？"

"别瞎扯了，华盛顿是加拿大的首都吗？谁教你地理的，我的孩子？"

"哦，哦，叔叔，看您问的这个问题。哎呀，这一辈子，谁会问我加拿大的首都呀？我没有学这个，我学了更有用的东西！要是今儿个您的外套弄破了，是有关加拿大的知识能帮您节省开销呢，还是需要缝纫知识？告诉我，叔叔！我们地理老师教给我们的东西可总是有用的。我们学校的地理老师厄梅尔·泰梅尔辞职去开了一家杂货店之后，镇上会读书写字的裁缝卡西姆·埃芬迪就来教地理课了。他教了我们6年。我们学了很多！我们每年翻新两套衣服。我们缝缝补补，还学会了熨烫衣服！我们也学了缝裤子。我们老师说：'学会这个你一辈子就不会忍饥挨饿。别记那些靠不住的外国城市名儿，也别学那些城市的河流，学些有用的东西吧！那些个知识除了去爬山把你的鞋子磨破以外，还有什么用处呢？你有什么破理由学习柏林或伦敦的人口呢？那数字难道不是每年都在变吗？不仅是年年变，它每天、每小时都在变！成千上万的人死亡，出生，来了又走……难道那些地理学家没有脑子吗？他们还总是不厌其烦地教给学生错误的数字。"

"卡西姆·埃芬迪裁缝过去常常说，'现在看见了吧！看看文学老师海达尔的房子，再看看我的！现在告诉我，谁的知识更有用？海达尔·贝伊会写诗，但他吃不饱饭；所以这种知识有什么用呢？来看看谁的知识能提供更多面包、黄油和蜂蜜。来看看谁过的日子更舒坦。要注意我所说的话！学好我教给你们的，你们吃面包时就不会没有黄油和蜂蜜了！'"

我惊讶地听着侄儿的话。他说的可能是实话，我把我的处境和他的作了比较。我们之间有着巨大的差距！我53岁，是给研究生上历史课的老师。在过去的15年，每年冬天我都到大学进修，学习新东西。我每年都发现自己有多么落伍！尽管如此，我还是在这同一个地方，像根驴尾巴似的，教啊教，希望能过得好一些！就凭这种生活方式，我似乎是一事无成。

"很好，我的孩子，你的数学怎么样？"我问。

"好极了，叔叔。一点儿错都不会出！我们从最简单的数学开始学的。没有比我们老师更棒的老师了。您找遍整个土耳其，也绝对找不到一个更好的老师了。麦森来教我们数学。他在一家大机构当会计。他教我们怎么样数钱，怎么样把多余的钱放进保险柜，怎么样讨价还价。

"他讲加法和减法的窍门，给我们留下的印象特深刻。比方说吧，买东西的时候，加法是一回事；而卖东西的时候就是另一回事了。减法也是同样道理！可不是随便谁都知道这些窍门的！麦森这个人会跟政府玩花样。他年年都准备纳税申报单，里面根本不可能发现错误。政府曾提出给他几千里拉的薪水：'来当我们的财政部长吧！'他没接受。'我只服从我自由的本性！'他答道。他的的确确是个谦虚的人。不幸的是，我们没能跟他学习乘法和除法。不过没关系，有了加法和减法，我就能对付过去了。感谢主，我还没有上当受骗过呢。"

"好了，孩子，凭着学的这么丁点儿东西，你上大学就没有困难吗？"

"什么困难啊，叔叔？老师们教我们才有困难呐。对我们来说容易极了。这一次我学会了汽车修理。上法学院的第二年，我们的国际法教授生病了，一整年都没有来上课。我就用那些本该上课的时间去大学对面的汽车修理厂打工。我搞汽车维修。美国游客常常把他们的汽车弄到汽修厂，这样一来，我除了提高自己的英语知识，还了解了外币和外汇兑换。那一年我挣的钱顶得上一个教授。"

我越来越感兴趣了。这可是一种我所不熟悉的教育理念。他们是在一种符合世界潮流的氛围中教育学生的。

"好吧，孩子，那你学习木工是代替了什么？"

"叔叔，我学习木工什么也没代替！那学年一开始，教我们民法的教授突然去世了，我就去一家木匠铺打工，填补我的空闲时间。叔叔，我一点儿也不后悔我学了木工。我们的房子是我盖的。地基、墙、天花板，家具——这一切都是我弄的。真可惜我没有在那儿待久一些。"

"6个月后，一个老师来到了我们的医学院，一个内科专家。从他那儿我学了很多和民法有关的东西。他上医学院时，他的一个老师死了；一个民法教授就过来教他们。所以，他那么多的法律知识就是这么学来的。那一年他还使我们增长了健康方面的知识。如果家里有人病了，我或多或少就知道病情。我懂得怎么样用阿斯匹林和奎宁。我在游轮上工作的时候，干了两季为游客量血压的活儿，挣老鼻子钱了，我差一点儿就要当医生了！"

我侄儿的知识宝库无穷无尽。哪一行他都学会了一点东西。在加拿大，他工作是断断续续的……他在哪儿都干不长久。他干哪一行都是三流的水平，所以他们就炒他的鱿鱼。有一天，我们发现他收拾起行装，回到了土耳其。根据我们最新的消息，这孩子一年就成了百万富翁。

我们互相通信。在每一封信中他都会写："努力教你大学的课吧，哈！"

（杨振同译，辛勤校. 选自《英语世界》，2006年第7期）

✒ 评注：
① 译者选用"小不点儿""小家伙""怯生生""脏兮兮""笑眯眯""（他都会躲得）远远的"

"吵破天""活生生的（行业协会）"等词语来描绘"我侄儿"小时候的样子，生动贴切，富有童趣，也形象鲜明。

② 译文对话口语色彩浓郁，很接地气，也有利于人物形象的再现。比如，"有什么工作我就做什么工作""哪儿的话""您就甭管了"等。

③ 将描写人物形象特点的形容词译为四字格，既准确达意，又可构建出较好的叙述节奏。比如，"He had become a strapping young man, handsome and strong! /他已经长成一个身材魁梧的小伙子，长相英俊，体魄健壮！"

④ 译句"符合逻辑些吧，（我暗自思忖）"若考虑到与上下文连贯的话，不妨改为"这要讲得通啊"。同样地，若要与前一句形成更好的连贯，译句"我在乎什么呢？"可考虑改为"我在乎这些干吗？"。

⑤ 为了句子在语境中的连贯，译句"现在就别考虑法律了"可修改为话题句"与法律相关的工作，现在就别考虑了"。在后文中，译者将原文"I built our house"译为话题句"我们的房子是我盖的"，上下贯通，贴切自然。

⑥ 译文用语通俗易懂，准确精练。如"靠不住的外国城市名儿/infidel foreign cities""破理由/God-awful reason""他吃不饱饭/he's hungry""会跟政府玩花样/gives the government the run-around""我就能对付过去了/I'll handle the situation""窍门/the fine points""教育理念/a philosophy of education""世界潮流/the goings-on in the world"等。

⑦ 译句"我们之间有着巨大的差距！""我只服从我自由的本性！"通过舍象取义的方法，恰切传达了原文的语义。译句"他们就炒他的鱿鱼"通过形象替换法，再现了原句的语义与意趣。

练习2

柠 檬 老 太
卡蒂蒂

　　我们之所以叫她"柠檬老太"，一是因为她老在人前板着个脸，二是因为她种在她家前花园的那两棵巨大的柠檬树结出了我们见过的最好的柠檬。我们常常想弄清楚她为什么看上去如此不苟言笑，以及她是如何种出这么好的柠檬的——但结果还是对她一无所知。她是一位老太太——至少70岁了吧，这是猜的，也许岁数更大。

　　一天，我们看到一则有一套公寓要出租的广告，便决定去看看——因为现在的房东要求我们尽快腾出所住的房间。当我们按照广告上的地址找过去，才发现那是"柠檬老太"的房子。

　　我们面谈的整个过程中她脸上的表情一直没有"解冻"。她说要出租的公寓在大约一个月后才会收拾好供人入住；还说她的求租者名单上已经有45个人了，而在公寓收拾好之前可能还有其他人要添加上，之后她只会挑选看起来最合适她的人出租。她没有敌意，只是既坚定又严肃，而我估计我们十有八九是不会被选中的。

当我和我丈夫就要离开时，我说："您是怎么种出那些特棒的柠檬的呀？"她淡淡一笑，这笑改变了她整个的面部表情，使她看上去温和了些，且多少有点值得同情。

"我确实能种出很好的柠檬。"她回答道。我们接着告诉她，每次经过的时候，我们总是多么羡慕她的那些柠檬。于是她打开了话匣子，告诉了我们许多关于这种水果的知识。她问道："我想，你们知道关于植物修剪的一般原则吧？"

"噢，"我丈夫说，"我知道一点儿怎样修剪一般的果树与玫瑰，但柠檬树决不能修剪，我大概知道这个。"当他从"柠檬老太"的表情上看出他说错了话时，就加上了最后几个字。

"不对，""柠檬老太"说，"除非你不想让柠檬树长得像我的一样，那样的话你就决不能修剪。你知道修剪是为了什么吗？"

"哦，为了除掉死去的或者患病的树枝；为了防止树枝之间相互擦伤；为了让阳光照进树枝中间；还为了促进更强壮的芽苞生长。"

"说得非常好。""柠檬老太"说，"那么，你为什么认为柠檬树在有死树枝或者患病树枝的情况下还能长得更好；你为什么不应该让阳光照进树枝中间；又为什么让许多病态的芽苞发育会使整棵树长得更健康呢？"

"这个我压根儿就没有考虑过。"我丈夫有些羞愧地承认道，他总是为自己是个有主见的人而感到骄傲，不料今天让一个老太太给问倒了，"这里的每个人都说绝不能修剪柠檬树，所以我想那肯定没错了。"

我们谢过老太太提供的知识便离开了，与她的关系比我们原先可能想象的要好得多。我们甚至感觉对这位老太太有了相当程度的好感。

在接下来的三周时间里，我们又去看了几个可能租到房屋的地方，但由于种种原因，我们都未能租到。最终，我们找到了一处非常适合自己的房子，于是我回去告诉"柠檬老太"，我们不需要租她的公寓了。

她非常和善，请我喝了下午茶。她以自己那种周密而谨慎的风格说："我很高兴你们租到了一处适合自己也适合你们小儿子的房子，因为公寓并不适合小孩子住，尤其是小男孩。不过为了我自己，我感到很遗憾。我本来已经决定将公寓租给你们了，因为我想我们在一起肯定会相处得很好，也因为你们喜欢我的柠檬。"

在我离开时，她递给我一个袋子，里面有两只超大个儿的柠檬。那是我所见过的最棒的柠檬——又大又没有瑕疵，两只柠檬就已经够我带了。当我从大门回头望去时，看见了她和蔼的微笑，我真不知道以前我们为什么叫她"柠檬老太"。

正如我丈夫后来对我说的那样："一个人做事像她种柠檬种得那么好却不对自己的成就感到自豪，是不可能的，我们跟她谈那些柠檬从心理学上说是个很好的切入点。"自那以后，我们几次运用这种理念，都取得了良好的效果。

在我们最后租住房子的地方，有一棵腐烂得快要死掉了的老柠檬树，树上的虫子正肆无忌惮地吞噬它剩下的躯体。我丈夫盯着它仔细看了看，难过地摇了摇头。他说："要治好这棵柠檬树恐怕太迟了。"但他还是动手干了起来，毫不留情地修剪了它的树枝。我们在那所房子居住了四年，从第二年起，我们每人每天早上都能享受到一只柠檬榨出的美味果汁；当我们搬走时，我们带走了两箱各 60 磅重的柠檬，都是那棵柠檬树结的；而在我们离开后，一位朋友还写信问我们为什么没有在走之前将树上的那些柠檬都摘下来。

我们仍然叫她"柠檬老太"，但这个词现在代表的是一份纯粹的钟爱之情。

（秦毅忠译，慈勤校. 选自《英语世界》，2009 年第 6 期。）

评注：

① 题名译为"柠檬老太"，再现了尊敬的情感，与汉语的"吴家老太"表达方式类似。

② 原文"One day we answered an advertisement ..."简洁凝练，对应的译文"一天，我们看到一则有一套公寓要出租的广告，便决定去看看——"清晰明了。

③ 原文中描写柠檬老太面部表情的词语 the sour-puss face、looked so sour、unfreeze、wintery，前两个词分别译为"板着个脸""不苟言笑"较为妥帖，后两个词在意象上前后关联，自成一体，若难以保留这种前后关联，也可通过形象转换的方法翻译为"紧绷着""淡淡一笑"。除了这些偏于"消极"的描写外，原文也有对柠檬老太偏于积极的描写。比如，made her look sweet、She was very nice、saw her sweet smile，译者结合情景语境的变化分别译为"使她看上去温和了些""她非常和善""看见了她和蔼的微笑"，构建出一个性格温和、慈祥友善的老人形象。

④ opened up、an original thinker、out-think him 分别译为"打开话匣子""有主见的人""给问倒了"，选词通俗准确，生动形象，生活气息浓郁。

⑤ "她没有敌意，只是既坚定又严肃"似可结合上下文语境具体化为"她没有敌意，只是表情严肃，语气肯定"。类似地，"她以自己那种周密而谨慎的风格说"可具体化为"她说话很直接，但也总想着他人"。

练习 3

仇　恨

（选段）

房　龙

战争忽然结束，希特勒抓到了，押解到阿姆斯特丹。军事法庭判他死刑。可怎么个死法？枪毙了吧，上绞架吧，都未免死得太快，太便宜了他。后来，不知是谁说出了大家的心里话：此人造成的苦难简直令人难以置信，应该把他烧死。

"可是，"有一名法官不赞成，"我们阿姆斯特丹最大的广场也只能容纳万把人，可他要死了，到时候男男女女，少小娃子，是荷兰人谁不想上前去诅咒他一句，总得有 700 万人啊。"

于是又一名法官出了个点子，希特勒应该绑在火刑柱上烧死，不过木柴要拿一把火药来点着，火药用一根长引线来引爆，引线应该从鹿特丹牵起，然后沿着主干公路，走德尔夫特、海牙、莱登、哈勒姆，再接到阿姆斯特丹。这样，千家万户平民百姓，簇拥在连接这几座城市的宽阔大道上，都可以一睹这根引线由南向北一路燃去，直到把为希特勒阁下举行火葬的柴火堆点着。

如此惩办是否妥当，还特地举行了一次公民投票。计有 4 981 076 票赞成，1 票反对。投反对票者提出，应对希特勒处以四马分尸。

这个盛大的日子终于来临了。6 月的一天，清晨 4 时整，葬仪开始。有一位母亲，她的 3 个儿子都叫纳粹杀害了，说是犯有莫须有的破坏行为，如今引线就由她来点燃，这时唱诗班唱起了一首庄严的感恩赞美诗。接着人群里爆发出一阵胜利的欢呼。

火花从鹿特丹慢慢燃到德尔夫特，往前再奔阿姆斯特丹的广场。全国四面八方都来了人。上了年纪的、有残疾的、遇害人质的亲属，都备有专席接待。

希特勒身穿黄色长衫，已经被锁链拴在了火刑柱上。他始终保持自制，默不作声，直到有个小男孩爬上这位前元首身边的柴堆，贴上一张告示，写的是："本人乃盖世元凶。"这下可激发了希特勒憋在心里的情绪，他居然故伎重演，破口大骂起来。

观众都傻了眼：这么个小小人物竟然大放厥词，活像是在对他的徒子徒孙训话，真是一大奇观，好不滑稽。接着是惊天动地的吼声一片，嘲笑四起，把他镇住了。

最隆重的时刻到了。下午 3 点钟光景，火花燃到了阿姆斯特丹的郊区。刹时间鼓声震天。接着，人们怀着从来没有这么激动的心情，唱起了国歌《威尔海尔慕斯》。希特勒这时面如死灰，无可奈何地死拽住身上的锁链不放。

国歌唱毕，火花离火药只有几英尺了，再过 5 分钟，希特勒就不得好死了。观众仇恨心切，一下子迸发出来，喊声大作。一分钟过去了，又过一分钟，重新安静下来。眼看引线只剩下几英寸了。就在此时此刻，偏偏出了不可思议的事。

有个一身干瘪的小个子男人，拐弯抹角混过了执行警戒的士兵队列。谁都知道他。他有两个儿子，叫伞兵部队拿机枪扫死了；他的妻子，3 个女儿，都在鹿特丹的大屠杀中丧生。从那时起，这个可怜的人就好像一直神智不清，他无所事事，到处流浪，全靠社会上的慈善团体养着——一个人人见了都同情的人物。

可眼下他的举动触犯了众怒，大家脸都气得刷白。原来他特意跑去踩那根引线，把火踩灭了。

"杀了他！杀了他！"众人叫嚷起来。只见老人面对着杀气腾腾的群众，神色从容。他缓缓地朝天举起双臂。接着他愤恨地说：

"咱们再从头点起来！"

（晓然译. 选自《名作精译——〈中国翻译〉英译汉选萃》）

评注：

① 原文中有几处使用 shoot 一词，根据语境选用这些同义词"枪毙、枪杀、射杀、击毙、枪决、枪击"对情感立场的恰切表现较为重要。

② 原文中多处使用了被动句，译文或以主动句，或以把字句等形式进行了较为恰切的转换。比如"希特勒抓到了，押解到阿姆斯特丹""把他烧死"等。

③ 原句"Hitler should be burned at the stake, ... by way of Delft, The Hague, Leiden and Haarlem"通过顺句驱动进行翻译，结构清晰，语义明晰，自然畅达。采用类似译法的句子还有"The mother of three sons ...""Since then, the poor fellow ..."等。

④ 原文中的人物形象有希特勒、普通民众、一位母亲以及一个小个子男人，作者对这些人物的描写虽然详略有别，但翻译过程中的情感立场需把握到位。关于描写希特勒所用词语的翻译整体上需倾向于消极或贬义的方向，比如 the world's greatest murderer、burst into one of his old harangues、die a horrible death 若分别译为"最伟大的或最了不起的杀人犯""慷慨陈词""悲惨地或惨烈地死去"等便有美化或同情之嫌；关于民众和个人所用词语的翻译整体上需倾向于积极或褒义的方面。比如 the lame、the mob shouted 若分别译为"跛子或瘸子""暴民或乌合之众高呼"等就有丑化之嫌。

⑤ 译文中的语义拆分方法特点突出，效果很好。比如，burst into one of his old harangues 译为"故伎重演，破口大骂"，preserved a stoical silence 译为"保持自制，默不作声"等。

⑥ 为建立较好的叙述节奏，译者选词造句比较注重词句间的长短平衡。比如，Special seats had been provided for the aged and the lame and the relatives of the murdered hostages 被译为"上了年纪的、有残疾的、遇害人质的亲属，都备有专席接待。"Then the people burst forth into a shout of triumph 被译为"观众仇恨心切，一下子迸发出来，喊声大作。"

练习4

早 秋

兰斯顿·休斯

他们相爱时，比尔还很年轻。多少个夜晚他们一起散步、聊天。后来因一点小事，他们闹僵了，彼此不再说话。一气之下，她嫁给了一个她自认为深爱的人。比尔也离她而去，从此对女人耿耿于怀。

昨天，经过华盛顿广场时，她看到了比尔，这是时隔多年后她第一次见到他。

"比尔·沃克"她喊了一声。

比尔停下脚步。一时间没有认出她，因为她看上去显得好老。

"玛丽！你怎么在这？"

她下意识地仰起脸，好像想比尔来亲吻。但比尔只是伸出手，她握住了。

"我现在住在纽约，"玛丽答道。

"哦"——比尔客气地笑了笑，随之皱了皱眉。

"比尔，我一直想知道你过得怎样。"

"我现在是名律师。工作的事务所还不错，就在市中心。"

"结婚了吗？"

"当然结了。小孩都两个了。"

"哦，"她应声道。

公园里人来人往，纷纷从他们身旁经过。这些人他们都不认识。时近傍晚，太阳快落山了，天冷嗖嗖的。

"你丈夫怎么样？"他问。

"我们有三个小孩。我在哥伦比亚大学财务室上班。"

"你看起来很……"（他想说很老）"……好，"他说道。

她心里明白他的意思。站在华盛顿广场的树下，她发觉自己禁不住想起过去的事情。那时候，在俄亥俄州她就比比尔大。现在，她已不再年轻，而比尔却一如当年。

"我们住在中央公园西，改天来我家做客吧。"她说。

"好啊好啊。哪天你和你丈夫一起，我们两家一块吃顿饭。随便哪天都行，我和露西尔会很开心的。"他回答道。

广场上树叶在缓缓下落，没有风也在往下落。秋日的黄昏。她感到一阵难受。

"我们会很乐意去的。"她答道。

"你们可来看看我的小孩。"他咧开嘴，笑着说。

突然，第五大道的路灯一下子全都亮了，蓝色的暮霭中闪耀起一条条朦胧的光带。

"哟，我的车来了。"她说。

他伸出手，挥了挥："再见。"

"什么时候……"她想说，但车马上要开了。沿街的灯光闪烁不定，忽明忽暗。她跨进车门时，没敢开口。她怕她一张口什么都说不出来。

"再见！"突然，她尖声叫起来，但是车门已关上。

车开了。车窗外，人来人往，从他们中间纷纷穿过。大街上人头攒动。这些人他们都不认识。车越开越远，人越来越多。她看不到比尔了。这时，她才想起忘了给比尔留个地址，也没问比尔家的地址，还忘了告诉他，她的小儿子也叫比尔。

（张保红译）

评注：

① 参照汉诗中与爱情语境有关的诗句"苔深不能扫，落叶秋风早"以及正文中的相关情景，题名可译为"早秋"。

② 文章首句采用先总起，后分述的方式进行翻译，可以定下回忆的叙述视角，也便于下文故事的展开。

③ impulsively 可译为"冲动之下""一气之下""一赌气""头脑一热"等。

④ Sure 在原文对话中使用了两次，依据情景语境前后可分别译为"当然结了""好啊好啊"或"没问题"等。

⑤ Central West Park 译为"中央公园西"，类似"白云大道北""公园前"等表达法，意指很大一片范围，与文末玛丽忘了告诉对方她家住址这个信息相一致。

⑥ 为了形成平稳、统一的叙事节奏，将"'Bill Walker,'she said""He stopped""She took it""It was late afternoon. Nearly sunset. Cold.""She understood""He grinned"等均译为了 5 个字左右的小句。

⑦ 按照先大后小，先动后静的原则组织译文，行文通顺流畅。比如，"公园里人来人往，纷纷从他们身旁经过。""车窗外，人来人往，从他们中间纷纷穿过。大街上人头攒动"等。

⑧ There's my bus 可看做倒装句式，表达强调之意。翻译时可根据情景增添"哟""看"等词语。

⑨ Space and people 译为"车越开越远，人越来越多"，可与上下文情景与节奏相呼应，比译为"空间和人群"语义更清晰，逻辑更贯通。

练习 5

Because of That Mailbox

Lin Rongzhi

Public order in the small town has not been too good lately. It is said that an unknown gang of robbers has been breaking into houses when the owners are at work.

The day before yesterday, the owner of a private business, Wangma Software Centre, on Dongkai Avenue was ransacked.

Yesterday, a family business on Hongwei Street was robbed.

Today, the home of a government official on Aimin Lane was broken into.

Such news spreads fast, and everybody in town has become terrified. The police cannot crack any of the cases immediately. All they do is instruct the neighborhood committees to knock at every door and warn every household against break-ins.

Actually, even without the warning, everybody has been on alert. All my neighbors, for example, have installed iron doors. From a distance, the bars look like those of strongly fortified prison cells.

"Should we also buy an iron door?" my wife asked me about a week ago.

I thought for a while and said, "I'm a teacher — I can't compare with our neighbors. Even if the burglars break into our home, they can only find books. An iron door costs more than two hundred yuan, or two months' income."

My wife did not insist. Meanwhile, the postman slipped our mail, including a newspaper, through the door. It was so thick a pile that it kind of got torn. Then I thought of making a mailbox.

I had just started working on my mailbox when I heard three knocks on the door. I was pretty scared when I opened it. A man was brandishing a glittering kitchen knife at me. "Buy it from me! It's a good knife!"

"No, no, no," I answered mechanically.

"You can pay me in grain coupons." He drew out another sharp knife from his satchel, ready to enter by force.

With great effort, I managed to hold the door and keep him outside. He threw an angry look at me with threatening eyes.

"Sorry, but leave me alone." I became alert now.

I decided to have an iron door installed the next day, but the price shocked me when I went out to inquire about the cost: it had tripled. "I'd better wait until I get my salary next month," I said to myself, returning home, dejected.

When I returned home, I found the postman had again misdelivered mail to me, so I brought out my writing brush and wrote as a reminder for the careless postman, "Mailbox of Lin Lin the teacher," on the mailbox I had hung by my door.

When I returned home from work late in the afternoon, I heard all my neighbors cursing and swearing. I walked up to them and soon learned they all had been robbed. The robbers were old hands who had even managed to break the iron doors. I went back to check my own door and found it undamaged. I had no trouble myself, so I uttered a deep sigh.

The police arrived. The captain walked from door to door, back and forth. Finally he stopped at mine and said to himself, "How come every home has been robbed except this one?"

"That's right." another officer who had overheard cut in, "And they all had iron doors installed, except this family."

Hearing them, I suddenly grew rather nervous, not knowing what to do.

"That's the answer!" A sparkle flashed in the captain's eyes. "They have a protective talisman!"

"What talisman!" asked the officer beside him.

"It's this mailbox," said the captain. "Don't you see the word 'teacher' over there?"

Only after hearing this did I sigh with relief.

From then on, every one of my neighbors hung up a mailbox by the door with the word "teacher" on it.

（黄俊雄译. 选自黄俊雄编选、翻译《英译中国小小说选集（二）》）

评注：

① "消息不胫而走"译为"Such news spreads fast"简练准确，令人想到英语谚语 Bad news spreads fast。

② "妻子无言了"结合情景语境翻译为"My wife did not insist"，上下文意贯通，耐人寻味。

③ "贼人也真厉害"翻译为"The robbers were old hands"，简明通俗，准确达意。

④ "在我脸前晃""往屋里挤之势""狠狠瞪了我一眼，眼珠子有些逼人"分别被译为"brandishing a glittering kitchen knife at me""ready to enter by force""threw an angry look at me with threatening eyes"生动地再现了蛮不讲理的人物形象以及随时可能带来的危险与危害。

⑤ 汉语重意合，散句多、流水句多，并列句多。英语重形合，从属结构（subordination）突出，句间逻辑关系显在，层层环扣。比如，"听了他们的话，我倒紧张起来了，不知如何是好"合为一句译为"Hearing them, I suddenly grew rather nervous, not knowing what to do."

⑥ "刑警队长眼睛一亮"译为"A sparkle flashed in the captain's eyes"，汉语的人称主语转换为英语的物称主语，生动形象，准确恰切。

第五章　戏剧翻译

练习1

《威尼斯商人》

（第四幕第一场　选段）

威廉·莎士比亚

威尼斯。法庭

　　（公爵、众绅士、安东尼奥、巴萨尼奥、葛莱西安诺、萨拉里诺及余人等同上。）

公　　爵：安东尼奥有没有来？

安东尼奥：有，殿下。

公　　爵：我很为你不快乐；你是来跟一个心如铁石的对手当庭质对，一个不懂得怜悯、没有一丝慈悲心的不近人情的恶汉。

安东尼奥：听说殿下曾经用尽力量劝他不要过为已甚，可是他一味坚持，不肯略作让步。既然没有合法的手段可以使我脱离他的怨毒的掌握，我只有用默忍迎受他的愤怒，安心等待着他的残暴的处置。

公　　爵：来人，传那犹太人到庭。

萨拉里诺：他在门口等着；他来了，殿下。

（夏洛克上。）

公　　爵：大家让开些，让他站在我的面前。夏洛克，人家都以为——我也是这样想——你不过故意装出这一副凶恶的姿态，到了最后关头，就会显出你的仁慈恻隐来，比你现在这种表面上的残酷更加出人意料；现在你虽然坚持着照约处罚，一定要从这个不幸的商人身上割下一磅肉来，到了那时候，你不但愿意放弃这一种处罚，而且因为受到良心上的感动，说不定还会豁免他一部分的欠款。你看他最近接连遭逢的巨大损失，足以使无论怎样富有的商人倾家荡产，即使铁石一样的心肠，从来不知道人类同情的野蛮人，也不能不对他的境遇发生怜悯。犹太人，我们都在等候你一句温和的回答。

夏　洛　克：我的意思已经向殿下告禀过了；我也已经指着我们的圣安息日起誓，一定要照约执行处罚；要是殿下不准许我的请求，那就是蔑视宪章，我要到京城里去上告，要求撤销贵邦的特权。您要是问我为什么不愿接受三千块钱，宁愿拿一块腐烂的臭肉，那我可没有什么理由可以回答您，我只能说我欢喜这样，这是不是一个回答？要是我的屋子里有了耗子，我高兴出一万块钱叫人把它们赶掉，谁管得了我？这不是回答了您吗？有的人不爱看张开嘴的猪，有的人瞧见一头猫就要发脾气，还有人听见人家吹风笛的声音，就忍不住要小便；因为一个人的感情完全受着喜恶的支配，谁也做不了自己的主。现在我就这样回答您：为什么有人受不住一头张开嘴的猪，有人受不住一只有益无害的猫，还有人受不住咿咿唔唔的风笛的声音，这些都是毫无充分的理由的，只是因为天生的癖性，使他们一受到刺激，就会情不自禁地现出丑相来；所以我不能举什么理由，也不愿举什么理由，除了因为我对于安东尼奥抱着久积的仇恨和深刻的反感，所以才会向他进行这一场对于我自己并没有好处的诉讼。现在您不是已经得到我的回答了吗？

巴萨尼奥：你这冷酷无情的家伙，这样的回答可不能作为你的残忍的辩解。

夏 洛 克：我的回答本来不是为了讨你的欢喜。

巴萨尼奥：难道人们对于他们所不喜欢的东西，都一定要置之死地吗？

夏 洛 克：哪一个人会恨他所不愿意杀死的东西？

巴萨尼奥：初次的冒犯，不应该就引为仇恨。

夏 洛 克：什么！你愿意给毒蛇咬两次吗？

安东尼奥：请你想一想，你现在跟这个犹太人讲理，就像站在海滩上，叫那大海的怒涛减低它的奔腾的威力，责问豺狼为什么害母羊为了失去它的羔羊而哀啼，或是叫那山上的松柏，在受到天风吹拂的时候，不要摇头摆脑，发出谡谡的声音。要是你能够叫这个犹太人的心变软——世上还有什么东西比它更硬呢？——那么还有什么难事不可以做到？所以我请你不用再跟他商量什么条件，也不用替我想什么办法，让我爽爽快快受到判决，满足这犹太人的心愿吧。

（朱生豪译. 选自朱生豪译《威尼斯商人》）

评注：

① 译者将原文的诗体译成了散体，虽然外在形式有所变化，但表达的情感依然如故。比如，"你是来跟一个……，一个……不近人情的恶汉"通过汉语前置定语的叠用拧紧了话语的语气，再通过两次使用"一个"词语，将公爵说话的态度与口吻力量表现得尤为充分。

② 译文虽为散体形式，但蕴含有诗歌的内在节奏与力量。比如，"听说殿下曾经用尽力量劝他不要过为已甚，可是他一味坚持，不肯略作让步。"

③ exacts the penalty 译为"给予惩罚"；lose thy forfeiture 译为"放弃这一种处罚"；Turks and Tartars 去象取义，译为"野蛮人"。同样地，let the danger light upon 译为"蔑视"；To excuse the current of thy cruelty 译为"作为你的残忍的辩解"。

④ 原文 Glancing an eye of pity on his losses, …, To offices of tender courtesy 先说结果，后说现象或原因，相应的译文先说现象或原因，后说结果。即"你看他最近接连遭逢的巨大损失，……，也不能不对他的境遇发生怜悯"。同样地，以下多处采取类似的翻译方法，比如"要是我的屋子里有了耗子，……，谁管得了我？""现在我就这样回答您：为什么有人受不住一头张开嘴的猪，……，这些都是毫无充分的理由的，……"。

⑤ "初次的冒犯，不应该就引为仇恨/Every offence is not a hate at first"译文进行语义拆分，一分为二，语义明确，自然得体。

芭巴拉少校

（第一幕　选段）

萧伯纳

斯蒂文：什么事?

薄丽托马夫人：马上就好，斯蒂文。

（斯蒂文听话地走过去坐在躺椅上，他拿起《演说家》杂志看。）

薄丽托马夫人：不要拿起书就看，斯蒂文；我需要你全部的注意力。

斯蒂文：我不过是在等的时候——

薄丽托马夫人：不要找借口，斯蒂文。（斯蒂文放下《演说家》）好了！（她写完了，站起来，走到躺椅旁）我总还没让你等得太久吧?

斯蒂文：一点也没有，母亲。

薄丽托马夫人：把我的软垫子拿过来。（他从写字台旁椅子上拿过来软垫，并当她在躺椅上坐下时替她垫好）坐下。（他坐下，不安地摆弄领带）不要摆弄你的领带，斯蒂文，领带没毛病。

斯蒂文：请您原谅。（他改而摆弄表链）

薄丽托马夫人：现在，你是认真听着我的话吗，斯蒂文?

斯蒂文：当然了，母亲。

薄丽托马夫人：不，想当然是不行的。我要的不是你平常那种想当然的注意力，那远远不够，我必须和你进行一次严肃的谈话，斯蒂文，我希望你把表链放下。

斯蒂文：（连忙放开表链）我是不是惹您不高兴了，母亲? 如果有的话，我可完全是无意的。

薄丽托马夫人：（吃了一惊）荒唐！（带些歉意）可怜的孩子，难道你觉得我生你的气了吗?

斯蒂文：那么是什么事，母亲? 您叫我很不安。

薄丽托马夫人：（对他摆出一本正经的架势，咄咄逼人）斯蒂文，你打算到何年何月才面对现实，承认你是个成年的男子汉，而我不过是个妇女!

斯蒂文：（出乎意料）您不过是个——

薄丽托马夫人：请你不要重复我的话，这种习惯非常不招人喜欢，你必须学会认真地对待生活，斯蒂文。这个家里大事小事都由我一个人负担，我实在干不下去了，你必须帮我拿主意，你要负起责任来。

斯蒂文：我!

薄丽托马夫人： 是的，你，当然是你。你去年六月就满二十四岁了，你在哈罗中学、剑桥大学读过书，你去过印度和日本，你现在应该很懂事了；除非是这些年你一直不像话地浪费时间。好吧，帮我拿主意吧。

（英若诚译. 选自英若诚译《芭巴拉少校》（萧伯纳著））

评注：

① "马上就好/Presently"一方面暗示手头有事，另一方面与下文让对方等待的信息有关联，便于对话继续进行。

② "好了！/Now！"符合情景语境，显示出不怎么耐烦的态度，甚至带点命令的意味。

③ 译文"现在，你是认真听着我的话吗，斯蒂文？/Now are you attending to me, Stephen？"紧承上文斯蒂文摆弄领带、表链，好似心不在焉而来，自然而然，贴切准确。

④ "我要的不是你平常那种想当然的注意力，那远远不够"这句译文通过句子拆分方法，将原句一分为二，语义逻辑清晰，情感表达到位，也很好地处理了"想当然"的前后关联与呼应。

⑤ "何年何月/how soon"口语色彩浓郁，暗含抱怨意味。

⑥ "这种习惯非常不招人喜欢/It is a most aggravating habit"这句译文一是采用了话题句即话题+说明的方法来翻译，二是采用了正话反说的技巧来处理 aggravating 一词，再现了说话者鲜明的情感态度，也很口语化。类似地，下文 most scandalously 译为"不像话地"。

⑦ "家里大事小事""你现在应该很懂事了""帮我拿拿主意"这些译句很自然，很口语化，也很生活化，再现了人物爱絮叨，好训导的特点。

练习3

Thunderstorm

(Act One   Excerpt)

Cao Yu

(*Sifeng places the tea in front of Zhou Puyuan*)

ZHOU： Sifeng — (*to Zhou Chong*) just a minute — (*to Sifeng again*) what about the medicine I told you to get ready for the mistress?

FENG： I've done it.

ZHOU： Then why isn't it here?

(*Sifeng says nothing, but looks at Fanyi.*)

FAN： (*sensing a certain tension in the air*) She got it for me just a short while ago, but I didn't take it.

ZHOU: Why not? (*Pauses, then turns to Sifeng.*) Where is it now?

FAN: (*quickly*) Down the sink. I told her to pour it away.

ZHOU: (*slowly*) Pour it away? I — see! (*To Sifeng*) Is there any of it left?

FENG: There's still a little drop left in the jar.

ZHOU: Go and get it.

FAN: (*protesting*) I won't touch it — it's too bitter.

CHOU: (*to Sifeng*) Go on.

(*Sifeng walks across to the left and pours the medicine into a small bowl.*)

CHONG: But, Father! If Mother doesn't want it, there's no need to force her to take it.

ZHOU: Neither you nor your mother knows what's wrong with either of you. (*To his wife, in a low voice.*) Come now, it'll make you quite well again if you'll only take it. (*Seeing that Sifeng seems still undecided, he points to the medicine bowl.*) Hand it to the mistress.

FAN: (*forcing herself to agree to it*) All right. Put it down here for the moment.

(*Sifeng puts down the bowl.*)

ZHOU: (*with annoyance*) I think you'd better take it at once.

FAN: (*bursting out*) Sifeng, take it away!

ZHOU: (*with a sudden harshness*) Take it, I say! Don't be so headstrong. And in front of the children, too!

FAN: (*her voice trembling*) But I don't want it.

ZHOU: Chong, hand your mother the medicine.

CHONG: (*protesting*) Now, Father!

ZHOU: (*glaring*) Go on!

(*Zhou Chong reluctantly takes the medicine across to Fanyi.*)

ZHOU: Now ask her to take it.

CHONG: (*holding the medicine bowl with trembling hands*) Father, you're taking it too far!

ZHOU: What's that?

PING: (*going across with bent head to Zhou Chong and speaking in an undertone*) You'd better do as Father says. You know what he's like.

CHONG: (*to his mother, with tears in his eyes*) Please take it, Mother, if only for my sake. Father won't let up until you do.

FAN: (*pleading*) Can't I leave it now and take it in the evening?

ZHOU: (*with icy severity*) Fanyi, as a mother, you've got to be constantly thinking of the children. Even if you don't particularly care about your own health, you should at least set the children an example by being obedient.

FAN: (*looking from Zhou Puyuan to Zhou Ping, then picking up the bowl and putting it down again*) No! I can't!

ZHOU: Ping, persuade your mother to take it.

PING: But Father, I —

ZHOU: Go on! Down on your knees and persuade her!

PING: (*going across to Fanyi, then looking appealingly towards Zhou Puyuan*) Father!

ZHOU: (*shouting*) Down on your knees!

(*Zhou Ping looks dumbly at Fanyi, who is in tears, while Zhou Chong trembles with rage.*)

ZHOU: Down on your knees, I said!

(*Zhou Ping is about to kneel down, when —*)

FAN: (*hurriedly, her eyes on Zhou Ping*) All right! I'll take it now. (*she takes a couple of sips, but immediately the tears stream down her cheeks again. Then, with a glance at her harsh-eyed husband and the distressed Zhou Ping, she swallows her resentment and finishes the medicine at a single gulp.*) Oh — oh — oh — (*She runs out weeping through the dining-room door.*)

(*A long silence.*)

（王佐良、巴恩斯译. 选自王佐良、巴恩斯译《雷雨》（曹禺著））

✒ **评注：**

① 原文中"倒了"二字重复使用了四次，译者分别译为"Down the sink""pour it away""Pour it away?""I — see!"尽管字面语义相同，但因使用的情景语境不同，译文也多不相同。"倒了来"原文中使用了两次，分别译为"Go and get it""Go on"，不难看出译文与"倒"的字面义没有多大关系，但在情景语境中准确得体，也便于舞台表演。

② "I won't touch it — it's too bitter/我不愿喝这种苦东西"译句将原文一分为二，便于言说，再现了原文的反抗语气与态度。

③ "I think you'd better take it at once/你最好现在喝了它吧"中的 at once 以及"Take it, I say!/喝了它"中的"I say"彰显了周朴园不近人情与强人所难的家长作风。

④ "Father, you're taking it too far! /爸，您不要这样"译文以相对明确的语义替代了原文相对模糊的字面语义，自然妥帖。相反地，"You know what he's like/父亲的脾气你是知道的"译文以相对笼统的表达替代了原文相对明晰的表达。语言简练自然，言外之意让人思而得之。

⑤ 周朴园的话语里连用了三次"跪下/Down on your knees!"语气越来越强烈，到最后一次说"Down on your knees, I said!"将周朴园专横霸道、气势汹汹的特性再现得尤为充分。

参考文献

Baker, M. *In Other Words: A Coursebook on Translation*. Beijing：Foreign Language Teaching and Research Press, 2000.

Bassnett, S. and A. Lefevere （eds）. *Constructing Cultures*. Shanghai：Shanghai Foreign Language Education Press, 2001.

Brooks, C. and R. P. Warren. *Understanding Poetry*. Beijing：Foreign Language Teaching and Research Press, 2004.

Gill, R. *Mastering English Literature*. London：Macmillan Education Ltd., 1985.

Hawkes, D. *The Story of the Stone*. London：Penguin Books, 1973.

Hsien-yi, Y. and Gladys Yang. *A Dream of Red Mansions*. Beijing：Foreign Languages Press, 1978.

Lau, Joseph S. M. and Howard Goldblatt. *The Columbia Anthology of Modern Chinese Literature* （Second Edition）. New York：Columbia University Press, 2007.

Michelle, Y. *Anthology of Modern Chinese Poetry*. New Haven：Yale University Press, 1992

Munday, J. *Introducing Translation Studies — Theories and Applications*. London and New York：Routledge, 2001.

Newmark, P. *A Textbook of Translation*. Shanghai：Shanghai Foreign Language Education Press, 2001.

Nida, E. A. and C. R. Taber. *The Theory and Practice of Translation*. Leiden：E. J. Brill, 1969.

Nida, E. A. *Language and Culture: Contexts in Translating*. Shanghai：Shanghai Foreign Language Education Press, 2001.

Palgrave, F. T. *The Golden Treasury*. London：Penguin Books, 1994.

Seth, V. *Three Chinese Poets*. London：Farber and Farber Limited, 1992.

Waston, B. *The Columbia Book of Chinese Poetry — From Early Times to the Thirteenth Century*. New York：Columbia University Press, 1984.

Xu, Y. Development of Verse Translation. *Journal of Foreign Languages*, 1991 （1）.

阿瑟·米勒.《推销员之死》. 姚克译，香港：今日世界出版社, 1977.

阿瑟·米勒.《推销员之死》. 英若诚等译，上海：上海译文出版社, 2009.

鲍里斯·托马舍夫斯基. 主题. 载方珊等译《俄国形式主义文论选》. 北京：三联书店，1989.

曹明海.《文学解读学导论》. 北京：人民文学出版社，1997.

曹雪芹.《红楼梦》. 北京：人民文学出版社，1996.

曹禺.《雷雨》. 王佐良、巴恩斯译，北京：外文出版社，2001.

陈福康.《中国译学理论史稿》. 上海：上海外语教育出版社，1996.

陈宏薇等.《新编汉英翻译教程》. 上海：上海外语教育出版社，2006.

陈植锷.《诗歌意象论》. 北京：中国社会科学出版社，1992.

程梅.《英语散文精品赏析》. 天津：南开大学出版社，2006.

董健等.《戏剧艺术十五讲》. 北京：北京大学出版社，2007.

方道.《散文学综论》. 合肥：安徽教育出版社，2004.

《疯狂英语》编辑部编.《世界英文散文精粹》. 南昌：江西文化音像出版社，2003.

傅德岷.《散文艺术论》. 重庆：重庆出版社，1988.

高健.《翻译与鉴赏》. 北京：外语教学与研究出版社，2006.

顾子欣.《英诗300首》. 北京：国际文化出版公司，1996.

郭建中.《当代美国翻译理论》. 武汉：湖北教育出版社，2000.

郭沫若. 论节奏. 载杨匡汉等编《中国现代诗论》（上编）. 广州：花城出版社，1985.

何功杰.《英美诗歌》. 合肥：安徽教育出版社，2003.

贺拉斯.《诗艺》. 杨周翰译. 北京：人民文学出版社，2001.

侯维瑞.《英语语体》. 上海：上海外语教育出版社，1996.

胡家峦.《英语诗歌精品》. 北京：北京大学出版社，1996.

胡家峦.《英语诗歌名篇详注》. 北京：中国人民大学出版社，2008.

胡家祥.《文艺的心理阐释》. 武汉：武汉大学出版社，2005.

胡经之等.《文艺学美学方法论》. 北京：北京大学出版社，1994.

黄杲炘.《英诗汉译学》. 上海：上海外语教育出版社，2007.

黄杲炘.《译诗的演进》. 上海：上海译文出版社，2012.

黄国文.《语篇分析概要》. 长沙：湖南教育出版社，1988.

黄俊雄.《英译中国小小说选集》（二）. 上海：上海外语教育出版社，2008.

黄龙.《翻译艺术教程》. 南京：南京大学出版社，1988.

金圣华.《齐向译道行》五十八：向高克毅先生致敬.《英语世界》，2009 年第 2 期.

老舍. 谈翻译. 载《翻译通讯》编辑部编《翻译研究论文集》（1949—1983）. 北京：外语教学与研究出版社，1984.

老舍.《茶馆》. 霍华译，北京：外文出版社，2001.

老舍.《茶馆》. 英若诚译, 北京: 中国出版集团, 2008.

劳逊.《戏剧与电影的剧作理论与技巧》. 邵牧君等译, 北京: 中国电影出版社, 1961.

雷淑娟.《文学语言美学修辞》. 上海: 学林出版社, 2004.

李观仪.《新编英语教程》(7). 上海: 上海外语教育出版社, 2000.

李荣启.《文学语言学》. 北京: 人民出版社, 2005.

李亚丹.《英译汉名篇赏析》. 武汉: 湖北教育出版社, 2000.

李怡.《中国现代诗歌欣赏》. 北京: 高等教育出版社, 2004.

李宜燮等.《美国文学选读》(下册). 天津: 南开大学出版社, 1987.

李渔.《闲情偶寄》. 上海: 上海古籍出版社, 2000.

连淑能.《英汉对比研究》. 北京: 高等教育出版社, 2003.

林非.《林非论散文》. 南昌: 江西高校出版社, 2000.

林语堂. 论翻译. 载罗新璋、陈应年编《翻译论集》(修订本). 北京: 商务印书馆, 2009.

刘炳善.《英国文学简史》. 上海: 上海外语教育出版社, 1989.

刘士聪.《英汉·汉英美文翻译与鉴赏》(新编版). 南京: 译林出版社, 2007.

刘士聪序. 载杨全红《高级翻译十二讲》. 武汉: 武汉大学出版社, 2009.

刘世生、朱瑞青.《文体学概论》. 北京: 北京大学出版社, 2006.

鲁道夫·阿恩海姆.《艺术与视知觉》. 腾守尧等译, 成都: 四川人民出版社, 2001.

鲁枢元.《文学理论》. 上海: 华东师范大学出版社, 2006.

鲁迅. 看书琐记. 载瞿秋白《论文学》. 北京: 人民文学出版社, 1959.

鲁迅. 鲁迅与瞿秋白关于翻译的通信——鲁迅的回信. 载罗新璋编《翻译论集》. 北京: 商务印书馆, 1984.

罗根泽.《中国文学批评史》(一). 上海: 上海古籍出版社, 1984.

吕进.《中国现代诗体论》. 重庆: 重庆出版社, 2007.

吕俊. 谈诗词翻译中的意美原则.《外国语》, 1995 年第 5 期.

吕俊等.《英汉翻译教程》. 上海: 上海外语教育出版社, 2001.

《马雅科夫斯基选集》(第 5 卷). 戈宝权等译, 北京: 人民文学出版社, 1961.

茅盾. 为发展文学翻译事业和提高翻译质量而奋斗. 载罗新璋、陈应年编《翻译论集》(修订本). 北京: 商务印书馆, 2009.

孟伟根.《戏剧翻译研究》. 杭州: 浙江大学出版社, 2012.

孟昭毅等.《中国翻译文学史》. 北京: 北京大学出版社, 2005.

聂珍钊.《英语诗歌形式导论》. 北京: 中国社会科学出版社, 2007.

怒安.《傅雷谈翻译》. 沈阳: 辽宁教育出版社, 2005.

庞秉钧等.《中国现代诗一百首》. 北京: 中国对外翻译出版公司, 1993.

钱钟书. 林纾的翻译. 载《翻译通讯》编辑部编《翻译研究论文集》(1949—
　　1983). 北京: 外语教学与研究出版社, 1984.

乔纳森·卡勒.《当代学术入门·文学理论》. 李平译, 沈阳: 辽宁教育出版
　　社, 1998.

秦秀白.《英语语体与文体要略》. 上海: 上海外语教育出版社, 2002.

任晓霏.《登场的译者——英若诚戏剧翻译系统研究》. 北京: 中国社会科学出版
　　社, 2008.

莎士比亚.《哈姆雷特》. 卞之琳译, 杭州: 浙江文艺出版社, 2009.

莎士比亚.《威尼斯商人》. 朱生豪译, 北京: 中国出版集团, 2009.

邵志洪.《翻译理论、实践与评析》. 上海: 华东理工大学出版社, 2003.

申丹.《叙述学与小说文体学研究》. 北京: 北京大学出版社, 1998.

孙梁.《英美名诗一百首》. 北京: 中国对外翻译出版公司, 2005.

孙致礼.《翻译理论与实践探索》. 南京: 译林出版社, 1999.

谭天健等.《英美抒情短诗选》. 西安: 西北大学出版社, 1990.

唐圭璋等.《唐宋词鉴赏辞典》. 上海: 上海辞书出版社, 1988.

童庆炳.《文学理论教程》. 北京: 高等教育出版社, 2000.

瓦莱里. 诗、语言与思想. 载袁可嘉等编《现代主义文学研究》(下册). 北京: 中国
　　社会科学出版社, 1989.

汪榕培.《比较与翻译》. 上海: 上海外语教育出版社, 1997.

王珂.《诗体学散论——中外诗体生成流变研究》. 上海: 上海三联书店, 2008.

王迈迈等.《高级英语学习手册》(第二册, 修订本). 北京: 原子能出版社, 2008.

王守义等.《唐宋诗词英译》. 哈尔滨: 黑龙江人民出版社, 1989.

王明居.《唐诗风格论》. 合肥: 安徽大学出版社, 2001.

王寿兰.《当代文学翻译百家谈》. 北京: 北京大学出版社, 1989.

王汶成.《文学语言中介论》. 济南: 山东大学出版社, 2001.

王向远.《翻译文学导论》. 北京: 北京师范大学出版社, 2004.

王一川.《文学理论》. 成都: 四川人民出版社, 2003.

翁显良.《意态由来画不成? ——文学翻译丛谈》. 北京: 中国对外翻译出版公
　　司, 1983.

翁显良. 千面千腔——谈戏剧翻译. 载《翻译通讯》编辑部编《翻译研究文集》
　　(1949—1983). 北京: 外语教学与研究出版社, 1984.

吴伯箫. 散文名作欣赏序. 载傅德珉著《散文艺术论》. 重庆：重庆出版社，1988.

吴钧陶.《唐诗三百首》(汉英对照). 长沙：湖南出版社，1997.

吴战垒.《中国诗学》. 北京：人民出版社，1991.

萧伯纳.《芭巴拉少校》. 英若诚译，北京：中国对外翻译出版公司，1999.

萧涤非等.《唐诗鉴赏辞典》. 上海：上海辞书出版社，1991.

解肱一等.《佳作名篇》. 北京：外文出版社，2006.

休姆. 浪漫主义与古典主义. 载赵毅衡选编《"新批评"文集》. 北京：中国社会科学
   出版社，1988.

许钧等.《文学翻译的理论与实践——翻译对话录》. 南京：译林出版社，2001.

许渊冲.《翻译的艺术》(论文集). 北京：中国对外翻译出版公司，1984.

许渊冲. 意美、音美、形美——如何译毛主席诗词.《翻译的艺术》(论文集). 北京：
   中国对外翻译出版公司，1984.

许渊冲.《中诗英韵探胜——从〈诗经〉到〈西厢记〉》. 北京：北京大学出版
   社，1992.

许渊冲.《文学翻译》. 北京：北京大学出版社，2003.

杨德豫.《华兹华斯抒情诗选》. 长沙：湖南文艺出版社，1996.

杨平.《名作精译》——《中国翻译》英译汉选萃. 青岛：青岛出版社，2006.

英若诚.《英若诚名著译丛——〈茶馆〉》序言. 北京：中国对外翻译出版公
   司，1999.

余光中.《余光中谈翻译》. 北京：中国对外翻译出版公司，2002.

袁可嘉.《现代派论·英美诗论》. 北京：中国社会科学出版社，1985.

张保红.《汉英诗歌翻译与比较研究》. 武汉：中国地质大学出版社，2003.

张保红. 论英诗中分行的功能及其在诗歌翻译中的应用.《天津外国语学院学报》，
   2005 年第 3 期.

张德禄.《语言的功能与文体》. 北京：高等教育出版社，2006.

张德禄等.《英语文体学重点问题研究》. 北京：外语教学与研究出版社，2015.

张汉熙等.《高级英语》(第二册，修订本). 北京：外语教学与研究出版社，1997.

张今等.《文学翻译原理》. 北京：清华大学出版社，2005.

张鑫友等.《高级英语学习指南》(第一册，修订本). 武汉：中国地质大学出版
   社，1998.

赵炎秋.《文学原理》. 长沙：湖南师范大学出版社，2006.

郑海凌.《文学翻译学》. 郑州：文心出版社，2000.

《中国文学·现代散文卷》. 北京：外语教学与研究出版社，1999.

《中国文学·现代诗歌卷》. 北京：外语教学与研究出版社，1999.

周安华.《戏剧艺术通论》. 南京：南京大学出版社，2007.

周方珠.《翻译多元论》. 北京：中国对外翻译出版公司，2005.

朱光潜.《诗论》. 北京：三联书店，1984.

朱生豪.《莎士比亚戏剧全集》. 北京：人民文学出版社，1958.

附录一：文学名著名译选读

1. 散文翻译选读

Pollard, D. *The Chinese Essay*. Hong Kong：The Chinese University of Hong Kong, 1999.

高健.《英美散文名篇精华》. 上海：华东师范大学出版社, 2008.

刘士聪.《英汉·汉英美文翻译与鉴赏》(新编版). 南京：译林出版社, 2007.

陶洁.《二十世纪英文观止》(英汉对照). 天津：天津人民出版社, 1997.

杨自伍.《英国散文名篇欣赏》(第二版). 上海：上海外语教育出版社, 2010.

张培基.《英译中国现代散文选》(1—3). 上海：上海外语教育出版社, 2007.

2. 诗歌翻译选读

Waston, B. *The Columbia Book of Chinese Poetry*. New York：Columbia University Press, 1984.

顾子欣.《英诗 300 首》. 北京：国际文化出版公司, 1996.

胡家峦.《英美诗歌名篇详注》. 北京：中国人民大学出版社, 2008.

黄杲炘.《美国抒情诗 100 首》. 上海：上海译文出版社, 1994.

黄杲炘.《英国抒情诗 100 首》(修订本). 上海：上海译文出版社, 1998.

刘守兰.《英美名诗解读》. 上海：上海外语教育出版社, 2003.

庞秉钧等.《中国现代诗一百首》. 北京：中国对外翻译出版公司, 1993.

孙梁.《英美名诗一百首》. 北京：中国对外翻译出版公司, 2005.

屠岸.《英国历代诗歌选》(上下). 南京：译林出版社, 2007.

许渊冲.《中诗英韵探胜——从〈诗经〉到〈西厢记〉》. 北京：北京大学出版社, 1997.

3. 小说翻译选读

Goldblatt, H. (葛浩文) *Wolf Totem* (《狼图腾》姜戎著). London：Penguin Group, 2007.

Hawkes, D. （霍克斯）*The Story of the Stone* （《红楼梦》曹雪芹著）. London：Penguin Books, 1973.

黄俊雄.《英译中国小小说选集》（一）（二）. 上海：上海外语教育出版社, 2008.

李文俊.《英语短篇小说精选读本》. 北京：中国国际广播出版社, 2007.

孙法理.《苔丝》（*Tess of the D'Urbervilles* by Thomas Hardy）. 南京：译林出版社, 2006.

孙致礼.《傲慢与偏见》（*Pride and Prejudice* by Jane Austen）. 南京：译林出版社, 2008.

杨苡.《呼啸山庄》（*Wuthering Heights* by Emily Bronte）. 南京：译林出版社, 2006.

周煦良.《刀锋》（*The Razor's Edge* by W. Somerset Maugham）. 上海：上海译文出版社, 2007.

张万里.《哈克贝利·芬历险记》（*The Adventures of Huckleberry Finn* by Mark Twain）. 上海：上海译文出版社, 2006.

杨宪益、戴乃迭（Gladys Yang）. *A Dream of Red Mansions*（《红楼梦》曹雪芹著）. Beijing：Foreign Languages Press, 1978.

4. 戏剧翻译选读

霍华（John Howard-Gibbon）.《茶馆》（老舍著）. 北京：外文出版社, 2001.

王佐良、巴恩斯.《雷雨》（曹禺著）. 北京：外文出版社, 2001.

姚克.《推销员之死》（*Death of a Salesman* by Arthur Miller）. 香港：今日世界出版社, 1977.

英若诚等.《推销员之死》（*Death of a Salesman* by Arthur Miller）. 上海：上海译文出版社, 2009.

英若诚.《芭巴拉少校》（*Major Barbara* by Bernard Shaw）. 北京：中国对外翻译出版公司, 1999.

英若诚.《家》（巴金著）. 北京：中国对外翻译出版公司, 1999.

英若诚.《茶馆》（老舍著）. 北京：中国对外翻译出版公司, 1999.

余光中.《不可儿戏》(*The Importance of Being Earnest* by Oscar Wilde). 台北：大地出版社，1998.

朱生豪.《哈姆莱特》(*Hamlet* by William Shakespeare). 北京：世界图书出版公司，2009.

朱生豪.《威尼斯商人》(*The Merchant of Venice* by William Shakespeare). 北京：世界图书出版公司，2009.

附录二：全书例文、练习选篇

Giles，H. A. *Gems of Chinese Literature*. Shanghai：Belly and Walsh，Limited. 1922.

Hawkes，D. *The Story of the Stone*. London：Penguin Books，1973.

Hsien-yi，Y. and Gladys Yang. *A Dream of Red Mansions*. Beijing：Foreign Languages Press，1978.

Lau，Joseph S. M. and Howard Goldblatt. *The Columbia Anthology of Modern Chinese Literature*（Second Edition）. New York：Columbia University Press，2007.

Michelle，Y. *Anthology of Modern Chinese Poetry*. New Haven：Yale University Press，1992.

Seth，V. *Three Chinese Poets*. London／New York：Harper Perennial，1992.

Waston，B. *The Columbia Book of Chinese Poetry*. New York：Columbia University，1984.

《疯狂英语》编辑部.《世界英文散文精粹》. 南昌：江西文化音像出版社，2003.

卞之琳.《哈姆雷特》(莎士比亚著). 杭州：浙江文艺出版社，2002.

程梅.《英语散文精品赏析》. 天津：南开大学出版社，2005.

顾子欣.《英诗 300 首》. 北京：国际文化出版公司，1996.

何功杰.《英美诗歌》. 合肥：安徽教育出版社，2003.

胡家峦.《英语诗歌精品》. 北京：北京大学出版社，1995.

胡家峦.《英语诗歌名篇详注》. 北京：中国人民大学出版社，2008.

黄俊雄.《英译中国小小说选集（二）》. 上海：上海外语教育出版社，2008.

霍华.《茶馆》(老舍著). 北京：外文出版社，2001.

李亚丹.《英译汉名篇赏析》. 武汉：湖北教育出版社，2000.

刘士聪.《英汉·汉英美文翻译与鉴赏》(新编版). 南京：译林出版社，2007.

庞秉钧等.《中国现代诗一百首》. 北京：中国对外翻译出版公司，1993.

邵志洪.《翻译理论、实践与评析》. 上海：华东理工大学出版社，2003.

孙梁.《英美名诗一百首》. 北京：中国对外翻译出版公司，1987.

孙大雨.《古诗文英译集》. 上海：上海外语教育出版社，1997.

孙致礼.《翻译理论与实践探索》. 南京：译林出版社，1999.

谭天健等.《英美抒情短诗选》. 西安：西北大学出版社，1990.

王佐良等.《雷雨》（曹禺著）. 北京：外文出版社，2001.

翁显良.《意态由来画不成？——文学翻译丛谈》. 北京：中国对外翻译出版公司，1983.

吴钧陶.《唐诗三百首》（英汉对照）. 长沙：湖南出版社，1997.

晓然. 仇恨，选自《〈名作精译〉——〈中国翻译〉英译汉选萃》. 青岛：青岛出版
社，2006.

解肱一等.《佳作名篇》. 北京：外文出版社，2006.

许渊冲.《文学与翻译》. 北京：北京大学出版社，2003.

姚克.《推销员之死》（阿瑟·米勒著）. 香港：今日世界出版社，1977.

英若诚.《芭巴拉少校》（萧伯纳著）. 北京：中国对外翻译出版公司，1999.

英若诚.《茶馆》（老舍著）. 北京：中国对外翻译出版公司，1999.

英若诚等.《推销员之死》（阿瑟·米勒著）. 上海：上海译文出版社，2009.

张今，张宁.《文学翻译原理》. 北京：清华大学出版社，2005.

张鑫友.《高级英语学习指南》（第一册，修订本）. 武汉：中国地质大学出版社，1989.

中国文学出版社.《中国文学·现代散文卷》. 北京：外语教学与研究出版社，1999.

周方珠.《翻译多元论》. 北京：中国对外翻译出版公司，2004.

朱生豪.《威尼斯商人》（莎士比亚著）. 北京：中国出版集团，2009.